THE DEVIL'S SONS

TOME 2

CHLOÉ WALLERAND

THE DEVIL'S SONS

TOME 2

Plumes du Web

82700 Montech
www.plumesduweb.com
978-2-38151-129-0

À tous ceux qui désirent trouver leur place dans ce monde...

PROLOGUE

La plupart des personnes qui mènent une vie compliquée n'aspirent qu'à une chose : avoir une vie simple. Cette fois-ci, je fais partie du lot. Ma résilience a atteint ses limites. Je ne suis plus qu'un château de cartes prêt à s'effondrer au prochain coup de vent. Du moins, c'est ce que je pensais. J'ai pris le large avec le projet d'en vouloir à la terre entière, mais en dépit de mon cœur fracassé, j'ai passé les meilleures vacances de mon existence. Cependant, je m'autorise à être en colère dans les moments où mon compagnon de route n'est pas là pour me changer les idées. Et quand j'en aurai fini avec cette rancœur, j'apprendrai à m'approprier ma nouvelle identité. Accepter, s'adapter, c'est la clé. La clé d'une vie heureuse, malgré les complications. C'est la voie que j'ai décidé d'emprunter depuis toujours.

Laissez-moi juste le temps de me venger. C'est tout ce que je demande.

1.

Je suis tirée de mon sommeil par une main posée sur mon épaule, pourtant je garde les yeux fermés. Je sais où je me trouve et ce qu'il s'est passé la veille, c'est pourquoi je ne veux pas me confronter à la réalité. Je demande juste quelques secondes de répit et ensuite, j'affronterai l'inconnu qui a interrompu mes rêves. Rêves peuplés par les Devil's Sons qui m'aimaient pour la personne que j'étais. Quelle belle farce !

Les écouteurs enfoncés dans mes oreilles ne diffusent plus de musique, le bruit de pas au centre de l'allée me pousse à ouvrir les paupières. Mes yeux rencontrent ceux d'un homme, la trentaine, debout devant les deux sièges sur lesquels je suis recroquevillée. Ses tatouages me renvoient aussitôt au gang, alors je lui lance un regard mauvais, comme s'il était responsable de mes malheurs. Seulement, c'est injuste pour lui et je culpabilise quand un sourire chaleureux étire ses lèvres.

Il ne prononce pas un mot. Il doit s'imaginer que je ne l'entendrai pas, alors je retire mes écouteurs.

— On fait une pause d'une quinzaine de minutes. J'ai pensé que tu aimerais peut-être te dégourdir les jambes.

Si mon cœur n'était pas qu'une hémorragie, j'aurais apprécié son attention. Je le remercie brièvement, me lève et attrape mon sac pour quitter l'inconfort de ce bus.

Respirer un nouvel air est bien plus délectable que je ne le pensais. Une douce brise caresse mes joues irritées par les larmes et le beau temps chasse mes ténèbres.

Malgré mes blagues sur le scoutisme, je ne suis pas particulièrement aventurière. Analyser la position du soleil dans le ciel pour connaître l'heure se révèle fastidieux.

L'inconnu arrive à ma hauteur, je lui demande :

— Tu sais où nous sommes ?

— Perdus dans un coin paumé du Tennessee.

Si Carter et Mike savaient que leur petite princesse Arinson se trouve actuellement seule au beau milieu d'un autre État, à bord d'un bus miteux, ils enverraient leurs hommes, ainsi que ce bon vieux Pitt au regard de pervers pour me ramener par la peau des fesses.

Sans un mot, je quitte le type et rejoins les W.-C.

Je me frotte les paupières et pousse la porte des toilettes, puis celle d'une cabine. Une fois ma vessie vidée, je me lave les mains et ne peux ignorer mon reflet à travers le miroir. J'ai d'énormes cernes bleus, le teint pâle, les yeux gonflés à force d'avoir pleuré et les cheveux emmêlés.

Dans un refus catégorique de garder les marques de ma tristesse sur mes traits, je pose mon sac à mes pieds et attache ma tignasse en une queue-de-cheval. J'ouvre le robinet, me passe de l'eau sur le visage, puis j'applique une crème hydratante dans l'espoir d'avoir meilleure mine. Sans trop m'attarder, je fais un saut au distributeur, puis m'achète une barre chocolatée et de quoi m'hydrater. M'abaisser vers le bac pour récupérer le tout m'arrache un sifflement de douleur. Je suis courbaturée de la tête aux pieds et j'ai mal à l'abdomen. Dormir recroquevillée, tordue dans tous les sens, n'a pas aidé à la guérison de ma blessure.

— Sacré déjeuner de championne !

L'homme qui m'a réveillée se tient derrière moi. Son sourire joyeux m'agace déjà. Je lui passe devant pour retourner au car, mais voilà qu'il me suit de près.

— Tu n'es pas bavarde au saut du lit.

— Et toi, tu l'es trop.

— Moi, c'est Ty.

— Avalone.

— Enchanté, Avalone.

Les portes du bus sont fermées, le chauffeur n'est pas encore revenu. Prise au piège, je fais face à Ty et le dévisage de la tête aux pieds, sans penser à mes bonnes manières. L'ironie du sort : en plus d'avoir des tatouages partout, il a la même carrure qu'*eux*. Ses cheveux sont châtains et une barbe de trois jours recouvre ses joues. Ses yeux bleus me transpercent, comme s'il voyait en moi une énigme à résoudre.

— Que fuis-tu ?

Je hausse les sourcils, surprise par sa question.

J'ai loupé une étape ? On passe de l'échange de nos prénoms à une interrogation aussi personnelle ?

— Les imbéciles.

Ty rigole franchement, ce qui me détend autant que ça me contrarie. Son rire est apaisant et je n'ai pas la moindre envie d'être apaisée. J'ai toutes les raisons du monde d'en vouloir à la terre entière, alors je compte bien en profiter.

— Tu risques de fuir longtemps, dans ce cas.

— Si tu continues de me coller au train, ça ne fait aucun doute.

Le chauffeur réapparaît, à mon grand soulagement. Je me précipite à l'intérieur du bus et retrouve mon siège. Cela dit, mon répit est de courte durée. Ty s'installe juste derrière moi.

— On va bien s'amuser, *Alone*. Ça ne te dérange pas si je t'appelle comme ça ?

Seule.

Il pose ses mains sur mes épaules et les presse avec légèreté.

— Si tu pouvais éviter, ça m'arrangerait, sifflé-je entre mes mâchoires serrées.

Je repousse ses doigts, et voilà qu'il se lève de son siège, retire mon sac du fauteuil et prend place à mes côtés.

Ce mec est plus culotté que les Devil's Sons, ce n'est pas possible !

Un grondement agressif censé lui faire comprendre que sa compagnie n'est pas la bienvenue m'échappe, pourtant il a l'air de s'en foutre comme de l'an quarante.

— Tu m'intrigues et me rends curieux.

Il m'observe entre ses cils épais, je tourne le visage vers la fenêtre pour fuir son regard inquisiteur.

— Tu es indiscret et particulièrement indésirable.

— Pourquoi es-tu à ce point sur la défensive ?

— Et pourquoi poses-tu autant de questions ? rétorqué-je.

— Je te l'ai dit, je suis curieux.

Je grince des dents. Il me tape sérieusement sur le système, ce n'est pas comme ça que j'avais imaginé mon escapade.

— D'où tu viens ?

— Ann Arbor, grogné-je.

— Tu es à l'université du Michigan ?

Je lui lance un regard en coin.

— Je ne sais pas, tu es un psychopathe tueur en série ?

Il rigole une nouvelle fois avec une tonalité rafraîchissante et ça m'agace un peu moins. Toutefois, butée comme je suis, je décide de garder ma mauvaise humeur et de ne pas me laisser aller au même plaisir que lui. Je cale mon coude contre le rebord de la fenêtre, puis plante mon menton dans la paume de ma main.

— Non, ne t'en fais pas.

— Si c'était le cas, tu ne m'aurais pas répondu par la positive.

— Si tu me pensais enclin au meurtre, tu ne m'aurais pas posé la question.

Un point pour lui.

— Ah, je savais bien que tu en étais capable ! s'exclame-t-il.

Il pointe ma bouche du doigt, je fronce les sourcils avant de m'apercevoir qu'un petit sourire étire la commissure de mes lèvres. Je suis de toute évidence inapte à résister à son enjouement.

Agacée envers moi-même, je repousse son index d'une claque sur sa main.

— Oui.

Il m'étudie et je peste contre son manque de concentration qui m'oblige à préciser :

— Oui, je suis à l'université du Michigan.

Ses yeux se mettent à briller de joie, il étend ses jambes sous le siège et étire ses bras au-dessus de sa tête, heureux comme un imbécile.

— Moi aussi, j'y étais ! Les meilleures années de ma vie !

— Contente que l'université réussisse à quelqu'un.

— Ah ! Voilà ce que tu fuis, Alone !

Je lui lance un regard noir, sur la défensive.

— Je ne fuis pas l'université, je fuis les cons qu'il y a dans cette ville !

Il avance ses lèvres en une moue réfléchie, puis hausse les épaules.

— Si ça t'intéresse, pour ma part, j'évite mon frère jumeau.

— Pourquoi ?

— Qui est curieux, à présent ?

Ses sourcils montent et descendent en formant une vague, ce qui, je dois le reconnaître, est un véritable talent. C'est aussi très agaçant. Ou alors, je suis d'humeur à ne rien supporter.

Sans me gêner, je pose deux doigts sur ses sourcils pour interrompre leurs mouvements, puis me renfonce dans mon siège et l'ignore.

— Ma mère est malade, elle est à l'hôpital. Je ne veux pas y mettre les pieds, alors si mon frère me chope, on va se taper sur la gueule.

Je ne peux m'empêcher de tourner le visage dans sa direction. Je comprends mieux que quiconque ce que l'hôpital peut faire ressentir et son refus de s'y aventurer. Néanmoins, à l'intonation de sa voix, je saisis que sa mère est mourante.

— Tu vas le regretter, si tu ne vas pas voir ta maman avant qu'elle ne meure.

— Tu es toujours aussi franche ? me demande-t-il sans se départir de son sourire. J'aurais imaginé entendre une phrase bateau du genre : « Je suis désolée pour ta mère, elle doit être une femme formidable qui ne mérite pas ce qui lui arrive. »

— On gagne toujours du temps à dire la vérité.

Songeur, il acquiesce. Il sort ses écouteurs et m'en enfonce un dans l'oreille sans mon consentement. Je pense en premier lieu à le lui faire avaler, mais je dois bien admettre que j'aime sa spontanéité. Débute *Hotel California* des Eagles. Nous gardons le silence pour profiter de la musique. Ty bouge la tête en rythme, puis entonne les paroles, indifférent au monde qui nous entoure. C'est lorsqu'il chante comme s'il était sous la douche que je lui fais les gros yeux.

— On s'en fout, lâche-toi !

Un « non » catégorique franchit mes lèvres. L'homme coupe la musique, se tourne vers moi et plonge un regard sérieux dans le mien.

— Avalone. Je suis plutôt doué pour cerner les gens. Malgré la gueule de six pieds de long que tu tires et tes paupières gonflées par les larmes, je crois que tu es le genre de nana un peu timbrée qui n'a pas peur de se ridiculiser. Alors, si tu veux emmerder la terre entière comme ton expression le laisse entendre, quoi de mieux que de commencer par emmerder un bus rempli de passagers ?

Je ne réponds rien, ébahie par ses mots et son raisonnement.

Il s'adosse contre son siège, relance la musique et poursuit son chant. Je jette un coup d'œil par-dessus mon épaule et observe les quelques personnes qui ne lui prêtent pas attention.

Je pose ma tête contre le fauteuil et décide de suivre son conseil.

– « *There were voices down the corridor, I thought I heard them say.* »

Ty me lance un regard malicieux et sourit de toutes ses dents.

– « *Welcome to the Hotel California. Such a lovely place, such a lovely face.* »

Toutes les têtes convergent dans notre direction, mais je m'en moque. Plus les paroles défilent, plus j'ose chanter haut et fort. Ça me fait un bien fou, la pression et la colère redescendent.

Les musiques se succèdent, nous échangeons des œillades amusées, nous rions et nous nous battons même pour le choix du prochain artiste.

J'avais pour projet de broyer du noir. Projet qui est tombé à l'eau. Cela dit, une légèreté agréable l'a remplacé. Je ne pensais pas pouvoir sourire, et encore moins rire de sitôt, mais Ty est une bouffée d'air frais, un vrai bonheur sur pattes. Grâce à lui, je ne songe plus à ceux qui m'ont fait du mal.

Nous atteignons l'Alabama sans avoir vu le temps passer. C'est lorsque le car s'arrête que je comprends qu'en l'absence de mon compagnon de route, je redeviendrai maussade. Être triste loin d'Ann Arbor, c'est ce que j'avais prévu. Seulement, après avoir manifesté de la gaieté, ça ne me convient plus. Ce n'est pas mon genre de me morfondre.

Les passagers récupèrent leurs bagages, puis descendent. Ty et moi sortons en dernier, et à vrai dire, je suis perdue et un peu terrifiée. Je n'ai pas la moindre idée d'où me rendre, ou de ce que je vais bien pouvoir faire… Je n'ai jamais eu l'occasion de me montrer aventurière.

— Bon, où va-t-on ?

Je dévisage Ty et me demande si, dans mon angoisse, j'ai imaginé ces mots.

— Bah quoi ? Tu fuis, je fuis. Puis, ne le prends pas mal, mais tu n'as pas une tête à sauter à bord du premier bus. Ton air paumé et apeuré est flagrant. On ne s'est pas rencontrés pour rien, autant profiter ensemble.

Il écarquille les yeux avant même que je ne lui aie répondu.

— Je ne parle pas de baise, hein ! Ce n'est pas que tu ne me plais pas, au contraire, tu es une magnifique femme... En revanche, tu pourrais être ma petite sœur et ce n'est vraiment pas mon truc.

Je l'observe rougir, ses bafouillages m'amusent beaucoup.

— Je te suis !

Si Lola m'entendait, elle ferait une syncope, toutefois j'ai un bon instinct. Enfin, mon instinct me poussait à accorder ma confiance aux Devil's Sons. Il n'est, de toute évidence, pas si sûr que ça. Cependant, Ty m'a donné envie de profiter de ce voyage et, sans lui, je n'y parviendrai pas.

Il hausse les sourcils, étonné, puis son regard se veut sévère.

— On ne t'a jamais appris qu'il ne fallait pas suivre un inconnu dans un autre État ? Pas que je sois dangereux, tu as de la chance d'être tombée sur moi, mais quand bien même, Alone !

— Bon, on y va ?

Il hoche la tête, puis retrouve son sourire et son excitation. Il s'empare de mon sac et m'entraîne à sa suite.

Ce type est totalement barge, je l'adore !

Nous traversons une grande route et sillonnons à travers des ruelles bien animées. Je ne sais pas dans quelle ville je me trouve, ce qui n'est pas très prudent. S'il m'arrivait quelque chose, je ne pourrais même pas lancer de S.O.S., ma batterie est vide.

— Quel âge tu as ? me demande Ty, curieux.

— Dix-neuf ans.

— Oh bah merde, ça me fait un coup de vieux !

— Et toi ?

— Vingt-huit ans.

Son expression déconfite m'amuse davantage que le nombre en lui-même. Ayant l'habitude de traîner avec les Devil's Sons, qui sont tous plus âgés que moi d'au moins quatre ans, ça ne me dérange pas.

— Tu as des enfants ? le questionné-je, l'air de rien, juste pour l'enfoncer.

Son air dépité se transforme en air horrifié. C'est lorsque je ris sous cape qu'il comprend que je le taquine.

— Petite vicieuse…

Mon sourire s'affaiblit, je repense au surnom que me donne Jesse. *V.* Mais je n'ai pas le temps d'avoir mal au cœur. Je dois me concentrer sur mes pas afin de suivre l'allure soutenue que m'infligent les longues enjambées de Ty. Il saisit mon poignet et m'impose sans préambule une nouvelle direction pour finalement passer la porte d'un petit hôtel sympa.

— Deux chambres, s'il vous plaît, demande-t-il au réceptionniste.

J'avance au centre de la pièce et observe la décoration façonnée dans le bois. Il n'y a pas un autre matériau en vue.

— Comment tu connais cet endroit ?

— Je fuis souvent mes problèmes, s'amuse Ty.

Je m'approche du comptoir et fouille mon sac à la recherche d'argent.

— Oh non, c'est pour moi. C'est la première fois que j'entraîne une inconnue dans mes escapades. Et puis, je travaille. Toi, tu es étudiante, donc il n'y a même pas à négocier.

Je secoue la tête.

— Je ne peux pas accepter.

— Bien sûr que si ! Je ne changerai pas d'avis.

Je le regarde, hésitante, mais il tend déjà l'argent en échange de nos clés. Il me conduit à l'étage, nous remontons le couloir, puis nous nous arrêtons devant nos portes mitoyennes.

— Sois prête dans une heure ! C'est l'*Happy Hour*.

Ses yeux pétillent d'excitation et la seconde d'après, il disparaît.

Ce type s'entendrait à merveille avec Lola, ils ont tous deux de l'énergie à revendre. Je me demande qui épuiserait l'autre en premier.

Je récupère mon sac, que Ty a déposé à mes pieds, et j'entre dans ma chambre. Elle n'est pas grande, cela dit elle est très mignonne et soignée. Tous les meubles sont en bois clair et une fenêtre donne sur la ville plongée dans l'obscurité de ce début de soirée. Je jette mes affaires sur le lit et file à la douche que je rêve de prendre depuis ce matin.

Nue, ma blessure se rappelle à moi. Une tache de sang colore le pansement, mais je n'ai rien pour le changer ou me désinfecter. Tant pis, je vais devoir faire sans jusqu'à trouver une pharmacie.

Décrassée et sèche, j'ai déjà meilleure mine et savoure l'odeur de gel douche qui imprègne ma peau. Je rejoins la pièce principale et revêts de nouveaux vêtements lorsque, au moment où je passe mon t-shirt, la porte de ma chambre s'ouvre à la volée. Ty, propre sur lui, écarquille les yeux, puis louche sur ma blessure.

— Putain ! Qu'est-ce que tu t'es fait ?

À coups de gestes brusques, je finis de mettre mon haut.

— Tu ne frappes jamais avant d'entrer ? demandé-je, agacée.

Je n'ai vraiment pas envie d'expliquer à qui que ce soit que j'ai intégré un gang et que je me suis pris une balle afin d'empêcher une guerre de territoire. De toute façon, il ne me croirait même pas.

— Tu n'avais qu'à fermer à clé, si tu ne voulais pas être dérangée, rétorque-t-il en haussant les épaules.

Il entre et se laisse tomber sur mon lit.

— Alors, qu'est-ce que tu t'es fait ?

— Rien de grave.

Il croise les bras derrière la tête et relève dans son mouvement ses manches courtes. Un nouveau tatouage apparaît sur son biceps.

Mes gestes se suspendent, j'ai brusquement chaud et de la bile remonte le long de ma gorge.

La même police d'écriture que celle des garçons, les quatorze mêmes caractères, les trois mêmes mots.

The Devil's Sons.

Tout à coup, les pièces du puzzle s'emboîtent. Jesse m'avait parlé de jumeaux membres du gang lorsqu'il y est entré, tout comme Clarke. Et Ty est l'un d'eux. Méconnaissable pour moi, mais loyal à Carter à jamais.

Mon monde se met une nouvelle fois à vaciller, alors qu'il est déjà sur la corde raide. La haine que j'avais éprouvée la veille revient au galop, mon sang ne fait qu'un tour dans mes veines.

Ty me dévisage. Lorsqu'il articule un mot, je le devance et lui lance ma trousse de toilette qui s'écrase sur le mur à quelques centimètres de sa tête. Il bondit hors du lit et lève les mains en signe d'innocence.

— Espèce d'ordure ! C'est Carter qui t'a envoyé !

Ce n'est pas une question, c'est une affirmation. La haine brûle en moi dans un feu destructeur. Je déteste de toutes mes forces les Devil's Sons, mon parrain, mes parents, la terre entière. Et Ty. Ty, qui est parvenu à m'arracher un rire au milieu de tout ce bordel qu'est devenue ma vie. Ty, qui m'a contaminée par sa joie de vivre et sa bonne humeur. Ty, en qui je pensais pouvoir avoir confiance, mais mon putain d'instinct déraille complètement, ces derniers temps.

2.

— Qui ?

— NE FAIS PAS SEMBLANT, CARTER BROWN !

J'attrape une chaussure que je lui lance de toutes mes forces. Il l'évite de justesse et me dévisage avec perplexité.

Il demeure dans l'incompréhension, comme si on ne parlait pas la même langue, jusqu'à ce que son cerveau se remette à fonctionner. La surprise la plus totale déforme les traits de son visage et le doute s'immisce en moi.

— Tu connais Carter ? Carter Brown des Devil's Sons ?

Cette fois-ci, c'est le coussin du fauteuil que je lui jette. Il l'esquive en s'abaissant, mais ne semble pas contrarié.

— OK, OK ! Tu es à l'université du Michigan, bien sûr que tu sais qui il est.

Il est loin du compte et il le comprend puisqu'il fronce les sourcils et se redresse.

— Attends... Pourquoi tu penses qu'il m'a envoyé ?

Il me scrute de la tête aux pieds, comme s'il pouvait trouver un indice sur mon corps, et me voilà aussi perdue que lui. Il est l'un des jumeaux des Devil's Sons, ça ne fait aucun doute.

Toutefois, si ce n'est pas Carter qui l'a chargé de me suivre, pourquoi est-il ici ?

— Tu as un Vegvisir[1] tatoué à la base de ton cou, constaté-je. Tu es païen.

Nous nous dévisageons tout en gardant une distance de sécurité, dans la mesure où l'autre pourrait être dangereux.

— Tu l'es aussi pour reconnaître ce symbole, alors que les trois quarts disparaissent sous mon t-shirt.

Le Ty au sourire contagieux paraît tout à coup menaçant par sa taille, sa carrure et son regard. Il n'a plus rien de bienveillant, il est devenu un autre homme, comme savent le faire les Devil's Sons.

— Carter ne t'a pas envoyé, affirmé-je.

Si c'était le cas, il ne se méfierait pas de moi. À présent, il sait que je connais le chef de gang et que je le fuis. Et il pense que je m'en suis prise à eux.

— Je ne fais plus partie des Devil's Sons. Je n'ai pas eu de nouvelles de Carter depuis presque cinq ans.

Les Nornes[2] se foutent royalement de moi. Je suis à peine débarrassée du gang qu'elles mettent un ancien membre sur mon chemin.

— À ton tour de me dire qui tu es et pourquoi tu fuis le boss.

Il ne fait plus partie des leurs et pourtant, il s'inquiète du mal que j'ai bien pu leur causer. Seulement, ce sont eux qui m'ont blessée. Moi, j'ai juste tenté de les aider.

Par ailleurs, apprendre que Ty n'a pas été envoyé par Carter est un soulagement. Je n'aurais pas supporté qu'on me trompe une énième fois.

---

[1] Le Vegvisir est un symbole, une boussole magique qui sert de guide à la personne qui le porte pour lui éviter de s'égarer et de perdre de vue son destin.

[2] Dans la mythologie nordique, les Nornes ont pour rôle de fixer le destin de chacun, homme comme dieu.

Je pouffe de rire, lasse de toute cette histoire, ce qui a le mérite de détendre l'ancien criminel. Je me laisse tomber dans le fauteuil, prête à passer aux aveux.

— En résumé...

— Non, me coupe-t-il.

Il reprend place sur le lit, un sourire amusé aux lèvres.

— Je veux la version longue. Ça m'a l'air d'être *très* intéressant.

Revoilà le Ty rempli de légèreté, et c'est préférable. Par tous les dieux, il faut dire que ce type sait se montrer menaçant.

— J'ai grandi avec la conviction que mon père était mort avant ma naissance.

Je lui parle de la relation fusionnelle que ma mère et moi entretenions, ainsi que de ma maladie. Je lui raconte ma rencontre avec les Devil's Sons et la façon dont je me suis retrouvée liée à eux. J'enchaîne sur le chantage de Carter pour la fausse déposition et tous les événements qui ont suivi, les bons comme les mauvais. Ty rigole quand je rigole et perd son sourire quand je perds le mien. Il est le parfait reflet de mes expressions et j'ai la certitude qu'il me comprend.

— Savais-tu que Carter et Mike Arinson étaient frères ? Parce que moi, non. Jusqu'à la négociation.

— Tu te fous de moi ?

Cet homme a une sensibilité surdéveloppée. Une demi-douzaine d'émotions le frappent de concert, si nombreuses qu'au final, je n'arrive pas à les distinguer les unes des autres. On dirait bien que les anciens membres ne sont pas au courant de cette vérité. Carter a dû prévenir uniquement ceux qui joueraient un rôle dans mon retour. Et il n'avait pas prévu que Ty en fasse partie.

Je lui raconte le déroulement de la négociation, puis la balle que je me suis prise. Il siffle entre ses dents, comme s'il se souvenait de la douleur d'une telle blessure.

Quelle était la probabilité que je tombe sur un ancien Devil's Son, alors que je fuis justement le gang auquel il a appartenu ?

Je poursuis avec les révélations – à moitié fausses – que m'a faites Carter au sujet des BloodBro, et mon compagnon de route se décompose. Il connaît le nom légendaire du gang le plus puissant d'Amérique et, à l'idée que le boss soit mêlé à eux d'une façon ou d'une autre, il pâlit à vue d'œil.

— Suite à l'arnaque de Mike, les BloodBro ont exigé, en représailles, la mort du premier enfant Arinson. Sa femme enceinte serait parvenue à prendre la fuite, seulement dans la précipitation, un accident de voiture leur aurait coûté la vie, à elle et à son bébé. Du moins, c'est ce que Carter m'a fait croire.

Après une grande inspiration et le cœur douloureux, je finis par lui avouer mon affreuse découverte de la veille.

— Mais ce bébé n'a jamais péri avec sa mère, il était même déjà né. Carter et Mike les ont fait passer pour morts auprès de tous.

Quelques secondes s'écoulent dans le silence, le temps que Ty intègre l'information, puis il se redresse avec lenteur, les yeux exorbités.

— Attends... souffle-t-il.

Il scrute chacun de mes traits et déglutit avec peine. Je hoche la tête afin de confirmer ses pensées.

— Je *suis* Avalone Arinson. Tout ce que j'ai toujours pris pour vrai n'était qu'un mensonge. Tous le savaient, mais personne n'a cru bon de me révéler mon identité. Je n'étais qu'une mission aux yeux des Devil's Sons : protéger la fille Arinson et la ramener à la maison.

Ty en perd sa mâchoire, sous le choc. Il articule une syllabe pour se raviser ensuite. Il joue à ce jeu un long moment, puis se lève brusquement.

Deux émotions dominent en lui.

L'incrédulité.

La surprise.

— Putain de bordel de merde !

Il passe ses mains dans ses cheveux, s'agrippe à ses mèches et tourne sur lui-même, la bouche grande ouverte. Puis il finit par éclater de rire.

— Par Hlidskjálf[3], c'est un truc de dingues ! Je tombe sur une Devil's qui est la fille de Mike et la nièce du boss...

Ses bras s'agitent dans tous les sens tandis que ses jambes se mettent en marche. Il entreprend de faire les cent pas et semble réfléchir aux indices que Carter aurait pu semer derrière lui, mais qu'il a de toute évidence ratés.

— Bordel, bordel, bordel...

Je commence à avoir le tournis à force de l'observer traverser la pièce de long en large. Dieux merci, il s'arrête et me fait face, un air protecteur au fond du regard.

— J'aime Carter et les Devil's Sons, en revanche, leurs manières de procéder sont discutables. Tu as eu raison de monter dans ce bus. Quand on n'est plus en phase avec une ville et tout ce qui s'y trouve, il n'y a rien de mieux que de s'évader. Donc, je te propose de passer autant de temps que tu le souhaites ici, puis je te ramènerai dans le Michigan lorsque tu te sentiras prête.

Si je n'étais pas certaine de pouvoir lui faire confiance au sujet de ma sécurité, à présent c'est chose faite. Un ancien Devil's Son ne s'en prendrait jamais à moi. Et en ce qui concerne mon cœur, Ty est un baume apaisant.

— À deux conditions. La première, tu ne contactes pas le gang pour le prévenir que je suis en ta compagnie. Et la seconde, ne me parle pas de mon retour dans le Michigan. Je veux profiter, et non penser à une date d'expiration.

---

3 Dans la mythologie nordique, Hlidskjálf est le trône d'Odin. Lorsqu'il s'y assied, le dieu peut observer les neuf mondes et comprendre tout ce qui s'offre à son regard.

— Marché conclu !

De grands sourires dévoilent nos dents. Ty me tend sa main, que je serre afin de sceller notre pacte.

— Oh... Tu devrais éteindre ton téléphone si tu ne désires pas que Carter te localise.

Je pouffe de rire, toutefois le regard grave de mon compagnon de route me retire toute envie de plaisanter.

— Je suis sérieux. Peut-être même que les Devil's sont déjà en route.

Excédée, je finis par secouer la tête.

— Ma batterie a lâché durant la nuit.

— Parfait ! Allons passer une excellente soirée pendant que les gars fouillent tout Ann Arbor à ta recherche.

Un sourire vengeur étire mes lèvres.

J'aime les garçons, je ne peux prétendre le contraire. À leurs côtés, je me suis toujours sentie apaisée, peu importent nos disputes. Notre complicité a été fusionnelle, comme si j'étais née pour les côtoyer. C'est d'ailleurs pour cette raison que j'ai eu si mal en apprenant leur trahison. Et à présent, je ressens le besoin de leur compliquer la vie.

Tout excitée, j'attrape ma veste, puis Ty et moi quittons l'hôtel. Il s'arrête au milieu de la rue et se tourne vers moi avec un petit rire nerveux, l'air gêné.

— Pardonne-moi pour l'attitude que j'ai adoptée lorsque j'ai saisi que Carter te cherchait. Je sais que malgré ses mauvaises manières, ce n'est pas un monstre. Alors, pour que tu en arrives à le fuir, ça me paraissait évident que tu t'en étais pris à eux. Devil's un jour, Devil's toujours, tu comprends ?

Je balaie ses excuses de la main. Sa réaction ne m'a pas blessée, au contraire. Dès notre rencontre, j'ai trouvé magnifique le lien qui unissait les membres du gang. Ils sont une famille et ils le restent, même des années plus tard.

Nous poursuivons notre chemin bras dessus, bras dessous et

je l'écoute me parler de ses différents road trips.

— Tu sais ce que j'aime dans le fait de prendre son sac à dos et d'aller à la gare ? Tu ne penses à rien, tu n'as qu'une seconde pour choisir une destination avant qu'on te tende ton billet. Une *seule* seconde, et te voilà parti. Tu n'as pas la moindre idée de l'endroit où tu vas dormir, qui tu vas rencontrer et ce que tu vas manger. Tu ne songes plus à tes responsabilités, à tes problèmes, et tu te crées des souvenirs inoubliables.

Je me remémore mon passage à la gare routière d'Ann Arbor et souris. À ce moment-là, j'étais loin de me douter de ce qui m'attendait. Les Nornes ou les dieux prennent décidément un malin plaisir à me faire vivre les montagnes russes émotionnelles. Mais Ty a raison. Cette absence d'organisation est libératrice.

— Combien de fois es-tu parti sur un coup de tête ?

— C'est la seizième.

Mes yeux s'écarquillent, l'ancien Devil's rigole.

— Je te l'ai dit, je fuis souvent mes problèmes.

— Dans quels États es-tu allé ?

— Hum, voyons voir... J'ai visité le Dakota du Sud à deux reprises. Il en est de même pour le Nevada, le Massachusetts et l'Arizona. L'Alabama, c'est la troisième fois. Je suis allé au Texas, au Kansas, en Géorgie, en Caroline du Nord et dans le Vermont.

Je suis stupéfaite et carrément envieuse. Pour moi, c'est une première. Je n'avais jamais quitté Madison avant mon entrée à l'université.

— J'ai particulièrement aimé le Dakota du Sud, le Nevada et l'Arizona. C'est dépaysant.

Je rêverais de me rendre dans le Dakota. Ma mère s'était amusée à décorer ma chambre de dizaines de posters de cet État pour mon retour de l'hôpital, lorsque j'étais gosse. Pendant des semaines, nous avions fait semblant d'y être. Je me souviens que je riais si fort que j'en avais eu mal au ventre.

Un jour, les Nornes, responsables de notre malchance, seront chassées et remplacées par d'autres, bienveillantes. Je te le promets, Avalone, nous visiterons le Dakota, m'avait-elle juré, le regard fixé sur l'Ouest sauvage des États-Unis. Aujourd'hui, je comprends que ces Nornes malveillantes n'étaient que les BloodBro arnaqués par mon père.

Nous sillonnons les rues animées de la ville, puis Ty marque un court arrêt devant la devanture close d'un supermarché. Je ne masque pas mon étonnement lorsqu'il parvient à ouvrir la porte et, alors que je m'apprête à protester, il m'entraîne à l'intérieur de ce lieu très sombre, une sorte de couloir sans fin. Puis il me guide à travers l'obscurité jusqu'à une petite lumière qui devient plus intense à mesure que nous progressons. Nous tournons à droite, dans un angle qui ne laissait suggérer aucune ouverture, et pourtant, la luminosité m'aveugle à tel point que je suis obligée de fermer les paupières et de m'arrêter. Ty reste à mes côtés, offrant à ma vision le temps de s'adapter. Lorsque j'y vois clair, j'ai l'impression de rêver.

Une grande salle remplie de monde est animée par des chanteurs et des musiciens de jazz qui jouent sur une petite estrade. Des danseurs vêtus de costumes des années 50 bougent en rythme sur le comptoir ou autour des tables. Ils entraînent avec eux les clients dans un boogie-woogie digne d'un voyage dans le temps. Tout n'est que couleurs, rires et fête, sans un laissé-pour-compte.

— Impressionnant, non ?

Je hoche la tête avec lenteur, émerveillée.

Ce bar relève de l'imagination ou d'un bon vieux film, mais certainement pas de la réalité. Comment tout ça peut-il encore exister de manière aussi conforme ? Comment une telle joie de vivre peut-elle circuler dans chaque personne ? Il n'y a aucun poivrot endormi sur le bar ni aucun homme prêt à en frapper un autre. Il règne une convivialité que je n'ai jamais vue ailleurs. De la convivialité et des sourires qui illuminent la salle, des échanges de partenaires et des rires magnifiques à l'oreille. Le respect et la bienveillance sont visibles envers tous, et c'est probablement ce qui me surprend le plus.

— C'est fantastique, soufflé-je.

Ty affiche une moue compréhensive, puis se jette dans la foule. Nous déambulons entre les danseurs, certains nous bousculent dans le feu de l'action, puis se confondent en excuses avant de reprendre leurs pas de plus belle. Chaque femme qui croise mon regard me sourit – elles sont toutes chaleureuses – et aucun homme ne s'énerve lorsque je lui marche sur les pieds.

L'ancien Devil's Son nous conduit au bar et son visage s'illumine à la vue du vieux monsieur derrière le comptoir.

— Ty ! Ça fait un bail ! Il manquait plus qu'toi pour mettre l'feu à la salle !

— Gary ! Comme je suis content de te revoir !

Mon ami saute par-dessus le bois verni et le prend dans ses bras. Cet échange d'affection m'arrache un sourire. Ty est si différent des autres Devil's Sons. Il ne cache jamais ses sentiments, tout semble facile avec lui, comme si n'importe quelle relation coulait de source.

— Je te présente Avalone, une amie.

Gary pose son regard sur moi et hausse les sourcils à l'intention de l'ancien membre de gang.

— Amie, ou p'tite amie ?

Ty me décoche un clin d'œil amusé.

— Une amie. C'est ma protégée.

L'homme soulève le clapet du comptoir, passe au travers et m'offre une accolade chaleureuse.

— Ty étant lui-même mon protégé, t'es ma protégée. Ce soir, c'est boissons à volonté pour vous deux !

Mon compagnon de route m'entraîne déjà vers la piste de danse lorsqu'il lance à Gary :

— Je n'en attendais pas moins de toi, vieil homme !

— J'peux encore changer d'avis et t'foutre à la porte, abruti !

Ty éclate d'un rire bruyant tandis que je me marre sous cape. Il est peut-être différent des Devil's Sons actuels, mais il possède bien leur culot légendaire.

Nous nous faufilons entre les danseurs et nous retrouvons l'un en face de l'autre.

— Tu danses le boogie ?

— Absolument pas, avoué-je.

Il hausse les épaules et analyse les mouvements des professionnels autour de nous. Une moue peu convaincue étire ses lèvres.

— Moi non plus. On va improviser.

Il attrape ma main et voilà que je tournoie sur moi-même à vive allure. Malgré notre tentative de ralentir de façon gracieuse, je m'affale contre lui.

Nous imitons du mieux que nous pouvons les enchaînements des autres danseurs. Je sautille et opère des petits pas rapides d'avant en arrière, puis de droite à gauche. Le résultat est catastrophique, mais nous cause des éclats de rire. Ty comme moi sommes si nuls que nous bousculons un couple auprès duquel nous nous excusons sans parvenir à recouvrer notre souffle. Les victimes de cette absence de talent s'amusent de nous et finissent par nous apprendre la manière de procéder afin d'effectuer de véritables pas de danse.

Nous passons un long moment en leur compagnie, dans la bonne humeur. Les musiques défilent sous les voix envoûtantes des chanteurs de jazz et des doigts féeriques des musiciens.

— Je baisse les bras, glousse la femme lorsque Ty et moi manquons de tomber, les pieds emmêlés. Vous êtes un magnifique couple, mais visiblement pas nés pour le boogie.

Nous rigolons de bon cœur et retrouvons notre équilibre. Mon nouvel ami les remercie, je les salue de la main et nous nous effondrons sur le bar, morts de soif.

— Qu'est-ce qu'ils boivent, nos deux meilleurs danseurs ? nous questionne Gary, hilare.

Nos compagnons de comptoir se marrent à la remarque du patron, signe que nous ne sommes pas passés inaperçus et que tout le monde s'est diverti de ce désastre.

— Un Coco Hard Still et un autre, Virgin, lui commande Ty.

Il m'assure que je vais adorer, tandis que je note l'attention : il a demandé ma boisson sans alcool. Ça peut paraître futile pour beaucoup, mais ça compte pour moi. Lorsqu'on rencontre une personne dans ma situation et qu'on n'est pas soi-même malade, on pense rarement à ses restrictions alimentaires.

Après quelques minutes de préparation, nous recevons nos verres et trinquons.

— À notre rencontre hasardeuse qui, je le sens, va éclore en quelque chose de magnifique !

Ty me décoiffe affectueusement puis, heureuse, je pince la paille entre mes lèvres et avale une gorgée.

— Délicieux !

— Je le savais ! s'exclame-t-il, fier de lui. *Mais*... puisque tu ne peux pas boire d'alcool, j'ai quelque chose pour toi.

Il glisse la main dans la poche de son jean et en sort un joint qu'il tend devant lui, triomphant.

— Je n'ai...

— Il n'y a pas de tabac, il est 100 % bio !

Je m'empare du cône et saute de ma chaise. Mon compagnon de route attrape sa boisson, puis nous quittons la salle en nous déhanchant au rythme de la musique.

J'ai laissé mon bagage émotionnel à la gare, ce qui n'aurait pas été possible si je n'avais pas rencontré Ty. Sans lui, je serais au fond du lit de ma chambre d'hôtel à cultiver ma haine envers les Devil's Sons. L'expression dit « un de perdu, dix de retrouvés », mais dans mon cas, c'est l'inverse. Toutefois, je n'ai jamais été adepte des grandes vies sociales.

À l'extérieur, nous retrouvons le monde réel. La musique ne nous parvient plus, le calme me paraît étrange.

Ty s'assied sur les marches d'une porte d'entrée et tapote de sa main la place à côté de lui.

— Tu comptes pardonner à ces abrutis de Devil's ?

Je m'installe et soupire. Les mots ne me viennent pas, c'est bien trop récent pour que je puisse réfléchir à l'avenir.

— Ils ont eu tort de te cacher la vérité, ils méritent ta colère. Tu as le droit de tirer un trait sur eux, mais il faut que tu saches que les ordres de Carter sont indiscutables. Lui désobéir, c'est aussi dangereux que se loger une balle dans le pied. En toute honnêteté, je n'ai pas la moindre idée du comportement que j'aurais adopté si j'avais été à leur place.

— Je le sais, avoué-je. J'en suis consciente. Seulement, leur en vouloir pour m'avoir caché la vérité est plus facile que leur en vouloir de ne pas ressentir pour moi ce que j'éprouve pour eux.

— Nous y voilà.

Ty me tend un briquet et, finalement, mon besoin de garder le contrôle se confronte à mon désir d'envoyer la terre entière se faire voir. Le premier l'emporte, je renonce à fumer. Après tout, je n'ai aucun pouvoir sur mon cœur malade et ma vie a pris un tournant sans précédent. Si je n'ai plus les idées claires, que me reste-t-il ?

— Ce n'est pas à moi de te convaincre qu'ils t'aiment, c'est à eux de te prouver les choses. Toutefois, je vais te donner mon avis. Carter leur a ordonné de te protéger et de te ramener. Pas de t'apprécier. Je connais Sean, Jesse et Clarke. Ils sont incapables de faire semblant d'aimer et tu le sais, parce que tu les connais toi aussi. Alors oui, au début, tu n'étais qu'une mission à leurs yeux. Mais ça ne veut pas dire que tout ce que vous avez vécu n'était pas sincère. L'un n'empêche pas l'autre.

J'aimerais croire en ces mots, seulement j'ai bien trop peur de souffrir davantage. Je ne pense qu'à me protéger.

— Toute ma vie a été remise en question, je ne sais plus en qui ou en quoi avoir foi.

— Bordel, Alone, tu surpasses Sean dans l'obstination !

J'explose de rire et lui assure que personne sur terre n'est plus buté que lui. S'ensuit alors un débat que je finis par gagner en lui racontant la fois où Tucker a manipulé Sean dans le but de le pousser si loin qu'une connerie en résulterait à tous les coups. Le premier affirmait qu'une collision parfaite entre deux balles d'armes à feu provoquerait leur désintégration. Le second soutenait l'hypothèse que les deux têtes s'aplatiraient sous le choc. Les garçons, pour rendre fou Sean, ont donné raison à Tucker.

« VOUS ÊTES DEMEURÉS OU QUOI ? ELLES NE VONT PAS SE DÉSINTÉGRER ! »

Qu'est-ce qu'on a pu rire de son état de rage ! Il ne s'est pas douté une seconde qu'on le charriait et qu'on était d'accord avec lui. C'était pourtant évident !

Les garçons ont continué à rire à ses dépens jusqu'à ce que Sean perde les pédales. Buté comme ce n'est pas permis et désireux de prouver à tous qu'il avait raison, il s'est muni de deux armes. Personne ne pensait qu'il irait au bout de son expérience. Pourtant, il les a positionnées à plat sur la table extérieure, canon contre canon. Les rires ont cessé, on l'a averti du danger, mais il était obnubilé.

Appuyé de tout son poids sur les crosses des flingues afin qu'ils ne bougent pas, il aurait tiré sur les gâchettes en simultané si les Devil's Sons ne l'avaient pas immobilisé à temps, en criant qu'il allait perdre ses deux bras s'il persistait.

— Crois en ton cœur, Avalone. L'erreur est humaine, et même divine. Le pardon, lui, est bien au-dessus de tout ça. Ne laisse pas ton orgueil t'interdire d'accepter leurs excuses. Et puis, si la vengeance est plus satisfaisante que l'absolution, tu peux toujours assouvir l'un et offrir l'autre plus tard. Partir dans un autre État sans donner de nouvelles est une belle revanche, tu ne crois pas ?

Je relève le visage vers lui et rencontre son sourire entendu.

— Tu ferais un très bon psy, tu le sais ?

— On me le fait souvent remarquer.

Je songe à ses mots, cependant rien n'est simple dans cette histoire.

— Peu importe qu'ils m'aiment vraiment. Carter est leur chef, il passera toujours avant moi. Il leur donnera de nouveaux ordres me concernant et ils obéiront, même si ça doit me causer du tort. Je ne peux accepter ce genre d'amitié.

Quand Ty s'apprête à rétorquer, je le coupe :

— Ne dis rien qui puisse changer ma vision de la situation. J'ai besoin d'être en colère pour ne pas être triste.

Il acquiesce et respecte mon choix. Il semble même me comprendre et ça, ça me procure un bien fou.

— Ta maman, qu'est-ce qu'elle a au juste ?

— Une maladie dégénérative. On sait depuis plusieurs mois que ce n'est plus qu'une question de temps avant qu'elle ne... Je m'y suis préparé. Enfin, c'est ce que je pensais. Mais on n'est jamais prêt à dire adieu à quelqu'un qu'on aime.

Je pose ma main sur la sienne, peinée pour lui. Je n'ai pas connu mon père, je n'ai eu aucun deuil à faire. Je ne peux pas comprendre ce que ressent Ty. En revanche, je peux le soutenir, et c'est ce que je ferai. Mon cœur et mon âme sont liés à la famille des Devil's Sons, alors les jumeaux ne seront pas seuls. Je me fais la promesse d'être à leurs côtés comme Ty l'est aux miens.

— Combien de temps lui reste-t-il ?

Il fixe un point invisible et pour la première fois depuis notre rencontre, sa voix est faible lorsqu'il répond :

— C'est assez flou. Quelques semaines.

J'étais loin de me douter que l'échéance était si proche. Ty a une telle joie de vivre, il sourit tout le temps et fait rire chaque personne qui croise sa route tandis qu'à l'intérieur, il est brisé et la femme qui l'a mis au monde va mourir prématurément.

— Ty...

— Je sais ce que tu vas me dire, me coupe-t-il, et tu as raison. Mais ne prononce pas ces mots. J'ai besoin de souffler et de penser à autre chose.

Compréhensive, je garde le silence. Je fixe le joint dans ma main et hésite à le lui tendre.

Non, il souffre suffisamment. Ça le détendrait peut-être, mais cette saleté finirait par lui causer plus de mal que de bien.

Peu à peu, son sourire et sa bonne humeur chassent le petit nuage au-dessus de sa tête.

— Qu'as-tu fait après les Devil's Sons et l'université ?

— J'ai emménagé à Charleston, en Virginie. Avec Alec, mon frère. J'ai été manager dans plusieurs grosses boîtes, mais ça ne me convenait jamais. Alors, je quittais l'État à chaque fois que je ressentais cette envie irrépressible de prendre le large.

Il rigole de son parcours.

— Je ne garde donc pas mes emplois bien longtemps. Je trouve du travail, me fais virer lorsque je ne me présente pas pendant des jours, et j'en cherche un nouveau au retour de mes road trips.

— Tu dois avoir un sacré CV !

Nous nous marrons, puis Ty passe son bras autour de mes épaules et m'attire contre lui dans un geste complice.

— Ma mère est une grande amie de Carter, même si nous ne les avons jamais vus tous les deux ensemble, ce qui est un peu étrange, je dois l'admettre. À l'époque, elle travaillait beaucoup, alors elle a demandé au boss de veiller sur nous, et de fil en aiguille, nous avons intégré les Devil's.

— Elle n'en a pas voulu à Carter ? le questionné-je, étonnée.

Mon air stupéfait l'amuse.

— Non. Elle a toujours eu une confiance aveugle en lui. Elle croyait dur comme fer qu'on ne risquait rien de très grave à ses côtés. Pourquoi une telle foi ? Nous ne l'avons jamais su, mais il doit forcément y avoir une raison.

Je reste silencieuse, pensive. Encore un mystère à résoudre. La liste devient bien trop longue à mon goût, néanmoins on ne peut pas dire que je m'ennuie.

— « *Devil's un jour, Devil's toujours.* » J'ai trouvé ça très beau, murmuré-je.

Un sourire de nostalgie étire ses lèvres. Je l'imagine porter *la* veste et conduire une Harley avec un flingue coincé à l'arrière de son jean. C'est d'ailleurs ce que j'ai pensé à la seconde où je l'ai vu. Il a le profil type d'un Devil's Son.

— C'est notre credo. À aucun moment tu n'as entendu les gars le prononcer ?

Je réponds par la négative.

— Ce n'est pas plus mal.

— Pourquoi ?

— Disons que lorsque ces mots sont déclamés, ce n'est généralement pas dans la joie. C'est une sorte de prière.

Je comprends très bien où il veut en venir, mais je refuse d'y prêter attention et de m'inquiéter pour eux. Je secoue la tête afin de repousser toutes mes angoisses et saute sur mes pieds.

— Allez, debout ! On va danser !

Pour appuyer mes propos, j'ondule des hanches. Ty coopère et ensemble, nous retournons dans le bar.

Le décor me paraît encore plus stupéfiant qu'il ne l'était déjà. Je me fige une seconde fois sous l'énergie que dégagent les professionnels de la danse en pleine action. Les femmes sont vêtues d'une robe noire à points blancs ou d'une jupe rouge aux mêmes motifs. Un nœud orne leur chevelure tirée en arrière. Les hommes, quant à eux, portent une chemise, un jean à bretelles ainsi qu'un béret. Je suis fan de ce look, sans parler de ces chorégraphies impressionnantes que je n'ai pas réussi à reproduire tout à l'heure.

Ty et moi rejoignons la piste après qu'il a fini son verre cul sec. Nous n'essayons plus de mimer les pas des autres. Chacun danse comme il le souhaite, sans que personne ne le juge.

La musique traverse mon corps et me transporte. Je suis libérée de toute pensée négative, dépourvue de tristesse, peur ou appréhension. Je vis le moment présent, en transe, tout comme Ty. Nous dansons tantôt l'un en face de l'autre, tantôt l'un contre l'autre. Nos sourires sont les plus beaux de l'Yggdrasil[4] et nos rires les plus bruyants. Lorsque je commence à m'essouffler, mon partenaire me porte sur ses épaules et danse pour moi. L'instant suivant, je me retrouve allongée au-dessus de toutes les têtes, et passe de mains en mains sous les sifflements de Ty.

---

4 L'Yggdrasil est l'Arbre Monde sur lequel reposent les neuf mondes de la mythologie nordique. C'est un immense frêne possédant trois racines.

3.

Je suis tirée de mon sommeil par l'ancien Devil's Son qui entre dans ma chambre et écarte brusquement les rideaux. Le flot de lumière m'aveugle, j'enfonce la tête sous mon oreiller et grogne. Je ne suis pas prête à quitter le monde des songes.

Ces trois derniers jours m'ont achevée, Ty m'a obligée à courir partout. Pas pour visiter les plus beaux musées ou les plus beaux sites, non. Nous avons parcouru des villes à la recherche d'activités insolites grâce à la voiture que le vieux Gary nous a prêtée. Nous nous sommes rendus sur le plateau de tournage d'une série B avec deux gros sachets de pop-corn. Deviner ce que pouvaient bien se raconter les acteurs devant la caméra a été hilarant. C'est lorsque nous nous sommes un peu trop approchés que les agents de sécurité nous ont chassés.

N'ayant jamais entendu une chorale de gospel, Ty a annoncé qu'il me renierait si je ne le suivais pas immédiatement. Nous avons passé la tête à travers les portes d'une bonne dizaine d'églises avant d'en trouver une dans laquelle des chants résonnaient. Je n'étais pas à l'aise à l'idée de pénétrer à l'intérieur de ce lieu par peur de manquer de respect à mes dieux et aux chrétiens, mais Ty et son humour ont su me détendre.

— Odin serait prêt à construire une église sur Asgard[5] pour écouter du gospel !

Quand nous sommes entrés dans l'église, que nous avons entendu et vu la chorale à l'œuvre, mon ami a passé son bras autour de mes épaules, et je crois que lui comme moi avons pleuré silencieusement[6], conscients de ce que nos ancêtres avaient fait subir aux leurs, émus par la fierté de leur libération qui transparaissait dans chaque voix.

Depuis, nous n'écoutons que ça lors de nos escapades en voiture.

Ty est tombé malade et m'a refilé sa crève à la suite de notre soirée dans un bar-igloo. La température descendait en dessous de zéro, j'ai bien cru que mon jean allait rester collé à la glace. C'est mon compagnon de route qui a craqué en premier et m'a traînée dehors en pestant contre l'entrepreneur aux idées farfelues. Nous avons vécu une tout autre expérience au *Four Senses*, un restaurant tenu par des malvoyants. Le sas à l'entrée filtrait la lumière, la salle de réception était plongée dans un noir total. Ça a été ma plus brillante idée. Des serveurs nous ont accompagnés jusqu'à notre table afin de nous éviter une chute ou une collision avec un meuble. La vue nous était privée et durant l'espace d'un repas, nous avons vécu ce que vivent au quotidien les personnes atteintes de ce handicap. Ty, angoissé par cette perte de l'un de ses sens, ne pouvait s'empêcher de dire des conneries pour se détendre. Lorsqu'il a confondu le sel

---

5 Asgard est, dans la mythologie nordique, le monde des dieux Ases dont fait partie Odin.

6 Le gospel est né de la lutte des Noirs contre l'oppression et l'esclavage. Les premiers chants ont débuté sur les navires négriers qui prenaient la mer pour l'Amérique. Ce peuple déraciné et écrasé chantait leurs espérances.

et le sucre avant de recracher sa bouchée, il s'est exclamé :

— Qui est le con qui pose du sucre à côté d'un plat dans un restaurant où je peux me branler sans que personne ne s'en aperçoive ?

J'ai tellement ri que je me suis étouffée, et tout ce que j'avais dans la bouche a été projeté un peu partout.

Nous avons assisté à un entraînement de Quidditch[7] moldu. Tout y était : le terrain ovale, les trois anneaux, et même le vif d'or transporté par un joueur sans balai.

— ATTRAPE CE PUTAIN DE VIF D'OR ! TU AS L'HABITUDE DE BANDER, CE N'EST PAS UN BOUT DE BOIS ENTRE LES JAMBES QUI VA TE RALENTIR ! a crié Ty.

Avec lui, asphyxier sous les rires est devenu aussi naturel que de respirer.

En souvenir de ces trois jours, nous avons des photos prises illégalement de chacun de nous assis sur la chaise pliante noire du réalisateur, notre t-shirt signé par la chorale de gospel, un sucrier offert par le patron du restaurant et deux vifs d'or en porte-clés.

— Tu es cruel de me tirer du sommeil à l'aube tous les matins.

Je bâille à m'en décrocher la mâchoire et disparais sous la couette.

— Allez, princesse, debout ! On quitte l'Alabama.

Je me redresse, tout à coup bien réveillée, et le dévisage comme s'il avait la peste.

— Ne me dis pas qu'on rentre à Ann Arbor ? demandé-je, méfiante.

— Non, sauf si c'est ce que tu souhaites.

Je secoue négativement la tête, puis, soulagée, j'attends qu'il poursuive. Il sourit de toutes ses dents et tend sous mes yeux le

---

[7] Le Quidditch est un sport créé par J.K. Rowling dans l'univers de Harry Potter.

trousseau de clés du véhicule de Gary.

— Il voulait se débarrasser de sa voiture, alors je la lui ai achetée !

Cette fois-ci, c'est moi qui souris de toutes mes dents. Fini les sièges de bus inconfortables et crasseux. C'est la plus belle chose qu'il pouvait m'annoncer.

— Allez, donne-moi un État !

Je fais la moue et réfléchis.

— Vite, vite, vite, ne réfléchis pas ! me presse-t-il.

Ty se laisse porter par le vent sans jamais se donner l'occasion d'hésiter pour quoi que ce soit, ce qui est un véritable gain de temps.

— Missouri !

C'est le premier qui m'est venu en tête et j'en suis satisfaite. Ty l'est tout autant. Son visage est illuminé de bonheur.

— Parfait. Prépare-toi et on décolle.

Tout excitée, je bondis de mon lit, pioche des affaires au hasard et m'enferme dans la salle de bains. Je m'habille avec une rapidité digne d'un record du monde, me lave les dents et ressors chargée de mes effets personnels, que je range à l'intérieur de mon sac.

— On peut y aller !

Il se lève de mon lit, plein de motivation, et après avoir rendu les clés de nos chambres à l'accueil, nous quittons l'hôtel, vibrants d'excitation.

La Eleanor Shelby GT500 de 1967 est garée face à nous.

— Un vrai bijou, murmure Ty, fasciné.

Il observe sa nouvelle voiture comme s'il ne l'avait jamais conduite auparavant.

— Gary t'embrasse et m'en veut de te faire partir sans qu'il ait pu te dire au revoir.

Nous avons dîné au bar de Gary, ces trois derniers soirs. Ce vieux monsieur est un personnage incroyable, je l'aime beaucoup.

— Moi aussi, j'aurais aimé le voir une dernière fois. Je lui enverrai une carte postale.

Nous déposons nos affaires dans le coffre et nous engouffrons dans l'habitacle. Les fauteuils en cuir noir ainsi que le vieux tableau de bord donnent un charme fou à cette voiture. Je comprends pourquoi Ty a craqué.

Il démarre le moteur et nous voilà sur la route, la radio à fond. Un panneau publicitaire vantant le nouveau smartphone à la mode me rappelle que je n'ai pas rechargé le mien depuis mon départ d'Ann Arbor. Je m'en moquerais si je ne pensais pas à Lola, à qui je n'ai donné aucun signe de vie. Les garçons n'ont pas pu lui cacher ma disparition. Je culpabilise, elle ne mérite pas le même traitement que ceux qui m'ont menti. Je ne l'ai pas vue depuis la négociation, sans oublier Henzo qui court toujours. Elle doit être morte d'inquiétude.

— Est-ce que tu peux me prêter ton téléphone ? Je dois prévenir Lola que tout va bien pour moi.

Ty plonge la main dans la poche arrière de son jean et me tend son portable.

Dieux merci, je connais son numéro par cœur.

[Lo, c'est moi. Ma batterie est à plat. J'ai quitté la ville pour quelques jours, mais tout va bien, ne t'inquiète pas. Je reviens bientôt. En attendant, ne parle de ce message à personne. Les Devil's Sons ne doivent pas savoir que je t'ai contactée, je compte sur toi.
Xoxo. Ava.]

Je rends son téléphone à Ty et fixe par la fenêtre le paysage qui défile sous mes yeux, songeuse.

— À quoi tu penses ?

— Je me demande si j'aurai un jour le courage de tous les

affronter. En particulier ma mère.

— Il faut du temps pour assimiler ce genre de vérités. Le courage viendra le moment venu, et il ne te fera pas défaut.

Je souris, l'esprit un peu plus léger, et entonne les paroles de *Losing My Religion* de R.E.M.

Le soleil brille déjà de mille feux en cette matinée et l'air est doux, la parfaite occasion pour laisser les fenêtres ouvertes sans frissonner. Nous chantons sur plusieurs musiques, puis débattons sur le fait de grandir avec un seul parent.

— Je pense que tu es passée à côté de certaines expériences que seul un père pouvait te faire vivre.

— Comme quoi ?

— Comme te foutre la honte devant un garçon dans l'espoir qu'il ne t'approche plus.

Je lui lance un regard blasé.

— Cette *épreuve* est loin d'être indispensable. Mike aurait sorti une mitraillette.

Ty pouffe de rire et poursuit :

— Ce n'est pas qu'une question d'expérience manquée. Tu as grandi en observant la plupart des enfants accompagnés de deux parents tandis que toi, tu vivais cette absence. Et ne hausse pas les épaules, je suis sûr que la petite fille que tu étais en a souffert.

— Tous les enfants souffrent de quelque chose, Ty. Mais tu sais ce qu'on dit sur eux ? Qu'ils s'adaptent vite.

J'étends mes jambes sur le tableau de bord et me prépare pour une petite sieste.

— Tu as souffert, avoue-le.

— Les seules fois où j'ai pleuré la mort de mon père, c'était lorsque ma mère elle-même le pleurait.

Dès mon réveil, un panneau m'informe que nous sommes dans le Tennessee. Je masse ma nuque endolorie et me redresse sous le sourire chaleureux de Ty.

— Tu es la pire copilote qui puisse exister.

— Que veux-tu ? C'est une preuve de confiance. Après les courtes nuits que tu m'as imposées, si je ne m'endormais pas, ça voudrait dire que je crains de me réveiller sur la route d'Ann Arbor. Ou dans le repère des BloodBro.

S'ensuit un long monologue où il se questionne sur l'argent qu'il pourrait toucher s'il me livrait à ce gang sanguinaire.

— Dix mille dollars ?

— Ma vie ne vaut que dix mille dollars, selon toi ? Respecte-moi un petit peu ! Tu empocherais au moins le triple !

Il se marre, puis mon ventre se met à gargouiller.

13 h 30. Ty enclenche le clignotant, nous quittons la route 61.

Nous abandonnons la voiture dans le centre-ville de Memphis et rejoignons le *Hard Rock Café*. Je prends possession d'une table et avant même que Ty ne s'asseye face à moi, la serveuse louche sur lui. Arrivée à notre hauteur, elle me lance un regard entendu, l'air de dire « petite veinarde » et dépose deux cartes devant nous. Lorsqu'elle s'éloigne, je murmure à mon ami :

— J'en connais une que tu ne laisses pas indifférente.

Il fronce les sourcils, interrogateur.

— La serveuse, précisé-je.

Il tourne le visage dans sa direction et l'observe, ou plutôt, ce sont ses fesses qu'il observe.

Je lui claque le bras et affiche un air réprobateur.

— Tu n'es pas croyable !

Tout sourire, il lève les mains en signe d'innocence.

— C'est vrai que vous, les filles, vous êtes attirées par la profondeur de l'âme, se moque-t-il.

Je roule des yeux et me saisis d'un menu.

— Ce sont des conneries.

— Comment ça ? me demande-t-il, piqué par la curiosité.

— La différence entre les hommes et les femmes, c'est que nous sommes plus discrètes et subtiles quand nous matons. Voilà pourquoi on vous voit comme des vautours et nous, comme des êtres capables de romantisme et de sensualité.

Il porte une main à sa poitrine en feignant d'être blessé, puis admet qu'il y a du vrai dans mes propos.

— Plus sérieusement, oui, le physique nous attire. Mais ce qu'est un homme à l'intérieur est plus important. L'esprit demeure intact, pas la beauté. Toi qui aimes discuter, débattre, si tu croises une fille splendide, mais niaise, tu vas la mettre dans ton lit. En revanche, tu ne la voudras pas pour la vie.

— Je ne la baiserais même pas.

J'arque un sourcil, étonnée.

— Un jour, ma mère m'a dit : « Ne t'intéresse pas aux ignorantes, parce que ce sont ces filles-là qui souffriront le plus de ton indifférence à leur égard. » Depuis, j'ai cessé d'aller à la rencontre de ce genre de nanas.

Les paroles de sa maman me tirent un sourire et le comportement de Ty qui s'en est ensuivi renforce l'avis que j'ai de lui. C'est un coureur de jupons, comme tous les Devil's Sons, mais il se préoccupe des autres. Il ne veut pas blesser, il est d'une bienveillance innée et touchante.

Nous commandons auprès de la serveuse, puis Ty secoue sous mon nez mon sachet kraft.

— Lève-toi, on va changer ton pansement.

C'est le lendemain de notre première soirée chez Gary qu'il est venu me réveiller avec le nécessaire. Il s'était rendu à la pharmacie, inquiet à l'idée que je développe une infection.

Nous entrons dans les toilettes des femmes et répétons l'opération. Tandis que Ty enfile des gants stériles, je soulève mon t-shirt et décolle mon vieux pansement. Il n'y a plus de sang coagulé, la plaie est propre.

Mon compagnon de route se penche sur ma blessure, armé de désinfectant et de compresses, lorsqu'une femme entre dans la pièce. Nous relevons la tête et l'observons loucher sur mes points de suture.

— Tout va bien ? me demande-t-elle, méfiante.

— Je me suis pris une balle par un gang rival.

La dame se décompose, opère un demi-tour et se précipite hors des toilettes.

Ty rejette la tête en arrière et explose d'un rire bruyant.

— Pourquoi tu lui as dit ? me questionne-t-il, hilare.

— Je n'en ai pas la moindre idée.

Je reste coite, alors qu'il se marre. Ses rires finissent par se tarir, il recouvre son sérieux et nettoie ma plaie. Je pense douloureusement à Ethan et à ses soins. Ma spécialité est de ne jamais songer aux choses qui me font mal et en général, j'y parviens plutôt bien. Mais je ne peux les éviter éternellement, d'autant plus que je suis en compagnie d'un ancien Devil's Son.

Ty se débarrasse des compresses usagées et me colle un nouveau pansement. Je baisse mon pull.

— Merci beaucoup.

— Il ne faut pas rigoler avec ce genre de plaie, ça s'infecte plus vite que la chlamydia ne se propage.

Le pauvre est encore traumatisé d'avoir attrapé cette bactérie au lycée. Son jumeau lui a fait croire que c'était incurable, comme le sida. Il a mis des semaines à en parler à ses parents qui ont enfin pu le rassurer.

De retour dans la salle de restauration, je croise le regard de la femme que j'ai mise dans la confidence. Assise non loin de nous, elle chuchote des mots à son mari, qui me dévisage à son tour. Je leur offre un bref salut militaire, puis Ty et moi regagnons notre table où nos plats n'attendent plus que nous.

À une heure de Springfield, nous nous retrouvons bloqués

dans les embouteillages. Ty, les mains crispées sur le volant, perd patience. Pas étonnant, puisque les véhicules à l'arrière klaxonnent sans discontinuer. Après avoir tenté en vain de garder son calme, mon compagnon de route passe la tête au travers de sa fenêtre.

— VOUS DÉSIREZ QUE JE RECULE SUR VOS GUEULES ?

Pas de réponse.

— NON ? PERSONNE NE VEUT TENTER L'EXPÉRIENCE ? ALORS, FERMEZ-LA !

Il tend son majeur aux conducteurs, vraiment contrarié, et je ne peux retenir mon rire. Tandis que mon amusement m'aurait valu un regard noir de la part de Clarke, Ty ne se décharge jamais sur moi. Il me décoche un clin d'œil, puis s'adosse à son siège, irrité.

— Allez, on échange.

Je n'ai pas besoin de le lui proposer deux fois, il sort de la voiture. J'enjambe le frein à main et m'installe derrière le volant. Ty prend place sur le siège passager.

Les véhicules redémarrent, néanmoins ils finissent une nouvelle fois à l'arrêt. Les protestations fusent de plus belle, mon compagnon me nargue avec un haussement de sourcils entendu. Je garde un sourire figé sur mes lèvres, toutefois ma patience atteint peu à peu ses limites. C'est lorsqu'une femme me hurle d'avancer et qu'elle s'acharne sur son klaxon que je bondis hors du véhicule.

— ESPÈCE D'ABRUTIE !

La nana à l'allure de maman sort à son tour, le regard assassin.

— C'est moi que tu insultes ?

— Oui ! scandé-je, exaspérée. Ça n'avance pas et vos coups de klaxon n'y changeront rien !

— Mis à part nous faire tous chier ! intervient Ty, qui a repassé la tête par la fenêtre. Retournez dans votre putain de bagnole et patientez en silence comme tout le monde !

Plus un bruit ne se fait entendre, les conducteurs observent notre accrochage pour se divertir au milieu des bouchons.

Si la femme a l'air choquée, elle se reprend rapidement.

— Je n'ai pas le temps de patienter, *moi.* J'ai une vie de famille qui m'attend, alors si je…

— C'est plutôt votre feuilleton qui vous attend à la télé, oui ! la coupe Ty. *Spoiler alert*, Derek Shepherd meurt dans *Grey's Anatomy !*

La femme se décompose, les yeux écarquillés d'horreur. Sa colère reflue, elle avance d'un pas, un doigt menaçant tendu vers lui :

— Vous n'êtes vraiment qu'un sale con, espèce de…

— Et vous une merde de la société qui n'est pas capable de se retrouver coincée dans les embouteillages sans faire son emmerdeuse et qui décide de tous nous mettre à cran en klaxonnant comme une folle ! m'écrié-je. Pour rappel, on apprend la patience aux enfants dès l'âge de trois ans, alors si vous souhaitez que j'avance quand la circulation reprend et que je ne vous bloque pas trente minutes de plus, retournez dans votre voiture et mettez en pratique ce qu'on vous a enseigné à la maternelle !

Rouge de fureur, la mère de famille m'offre un doigt d'honneur et disparaît dans son véhicule. L'envie de hurler pour décompresser ne me manque pas, pourtant je l'étouffe et remonte derrière le volant.

Ty, les larmes aux yeux, retient un fou rire. Il finit par lui échapper et le son qu'il dégage me fait l'effet d'un baume apaisant. Je me détends aussitôt en riant de bon cœur avec lui.

— « Une merde de la société » ? Je n'en reviens pas !

— Tu t'es vu ? Derek meurt vraiment ?

— Aucune idée, je n'ai jamais regardé cette série !

Nous reprenons notre souffle et la circulation se fluidifie. Je roule sans chercher les ennuis.

Nous atteignons Springfield et mon copilote, qui ne connaît pas la ville, me demande de me garer sur le bas-côté. Nous trouverons plus facilement un hôtel à pied.

Lorsque je m'extirpe de l'habitacle et découvre le salon de tatouage derrière mon compagnon de route, j'ai une révélation.

— Je veux me faire tatouer.

— Quoi ?

— Je veux me faire tatouer.

— Oui, mais quoi ?

Je quitte le local des yeux pour regarder mon ami. Ma soudaine envie ne semble pas le surprendre, il en faut bien plus pour étonner un ancien membre de gang.

— Euh… Eh bien, je ne sais pas…

— Alors, je vais choisir pour toi !

Face à son sérieux, je manque de m'étouffer, mais plus les secondes passent, plus je trouve l'idée bonne. Je le connais depuis peu. Par ailleurs, quatre jours entiers en compagnie d'une personne vous permettent d'apprendre sérieusement à la connaître. Tucker me proposerait de tatouer son prénom, mais je suis certaine que Ty choisira quelque chose de beau et de sentimental, comme le ferait Jesse.

Je contourne la voiture pour rejoindre l'ancien Devil's Son. Nous passons la porte du salon et sommes accueillis par le propriétaire. Ty a la fabuleuse idée de garder secret ce qui va marquer ma peau à tout jamais. Il s'éclipse donc dans l'atelier avec le professionnel pour discuter des détails. Lorsqu'il vient me chercher, il prend toutes les précautions. Il me bande les yeux, puis me guide jusqu'au fauteuil.

— Prête, Alone ?

Je hoche la tête, déterminée, et après quelques préparations sur ma peau, le bruit de l'aiguille retentit dans la pièce. Quand elle entre en contact avec mon épiderme, je peux situer l'endroit exact : à une demi-douzaine de centimètres de la naissance de mon pouce, le long de mon radius.

Je n'arrive pas à déchiffrer ce qu'il me tatoue. La douleur, quant à elle, n'est pas très présente. Elle s'apparente à une griffure de chat.

Une vingtaine de minutes plus tard, alors que je pensais en avoir fini, le tatoueur tourne mon bras dans un angle peu confortable et s'attaque à l'autre tranche de mon poignet, opposée à celle déjà marquée.

Une fois l'instrument éteint, le professionnel m'étale de la crème tandis que Ty se glisse derrière moi et retire mon bandeau. Je ne regarde pas l'encre qui orne ma peau, j'observe mon ami qui semble ravi de son coup. L'angoisse que j'aurais dû ressentir plus tôt ne se manifeste qu'à présent, ce qui provoque son rire.

– C'est trop tard pour revenir en arrière, Alone. Allez, tu peux y jeter un œil.

Je déglutis et baisse les yeux sur mon premier tatouage.

D'S U JR, D'S TS

L'inscription est en petites lettres capitales, dans une police d'écriture fine et élégante. Elle ne dépasse pas les neuf centimètres et pourtant, sa signification me fait l'effet d'un raz-de-marée en pleine figure.

« Devil's un jour, Devil's toujours. »

Je lève un regard affolé vers Ty, qui scrute chacune de mes réactions. La boule au ventre, je tourne mon poignet et découvre le second tatouage.

La même police, la même élégance.

– TDS –

« *The Devil's Sons.* »

Je fixe les initiales sans savoir quoi en penser. Mon cœur bat à tout rompre dans ma poitrine, si bien que j'ai la sensation que tout le monde l'entend. Ty ne cherche pas à connaître mon ressenti, comme s'il savait que j'avais besoin de temps pour choisir entre le tuer ou accepter.

Accepter que j'aime la famille des Devil's Sons.

L'air hagard, j'essuie mes paumes moites sur mon jean. Je ne prononce pas un mot quand mon ami paie le tatoueur, et je demeure silencieuse lorsque nous marchons sur l'avenue centrale.

Je suis incapable de mettre de la cohérence dans mes idées, et encore moins de trier mes émotions. Je laisse Ty me guider à travers une rue en contrebas. La nuit est déjà tombée, la ville est éclairée par les nombreuses enseignes encore ouvertes. Les immeubles sont hauts de deux étages, trois par endroits, et la verdure est plutôt riche pour une agglomération.

Nous entrons dans un petit hôtel où de nombreux articles de journaux sont encadrés et fixés aux murs. Ils font l'éloge de l'équipe de baseball de Springfield ainsi que de la création du stade. Des balles signées par les joueurs sont exposées derrière une vitrine, accompagnées de deux battes qui se croisent et quelques casquettes dédicacées.

Un homme trapu nous accueille et cette fois-ci, c'est moi qui règle notre séjour malgré les protestations de Ty. Le réceptionniste nous confie nos clés, puis nous rejoignons l'étage.

— Sois prête dans...

— Une heure, le coupé-je. C'est *l'Happy Hour*.

Je disparais derrière ma porte, pose mon sac près du lit et m'engouffre dans la salle de bains. Mes tatouages ? Je les ignore, comme si je n'avais jamais mis un pied à l'intérieur de ce fichu salon.

La douche a au moins le mérite de me détendre. Après avoir

vidé le ballon d'eau chaude, je me brosse les dents et enfile de nouveaux vêtements. Notre ancien hôtel en Alabama nous a offert le pressing, mais les températures commencent à baisser et je n'ai pas le nécessaire pour contrer le froid, d'où le pull de Ty sur mon dos. Je me maquille, lace mes chaussures, puis rejoins la chambre de mon compagnon de road trip.

— Putain, tu ne frappes jamais avant d'entrer ?

L'air outré, il mime ma réaction lors de notre première soirée ensemble.

— Tu n'avais qu'à fermer à clé si tu ne voulais pas être dérangé ! récité-je de mémoire.

Nous nous marrons et Ty enfile le sweat qu'il s'apprêtait à mettre. Il me rejoint et passe son bras sur mes épaules.

— Où allons-nous ?

— Là où le vent nous mènera.

— Tu apprends vite, Alone.

Nous quittons l'hôtel pour remonter l'avenue. Une boutique de souvenirs apparaît à l'angle et l'ancien Devil's m'y entraîne de force, comme si nous n'avions pas récupéré assez d'objets lors de nos activités en Alabama. Il dépose un chapeau sur ma tête, entouré d'un ruban où est inscrit « I Love Springfield ». Il m'observe et affiche une moue dubitative.

— Tu feras tache dans le décor. C'est parfait ! On en prend deux !

Je pouffe de rire et voilà qu'il déambule entre les rayons. De mon côté, je regarde quelques articles sans grande conviction. Je perds Ty de vue un court instant et il en profite pour acheter tout un tas de bricoles. Il réapparaît avec un poster des Cardinals de Saint-Louis, l'équipe de baseball du Missouri, une enseigne de la route 66, ainsi qu'un t-shirt.

— C'est pour toi !

Il s'apprête à me passer le vêtement par la tête, mais je lève une main afin de l'arrêter.

— À la condition que tu portes ça !

Je sors de mon dos le sac plastique que je dissimulais et mon ami sourit, attendri. Nous échangeons nos cadeaux, et tandis que j'enfile cet horrible t-shirt, il découvre le boxer des Simpson et explose de rire. Il est accompagné d'un sweat « I Love Springfield » ainsi que d'une mini-balle de baseball en porte-clés et d'une paire de lunettes de soleil vert fluo.

— Tu es la meilleure.

Ému, il me serre contre lui et je savoure cette accolade. J'adore ce garçon qui a pris une place importante dans mon cœur en aussi peu de temps.

Ty se détache de moi pour revêtir l'attirail du parfait touriste, puis enfonce nos chapeaux sur nos têtes.

— Le ridicule ne tue pas !

Nous reprenons notre route dans cet accoutrement pittoresque. Le moins que l'on puisse dire, c'est que nous ne passons pas inaperçus. De nombreux bars défilent sous nos yeux, mais ne semblent pas à la hauteur du point de vue de Ty. Il finit par s'arrêter devant une enseigne et entre sans se laisser le temps d'hésiter. Pour ma part, je reste quelques secondes à observer d'un mauvais œil les lumières de la façade – qui ne fonctionnent qu'à moitié – et le « d » de « Oxford » tordu qui pourrait se décrocher au premier coup de vent.

4.

Je m'engouffre dans le pub pour rejoindre mon compagnon de route. La pièce n'est pas grande, mais chaleureuse. Des tables en bois occupent tout l'espace devant le bar, les murs vert foncé contrastent avec les couleurs des affiches de pin-up qui les ornent, et derrière le comptoir repose une rangée de bouteilles d'alcools, éclairées par des néons. Ce pub fait très « Angleterre ». L'ambiance me plaît. De la bonne musique est diffusée par les enceintes, quelques personnes dansent sur leur banc et un climat familial règne en ces lieux. Le barman, vêtu d'une salopette, sympathise avec ses clients. Son sourire bienveillant et ses yeux rieurs sont communicatifs. Il se tourne vers nous et nous accueille, amical.

— Asseyez-vous, je vous apporte les cartes de suite !

Ty et moi prenons place, le serveur revient à nous avec ce qu'il nous a promis.

— *Happy Hour*, les amis, moins vingt-cinq pour cent sur toutes nos boissons. Faites-moi signe quand vous serez décidés.

Il retourne derrière le bar tandis que nous prenons connaissance de la carte.

Nous commandons une assiette de tapas, une salade pour moi ainsi que deux cocktails, dont un sans alcool.

— Les meilleurs bars sont ceux à la devanture douteuse. C'est mon père qui me l'a appris. Bien sûr, il y a des exceptions à la règle.

— Tes parents sont toujours ensemble ? demandé-je, curieuse.

Ty se penche sur la table pour que nous puissions mieux nous entendre par-dessus la musique.

— Non. En revanche, ils s'entendent à merveille. Mon père travaille beaucoup, il n'a pas le temps d'aller rendre visite à ma mère à l'hôpital. Ou alors, il fuit, comme moi. Je pense qu'il n'a jamais cessé de l'aimer. Les adultes se prennent trop la tête avec l'amour et le plus triste, c'est que les jeunes commencent à reproduire le même schéma.

J'acquiesce, pensive, et je m'exprime :

— L'amour n'existe plus que dans les films parce que tromper s'est révélé plus facile que communiquer. Sans parler du sexe à portée de main qui fait de l'amour une utopie. Aujourd'hui, nous *devons* préciser que nous souhaitons une relation sérieuse. Dans le cas contraire, ça sous-entend que nous désirons uniquement nous envoyer en l'air. On a rendu l'amour si compliqué et douloureux que plus personne ne veut se lancer. Cet état social est merdique.

Ty m'écoute, attentif et curieux. Même si je n'ai jamais osé prononcer ces pensées à voix haute, elles sont restées dans un coin de mon esprit depuis que j'ai l'âge de comprendre la façon dont la société fonctionne. Je crois que me livrer me ferait du bien, du coup je poursuis :

— Ce monde est dépourvu du sentiment de sécurité. Il y a des fous à chaque carrefour, alors que la vie ne tient déjà qu'à un fil. Après tout, l'être humain est faible. La maladie ou une mauvaise chute sur la tête et la mort nous emporte, sans prévenir... Personne n'a le temps de souffler, de profiter des petits bonheurs gratuits de la vie. Pour la plupart, c'est sans intérêt. Certains sont prêts à trahir leurs plus proches amis parce que la réussite personnelle l'emporte sur tous les principes et valeurs qu'on nous a inculqués... Les gens mentent, manipulent et trahissent. Ils prennent ce qui n'est pas à eux, s'autoproclament supérieurs aux autres et rabaissent. Ils souillent et détruisent, craignent la différence, rejettent ceux qu'ils ne comprennent pas, sans se soucier des conséquences de leurs actes.

Je pousse un long soupir à faire trembler les grottes dans tout Helheim[8]. On pourrait croire qu'on m'a fait beaucoup de mal, mais c'est faux. J'observe. Et si on observe bien, les sourires ne suffisent pas à cacher la pourriture d'une âme. Comme quand on écoute attentivement et que les compliments ne parviennent pas à masquer l'arrière-goût amer des paroles insidieuses.

— On ne choisit pas sa société, de même qu'on ne choisit pas sa famille. On se contente de faire du mieux qu'on peut, achevé-je.

Ty, sensible à mes émotions, recouvre mes mains des siennes et me regarde avec une profondeur poignante.

— Tu sais pourquoi je ne doute pas une seconde que tu t'en sortiras à merveille ? Tes yeux voient la réalité et pas l'illusion que les autres se saignent à créer. Quoi que tu fasses, qui que tu deviennes, ton cœur restera le même. Pur.

Sa voix tremble de conviction, un sourire confiant étire ses lèvres. S'il n'y avait pas la table entre nous, je serais allée me réfugier dans ses bras. Son âme apaise et réconforte la mienne.

Lorsque nos boissons arrivent, nous trinquons à la sincérité et buvons de longues gorgées avant de rejoindre la petite piste de danse.

Mon ami attrape ma main et avec l'expérience de ces derniers jours, il me fait tourner sur moi-même, puis m'attire à lui. Ses mains sur mes hanches, mes bras autour de son cou,

---

[8] Dans la mythologie nordique, Helheim est le monde des morts sur lequel règne la déesse Hell.

nous dansons l'un contre l'autre au rythme de la musique.

Entre Ty et moi, il y a une grande complicité naturelle. Aucune tension sexuelle, rien de cette nature. Juste une compréhension mutuelle, de la bienveillance, et malgré notre récente rencontre, de l'amour fraternel. Je n'avais jamais ressenti ce genre de lien amical pour quelqu'un. Il est le grand frère que la génétique ne m'a pas offert. J'ai la sensation de le connaître depuis toujours. J'aime sa personne et ce qu'il en fait. Je l'aime, tout simplement. Et je redoute le moment où nous reprendrons chacun notre route. Cette simple idée me provoque une sueur froide et mon partenaire hausse un sourcil interrogateur.

— Excuse-moi, j'étais dans mes pensées.

— Ne t'excuse pas de quelque chose que tu ne peux pas contrôler. Comme tes sentiments pour Clarke, par exemple.

Ma mâchoire m'en tombe. Je plaque mes mains sur ma bouche dans l'espoir d'assourdir mon cri de surprise.

Par tous les dieux, comment est-ce qu'il peut savoir ça ?

Je m'efforce de haïr le Devil's Son afin d'étouffer mes sentiments à son égard... et Ty a réussi à lire en moi, alors même que je suis parvenue à oublier leur existence ?

— Pardon ?

— Ne me la fais pas à moi, Alone. Tu as beau le détester, là, maintenant, quand tu parles de lui, ton regard brille d'un éclat particulier.

— Pfff ! N'importe quoi !

Son sourcil arqué et sa moue blasée me dissuadent de le prendre pour un con. Il n'est pas dupe.

Je ralentis la cadence et soupire.

— OK, tu as peut-être raison. Enfin, *j'avais* des sentiments. À présent, je suis perdue. Je ne sais même pas si je pourrai un jour lui pardonner. Et puis, tout est si compliqué avec lui...

— Si c'était facile d'obtenir ce qu'on désire, ça se saurait, non ?

Je grommelle, agacée, et il m'embrasse sur le front avec tendresse. Guidée par Ty, je pivote sur mes jambes et lui tourne le dos. Il enroule ses bras autour de ma taille, puis bouge au rythme de la musique.

— Je me demandais ce que tu allais faire une fois notre road trip terminé.

— Je devrai rester à Ann Arbor pour régler les affaires concernant ma mère. Après ça, j'imagine que je retournerai à Charleston. Néanmoins, je compte bien revenir et m'assurer que tu ne tortures pas trop les Devil's Sons.

Je n'arrive pas à croire qu'il me manque déjà. Je ne parviens pas à imaginer mon quotidien sans lui, je me suis habituée à sa présence à toute heure de la journée.

Et bon sang, que je l'aime, sa compagnie !

Ty dépose ses lèvres sur ma tempe et, lorsque mon silence s'étire, il me tourne face à lui, découvre mes yeux larmoyants et interrompt tout mouvement. Son regard, parfait miroir du mien, brille à son tour. Il prend mon visage en coupe entre ses paumes.

— Lorsque je t'ai vue monter dans ce bus, j'ai su qu'on t'avait blessée. Puis je me suis demandé comment on pouvait causer autant de mal à un petit bout de femme telle que toi. Tu avais l'air vidée de toute âme, tu n'étais qu'un fantôme. Et je savais que je parviendrais à te faire sourire. Mais je n'aurais jamais cru que je m'attacherais à ce point à toi et que je ressentirais ce besoin viscéral de te protéger. Et si, seulement quatre jours après notre rencontre, j'ai envie d'emporter ce sourire avec moi à Charleston, c'est parce que je n'ai jamais fait la connaissance de quelqu'un d'aussi humain, vrai et bienveillant. Je t'ai dit que lors de mes voyages, je créais des souvenirs inoubliables. La vérité, c'est qu'à chacun de mes road trips, j'étais bien trop soûl pour être conscient de quoi que ce soit. Celui-ci est le premier dont je veux me rappeler, alors même que j'avais prévu de boire dans l'unique but d'oublier l'état de santé de ma mère. C'est toi qui m'as appris que nos souvenirs étaient les fondements de notre personnalité et que, même lorsqu'on n'aura plus rien, ils seront toujours présents pour nous aider à avancer. Ce voyage ne marquera pas la fin de notre amitié, Avalone Arinson. Ce n'est que le début, je te le jure sur Draupnir[9].

Chacun de ses mots, jusqu'à la moindre virgule dans son intonation, me touche avec une force phénoménale. Mes émotions surgissent, les bonnes comme les mauvaises, et Ty essuie de son pouce la larme qui roule sur ma joue. Je me réfugie dans ses bras et tente de me ressaisir, au lieu de quoi je finirai submergée par tout ce que j'ai enfoui ces derniers jours. Je le sens sourire contre mon cou, puis il mordille mon épaule et m'arrache un éclat de rire. Il essaie de me chatouiller afin que je reproduise ce son et nous nous chamaillons sur le chemin de notre table. Seulement, sans que nous nous en soyons rendu compte, deux hommes y ont élu domicile, alors que ce ne sont pas les places qui manquent.

— Excusez-moi, les gars, nous étions assis ici, leur lance Ty.

Les deux hommes cessent leurs bavardages et posent les yeux sur nous. Mon compagnon de route pointe du doigt nos consommations pour appuyer ses propos.

— Va voir ailleurs, répond le blond avec une certaine agressivité.

Ty se raidit à mes côtés. Évidemment, le sang chaud des Devil's Sons coule dans ses veines.

— Allons nous asseoir plus loin, lui chuchoté-je.

Il acquiesce et rassemble nos affaires sans entrer dans le jeu de l'autre abruti.

— C'est ça, emmène ta pute ailleurs, siffle l'abruti en question.

Mon bras part tout seul, je lui envoie le contenu de mon verre

---

[9] Draupnir est l'anneau d'Odin, confectionné par deux frères nains. Il est une source infinie de richesse : toutes les neuf nuits, il se démultiplie en huit autres anneaux.

en pleine face. Dégoulinant et hors de lui, l'homme bondit sur ses pieds et s'apprête à me cogner devant le regard horrifié de son ami. C'était sans compter sur Ty, qui lui assène le premier coup. Le blond titube sous le choc, mais reprend ses esprits. Fou de rage, il lève le poing, seulement l'ancien Devil's Son ne lui laisse pas le temps de le toucher. Il le frappe une seconde fois au visage, puis une troisième. Son acolyte se lève, prêt à le défendre.

Deux contre un ? Hors de question !

L'adrénaline parcourt mes veines lorsque je saute sur le dos du rouquin et lui tire les cheveux. Alors, j'ai l'impression d'être sur un taureau mécanique qui a fait son temps. Il essaie de m'éjecter sans me blesser. Ça tombe bien, parce que je ne désire pas lui faire grand mal, simplement l'occuper pour l'empêcher de s'en prendre à mon compagnon de route qui doit déjà gérer l'abruti. Le pub n'est pas vaste, nous renversons quelques bancs tandis que Ty envoie valser le blond sur une table garnie de cocktails. Tout se fracasse à l'impact, les clients s'éloignent de la bagarre aux quatre coins de la pièce. Le temps que le type se relève, l'ancien Devil's me lance un coup d'œil et m'aperçoit sur le dos du rouquin. Il explose de rire et lève un pouce à mon attention. Toutefois, son adversaire profite de cette diversion pour réaliser un placage digne des plus grands rugbymen. Quand il entraîne Ty au sol, je me fige sur le dos de l'inconnu. Plus fort que son adversaire, mon ami reprend le dessus sous mes cris d'encouragement. Il le frappe dans le ventre puis au visage, et l'abruti bascule en arrière, ce qui permet à Ty de se relever.

À mon plus grand désarroi, le blond est de nouveau sur ses pieds.

Il est sous cocaïne ou quoi ?

Le barman s'en mêle et assène un crochet du droit à l'ennemi qui vacille. Il profite de ces quelques secondes de répit pour appeler le videur qui débarque aussitôt. Le molosse originaire d'Europe de l'Est sort le blond du bar à coups de pied aux fesses. Ty me rejoint enfin, hilare, et m'aide à descendre du dos du rouquin. Ce dernier quitte les lieux par lui-même, mais voilà que le videur fait de nouveau son entrée et fonce droit sur nous.

— Vous aussi, dehors !

Le barman réapparaît, un sachet de glace sur les phalanges, et prend notre défense :

— Ce sont les deux autres qui ont cherché la merde, ils n'ont fait que se défendre.

— Je ne veux rien savoir. Tous ceux qui se battent sont virés !

L'ancien Devil's acquiesce sans discuter et sort son portefeuille dans l'intention de régler l'addition.

— Non, c'est pour moi, offre le barman.

Mon ami hoche la tête, reconnaissant.

— Merci, mon pote.

— C'est le moins que je puisse faire. J'espère que vous passerez une bonne soirée malgré tout.

Nous lui assurons qu'il en faut plus pour nous démoraliser et quittons le pub, escortés par le videur.

Avec Clarke, je devrais être habituée aux bagarres, mais rien n'y fait. Je suis shootée à l'adrénaline, je pourrais courir un marathon… pendant trois minutes trente.

À notre sortie, les deux hommes sont encore devant le bar. Le blond a les yeux gonflés et saigne de l'arcade sourcilière, du nez et de la bouche. Ty ne l'a pas loupé.

— Dégagez, leur ordonne le videur.

Le fou furieux pose un regard assassin sur mon compagnon de route.

— Je vais le buter !

— Pauvre imbécile, il t'a déjà défiguré ! C'est lui qui va te tuer si tu continues !

L'abruti n'écoute personne et se précipite sur Ty, qui a perdu toute envie de s'amuser. Sa gentillesse et sa douceur ont disparu pour laisser place à la dangerosité légendaire des Devil's Sons.

— Je retenais mes coups par politesse, mais cette fois-ci, tu vas arrêter de nous casser les couilles !

Son poing entre rudement en contact avec la mâchoire du débile et je sursaute, les yeux exorbités. Ce coup est *beaucoup* plus violent que les autres. Le blond s'effondre et heurte le sol de plein fouet. Cette fois-ci, il ne se relève pas. Il est K.-O.

L'ancien membre de gang dévisage d'un mauvais œil le corps inconscient, puis s'excuse auprès de son ami et du videur. Il grogne, agacé, et m'entraîne à sa suite le long de la rue. Je tourne la tête pour apercevoir le rouquin s'agenouiller aux côtés de son pote tandis que le molosse se moque d'eux.

Nous bifurquons dans une rue perpendiculaire, Ty s'arrête et explose de rire. Le mien ne tarde pas à suivre.

— Tu étais sur son dos !

— Je lui ai tiré les cheveux ! Il hurlait comme un animal blessé !

Grâce à cet instant de répit, je décharge l'adrénaline. Lorsque nos rires se tarissent, je reprends mon sérieux, l'air coupable.

— Je suis désolée, je n'aurais pas dû lui jeter mon verre à la figure.

Les sourcils froncés, désapprobateur, Ty secoue la tête.

— Ne t'excuse jamais de t'être défendue ! Il aurait, quoi qu'il arrive, pris mon poing dans la gueule. Cela dit, promets-moi de te permettre ce genre de choses si, et seulement si, tu es en compagnie des Devil's Sons.

Il est vrai que sans lui, je me serais vu recevoir un vilain coup. Alors, j'acquiesce.

Satisfait, Ty passe son bras autour de mes épaules. Je ne sais pas où nous allons, nous marchons sans but en parlant de nos vies et du gang.

— C'est vrai que j'en ai connu des gars nerveux et violents, mais Clarke... Putain ! Ce ne sont même pas les bons adjectifs pour le définir. C'est une boule de nerfs à l'état pur qui ne demande qu'à exploser. On a vraiment douté de Carter lorsqu'il nous a annoncé qu'il voulait le recruter. À nos yeux, ce type n'était qu'un malade qui allait finir par tuer l'un d'entre nous. Puis il est entré dans le gang et nous avons découvert son passé.

Ty pousse un long soupir. Il a l'air frustré, comme s'il se reprochait de ne jamais être parvenu à apaiser la rage de son ancien équipier.

— Je pense que Clarke mène un combat éternel avec lui-même. Il y a une légende amérindienne : c'est un vieil homme qui raconte à son petit-fils une histoire qui lui a été transmise par les traditions. Il dit à ce garçon qu'à l'intérieur de chaque être humain existent deux loups entre lesquels se déroule un combat permanent. L'un est méchant. Il est tristesse, chagrin, arrogance, colère, vengeance. L'autre est bon. Il vit de paix, d'amour, d'espérance, de compassion. Le petit-fils demande à son grand-père quel loup remporte le combat, et le vieux Cherokee lui répond que c'est celui que l'on nourrit. J'ai bien peur que le bon loup de Clarke se soit enfoui profondément en lui à l'assassinat de ses parents. Et à mon avis, sans aide, il ne parviendra pas à reprendre l'ascendant sur le mauvais.

Ty me lance un coup d'œil que j'ignore, puis me lorgne avec insistance et un sourire entendu s'affiche sur ses lèvres.

— Quoi ?

Il hausse les sourcils et attend que je comprenne par moi-même. Alors, je me remémore ses derniers mots et écarquille les yeux.

— Il m'a trahie, je te rappelle ! Sans compter que son bon loup est bien trop enseveli sous les selles du mauvais loup, tellement nourri que je suis incapable de faire quoi que ce soit, d'ailleurs...

Ty se marre et m'arrache un sourire au passage, puis nous marchons en silence. Il doit croire que je songe à Clarke, mais ce n'est pas le cas. Je pense à un sujet bien plus important. Un sujet qu'il est nécessaire d'aborder. Je m'arrête au milieu de la rue et l'ancien Devil's se tourne vers moi.

— Écoute... Je sais que tu ne voulais pas que je te le dise l'autre soir, mais il *faut* que tu l'entendes.

Son regard devient sérieux et lorsqu'il saisit où je veux en venir, il recommence à marcher, si rapidement que je dois trottiner pour le rattraper. Je bondis devant lui et le prive de toute possibilité de fuite. Son regard dur, par ailleurs douloureux, me coupe la respiration et, l'espace d'un instant, j'hésite.

— Je n'imagine pas à quel point ça doit être dur...

Il détourne les yeux, je prends son visage dans mes paumes et l'oblige à me regarder.

— Si tu ne dis pas adieu à ta maman avant qu'elle parte, tu le regretteras toute ta vie, Ty. Tu ne pourras jamais te pardonner. *Jamais...*

Je recule d'un pas, les mains tremblantes.

— Si tu ne le fais pas pour toi, fais-le pour elle. Elle a besoin de ses deux fils. Tu ne peux pas l'abandonner sur son lit de mort.

Il pince les lèvres et serre les poings si fort que ses jointures blanchissent. Il tourne en rond, torturé, puis frappe dans le mur. Son torse monte et descend au rythme de sa respiration saccadée. Il croise les bras contre la bâtisse et y pose son front.

Mon cœur est douloureux pour cet homme si bon qui vit quelque chose de tragique, et l'impuissance que j'éprouve me retourne l'estomac. Pire, je me sens coupable de lui arracher sa joie. Cela dit, pour sa mère et pour lui, je peux bien me sentir responsable de sa souffrance.

Lorsqu'il tourne le visage dans ma direction, les yeux et les joues humides de larmes, mon cœur dégringole. J'avance vers lui, hésitante, et il comble les mètres qui nous séparent, puis me prend dans ses bras. Son étreinte est puissante, son corps tremble contre le mien. Je le serre de toutes mes forces, avec la volonté de lui transmettre l'amour qu'il mérite et le courage qui lui manque.

Au fil des minutes, Ty s'apaise. Il sèche ses joues du dos de sa main et recule d'un pas. Ses yeux sont rougis, il me sourit faiblement.

— Et si on allait acheter une bouteille au bar de l'hôtel ? lui proposé-je. Pas pour oublier, mais au contraire pour se remémorer ?

Avec un sourire un peu plus large, il acquiesce.

— Merci.

— Ne me remercie pas. C'est ce que font les amis.

Il m'attire contre son flanc et nous prenons la route. Je fais un bond en arrière, puis mon cœur subit une embardée lorsque quelque chose explose à mes pieds. Il ne me faut pas longtemps pour comprendre qu'il s'agit d'une bombe à eau.

— PUTAIN, LES CONNARDS ! s'écrie Ty.

Sur le toit de l'immeuble, au-dessus de nous, trois têtes de gosses disparaissent. Je baisse le regard sur le jean trempé de mon ami et me marre. Lorsque Ty se joint à moi, incapable de rester en colère, c'est un fou rire qui secoue nos épaules. Nous ne parvenons pas à retrouver notre calme ou à avancer d'un pas, jusqu'à ce que nous recevions deux autres bombes à eau qui obligent l'ancien Devil's Son à me porter pour nous faire déguerpir au plus vite.

Nous rigolons encore en passant commande au bar de l'hôtel. Une bouteille de whisky pour Ty et de bons petits plats.

Les fenêtres ouvertes et le ventre plein, je profite de mon compagnon, qui sirote son verre d'alcool. Nous rions si fort des conneries qu'on se raconte que nos voisins de chambre frappent aux murs, mais nous ne baissons pas le volume pour autant. Mon ami mérite plus que quiconque cette légèreté.

— J'irai voir ma mère à notre retour.

Je lui souris, soulagée qu'il ait pris cette décision.

— Avalone Arinson, je suis heureux de t'avoir rencontrée. Je sens qu'on va devenir de très, *très* grands amis.

— Moi aussi, Ty Liner.

Il me pince la joue avec un sourire fatigué alors que ses paupières commencent à se fermer. Je retire le verre qu'il tient à la main, puis passe son bras autour de mes épaules afin de le soulever du sol sur lequel on était assis.

Bordel, qu'il est lourd ! Dieux merci, il y met du sien.

— Tu as plus de force que je ne le pensais, ricane-t-il.

Rejoindre son lit se révèle périlleux.

— Heureusement que je ne t'ai pas soûlé à *l'Oxford*, je ne sais pas comment nous serions rentrés.

— Je n'aurais jamais bu autant à l'extérieur. Qui aurait gardé un œil sur toi ?

Il claque un baiser sur ma joue et après de bons gros efforts, je le laisse tomber sur son matelas. Il s'y écrase comme une masse.

— Merci de m'avoir ramené jusqu'à mon lit, même si j'y serais parvenu tout seul.

Je le regarde, étonnée, alors qu'un rictus retrousse le coin de ses lèvres. Il a l'air bien plus conscient que quelques secondes auparavant. J'attrape le coussin du fauteuil et le lui envoie en pleine tête.

— Espèce d'ordure, je me suis cassé le dos à te porter !

— C'était très drôle à voir.

Hilare, je lui fais un doigt d'honneur et éteins la lumière.

— Dors bien, Trip Boy.

— Dors bien, Alone.

Je souris tendrement dans le noir et quitte sa chambre pour rejoindre la mienne.

Après ma toilette du soir, je me glisse sous les draps, mon téléphone éteint à la main. Je n'ai pas reçu la réponse de Lola, étant donné que le portable de Ty a rendu l'âme un instant plus tard et qu'il ne l'a pas rechargé.

Je décide donc de brancher et de rallumer le mien. Carter

doit dormir à cette heure-ci et, si j'en crois les films que j'ai pu voir, il faut bien quelques minutes de connexion pour tracer un téléphone.

À peine allumé, il se met à vibrer, me notifie de tous les messages et appels que j'ai pu recevoir ces derniers jours. C'est ceux de Lola sur lesquels je me concentre.

[Putain Ava, c'est quoi ce bordel ? Où es-tu passée ? Set m'a dit que tu avais pris la fuite après un incident, mais il refuse de m'en parler !]

[Où es-tu ???]

[AVALONE LOPEZ, RÉPONDS-MOI !]

[Dis-moi que tu as pris le téléphone d'un passant et que tu ne traînes pas avec des toxicos qui vivent sous les ponts !!!!]

[Je me fais un sang d'encre !! Odin Tout-Puissant ! Où es-tu ?]

[PUTAIN, AVA... QUATRE JOURS QUE JE NE DORS PAS !!!]

Et une vingtaine d'autres messages défilent sous mes yeux. La culpabilité est inévitable, je me dois de la rassurer.

[Je suis désolée, Lo. Je vais bien, je ne traîne pas avec des toxicos. Je rentre dans quelques jours, promis.]

Sa réponse ne se fait pas attendre.

[Par Odin, Avalone ! Dis-moi où tu es, je viens te chercher !]

J'ai un pincement au cœur. Je m'en veux de lui faire vivre ça, mais je ne peux prendre le risque de l'informer de ma position. Sous le coup de l'inquiétude, elle préviendrait son frère et les Devil's Sons se pointeraient aussitôt.

[Je te promets sur l'Yggdrasil que je vais bien. J'ai juste besoin de prendre l'air. Fais-moi confiance.]

[Ce n'est pas comme si j'avais le choix. Appelle-moi au moindre souci et je rappliquerai.]

[Love U.]

Je quitte la conversation, un petit sourire aux lèvres, qui disparaît lorsque je découvre la tonne de messages des garçons, en commençant par Sean.

[Ava, reviens ! Tu es l'une des nôtres ! Que les Valkyries[10] m'enlèvent dès à présent direction le Valhalla si on ne t'aime pas sincèrement.]

[On est vraiment désolés, *je* suis vraiment désolé.]

[PUTAIN, AVA, TU ES OÙ ?]

[POURQUOI TU N'ES PAS SUR LE CAMPUS ?]

[RÉPONDS !!! HENZO COURT TOUJOURS !]

[AVALONE, DÉCROCHE CE PUTAIN DE TÉLÉPHONE !]

Prise de rage, je supprime notre conversation, puis celle de Jesse, de Set, de Tucker, de Justin, d'Ethan et enfin de Carter, sans même les ouvrir. Mais mon doigt se fige au-dessus du message de Clarke. J'en ai un seul de sa part, que je crains de découvrir.

Une larme coule le long de ma joue. J'avais de vrais sentiments pour lui, sa trahison me fait d'autant plus mal.

---

[10] Les Valkyries sont les guerrières d'Odin. Elles ont pour rôle de survoler les champs de batailles afin de désigner les guerriers morts au combat qu'elles emmèneront au Valhalla.

La respiration tremblante, je clique sur son texto qui date de la veille.

[T'aimer est de notre ressort. Carter n'a aucun pouvoir sur nos sentiments.]

J'étouffe un cri désespéré dans mon oreiller. J'ai tellement envie de le croire que m'en priver est atrocement douloureux. Toutefois, ils m'ont suffisamment prouvé que je ne pouvais pas leur faire confiance. C'était le mensonge de trop.

Je supprime la conversation, aveuglée par mes larmes. Je discerne malgré tout d'autres notifications. J'ai la brusque sensation que les murs se referment sur moi lorsque je découvre les appels manqués de ma mère. Carter a dû la prévenir que la vérité avait éclaté au grand jour, ce qui rend cette histoire encore plus réelle.

Mon souffle se coupe dans ma gorge, j'ai l'impression de me noyer, d'étouffer.

Ma mère qui m'a menti, qui m'a fait croire que je n'avais pas de famille alors qu'elle a toujours été fière de clamer haut et fort que nous n'avions aucun secret l'une pour l'autre.

Comment a-t-elle pu ?

La lèvre inférieure tremblante de haine, je clique sur ma messagerie. La voix chargée de détresse de cette menteuse retentit dans la pièce.

— Avalone, ma chérie... Je... je ne sais pas quoi te dire, à part que je suis désolée... Je...

Un sanglot lui échappe.

— S'il te plaît, essaie de nous comprendre. Nous n'avons aucune excuse, mais... rappelle-moi, je te dois au moins des explications... Je t'aime.

Son message vocal prend fin, mon téléphone traverse la pièce et s'écrase contre le mur.

— PUTAIN DE MERDE !

Je frappe de toutes mes forces dans mon oreiller, hurle de

rage et pleure de tristesse.

C'est tout ce qu'elle est parvenue à me dire après une vie entière de mensonges ? *Désolée ? Essaie de nous comprendre ?*

Qu'elle brûle dans les flammes du Ragnarök[11] *!*

---

[11] Dans la mythologie nordique, le Ragnarök est la fin des mondes prophétiques. Il commencera avec un hiver de trois ans sans soleil, puis une grande bataille se déroulera sur la plaine de Vígríd, où s'opposeront les dieux et les géants conduits par Loki. La terre des hommes sera engloutie par l'eau, la majorité des divinités et des géants périront et les neuf mondes brûleront dans les flammes. Les dieux survivants, dont Baldur, fils d'Odin, deviendront souverains, et du couple d'humains qui a échappé aux flammes, l'humanité renaîtra.

5.

La Faucheuse a toujours été proche. Va-t-elle apprécier d'être devancée par le gang le plus sanguinaire d'Amérique ?

J'ouvre brusquement les yeux, incapable de faire la différence entre mon cauchemar et la réalité. Les BloodBro étaient là, avec des masques terrifiants, venus pour tuer le premier enfant Arinson… *moi.* Sous les ordres de Carter, les Devil's Sons tentaient de me secourir et y laissaient la vie, un à un.

Je tombe de mon lit et renverse ma table de chevet au passage. Le soleil ne traverse pas les rideaux, nous sommes en pleine nuit et les ombres me terrorisent. Une main semble se tendre dans ma direction, je hurle à m'en abîmer les cordes vocales. Puis la panique s'immisce jusqu'à l'intérieur de mes poumons et s'empare de mon air.

La respiration sifflante, je tremble de tout mon corps, recroquevillée contre le mur. Je ne parviens pas à me calmer, des pensées angoissantes ne cessent de me plonger dans cet abîme obscur et sans fond semblable à la mort. Seulement, la mort ne devrait pas être aussi douloureuse et effrayante.

Non, me dis-je. *Je suis en vie.*

Désespérée, je tends la main vers mon sac, quand la poignée de ma porte s'affole. J'entends Ty jurer derrière. Un seul coup d'épaule de sa part suffit à fendre le bois et à défoncer la serrure. Son regard tombe sur moi et mon bras tendu dans une supplication. Il se précipite sur mon sac, le renverse, puis s'en débarrasse, fouille le bazar qui s'est éparpillé au sol et met enfin la main sur ma plaquette de médicaments.

Il court et tombe à genoux devant moi. Puis il m'attire contre lui, me présente mon remède, mais je ne cesse de tousser dans l'espoir d'ouvrir mes voies respiratoires.

— Il faut que tu te calmes, Alone.

Je suis incapable d'avaler quoi que ce soit. Je m'asphyxie sous l'angoisse. Ty abandonne mes médicaments et me soulève pour me ramener sur le lit. Il m'enlace et pose ses lèvres sur mon front tandis que je m'accroche à lui comme à une bouée de sauvetage, tremblante de la tête aux pieds.

— Tout va bien, mon cœur, tu es en vie.

Il passe sa main dans mes cheveux et les caresse de manière réconfortante. Sa simple présence est rassurante. Je ne suis pas seule, quelqu'un veille sur moi, même au cœur du Kentucky. Après trois jours à parcourir le Tennessee, nous avons mis le cap sur ce nouvel État. Je sais que Ty aurait souhaité me faire visiter le Dakota, cela dit, avec sa mère mourante, il a concédé qu'il valait mieux ne pas s'éloigner au cas où nous devrions rentrer en urgence.

Une heure plus tard, le sommeil ne nous a toujours pas emportés. En revanche, ma crise de panique est passée grâce à mon compagnon de road trip.

Dans l'obscurité de ma chambre, allongée dans ses bras, je conteste ses dires, hilare. Ty a commencé à me raconter des anecdotes pour me permettre de me concentrer sur autre chose que l'air qui me manquait et ainsi, j'ai pu prendre mon anxiolytique. Depuis, nous partageons des histoires sans prêter attention au temps qui passe.

— Tu ne me crois pas ? me demande-t-il.

Sous son air offensé, je pouffe de rire et reçois une pichenette sur le front.

— Bien sûr que si ! Que s'est-il passé, ensuite ?

— Deux jours avant d'être couronné roi à mon bal de promo, une nana m'a fait du rentre-dedans, et ça ne m'a pas dérangé lorsqu'elle m'a appelé par le prénom de mon frère. Peu m'importe qui elle pensait que j'étais, c'est *moi* qu'elle draguait. Ce n'est qu'après avoir couché avec elle que j'ai appris qu'elle était la nouvelle copine de mon jumeau, chose que je ne pouvais pas savoir puisque ce con est vraiment très secret. Tu imagines bien qu'il ne m'a pas laissé m'en tirer, et comme un brave gars, je l'ai autorisé à me cogner. Puis est venu ce fameux soir du bal de promo où le peuple réclamait son roi.

Ty commence déjà à rire à gorge déployée, si bien que je ne peux me retenir de le suivre, sans même connaître la chute de l'histoire.

— Cet abruti... Il avait mis dans mon verre un putain de laxatif qui m'a envoyé tout droit sur les chiottes du lycée.

Nous rions à ne plus pouvoir respirer.

— Lorsque j'ai compris... qu'il allait se faire passer pour moi à mon couronnement, j'ai envoyé mon meilleur soldat me venger. Le dernier verre qu'Alec a bu... avant de monter sur scène... a lui aussi été coupé avec un laxatif.

J'ouvre grand les yeux et me prépare à la catastrophe.

— Je n'étais pas là pour voir le désastre, occupé à chier toute mon âme... mais grâce à la technologie, j'ai pu le suivre en direct depuis mon téléphone... Alec est monté sur scène à ma place... s'est fait couronner au bras de ma reine et...

Nous éclatons d'un rire si bruyant que nous devons réveiller tout le pâté de maisons.

— ... il s'est chié dessus devant le lycée entier... Il avait si mal au ventre… qu'il est tombé à genoux au milieu de la scène. Et lorsqu'il a commencé à m'insulter, tout le monde a compris qu'il n'était pas moi.

Pliés en deux, je n'ai pas la moindre idée de qui entre lui et moi hurle le plus. À chaque fois que nous pensons pouvoir retrouver notre calme, un autre repart et le fou rire s'éternise.

À ce que Ty m'a raconté, il ne faut pas se trouver au milieu de ces deux-là lorsqu'ils se déclarent la guerre. Mais derrière cette loi du plus fort, ils s'aiment d'un amour incommensurable.

Nos épaules sont secouées par nos derniers rires qui finissent par se tarir. Je bâille à m'en décrocher la mâchoire et prie les dieux pour que l'ancien Devil's soit indulgent au réveil.

Mon ami passe son pouce sur mon nouveau tatouage et m'incite à lui poser la question qui me brûle les lèvres depuis que nous avons quitté ce fichu salon. Je lève la tête vers lui et rencontre ses prunelles.

— Pourquoi, Ty ?

Un doux sourire embellit son visage.

— J'ai bien cru que tu ne me le demanderais jamais.

Je retrousse le nez et me retiens de lui tirer la langue.

— Je te l'ai dit. Ce credo n'est pas prononcé dans la joie. Il est fait pour nous donner du courage et de la force dans les instants les plus critiques. Il nous rappelle aussi qu'à partir du moment où l'on est entré dans la famille des Devil's Sons, on le reste à jamais. Peu importent les années qu'on passe loin de Carter et de nos frères, on pourra *toujours* compter sur eux. Nous n'avons pas les liens du sang, mais nous avons ceux du cœur et de l'honneur. Être tatoué Devil's Sons, ce n'est pas affirmer son statut auprès des autres. C'est revendiquer notre appartenance à cette famille.

La beauté de son discours atténue les trois émotions prédominantes en moi. Stupéfaction. Colère. Déception.

Je me redresse et le dévisage.

— Et tu as fait ce choix à ma place ?

— Je n'ai pris aucune décision à ta place, Alone. Tu as aidé les Devil's Sons pour des raisons sentimentales, tu les as déjà acceptés.

— Carter m'a mani...

— Non, me coupe-t-il tendrement. Carter savait que tu consentirais à rejoindre le gang. Et il a fait passer ta décision pour une conséquence de sa manipulation afin d'alléger ta conscience sur la notion du Bien et du Mal. Tu n'es pas manipulable. Personne ne peut te forcer à faire ce que tu ne veux pas, tu es trop intelligente et forte pour ça. Si tu arrêtais de te mentir à toi-même, tu saurais que si tu as accepté de déposer un faux témoignage et voulu mener une négociation, ça a toujours été dans le but de te sentir en vie et de protéger le gang. Tu es née pour faire partie de cette famille. Pas parce que tu es la nièce de Carter, mais parce que tu partages leurs valeurs, leur courage et leur amour. Toi et les Devil's Sons, c'est une évidence, Avalone.

Je ne réponds rien, j'accuse le coup et voyage au cœur de mes souvenirs. J'ai eu la possibilité de dénoncer le gang, pour la justice. Mais j'ai goûté à l'adrénaline et à la sensation d'être en vie. Une dose et j'en suis devenue accro. Puis l'occasion de donner un sens à mon existence s'est présentée : aider et protéger les Devil's Sons, faire partie de ce tout. Alors, j'ai accepté mon rôle. Certes, je n'avais pas toutes les cartes en main. Je ne savais pas ce que je représentais pour Carter, toutefois j'étais libre de mes choix. Et j'ai *choisi* le gang.

Mes yeux tombent sur mon tatouage, je murmure :

— Pourquoi cet emplacement ?

— Ton domaine, ce sont les mots, pas les armes. Or, il se peut qu'un jour, tu sois obligée d'en tenir une. Si tu dois tuer, tu le feras pour les Devil's Sons, de façon aussi symbolique que littérale.

— Je suis droitière. Pourquoi m'avoir tatoué le poignet gauche ?

Ty me serre contre lui, perdu dans ses pensées.

— Ôter la vie à quelqu'un, ça marque à tout jamais, Avalone. On finit par détester la main qui a appuyé sur la gâchette. Et crois-moi, haïr sa préférence manuelle, c'est handicapant. Si tu dois tirer, tu le feras de la gauche pour préserver l'autre.

Les battements de mon cœur accélèrent, pourtant je ne me sens pas mal. Je sais que si demain je dois en arriver là ou voir l'un des garçons mourir, je n'hésiterai pas.

Tuer de la main gauche. Tuer du bras tatoué, pour les Devil's Sons. Pour ma famille.

C'est fou comme le temps passe vite lorsqu'on est en bonne compagnie. Je me réveille dans un nouvel État avec un amour intense et complice pour ce garçon que j'ai rencontré il y a deux semaines à peine. Basée sur une coïncidence, nous ne partageons pas une histoire ordinaire. Je fuis mon présent qui est le passé de Ty, il fuit la maladie qui est mon quotidien. Ni lui ni moi ne faisons toujours les bons choix, mais nous nous respectons et nous nous soutenons. À deux, nous formons un duo complémentaire et incroyable.

Je suis étonnée d'entendre mon téléphone vibrer, vu que je pensais l'avoir éteint. Depuis cette dernière semaine, je l'allume uniquement pour rassurer Lola tous les trois jours. Alors que je me dirige vers ma table de chevet, la télévision allumée attire mon attention. Mon sang se glace lorsque je découvre les gros titres.

« Un nouveau carnage signé par les BloodBro »

Le temps se suspend autour de moi.

Le massacre causé la veille dans l'État voisin par un gang qui veut ma peau me soulève le cœur et manque de me faire défaillir. Cette pauvre famille, égorgée dans son sommeil...

C'est bien trop gore pour une heure si matinale.

Les jambes en coton, je me jette sur mon portable et m'assure que ce n'est pas un message de mon parrain qui m'ordonne de fuir.

[Carter t'a localisée, les Devil's Sons sont en route. Prends la poudre d'escampette, et vite !

Xoxo Lola.]

Par tous les dieux, cette journée commence vraiment mal !

Et ça ne semble pas près de s'arranger puisque Ty entre dans ma chambre, l'air terriblement inquiet. Mon angoisse redouble, je le dévisage et me prépare au pire. Son regard tombe sur mes mains tremblantes lorsqu'il me souffle :

— Toi d'abord.

— La mauvaise, ou la mauvaise ?

— La mauvaise.

— Carter m'a localisée. Les Devil's arrivent.

— Et la mauvaise ?

Je pointe du doigt la télévision, Ty découvre le journal du matin. Il se décompose, son visage vire au blanc cadavérique. Il reporte son attention sur moi et se frotte la mâchoire avec nervosité.

— Parfait mauvais timing, Alone. Alec m'a appelé. Ma mère ne passera pas la nuit.

Cette nouvelle me coupe le souffle, déchire mon cœur, mais me rend plus déterminée que jamais.

— Il est temps pour nous de rentrer.

6.

Les BloodBro ont commis un massacre dans l'État voisin, les Devil's Sons m'ont localisée et Élisa ne passera peut-être pas la nuit.

Notre retour est inévitable. Pour Ty. Pour qu'il puisse accompagner sa maman dans ses derniers moments. Et ce départ précipité me permet de m'échapper une fois de plus, même si dans cette fuite qui me ramène chez moi, je ne fais que retarder de quelques heures la confrontation.

Le visage de mon ami a pris une tout autre expression. Il est apeuré. Pas que sa mère meure, il sait que c'est inévitable. Il est terrorisé à l'idée de ne pas pouvoir lui dire au revoir. Mais je ne le permettrai pas. Tant pis pour mon ventre qui crie famine et ma vessie pleine, nous ne nous arrêterons pas.

Ty est silencieux. Il a besoin de mettre de l'ordre dans ses pensées, chose que je respecte. Quand il sera prêt à se confier, je serai là pour l'écouter. Les pieds nus posés sur le fauteuil, je ramène mes genoux contre moi et observe une dernière fois Columbus à travers ma fenêtre. Jamais je n'oublierai ces villes que nous avons parcourues. Ce sont mes souvenirs les plus heureux et les plus beaux, ça ne fait aucun doute.

Le crissement du cuir attire mon attention. Le volant s'abîme sous les doigts crispés de Ty. Je pose ma main sur la sienne et l'incite à m'accorder son attention.

— Nous ne sommes qu'à trois heures d'Ann Arbor. C'est pour cette raison que nous avons choisi cette ville. Ta maman va attendre ton retour, ne perds pas espoir.

Ses traits se font moins marqués, ses doigts plus légers et un petit sourire étire la commissure de ses lèvres. Sa peur et son inquiétude ne disparaissent pas, mais la confiance domine toutes ses émotions.

— Je suis désolé, murmure-t-il alors que nous entrons sur l'autoroute 23.

— Tu t'excuses pour m'avoir fait passer deux semaines extraordinaires ?

Dieux merci, un rire franc lui échappe. Je préfère mille fois ce sourire. Le voir triste, ce serait comme assister à l'extinction du soleil. C'est déchirant et catastrophique, surtout dans notre religion. Selon la Völuspá[12], Sköll[13], loup puissant et fils de Fenrir[14], dévorera le soleil. S'ensuivra un hiver de trois ans où se dérouleront d'innombrables guerres durant lesquelles le frère tuera le frère. Au terme de ces années débutera le Ragnarök, la fin des mondes.

— Est-ce que tu veux m'accompagner à l'hôpital ?

Ty me jette un coup d'œil que je ne suis pas sûre de comprendre.

---

[12] La Völuspá est un poème qui retranscrit la prophétie d'une voyante sur l'histoire et le destin de l'Yggdrasil.

[13] Dans la mythologie nordique, Sköll est le loup qui poursuit le soleil dans le ciel.

[14] Fenrir, fils de Loki, est un loup géant. Sous la crainte de sa puissance, les dieux l'enchaînèrent. Il se libérera lors du Ragnarök et avalera Odin. Il sera ensuite abattu par le dieu Vidar.

— Laisse-moi reformuler ça. Est-ce que tu *peux* m'accompagner ? Seul, je ne vais pas y arriver... J'ai besoin de toi.

Touchée par sa demande, j'accepte sans l'ombre d'une hésitation. Perdre quelqu'un de cher est la pire douleur au monde, alors s'il veut que je l'accompagne pour le soutenir dans un moment aussi intime, je serai là.

Il me gratifie d'un sourire empli de reconnaissance, puis entrelace nos doigts.

D'ici quelques heures, je rencontrerai sa copie conforme. D'après ce qu'il a pu me raconter sur son frère, Alec est bien plus calme que lui. En revanche, c'est trompeur. Il fait ses coups en douce, ce qui a un impact bien différent. Les jumeaux sont comme chien et chat, ils gravissent des sommets dans le domaine de la connerie. Mais ils sont aussi protecteurs et bienveillants l'un envers l'autre.

Quand Ty avait une dizaine d'années, il a écopé d'un traumatisme crânien après que son frère a laissé un seau d'eau tomber sur sa tête d'un étage plus haut. Il a dû rester plusieurs jours en observation à l'hôpital, et Alec a refusé de quitter les lieux sans lui. Leur père a pourtant essayé de le forcer à rentrer prendre une douche et un bon repas, mais Alec s'est mis à hurler comme une alarme incendie. Il a passé nuit et jour au chevet de son frère, recroquevillé sur une chaise aussi peu confortable qu'un caillou.

Malgré l'urgence de la situation, le trajet se passe dans la bonne humeur. Nous échangeons, rions des bêtises qu'il a pu faire et débattons sur les sujets les plus loufoques. À certains moments, les yeux de Ty se remplissent de terreur. Lorsque ça arrive, je tente de trouver les bons mots, puis je l'occupe en reprenant la conversation.

Nous arrivons à l'hôpital d'Ann Arbor peu après quatorze

heures. Alors que je pensais éprouver un mal-être à mon retour, je ne ressens aucune émotion. Je suis concentrée sur Ty, mes problèmes n'ont pas leur place.

Mon compagnon de route retire les clés du contact, puis ne bouge plus d'un cil, bien enfoncé dans son siège. Je sors de l'habitacle et contourne la voiture pour ouvrir sa portière et lui tendre la main.

Il est affreusement pâle et me regarde avec horreur.

— C'est toujours ta maman, Ty. Elle a les mêmes traits, la même personnalité, le même amour... La maladie ne la définit pas.

Il se concentre sur sa respiration, inspire et expire autant de fois que nécessaire, et lorsqu'il se sent prêt, il attrape ma main. Les doigts broyés par sa puissante poigne, je ne dis rien et prends mon mal en patience. Nous pénétrons dans le bâtiment, et comme si Ty venait de se souvenir de l'urgence de la situation, il se met à courir jusqu'à l'ascenseur, m'entraînant à sa suite. Nous nous engouffrons à l'intérieur, le silence s'abat sur l'espace exigu. Mon ami est dans un sale état. L'endroit lui déplaît et l'idée de voir sa mère souffrir s'apparente à de la torture, mais il l'endure. Pour elle.

— Avalone...

Je tourne le visage et rencontre son regard chargé d'émotion.

— Je ne pourrai jamais assez te remercier. Peu importe ce qu'il se passe par la suite, je serai toujours là pour toi. Tu fais partie de ma famille et je ne te laisserai jamais tomber.

Sa voix se brise, mon cœur se fend. La larme qui roule sur sa joue m'achève et c'est d'une main tremblante que je l'essuie. Avec un tendre sourire, je prends son visage en coupe dans mes paumes.

— Je t'ai rencontré le jour le plus horrible de mon existence et tu ne m'as pas laissée sombrer. Tu m'as comprise mieux que quiconque et tu m'as ouvert les yeux sur ma propre personne.

Ton âme est belle, Ty Liner. À moi de me hisser à ta hauteur. On s'est rencontrés *avant*, je suis là *pendant*, et je serai à tes côtés *après*. Tu ne seras pas seul. Nous sommes une famille. Devil's un jour...

— ... Devil's toujours.

Il m'attire contre lui et me serre si fort que mes pieds quittent le sol. J'embrasse son cou tandis qu'il se charge de courage dans notre étreinte, et quand les portes de l'ascenseur s'ouvrent, nous nous séparons.

Ty reprend ses exercices de respiration, il profite de chaque seconde pour se préparer à affronter la suite des événements. Je glisse ma main dans la sienne et hoche la tête en signe d'encouragement. Nous progressons dans le couloir.

À la subite apparition de son sosie, nous nous immobilisons. Mon compagnon de route pousse un juron, et voilà que les jumeaux se dévisagent, avec le même air mauvais. Je regarde alternativement les garçons, incapable de leur trouver une différence. Après avoir passé tant de temps auprès de Ty, le découvrir en double est déroutant.

— C'est pour baiser une fille que tu n'es pas venu plus tôt ? lui lance Alec, fou de rage.

La même voix...

— Je ne la touche pas, et fais gaffe aux mots que tu emploies si tu ne veux pas manger le sol. C'est grâce à Avalone si je suis là aujourd'hui, et tu vas halluciner lorsque tu sauras qui elle est...

Alec coule un regard méfiant dans ma direction, puis reporte son attention sur son frère. Ce dernier s'approche de lui, nerveux.

— Comment va-t-elle ? demande mon compagnon de route.

— Elle est mourante.

— Sans blague, abruti ! Est-ce qu'elle est...

— Non, elle a encore de l'énergie. Elle n'est pas prête à rejoindre Helheim.

— Tu te fous de ma gueule ? s'énerve Ty. Tu m'as dit qu'elle ne passerait pas la nuit !

— J'ai menti pour te faire rappliquer !

Alors que les jumeaux semblent prêts à en venir aux mains, je sursaute quand j'entends mon prénom. Je tourne le visage et rencontre celui d'une femme au teint blafard, allongée sur un lit d'hôpital. Elle est d'une beauté stupéfiante et m'observe de ses yeux pétillants, pourtant ce sont ses cernes et sa maigreur qui me chamboulent. Elle a la mort inscrite sur la face et elle possède les traits des jumeaux...

Par Odin, comment est-ce que la mère de Ty connaît mon prénom ?

— Oui, c'est bien toi...

Des larmes se forment aux coins de ses yeux, ses lèvres tremblent.

— Tu es devenue si belle...

Mon cœur bat furieusement dans ma poitrine, je crois même que je la dévisage sans vergogne.

C'est quoi encore, ce bordel ? Est-ce qu'on va m'annoncer que ma mère n'est pas ma vraie mère ? Je m'attends à tout, et surtout au pire.

Je lance une œillade aux jumeaux qui se disputent, puis entre avec méfiance dans la chambre 307.

— Tu as les cheveux ainsi que la peau de ton papa, et le même regard que Carter à l'époque. Ça rendait ta maman folle de jalousie que tu ne lui ressembles pas, mais j'ai toujours trouvé que tu avais son sourire.

Je recule d'un pas, sous le choc. Elle connaît mes parents et de toute évidence, elle m'a déjà rencontrée. Ty m'a raconté que sa mère était une amie de Carter et qu'elle plaçait une confiance aveugle en lui, mais était-elle à ce point proche de ma famille pour connaître la vérité ?

— Je côtoyais Mike et Carter avant même que Claire entre

dans nos vies. Quel magnifique quatuor nous formions...

La quinquagénaire rit de mon air stupéfait, puis tousse douloureusement. La surprise qui me paralyse m'empêche de lui offrir un verre d'eau. Elle reprend son calme et m'enveloppe de tendresse rien qu'avec ses prunelles.

— Tu connais la vérité depuis peu, je me trompe ?

— Deux semaines.

Ma gorge est sèche, je ne parviens pas à construire une phrase.

— Tes parents t'aiment d'un amour inconditionnel, Avalone. Et Carter te considère comme sa propre fille. Mais que fais-tu ici ?

Incapable de prononcer un mot, je m'écarte et dévoile la personne qu'elle doit attendre avec impatience. Lorsque le regard d'Élisa rencontre celui de son fils, ses traits s'illuminent.

— Mon garçon...

Un sanglot secoue ses épaules tandis qu'elle écarte les bras pour l'accueillir. Ty, le visage baigné de larmes, se précipite sur sa maman et se réfugie dans ses bras.

Les dizaines de questions qui tournent en boucle dans mon esprit s'évaporent au profit de l'émotion. Je n'entends pas ce qu'ils se murmurent, mais je ne loupe aucun geste affectueux. Mon compagnon de route caresse la joue de sa maman, puis embrasse son front, et Élisa l'attire contre elle. Ils pleurent tous les deux dans le cou de l'autre, déchirés entre le bonheur et la douleur.

Je me mords la lèvre inférieure, émue, et recule de quelques pas afin de leur offrir l'intimité dont ils ont besoin.

— Qui es-tu ?

Je fais volte-face vers Alec, adossé contre le mur, les mains au fond de ses poches et les yeux plissés. Je l'observe sans répondre et trouve enfin quelque chose qui le différencie de son frère. Il a le visage bien plus dur que celui de Ty et ils ne portent bien évidemment pas les mêmes tatouages. Ceux d'Alec sont sombres – tête de mort, serpent, tombes –, alors que la vie émane de ceux de Ty : citations, forêt et coucher de soleil, oiseaux...

Je scrute le corps d'Alec avec attention pour m'assurer de la confiance que je peux placer en lui.

— C'est ça que tu cherches ?

Il soulève son t-shirt et dévoile le « The Devil's Sons » encré le long de ses côtes, pourtant je garde le silence. Alors, il attrape mon poignet gauche et positionne mon nouveau tatouage à côté du sien.

— Nous sommes de la même famille. Tu peux avoir confiance en moi.

Cette façon qu'il a lui aussi de porter, malgré toutes ces années, cet amour envers les Devil's Sons me touche bien plus que ça ne le devrait. Comme si ce sentiment était indestructible et profitait éternellement à tous ceux qui ont un jour fait partie du gang de Carter.

Malgré tout, je croise les bras sur ma poitrine, hésitante. Bien trop de personnes sont déjà au courant, or c'est de ma vie qu'il s'agit. Une erreur et les BloodBro viendront frapper à ma porte, à moins qu'ils ne se donnent même pas cette peine.

— Tu peux lui faire confiance, Alone.

La voix de Ty dans mon dos suffit à me convaincre. Je n'ai pas besoin de croiser son regard pour m'en assurer, il est *la* personne en qui j'ai foi. Alors que tous ceux qui comptaient pour moi – hormis Lola – m'ont menti, il a été mon phare de sincérité dans l'obscurité de tromperie au cœur de laquelle j'étais plongée.

D'un signe de tête, je propose à Alec de me suivre à l'extérieur. Lasse de toute cette histoire, je lui avoue :

— Je m'appelle Avalone Arinson. Je suis la fille de Mike Arinson et la nièce de Carter Brown Arinson.

Ses yeux s'arrondissent comme des soucoupes.

— Je l'ai appris il y a peu. Avant ça, je pensais que ma mère était ma seule famille, donc quand j'ai compris que ma vie et mon amitié avec les Devil's Sons n'étaient qu'un mensonge, j'ai fui la ville. Et j'ai rencontré ton frère dans le bus pour l'Alabama.

Alec n'essaie pas de cacher son extrême surprise. Même s'il le voulait, je ne pense pas qu'il y parviendrait. Cela dit, son regard est bien plus doux maintenant qu'il a cessé de se méfier de moi.

— Bordel ! Je... je suis désolé.

Il n'en revient pas, comme moi il y a deux semaines, et j'ai encore bien du mal à m'y faire. La plupart du temps, j'ai l'impression d'être prisonnière d'un cauchemar sans fin. Toutefois, je me sens stupide de susciter de la pitié alors que sa maman est mourante.

— Tu n'as pas à l'être. Tu as bien plus important à...

Il me coupe d'un geste vague de la main.

— Tu t'es rendu compte que toute ta vie n'était que dissimulations, et que les personnes en qui tu avais confiance t'avaient menti. Tu mérites d'avoir quelqu'un qui soit désolé pour toi.

Je hoche la tête, reconnaissante.

— Excuse-moi si j'ai pu te paraître agressif tout à l'heure. Ty m'a dit que c'est toi qui lui avais mis un coup de pied au cul. Merci beaucoup.

S'il savait que j'ai eu droit au même traitement – en plus intensif de la part de son frère lorsqu'il a cru que je fuyais les Devil's pour une mauvaise raison – il ne s'excuserait pas pour si peu.

— Alec, Alone, venez ! nous appelle Ty.

Alors que mon regard est attiré par les portes de l'ascenseur, Alec me fait signe de passer devant lui. J'aurais aimé prendre mes jambes à mon cou. Je ne suis pas certaine d'être suffisamment forte pour en apprendre davantage sur mes parents, toutefois, je ne peux abandonner Ty.

Je jette un coup d'œil incertain à Alec, qui m'encourage d'un léger sourire, et nous rejoignons le lit d'Élisa. Cette dernière me couve d'un regard chargé d'amour maternel, comme si j'étais sa propre fille rentrée à la maison après des années d'absence.

Le retour de l'enfant prodige, pensé-je amèrement.

– J'ai des choses à te dire, et puisque je ne sais pas si on se reverra, j'aimerais le faire maintenant, si tu es d'accord.

Je ne veux pas. Je ne suis pas prête, mais peut-être que le moment venu, il sera trop tard. Alors je hoche la tête, la gorge si serrée que ma respiration s'y bloque. Je sens aussitôt une main réconfortante me caresser le dos. *Ty*.

– J'ai grandi aux côtés de Carter et Mike, puis ta maman a rejoint notre groupe. Tous les quatre, nous étions les meilleurs amis des neuf mondes, jusqu'à ce que Claire accouche de toi et que ton père commette une erreur.

En quelques mots, elle raconte à Alec l'arnaque de mon père envers les BloodBro et les conséquences de ses actes : ma mort et celle de ma mère aux yeux de tous.

– J'étais la seule à connaître la vérité en dehors des Arinson, alors nous nous sommes éloignés les uns des autres, de sorte que jamais personne ne fasse le moindre rapprochement. Puis, lorsque j'ai appris que Carter avait créé les Devil's Sons, je vous ai poussés vers lui afin que vous appreniez à connaître cet homme merveilleux avec qui j'avais grandi.

Le sourire nostalgique qui étire ses lèvres me touche en plein cœur. J'ai perdu ma famille ce jour-là, mais Élisa a perdu ses meilleurs amis et elle ne vivra pas assez longtemps pour être de nouveau entourée de ceux qu'elle aime.

J'essuie la larme qui perle sur ma joue, puis Ty enroule ses bras autour de ma taille dans un geste réconfortant et protecteur.

– Carter est d'une intelligence hors normes. Il calcule et mesure chaque danger. Il n'agit que s'il est sûr que tout le monde est en sécurité. Il est aussi fidèle, compatissant et a de l'amour à revendre, même s'il ne le montre pas.

Son petit rire lui déclenche une quinte de toux douloureuse. Alec passe une main dans son dos.

— Quand tu es née, reprend-elle à mon intention, Carter a pleuré de bonheur. Ils avaient tous de grands projets pour toi, cependant les choses ne se sont pas passées comme prévu. La décision qu'ils ont dû prendre a brisé nos cœurs à tous. Je n'avais jamais vu ton père et ton parrain aussi malheureux. Et nous voilà, presque vingt ans plus tard... Si tu as choisi cette ville pour tes études, c'est que les dieux ou les Nornes prévoyaient de réunir notre famille....

Je n'arrive pas à croire que c'est de ma vie qu'elle parle. Moi, bébé, aimée et entourée. Puis emmenée et éloignée de tous. *Comment les choses ont-elles pu déraper à ce point ?*

Élisa se redresse et attrape mes mains avec un sérieux qui ne présage rien de bon.

— Ton père est quelqu'un de bien, n'en doute pas. Mais Carter est celui qui saura te garder en vie. Ne t'éloigne jamais de lui, Avalone. Pour toi, il mettra un terme au règne des BloodBro.

Ses dernières paroles font naître en moi une terreur insoutenable. Si le déni m'a permis de profiter de mon escapade, à présent, je ressens le poids de la cible que je porte dans le dos.

Mes mains se mettent à trembler, jusqu'à ce que les bras de Ty m'enserrent un peu plus. Alors, le sentiment d'être entourée, de ne pas être seule, étouffe ma peur.

— Je vais vous laisser en famille. Je suis heureuse de vous avoir rencontrée, Élisa, et merci. Merci pour tout.

— Je te ramène, me lance Ty.

Je secoue la tête devant l'aberration de ses propos.

— Reste, je vais prendre un taxi.

Il m'attrape par le bras et me tire à l'écart. Le regard qu'il pose sur moi est implacable.

— Alone, je t'ai emmenée ici, je te ramène chez toi !

— Je m'en voudrais de te dérober du temps qui ne devrait appartenir qu'à ta maman.

— Et je ne pourrais me le pardonner s'il t'arrivait quoi que ce soit. Et crois-moi, elle sera la première à m'en coller une.

Il croise les bras sur son torse, plus sérieux que jamais, toutefois je refuse de le retirer à sa mère qu'il vient à peine de retrouver. Nous nous dévisageons, tous deux inflexibles. C'est alors qu'Alec pose la main sur l'épaule de son frère.

— Je la ramène, ne t'en fais pas. File-moi les clés de ta caisse.

Ty dévisage son jumeau et s'assure que ça ne le dérange pas. Lorsqu'il lui confie ses clés, j'ouvre la bouche, prête à protester, mais Alec me devance.

— On ne te laisse pas le choix, *Double A*.

Un nouveau surnom. Mes *vraies* initiales.

Je roule des yeux, puis Ty prend mon visage entre ses mains. Il embrasse tendrement mon front. Je ferme les paupières pour m'imprégner de son contact, le cœur lourd de le quitter. Il finit par me serrer fort contre lui à m'en briser les côtes.

— Encore merci, Alone. Ça va me manquer de ne plus être collé à toi.

Le petit rire que je lâche est dépourvu de joie. Je ne suis pas partie que son absence se fait déjà ressentir. Il a été mon oxygène ces deux dernières semaines. Sans lui, j'ai peur d'étouffer. Alors, je me délecte de son odeur, de son étreinte, et j'imprime son sourire dans ma mémoire.

— On s'appelle, d'accord ? murmuré-je.

— Bien sûr, mon cœur.

Nous nous détachons et je m'approche d'Élisa.

— Je suis ravie de t'avoir revue après tant d'années, Avalone. Tu es splendide, et ton regard…

Elle le scrute avec une certaine fascination en attirant par la même occasion l'attention d'Alec dessus. Ce dernier m'observe, les yeux plissés, mais garde le silence.

— Merci pour tout, Élisa. Carter va vous rendre visite, je vous le promets.

La joie intense qui brille au fond de ses prunelles s'accompagne d'une larme qui roule sur sa joue et d'un sanglot qui secoue ses épaules. Je la prends dans mes bras, puis lui murmure l'incroyable personne qu'est devenu son fils grâce à l'éducation qu'elle lui a donnée.

Tremblante d'émotion, elle embrasse mes mains.

— Je t'ai considérée comme ma fille dès ta naissance, Avalone, ce qui fait de mes garçons ta famille. Prenez soin de vous, d'accord ?

Je hoche la tête avec sincérité et recule d'un pas, puis d'un autre. Je lève le regard vers Ty et rencontre son air triste, parfait miroir du mien. Je déglutis péniblement, tente un sourire rassurant et quitte la chambre en compagnie d'Alec, au risque de fondre en larmes.

Ty a été mon seul soutien depuis cette soirée fatidique. Il a été mon pilier, celui qui, par sa simple présence, chassait de mon esprit ces *dangereuses révélations*. Il m'écoutait, me comprenait, me respectait. Et je lui offrais tout autant. En deux semaines, mon cœur s'est agrandi pour lui faire une place, et pas n'importe laquelle. Une place importante, à la hauteur de sa personne.

À présent, le retour à la réalité est difficile. Nous reprenons chacun la vie que nous avions laissée sur pause. Je vais devoir affronter les Devil's Sons sans lui à mes côtés. Je vais me lever et me coucher sans son sourire, vivre sans sa joie.

Quant à Élisa, sa rencontre était difficile, mais nécessaire. J'aurais aimé la connaître davantage, j'aurais aimé que cette femme retrouve ses plus proches amis, qu'elle vive encore de longues années pour elle et pour ses fils. Malheureusement, les

Nornes, ces saletés, en ont décidé autrement.

Nous remontons le couloir lorsque Ty interpelle son frère. Je fais volte-face et savoure ces quelques secondes d'interaction supplémentaires comme la plus pure des bouffées d'oxygène.

— Les Devil's sont à sa recherche. Ne les laisse pas lui mettre la main dessus si vous les croisez, OK ?

— Tu me prends pour un abruti ?

Ty ne répond rien. En revanche, son air malicieux en dit long. Je me retiens de rire tandis qu'Alec lève les yeux au ciel et reprend son chemin.

— Frangin !

Mon nouveau chauffeur soupire en se tournant de nouveau vers son jumeau.

— Elle a une insuffisance cardiaque. Si elle fait une crise, c'est l'hôpital direct.

Alec me dévisage de longues secondes, mais garde les lèvres closes.

Nous poursuivons notre route pour finalement nous arrêter une énième fois à l'appel de Ty.

— Elle a un psychopathe brésilien au cul, et il veut la buter. Il y a mon arme dans la boîte à gants, au cas où.

Cette fois-ci, Alec pousse un juron à faire pâlir les dieux et me lance :

— Par Odin, tu as vraiment une vie de merde !

Ty et moi explosons d'un rire bruyant qui allège le poids de mon cœur.

Mon chauffeur me fait signe d'y aller, j'envoie un baiser à Ty, qui m'offre le plus beau des sourires.

— On se revoit vite, c'est promis, Alone.

Quand Alec se gare sur le parking de l'université, je ne peux nier mon enthousiasme à l'idée de retrouver Lola. Elle m'a terriblement manqué.

Je me détache à la hâte et l'ancien Devil's Son m'imite. Je lui dis de ne pas s'embêter à me raccompagner jusqu'à ma chambre, toutefois il n'est pas du même avis. S'il y a un psychopathe à mes trousses, il se fait un devoir de m'escorter.

– Et si les Devil's sont momentanément l'ennemi numéro un de la fille Arinson, t'aider à les fuir pour les emmerder en guise de retrouvailles sera un plaisir !

Une fois l'arme coincée sous son t-shirt et mon sac à sa main, nous baissons la tête, puis traversons le parking. Malgré cela, les regards se posent sur nous, des chuchotements s'élèvent à notre passage. Mon absence auprès du gang ces deux dernières semaines n'est pas passée inaperçue. Même Alec est reconnu par les étudiants les plus vieux. Nous accélérons le pas en frôlant les murs.

Si Ty m'avait déjà informée que les anciens Devil's Sons n'étaient pas au courant du lien que Carter possédait avec Mike, Alec m'avoue qu'ils surprenaient souvent le boss à regarder des clichés rangés dans une boîte, cachée et enfermée au fond de son coffre-fort.

– Je ne sais pas si ces photos étaient de toi, mais à chaque fois qu'il les consultait, il semblait perdu dans un rêve.

Il y a encore quelques semaines, je croyais Carter sans cœur, froid et distant. Puis Jesse m'a raconté comment cet homme lui avait sauvé la vie. J'ai moi-même pu observer un semblant d'humanité dans certaines de ses actions. Enfin, il y a eu les révélations d'Élisa. Alors, me voilà perdue. D'un côté, je suis folle de rage, tandis que de l'autre, j'ai un père et un parrain qui ont eu le cœur déchiré quand ils ont dû se séparer de ma mère et moi. Pourtant, c'était leur choix.

Pour me protéger, me souffle ma conscience.

Je repense à la légende que m'a racontée Ty sur le bon et le mauvais loup. Je ne veux pas nourrir le mauvais. Ou plutôt, je veux le nourrir, mais pas indéfiniment.

Alec et moi traversons le troisième étage sans croiser d'ennemis, Dieux merci.

— Hésiter, c'est déjà donner une seconde chance. Tu sais que tu vas pardonner à Mike et Carter, n'est-ce pas ?

Odin Tout-Puissant, c'est dans l'ADN des Liner, l'âme de psychologue ?

— Je le veux. Seulement, j'ai peur de ne pas y parvenir. Peut-être que la colère s'estompera avec le temps, mais pour le moment, je ne peux pas y voir clair. C'est trop récent.

— Tu devras, quoi qu'il arrive, passer par le pardon afin d'avancer. Le chemin que tu prendras ensuite ne dépendra que de toi.

Il pose mon sac devant ma chambre et enfonce les mains dans ses poches.

— Eh bien, Double A, je suis ravi de t'avoir rencontrée. Nous aurons l'occasion de nous revoir, n'en doute pas.

Le même sourire malicieux qui s'affiche de temps en temps sur le visage de Ty étire les lèvres d'Alec. Il me décoche un clin d'œil et tourne déjà les talons.

— Merci de m'avoir raccompagnée !

J'enclenche la poignée de la porte et, sans comprendre ce qu'il m'arrive, j'ai l'impression d'être aspirée par Jerry, comme les *Totally Spies*[15]. Me voilà au milieu de ma chambre, Lola pendue à mon cou.

— Merci aux Nornes de m'avoir ramené ma meilleure amie, murmure-t-elle.

Je laisse tomber mes affaires et referme mes bras autour de son corps. Je la serre contre moi un long moment, pour rattraper le temps perdu et m'excuser de ma disparition. Ça me fait un bien fou de la revoir et de sentir sa présence à mes côtés.

---

15 *Totally Spies* est une série télévisée d'animation qui met en scène les aventures de trois adolescentes agents secrets chapeautées par Jerry, leur supérieur hiérarchique.

Ce petit bout de femme est irremplaçable.

Lola se détache de moi et croise les bras sur sa poitrine, armée d'un regard lourd de reproches.

– Je peux savoir où tu étais ? Et pourquoi tu es partie comme ça, sans prévenir ? Tu imagines ce que j'ai pu ressentir ? Est-ce que tu as vu la tête que j'ai ? Parce que mes cernes plus gros que les testicules de Daniel attestent de mon manque de sommeil depuis que tu t'es envolée, bon sang !

Je laisse échapper un petit rire gêné en me grattant la nuque.

– J'étais en Alabama, ensuite dans le Missouri et... enfin bref, j'ai voyagé.

Elle écarquille les yeux et ne semble plus savoir comment respirer.

– Tu n'as pas pris le bus, quand même ?!

– Si.

Son beau visage se décompose. Je soupire et me laisse tomber dans mon lit si familier.

– Mais, Ava... Pourquoi ?

– J'ai découvert la raison pour laquelle Carter voulait à tout prix m'avoir chez les Devil's Sons, Lola.

Je lève le visage vers elle et ravale mes larmes.

– Il est mon parrain, et Mike... Mike est mon père.

Un cri suraigu s'échappe de la gorge de mon amie. Je grince des dents, les tympans endommagés. Choquée, elle plaque les mains sur sa bouche grande ouverte et titube jusqu'à son lit pour s'y asseoir, blême. Je lui raconte alors tout ce qu'on m'a caché pendant près de vingt ans. Lola tremble lorsque j'évoque les BloodBro. Elle sanglote quand je lui explique que Carter et Mike ont dû nous faire passer pour mortes, ma mère et moi. Elle est folle de rage en apprenant l'implication des Devil's Sons dans ce projet invraisemblable. Puis mon amie reprend son calme et s'allonge à mes côtés. Elle me serre dans ses bras et pleure à chaudes larmes.

— Je suis désolée, Avalone, me dit-elle d'une voix chevrotante. Tu as une vie sacrément merdique, tu ne mérites pas ça.

Je lui souris, reconnaissante. Cela dit, je ne suis plus aussi triste qu'avant. Ty m'a permis d'aller mieux et de prendre conscience de plein de choses.

— Tout va bien, Lo.

— Tu aurais dû m'en parler... J'aurais fui avec toi à l'autre bout du monde si tu le désirais. C'est dangereux de traverser les États en bus. Et seule, qui plus est !

Un sourire illumine mon visage à la pensée de Ty et de tout ce que nous avons vécu.

— Je n'étais pas seule.

Lola hausse les sourcils et je me redresse, excitée. Je lui parle de ma rencontre avec l'ancien Devil's Son et de tous nos moments passés ensemble. L'ambiance devient bien plus légère, nous rigolons de bon cœur jusqu'à oublier la cause même de ce voyage.

— Les Nornes s'acharnent définitivement sur toi ! s'exclame-t-elle, hilare. Quelle était la probabilité que tu rencontres un ex-membre du gang ?

Je lui montre mes deux tatouages, tandis qu'un nouveau cri déchire mes tympans. Elle tourne et retourne mon poignet pour les observer sous tous les angles. Elle reconnaît la signification de l'un, mais pas de l'autre. Alors, je lui parle du credo sans entrer dans les détails afin qu'elle ne s'inquiète pas pour son frère.

Une heure de discussions et une bonne douche plus tard, nous décidons de nous octroyer une soirée film en mangeant chinois. Lola veut rattraper ces deux dernières semaines où elle estime ne pas avoir été là pour moi. Enfin, ce n'est pas comme si je lui avais laissé le choix...

Elle s'apprête à descendre récupérer notre commande, mais

voilà qu'elle fait volte-face et claque la porte de la chambre en s'y adossant.

— Jesse est au bout du couloir ! Cache-toi dans les toilettes !

Mon sang ne fait qu'un tour dans mes veines. La panique que je ressens est si puissante qu'elle ne laisse pas place à la colère, et j'en veux au Devil's Son de m'en priver. Elle était tout ce qu'il me restait.

Lola me lance mon sac d'affaires, je cours à la porte du fond et me dissimule derrière. Mon cœur cogne contre ma cage thoracique, ça ne m'étonnerait même pas si Jesse l'entendait.

Il frappe à la porte, une seconde s'écoule, puis j'entends ma colocataire lui ouvrir. Ma respiration se bloque, mes mains se mettent à trembler. Je suis terrifiée.

— Dis-moi, Lola, nous sommes du même côté, pas vrai ?

Son ton n'est pas glacial. Il est mielleux et chargé de sous-entendus, ce qui le rend infiniment plus dangereux.

— Je vois que vous revenez sans Avalone, susurre ma meilleure amie.

Son constat est un aveu. Elle m'a prévenue de leur arrivée et Jesse le sait. L'atmosphère devient lourde dans la pièce, les poils de mes bras se hérissent.

— NOUS NE SOMMES PAS SES ENNEMIS !

Si je sursaute, je n'imagine pas l'état de Lola. Elle répond d'une voix tremblante, mais déterminée :

— Ah oui ? Elle vous fuit. Et vous la pourchassez !

Elle peut être une vraie langue de vipère quand elle s'y met, elle sait frapper là où ça fait mal. D'ailleurs, elle a réussi avec brio puisque le ton de Jesse me donne des sueurs froides.

— Traverser les États seule, c'est du suicide. S'il lui arrive le moindre mal, Carter fera de toi son bouc émissaire et aucun de nous ne lèvera le petit doigt pour t'arracher à sa fureur, parce que tu subiras la nôtre de surcroît.

Je me décompose et au silence de mon amie, elle doit être

mortifiée.

Ce n'est pas Jesse, il n'est pas comme ça. Rejeter la faute sur les autres, menacer une innocente d'horribles tourments... ce n'est pas lui.

— Je... je suis désolé, reprend-il avec humanité. Putain, Lola, excuse-moi. Je ne sais pas ce qui m'a pris.

Le Jesse que je connais est de retour, toutefois je reste bouleversée par l'état dans lequel il est.

— Tu t'inquiètes pour elle, murmure ma meilleure amie sans plus aucune colère.

Le Devil's ricane faiblement, las et fatigué.

— On est en panique. On a vraiment merdé, cette fois. Mais pour le moment, notre priorité n'est pas qu'elle nous pardonne. Tout ce qu'on veut, c'est la savoir en sécurité. Nous sommes en train de perdre les pédales, tu n'imagines pas l'état de Clarke lorsqu'il a découvert sa chambre d'hôtel vide. La réceptionniste a dit qu'Avalone était avec *un type*. Nous avons demandé à avoir accès aux vidéos de surveillance et on a essuyé un refus. On a dû s'y mettre à cinq pour retenir Clarke, qui voulait pointer l'employée avec son flingue afin qu'elle nous sorte les enregistrements.

Lola pousse un cri d'effroi qui masque le mien grâce à un *timing* parfait.

— S'il l'avait fait, tu n'imagines pas les conséquences que ça aurait eu. Depuis que V est partie, Clarke ne réfléchit plus et se fout des ordres de Carter. Son absence devient dangereuse pour tout le monde, Lola.

Je comprends avec horreur que si le bad boy avait brandi son arme vers la réceptionniste, cette histoire aurait pu remonter aux oreilles des BloodBro par la presse. Et s'ils apprenaient que les Devil's Sons appartiennent à Carter, le frère de Mike, et que son gang recherche une fille dans la vingtaine aux États-Unis, ils feraient forcément le lien.

Pour que Clarke perde son sang-froid alors que les enjeux sont bien trop grands, c'est que la situation l'affecte. Il s'est toujours préoccupé de ma sécurité, et je me suis mis en tête que c'était uniquement sous les exigences de Carter. Mais ce n'est pas vrai. Parce qu'aujourd'hui, l'inquiétude a étouffé sa raison. Il a perdu de vue le danger que représentent les BloodBro. Ne pas savoir où je me trouve – ou même si je suis en vie – lui pèse.

— Les gars, c'est Ava ! Je suis sûre qu'elle va bien !

— Justement, c'est de V qu'il s'agit ! Elle fait partie de notre famille ! S'il lui arrivait quoi que ce soit...

Sans réfléchir, je pousse la porte et sors des toilettes. Le silence s'abat sur la pièce, les yeux de Jesse rencontrent les miens et tout défile dans son regard.

Surprise. Colère. Soulagement. Culpabilité.

Sa poitrine se gonfle d'air, il cligne des paupières à plusieurs reprises, comme s'il voulait effacer la possibilité d'hallucination.

— Je vais bien. Tu peux aller prévenir les autres.

— V, je...

— Je ne voulais pas vous inquiéter à ce point, le coupé-je. J'avais besoin d'air.

Ses traits se durcissent, ses poings se serrent.

— Tu ne voulais pas nous inquiéter *à ce point* ? s'énerve-t-il. Tu es partie depuis deux semaines sans nous donner la moindre nouvelle, bon sang !

Mes yeux se posent partout, sauf sur lui. Je ne peux affronter son regard. Pas si tôt, pas alors que la pilule a du mal à passer. Parce que je n'ai pas idée de l'état dans lequel je me mettrais.

— Je pensais que vous me chercheriez sous les ordres de Carter. Pas sous une pulsion fraternelle.

Il répète mes derniers mots, puis rigole, furieux.

— Je vois que tu as besoin de davantage de temps pour arrêter de te mentir à toi-même et ouvrir les yeux sur ce qu'on ressent pour toi.

Il tourne les talons et quitte la chambre en claquant la porte derrière lui.

Je ferme les paupières et reprends enfin mon souffle. Le cœur lourd, je me laisse tomber sur le lit de Lola, qui me rejoint et m'attire contre elle. La rage et la déception de Jesse planent dans l'air, j'entends encore le bois percuter le chambranle.

– Ne culpabilise pas, me murmure Lo. Tu n'es pas leur objet, ils n'ont pas à savoir où tu te trouves en permanence. S'ils s'attirent des ennuis parce qu'ils perdent les pédales, ce n'est pas ton problème.

J'essaie de croire en ses mots, mais ça m'est impossible. Après tout, ils n'y sont pour rien si je suis née Arinson. Eux non plus n'ont pas souhaité cette situation. Je saisis mon téléphone et envoie un message à Carter.

[Hôpital Trinity Health, chambre 307. Ton amie d'enfance mérite de te voir une dernière fois.]

7.

Ce matin, je me suis rendue à la bibliothèque afin de profiter de ce dimanche pour rattraper mon retard. J'ai rasé les murs, au cas où les Devil's Sons seraient dans les parages, mais avec tous les regards braqués sur moi, s'ils étaient dans le coin, ils m'auraient mis la main dessus en un rien de temps. J'ai étudié jusqu'à treize heures, puis Lola est venue m'arracher à mes manuels pour m'emmener déjeuner avec nos amis.

Je n'ai pas eu de questions dérangeantes, ma coloc' m'a couverte et a justifié mon absence par une urgence familiale. Malgré son angoisse intense, elle a su garder son sang-froid. Elle a conscience que lorsqu'il s'agit du gang, il ne vaut mieux pas se montrer bavard. L'épisode de la blessure par balle semble avoir déserté leurs esprits, et de toute manière, je n'ai plus de points de suture. Ty m'a accompagnée chez un vétérinaire dans l'Ohio, qui me les a retirés avec une méfiance légitime.

Daniel a abordé le sujet d'une soirée à la fraternité et ne m'a pas laissé d'autre choix que d'accepter, sous prétexte que j'ai disparu bien trop longtemps. C'est vrai qu'un mois s'est écoulé depuis la négociation. Nos retrouvailles bruyantes et mouvementées m'ont réchauffé le cœur. En revanche, les regards qu'on me lance n'ont jamais été aussi insistants.

— Les Devil's t'ont cherchée partout sur le campus, m'informe Lola. Tu imagines bien le genre de rumeurs qui ont circulé autour de ton absence.

Une partie de moi préférerait ne pas savoir. Cela dit, la curiosité me pousse à demander de quoi on m'accuse.

— Les étudiants affirmaient que tu avais intégré les Devil's comme agent double, sous les ordres de ton vrai chef de gang, pour dérober quelque chose à Carter... Et que ta disparition est la preuve que tu y es parvenue.

J'éclate d'un rire désabusé, incapable de me retenir face à l'absurdité de ces propos.

— Puisque je suis revenue, quelle est la nouvelle rumeur ?

— Certains disent que tu as intégré les Devil's Sons honnêtement, puis qu'un gang ennemi t'a capturée. Alec Liner, ancien homme de main de Carter, t'aurait secourue.

Il fallait s'y attendre. Alec a été reconnu hier sur le chemin de ma chambre, ils n'allaient pas laisser passer une si bonne occasion de colporter des ragots.

À la fin du repas, bien décidée à rattraper mon retard, je salue mes amis avec l'intention de retourner à la bibliothèque.

— Ton cerveau va exploser, me lance Jack.

— Et le tien se ramollit !

Il dégaine un doigt d'honneur, je lui tire la langue et pars en direction du bâtiment.

Revoir mes amis m'a fait du bien, ils m'ont manqué. Et malgré les rumeurs absurdes, je suis d'excellente humeur. Enfin, jusqu'à ce que je croise un regard assassin. Deux billes émeraude qui ne peuvent appartenir qu'à une personne.

Clarke.

Mes jambes subitement lourdes cessent de fonctionner. Mon souffle se bloque dans ma gorge trop serrée. Tout se fige autour de moi. Le temps, les étudiants, mes pensées, mon cœur.

L'aura meurtrière de Clarke est si développée que chaque être humain respecte un périmètre de sécurité. Personne ne l'approche à moins de vingt mètres.

Les muscles tendus à l'extrême, il me fixe avec une intensité peu commode, je dirais même redoutable. Je crois que je préférerais affronter Henzo plutôt que lui. Le King of the Law me tuerait sur-le-champ, et non à petit feu.

Je suis tétanisée. Sa vue me cause une douleur insidieuse qui me retourne l'estomac et élit domicile au creux de mes tripes. Je ne peux rester face à lui sans revivre la soirée qui a bouleversé mon existence.

Mike est ton père. Je suis ton parrain.

Tu n'étais qu'une mission, qu'un ordre.

J'endure une seconde fois le choc et la souffrance de ces révélations. Mon instinct me pousse à rebrousser chemin, cependant je refuse de paraître faible. Je chasse toute pensée néfaste, inspire avec lenteur et ressens le poids illusoire de ma couronne en plastique sur mon crâne.

Le cœur lourd, mais les épaules dégagées et le port de tête assuré, j'avance en direction de la bibliothèque. Je passe sous le nez de Clarke sans lui accorder un regard, toutefois je compte les secondes qui accroissent la distance entre nous. Puis je sens sa présence dans mon dos. Il me suit et traîne avec lui une atmosphère électrique chargée de négativité.

— Avalone.

Sa voix me glace l'âme, elle la révulse. Je ne réponds rien, j'accélère la cadence dans l'espoir qu'il me fiche la paix, seulement il n'est pas Ty. Clarke ne respecte pas les besoins des autres.

— Avalone, répète-t-il entre ses dents serrées.

Ses doigts se ferment autour de mon poignet. Au contact de sa peau, mon sang ne fait qu'un tour dans mes veines. Je me dégage violemment, emportée par la haine.

— Je t'interdis de me toucher !

— Je peux savoir où tu étais ?

Lui aussi est en colère, peut-être même plus que moi, ce qui est le comble de l'ironie.

Je redouble de fureur alors que mon poing s'abat sur son torse.

— JUSQU'À PREUVE DU CONTRAIRE, ÇA NE TE REGARDE PAS ! vociféré-je.

Il contracte la mâchoire, ses yeux posés sur moi me brûlent. Avant, c'était agréable, semblable à une douce chaleur qui réchauffait mon existence du froid mordant de l'éternel repos. À présent, ils ne suscitent chez moi que de la souffrance liée à la désillusion. Je ne supporte plus sa présence, elle me révolte. Et mon cœur semble sur le point d'exploser quand Set et Sean surgissent. Je me sens comme une proie prise au piège. La respiration courte, je panique. Pour survivre à mes émotions, je tente de prendre la fuite, toutefois Sean m'en empêche.

— Putain, Avalone, où tu étais ?

Je me débats avec la fureur d'une lionne, mais je n'ai pas sa force. Je le frappe et voilà qu'il m'enlace et m'immobilise contre son torse dans une vaine tentative de me calmer. Je compte bien me débattre jusqu'à l'épuisement. Ou un arrêt cardiaque.

Le campus s'est transformé en scène de théâtre, tous les regards sont braqués sur nous.

J'écrase violemment son pied. Le gros mot qu'il lance meurt sur ses lèvres tandis qu'un silence de plomb s'installe. Je relève la tête et suis les regards surpris des trois garçons.

Un homme que j'ai appris à connaître sur le bout des doigts avance dans notre direction d'une démarche nonchalante, l'amusement peint sur le visage.

— Les temps sont durs ? Tu forces les filles à coucher avec toi, maintenant ? lance Ty à mon harceleur.

Le concerné ne me lâche toujours pas, ébahi par la présence de son ancien équipier.

— Putain mec, qu'est-ce que tu fais là ? lui demande Sean.

Sa voix traduit la surprise et la joie, et durant les secondes qui suivent, les garçons ne s'intéressent plus à moi. Ty, heureux de retrouver ses vieux amis, offre une accolade fraternelle à Clarke. Ce dernier la lui rend avec sa froideur légendaire, mais je ne manque pas son léger sourire. Malgré le problème actuel que je représente pour lui, son plaisir est sincère.

Ayant côtoyé Set quelques semaines avant son départ du gang, Ty le prend chaleureusement dans ses bras. Enfin, il se tourne vers nous.

— Je suis venu voir ma mère. Tu lâches cette pauvre fille, oui ?

Je masque mon amusement tandis que les regards tendus reviennent à moi.

— Elle va prendre la fuite, affirme Sean d'un ton méfiant.

— Je parie que non, répond mon compagnon de route. Lâche-la.

Je sens l'étreinte du Devil's faiblir et bondis hors de sa portée.

Les garçons me dévisagent, aux aguets, et lorsqu'ils constatent que la fuite n'est plus dans mes projets, Sean s'adonne au plaisir de serrer son ami contre lui.

— Ava, je te présente...

— Ty ! m'exclamé-je.

Je ne retiens plus mon sourire et le laisse exploser à la gueule des Devil's Sons. Sans accorder d'attention à leur réaction, je bouscule Clarke sur mon passage et me jette au cou de mon ami qui m'attrape au vol en riant. Il me serre fort, comme si, lors de notre courte séparation, je lui avais manqué.

Je me laisse aller contre lui, heureuse de le retrouver. Bien que son souvenir m'ait accompagnée ces dernières vingt-quatre heures, je le préfère en chair et en os. Bon sang, que ça fait du bien d'être de nouveau auprès de lui !

Derrière nous, on pourrait entendre les mouches voler. La confusion plane dans l'air.

Les dents de Ty mordillent mon épaule et m'arrachent un éclat de rire. Il finit par prendre mon visage entre ses mains et me scrute méticuleusement, l'air soucieux.

— Je te laisse seule quelques heures et je te retrouve une nouvelle fois toute chamboulée.

Par-dessus ma tête, il lance un regard lourd de reproches aux garçons.

— C'est quoi ce putain de bordel ? siffle Clarke entre ses dents serrées.

Ty élude sa question. Il embrasse mon front, passe son bras autour de mes épaules et, lovée contre son torse, nous faisons face aux Devil's.

Dans l'incompréhension la plus totale, ils nous dévisagent d'un air hébété, sauf Clarke qui ne jure que par la colère. Le regard qu'il pose sur Ty est mauvais, empreint d'une rage froide, mais ce dernier l'ignore royalement.

— Ça vous arrive de ne pas la contrarier ?

Leur trouble exprime l'idée d'une collision entre deux mondes, et je m'en délecte.

— Comment vous vous connaissez ? demande le second de Carter, sur le point d'imploser.

— Le multivers ?

Ma touche d'humour n'amuse personne, sauf Ty, qui reprend :

— On s'est rencontrés dans le bus pour l'Alabama !

— L'Alabama ? me questionne Sean, furieux. Je croyais que tu étais à Columbus !

Ils comprennent peu à peu la situation, et le moins qu'on puisse dire, c'est que ça les ennuie.

Tant mieux.

— Columbus était notre dernier arrêt, leur explique Ty. Il

s'en est passé des choses, avant ça. Prenons la première soirée que nous avons vécue ensemble, par exemple ! J'ai bien cru qu'Avalone allait me tuer avec sa trousse de toilette lorsqu'elle a découvert mon tatouage du gang. Dieux merci, le malentendu s'est vite dissipé.

Je pouffe à l'évocation de ce souvenir, ce qui accentue les émotions négatives des garçons.

– Vous n'imaginez pas mon étonnement lorsque j'ai appris qu'elle fuyait son parrain et ses hommes, continue Ty d'une voix faussement joyeuse, chargée d'accusations. Carter a de la chance qu'elle soit tombée sur moi.

– Tu es un Devil's Son, tu aurais dû la ramener ! crache Clarke.

Son visage est fermé, le retour de son ami ne lui procure plus une once de joie. Son envie de meurtre est presque inquiétante.

Ty, amusé, réprime un petit rire.

– Je suis un *ancien* Devil's Son. L'époque où je devais rendre des comptes à Carter est révolue. Au lieu de ça, j'ai acheté la voiture d'un vieux pote. Le bus, ce n'était vraiment pas pour nous. À bord de ma Eleanor Shelby, nous avons visité le Missouri, le Tennessee, le Kentucky, puis l'Ohio. On aurait pu se croiser si vous étiez arrivés quelques minutes plus tôt.

À travers ses mots, Ty m'aide à assouvir une certaine soif de vengeance et je ne l'en aime que davantage. *Comme si c'était possible.* En revanche, Clarke n'apprécie pas l'attention. Il s'approche, une lueur féroce dans le regard, et mon cœur s'emballe. En réponse, je sens le corps de Ty se tendre. Il retire son bras de mes épaules et se confronte à son ancien équipier. Toute légèreté l'a quitté, il est devenu aussi menaçant que son adversaire.

Les deux hommes se retrouvent face à face, si proches que leurs nez peuvent se toucher.

Ty ne frappera jamais le premier, seulement si Clarke lève le poing, il n'hésitera pas à rendre coup pour coup, même si nous savons que le second de Carter triomphe de tous.

— Tu veux me cogner pour avoir réussi là où vous avez échoué, Clarke ?

— Si tu l'as touchée, tu es un homme mort.

Mon cœur fait un bond vertigineux dans ma poitrine et ces traîtres de papillons prennent leur envol au creux de mon ventre.

Serait-il... *jaloux ?*

Une seconde s'étire, puis une autre, jusqu'à ce que Ty éclate d'un rire bruyant.

— Tu es dans une sacrée merde, tu le sais ça ? Ne t'inquiète pas, je n'ai pas touché à ton amour interdit.

Un amour interdit ? Je plisse les paupières, puis décide qu'il est dans mon intérêt de ne pas comprendre. Je suis en colère contre Clarke, je ne veux ni papillons ni espoir.

Les poings du bad boy se desserrent imperceptiblement, mais il n'en reste pas moins menaçant.

— Tu ne pouvais pas répondre à nos messages ? s'énerve Set, qui observait la scène en silence.

Je porte mon attention sur lui, le sourire qui étire mes lèvres est tout ce qu'il y a de plus faux.

— Bien sûr que si. Néanmoins, je ne le voulais pas. La différence est là.

— Ava... soupire Sean. Pendant combien de temps encore tu vas nous en vouloir ?

Je hausse les épaules avec nonchalance.

— Je ne sais pas. Une semaine, un mois, un an... Seul l'avenir nous le dira. Ou les Nornes. Pars en expédition au pied de l'Yggdrasil pour trouver Skuld[16] et ainsi avoir ta réponse. En espérant que tu ne te perdes pas en chemin.

---

[16] Dans la mythologie nordique, Skuld est la Norne de l'Avenir.

Il pince les lèvres, Clarke contracte la mâchoire et Set passe ses mains sur son visage. Tous trois sont cernés. Ils n'ont pas dû dormir beaucoup ces derniers jours, et je me maudis de ressentir de la culpabilité.

— Voyez le bon côté des choses, elle n'a pas parlé d'éternité.

Nous tournons nos cinq têtes vers Alec, qui arrive à notre hauteur, les mains dans les poches.

— C'est l'occasion de prendre la fuite, Double A.

Il dépose ses lèvres sur ma tempe et me décoche un clin d'œil.

— Vous êtes décidément les Devil's que je préfère !

Je remercie Alec d'un sourire et envoie un baiser à Ty tout en reculant.

— Il y a une soirée à la fraternité Delta Beta Phi, vous avez intérêt à venir !

Après une promesse de leur part, je fais volte-face et marche en direction de la bibliothèque, le cœur bien plus léger. La perspective d'une soirée en compagnie des jumeaux m'excite et les visages dépités des Devil's Sons figés dans ma mémoire me donnent satisfaction.

Ils l'ont bien mérité.

Installée à une table entre plusieurs rayonnages de livres, je sors mes affaires. Emily m'a confié ses cours ce midi, ce qui me facilite les rattrapages. Je n'ai pas le temps de me concentrer sur la première ligne que Justin s'assied à mes côtés. Son irruption me provoque une sueur froide. Je ferme les paupières et serre les dents.

S'ils croient que c'est facile pour moi, ils se trompent. J'ai cette envie de les prendre dans mes bras, de plaisanter avec eux comme au bon vieux temps, pourtant ça m'est impossible.

— Ava… Je… je suis vraiment désolé…

Je ne réponds rien et ne le regarde même pas.

— Tu as tous les droits de nous en vouloir, mais dis-moi comment on peut se faire pardonner...

Il pose sa main sur mon bras, je m'en soustrais et agrippe la table, crispée comme je ne l'ai jamais été.

— S'il te plaît...

— Dégage, Justin.

Il mord l'intérieur de ses joues et baisse ses yeux presque jaunes. Mon cœur se brise, mais je ne craque pas. Il passe sa main dans ses cheveux blond vénitien et se lève, tendu. Il reste quelques secondes debout, sans rien dire, puis s'en va en claquant la porte de la bibliothèque derrière lui. Je soupire et tente de me concentrer sur mes cours, en vain.

Après trois heures de pure torture à me faire violence pour étudier, je quitte les lieux, épuisée, mais heureuse de revoir Ty dès ce soir.

De retour dans ma chambre, j'apprends la nouvelle à Lola.

— Celui qui a protégé ma meilleure amie de l'inconnu et des sales types qui auraient pu s'en prendre à elle ? Moi aussi, j'ai hâte de le rencontrer !

Une fois notre douche prise avec deux heures de retard – la faute aux bavardages –, nous enfilons nos tenues. J'opte pour une robe-pull grise et mes cuissardes à hauts talons. Je me maquille, m'empare de ma pochette noire, puis Lola et moi quittons la chambre, direction la fraternité.

Nous arrivons sur place à vingt-trois heures sous les regards accusateurs de nos amis. Nous nous faisons toutes petites, conscientes de notre manque de ponctualité.

Daniel tend un verre d'alcool à ma coloc' et une limonade pour moi, puis Wyatt me tombe dessus. Il me reproche ma disparition sur le dancefloor ces dernières semaines. Je n'ai pas d'autre choix que d'accepter une danse avec le *running back* de l'équipe universitaire de football pour me faire pardonner.

La musique bascule sur *16 Shots* de Stefflon Don, je bouge

mes hanches en rythme tandis que Wyatt tourne autour de moi d'une drôle de façon, ce qui déclenche mes rires.

— Pourquoi Clarke exige-t-il que plus personne ne fume dans la villa à chacune de mes soirées ?

Je me souviens de ce fameux soir où le Devil's a émis cette interdiction. C'était la première fête à laquelle je participais depuis mon arrêt cardiaque. Il s'en est passé des choses... Jesse a cogné Logan, Wyatt a failli y passer, mais non. Clarke ne l'a pas frappé. Il semblait le respecter encore plus que ses compagnons de gang. Et, plus tard, je me suis fait agresser...

Je chasse cette pensée de mon esprit lorsque la nausée me gagne.

— Pourquoi Clarke t'estime tant ? contré-je.

Wyatt m'attire à lui et poursuit notre danse.

— Une réponse en échange d'une autre ?

— J'ai une insuffisance cardiaque. La fumée est bien trop toxique pour moi.

— Oh ! Je vois.

C'est un garçon intelligent, il sait ce qui m'attend. *La mort*.

Sans laisser de temps à la compassion, je reprends avec un sourire :

— Tu me dois une réponse.

— Je ne peux pas dire que Clarke et moi soyons amis, mais il me connaît. Il sait que je suis une bonne personne. Je ne soutiens pas mes coéquipiers dans leurs coups bas, alors que la tradition le voudrait. Je n'envie pas les Devil's Sons et je n'ai jamais essayé de me confronter à eux par complexe d'infériorité. Clarke me respecte pour ça.

Il est vrai que les joueurs de l'équipe de football de l'université sont un cliché type. Ils se sentent au-dessus de tous et peuvent aller loin dans la cruauté. S'il n'y avait pas un joueur comme Wyatt, Daniel et Jackson n'auraient pas postulé.

— Et pourquoi toi, tu le respectes ? demandé-je.

C'est au tour du *running back* de sourire.

— Tu as besoin d'entendre des choses agréables à son sujet pour arriver à lui pardonner ?

Les nouvelles vont vite. La confrontation que j'ai eue ce matin avec les trois membres du gang est déjà remontée à ses oreilles. Mais Wyatt ne me prête plus attention. Il a arrêté de danser et fixe un point au-dessus de mon épaule.

— Ty Liner ?

Je me tourne avec une telle rapidité que la pièce devient floue. Je me stabilise et découvre Ty qui m'observe d'un air faussement jaloux.

Je crois bien que mon cerveau sécrète les quatre hormones du bonheur et les diffuse en grande quantité dans ma circulation sanguine tant je suis heureuse. Et ce ne sont pas les Devil's Sons qui apparaissent derrière lui qui pourront m'enlever ça.

Don't Cha des Pussycat Dolls sort des enceintes. Mes hanches se remettent en mouvement, j'agite un index pour faire signe à Ty de me rejoindre. Il ne se fait pas désirer. Il attrape la main que je lui tends et guide mon corps dans un tournoiement, ne me laissant apercevoir le sourire qui illumine son visage que lorsqu'il me plaque contre son torse.

— Tu es magnifique, me murmure-t-il.

— Je te retourne le compliment.

Nous redevenons les danseurs complices que nous étions en voyage. Nous nous laissons envoûter par la musique et je découvre de nouveaux pas de danse que Ty exécute à la perfection. Il est très doué, je suis sans voix. Jusqu'à ce qu'il frotte ses fesses contre moi et me vole un éclat de rire.

Nous finissons par reprendre un rythme plus lent afin de ne pas m'essouffler.

— Comment va ta maman ?

— Elle est rayonnante, me dit-il, des étoiles plein les yeux.

Carter est passé la voir ce matin.

Je ne peux cacher ma surprise tant elle est grande. Je n'étais pas sûre que le boss prendrait le temps d'aller à l'hôpital, puisqu'il n'a pas répondu à mon message.

Non.

Je me mens à moi-même.

Je savais que Carter allait s'y rendre sans hésiter. Pour sa meilleure amie, pour lui. La savoir mourante a dû être un choc. La *voir* mourante a dû lui briser le cœur.

Le baiser que Ty dépose sur ma tempe est chargé de reconnaissance.

Enlacée par ses bras, je suis le rythme de ses hanches.

— Je t'ai déjà dit que tu étais la meilleure ?

— Suffisamment de fois pour que je commence à douter de tes intentions envers moi.

Son rire est la plus belle mélodie. Il est si sincère, si spontané, que je rêverais de le mettre en bouteille afin de le garder auprès de moi.

— Je ne m'y risquerais pas, Alone. Tu me briserais le cœur.

— Dit celui qui disparaît tous les quatre matins pour voir du pays. Quel abominable mari tu ferais…

Nous nous marrons, puis ses bras retombent le long de son corps à l'approche de Lola.

— Lo, je te présente Ty !

Le sourire qu'offre ma colocataire à l'ancien Devil's Son me comble de bonheur. Quoi de plus merveilleux que voir deux personnes qu'on aime profondément s'entendre ? Rien n'est encore joué, mais je connais ces deux païens. D'ici quelques secondes, je les laisserai discuter entre eux pendant de longues, *très* longues minutes.

Lorsque la discussion devient incontrôlable, je retiens un rire et recule d'un pas, puis d'un autre, avant de m'éclipser. Je me retourne et me heurte à une armoire à glace.

Je reconnais la dureté de son corps avant même de poser les yeux sur lui.

Clarke.

J'ai trop d'animosité en moi pour en recevoir des autres et le second des Devil's est la personne la plus hostile des neuf mondes. Je ne peux l'affronter dans ces conditions. Pour mon cœur et pour ma santé mentale. Alors, je le contourne sans un mot et traverse le salon avec un besoin urgent de prendre l'air. Être en colère aussi longtemps, ce n'est pas dans mes habitudes. C'est fatigant et démoralisant, bien plus que je ne l'aurais cru.

Je dévale les quelques marches du perron, tourne à l'angle de la maison et découvre Alec allongé sur un transat au bord de la piscine. Comme il est seul et plongé dans ses pensées, je décide de ne pas le déranger, mais il m'interpelle et m'offre une place à ses côtés. Avec un sourire timide, je me glisse sous la couverture qu'il a dû voler à l'intérieur.

Nous gardons le silence. Je crois que nous en avons tous les deux besoin pour songer à ce qui nous préoccupe. Ou philosopher sur l'essence même de la vie.

Au bout d'une quinzaine de minutes, Alec tourne le visage vers moi.

— Je peux te poser une question ?

— Bien sûr.

— Comment tu t'y es prise pour rendre mon frère heureux ? Il est parti de Charleston dévasté et à présent, il est si joyeux que j'en viens à me demander si notre mère est bien mourante.

Prise de court par sa question, je le regarde de mes yeux ronds.

— Je n'ai rien à voir là-dedans. Ty est parti avec l'idée qu'il ne reverrait jamais plus sa mère. Il s'est imposé ce choix en pensant que ça l'épargnerait. Aujourd'hui, il est à ses côtés pour l'accompagner jusqu'à la fin. Il ne s'en croyait pas capable, mais il l'est. Alors, il prend ces derniers moments près d'elle comme un cadeau des dieux.

Perdu dans ses méditations, Alec ne répond rien.

Nous fixons les étoiles. Pour ma part, je me représente Asgard, qui s'étend au-delà de la voûte céleste. J'imagine le Gladsheim, le temple des dieux, majestueux et imposant. Ou encore Fólkvang, la demeure de Freyja[17], aussi belle que la déesse, sertie des plus beaux joyaux.

— Je peux te poser une autre question ? Si tu me mets une droite, je ne t'en voudrai pas.

Je pouffe de rire et acquiesce.

— Ty m'a parlé de ta maladie et je sais que... qu'elle va t'être fatale. Est-ce qu'après toutes ces années durant lesquelles tu as pu te préparer à la mort, tu en as peur ?

Je lève le nez vers le ciel et réfléchis posément à son interrogation.

— Je pense que le malade comme les proches ne sont jamais réellement préparés à la mort. J'ai beau savoir depuis toujours que je mourrai de ma maladie, je suis terrorisée à chaque moment de faiblesse. Alors oui, j'en ai peur. C'est même ma plus grande peur. Mais je sais ce que je désire.

Curieux et intéressé, Alec concentre toute son attention sur moi.

— Lorsque je rendrai mon dernier souffle, je veux être entourée de ceux que j'aime. Ils seront les seuls à avoir le pouvoir d'apaiser ma peur et ainsi, je partirai en paix. Comblée et aimée.

L'ancien Devil's se redresse et m'implore de son regard tourmenté.

— On ne se connaît pas, Double A, et si tu ne le fais pas pour moi, fais-le pour Ty...

Je le coupe d'un signe de main.

---

[17] Déesse de la fertilité, de la beauté et de la sexualité, Freyja reçoit la moitié des guerriers morts au combat dans sa halle. Ces derniers sont ceux qui livrent des batailles pour protéger leurs familles.

Je sais ce qu'il va me demander, et même si adresser la parole à mes parents et à Carter me semble au-delà de mes capacités, je le ferai. Dans quelques années, je serai comme Élisa, et je donnerai tout pour voir les gens que j'aime réunis une dernière fois.

— Bien sûr, Alec. Carter et ma mère seront présents au chevet de ta maman. En ce qui concerne Mike, je ne sais pas si je peux exercer la moindre influence sur lui, je ne le connais pas. Mais je ferai mon possible.

L'air de garçon triste qu'il arbore depuis notre rencontre est effacé par l'immense sourire qui remonte sur ses joues. Il m'attire contre lui et m'étouffe sous les remerciements.

Combien de temps reste-t-il à Élisa ? Dois-je appeler ma mère d'ici demain afin de lui demander de rappliquer, et vite ?

Alec, qui semble lire dans mes pensées, m'informe que sa maman a encore plusieurs semaines à vivre. C'est si peu...

L'entrée de Ty dans le jardin interrompt mes réflexions et attire notre attention.

— Désolé, Alone, je dois t'emprunter mon frère.

Il lance un regard sérieux à ce dernier, puis Alec se lève et me remercie une dernière fois avant de s'éloigner avec son jumeau.

Je me réadosse contre le transat. Je désire contempler les étoiles encore un peu, toutefois l'intrusion de plusieurs étudiants me pousse à détourner les yeux du ciel. Les Devil's Sons se tiennent à quelques mètres de moi, leurs visages graves.

La réaction est immédiate : mon cœur se comprime et mon souffle se coupe.

Je ferme les paupières, dans l'espoir que ça suffira à les faire disparaître, mais il est difficile d'ignorer des personnes qui font tout pour qu'on les remarque.

Ty est un foutu traître.

— Mike arrive demain en ville. Il veut te voir.

8.

J'ouvre brusquement les paupières.

Les mots que Clarke vient de prononcer sont employés dans toutes les phrases du quotidien et ont l'air si inoffensifs. Mais utilisés ensemble, dans cet ordre, ils me font l'effet d'une gifle phénoménale que je ressens d'un bout à l'autre de mon corps.

Mon père.

En ville.

Il veut me voir.

Je pose un regard imprégné de panique sur les garçons, comme s'ils pouvaient me tirer d'affaire, puis leur participation à toute cette machination me revient à l'esprit.

— Je n'ai rien à lui dire.

— Tu n'es pas obligée de parler. Il aimerait seulement que tu l'écoutes, me dit Set d'une voix douce. Ce n'est pas une obligation. Tu peux y réfléchir et nous donner la réponse demain matin.

Grandir sans père pendant dix-neuf ans et devoir accepter ou refuser une rencontre dans un délai de quelques heures à peine ? Ça me semble irréel. Je suis de nouveau en plein cauchemar et ma seule échappatoire est la fuite. Je me lève, ignore les Devil's Sons lorsque je passe devant eux, et rejoins la maison.

— On a décidé de ne plus jamais te mentir ! s'exclame Jesse. Même si Carter nous l'ordonne.

Je m'arrête net, dos à eux, et ris jaune.

— Je n'ai aucune confiance en vous.

— Ava... souffle Justin.

Je me tourne vers le groupe et écarte les bras, les yeux levés au ciel.

— Les légendaires Devil's Sons courent après une fille qui ne veut pas d'eux ?! C'est du jamais vu, n'est-ce pas ?

Mes mots et mon sourire narquois mettent à mal leur amour propre. Dans leurs regards se reflète notre amitié qui n'est plus qu'un souvenir du passé. Tout espoir de réconciliation semble les avoir quittés. Et, afin d'enfoncer le couteau dans la plaie, je leur ris au nez. Toutefois, la promesse que j'ai faite à Alec me revient en mémoire. Toute mesquinerie et tout sentiment de supériorité m'abandonnent. Il ne reste de moi qu'une petite fille fragile et apeurée.

— Vous pouvez informer Mike et Carter que je serai présente demain.

S'ils sont surpris, ils n'en laissent rien paraître. En revanche, la douleur qui émane de mon être les préoccupe. Mon regard trahit la souffrance, tout comme mes épaules affaissées et ma respiration chaotique.

— Maintenant, si vous voulez bien m'excuser, j'aimerais mettre le plus de distance possible entre vous et moi.

Sans leur laisser le temps de répliquer, je prends mes jambes à mon cou et retourne à l'intérieur de la villa où la soirée bat son plein.

Je vais officiellement rencontrer mon père, et cette histoire me fout en l'air. Cependant, je dois avoir les idées claires pour Élisa. Je dois garder la tête haute afin que ma putain de couronne ne tombe pas. Je m'arrête contre un mur et respire de longues secondes, les yeux fermés. Je recouvre mon calme et la maîtrise de moi-même. Parce que si Ty apprend que j'ai accepté de voir mon père dans l'unique but de le convaincre de rendre visite à Élisa, son côté protecteur envers moi se confrontera à l'amour qu'il porte à sa maman. Et je refuse de lui infliger ça.

Quand mon compagnon de road trip entre dans mon champ de vision, j'affiche une moue à demi contrariée et fonce droit sur lui.

— Sale traître !

Un sourire aussi innocent que faux étire ses lèvres.

— Je ne vois pas de quoi tu parles...

Mon coude s'enfonce dans ses côtes.

— Tu me le paieras !

— Alors ? Qu'as-tu décidé ?

— Je vais rencontrer Mike demain.

Ty hoche la tête avec fierté, tandis que Lola écarquille les yeux et me serre la main en signe de réconfort.

— Il veut me parler et je suis curieuse d'apprendre ce qu'il a à me dire, mens-je.

Ma colocataire m'attire contre elle, et son contact me procure un bien fou. Je vais avoir besoin de courage, alors si je peux me charger d'énergie dans cette étreinte, je ne m'en prive pas.

— Je t'emmènerai chez Carter, ça t'évitera de te retrouver sur la moto de Clarke, me souffle-t-elle à l'oreille.

J'embrasse tendrement sa joue pour la remercier de sa prévenance et la pousse à rejoindre Daniel, qu'elle a abandonné.

— Tu arrives encore à m'impressionner. Je pensais que tu les enverrais se faire voir.

Je lève le regard vers Ty et prononce les premiers mots qui me viennent à l'esprit :

— Ce n'est pas à moi de redouter cette confrontation. Je n'ai pas près de vingt ans de mensonges à mon actif. Si quelqu'un doit trembler, ce n'est pas moi.

C'est une parade pour noyer le poisson, mais je n'en pense pas moins.

Ty acquiesce avec une détermination qui me contamine pour le restant de la soirée.

Sur la piste de danse, nous acceptons l'invitation d'un couple à échanger nos partenaires. Même si nous ne formons plus un duo, Ty et moi ne nous quittons pas du regard. Nous nous déhanchons avec nos cavaliers respectifs, mais nous rigolons ensemble.

Le blond se colle à moi, et voilà que je le sens bander contre mon postérieur. Comme électrocutée, je bondis dans les bras de l'ancien Devil's Son.

Il nous faut quelques secondes et une discussion gênante pour comprendre que nous n'avons pas accepté de *danser* avec ce couple. C'est plutôt à une invitation à pratiquer l'échangisme que nous avons consenti…

Si je n'ai pas pu voir la tête que j'ai tirée, en revanche celle de Ty a été mémorable. Le quiproquo réglé et les deux étudiants disparus, on s'adonne aux rires. Des rires incontrôlables et bruyants qui nous asphyxient.

Je n'oublierai pas de sitôt cette histoire.

Calmés, je propose à Ty d'aller nous chercher de quoi nous désaltérer. Je me faufile à travers les fêtards éméchés, mais avant d'atteindre la cuisine, j'effectue un écart sur le côté afin d'éviter le verre que renverse l'homme le plus bourré de la soirée.

Un cri suraigu retentit à ma droite, alors je me tourne aussitôt pour m'excuser auprès de la personne que je viens de bousculer.

Quelle surprise de découvrir que c'est le dos de Clarke que j'ai heurté et que son verre s'est renversé dans le décolleté d'une fille.

Je retiens mon souffle et observe la bimbo rougir de colère.

— Espèce de salope, tu l'as fait exprès ! Tu ne supportes pas que Clarke s'intéresse à quelqu'un d'autre que toi !

J'ai donc interrompu un flirt. Le flirt de Clarke.

C'est la deuxième gifle phénoménale que je me prends de la soirée.

Je croyais quoi, au juste ? Qu'il était trop occupé à essayer de se faire pardonner pour se taper d'autres nanas ?

Je suis ridicule !

— Je suis désolée, je t'assure que je ne l'ai pas fait exprès, mais si tu veux mon avis, Clarke ne s'intéresse à personne.

Haineuse, elle avance d'un pas dans ma direction, le bras levé pour frapper. C'était sans compter sur ma garde personnelle. En un clin d'œil, des masses de muscles effrayantes surgissent devant elle. Les Devil's Sons et les jumeaux font barrage, anéantissant son espoir de me toucher.

Je recule d'un pas, stupéfaite par la rapidité de leur intervention. Niveau efficacité, ils ne sont pas à blâmer.

— Tu as cru pouvoir porter la main sur elle ? rigole Clarke, mauvais. Et ce, sous nos yeux ?

Décomposée, l'étudiante se confond en excuses. Malgré cela, les garçons demeurent imperméables à ses efforts. Ils la dévisagent comme si elle avait commis la pire des fautes.

— Dégage. Et ne remets jamais plus un pied dans cette fraternité !

Les yeux devenus brillants par les larmes, elle prend ses jambes à son cou et bouscule des fêtards sur le chemin de la sortie.

Je ne me rends compte du sourire satisfait affiché sur mon visage que lorsque Clarke le surprend. Un sourcil arqué, son regard est sans équivoque. Tout à coup, la fuite me semble également être la solution. Je tourne les talons, prête à m'échapper, toutefois ses doigts se referment autour de mon bras.

— Lâche-moi !

— C'était quoi, ça ? Tu ne veux plus nous parler, en revanche tu prends un malin plaisir à casser mes plans ? Flash info, Beauté, si tu ne nous faisais pas la gueule, c'est avec toi qu'on passerait la soirée.

Il pense que je l'ai fait exprès et ça n'a pas la moindre importance. Même s'il croyait à mon innocence, il a surpris mon sourire qui en disait long sur ce que je ressens.

— Je vous complique le travail ? C'est vrai que protéger quelqu'un qui vous déteste, ce n'est pas facile. Mais ne t'en fais pas. Je dirai à Carter que les Devil's Sons remplissent le job à merveille.

Il me relâche et secoue la tête avec lenteur, déçu.

— Tu te répètes si souvent qu'on ne t'aime pas que tu as fini par y croire.

Parce que c'est moins douloureux.

Parce que la colère me permet de ne pas sombrer.

Parce que si je leur laissais une dernière chance et que j'apprenais finalement que je ne serais toujours *qu'une mission, je ne m'en relèverais pas.*

Au lieu de le lui avouer, je laisse ma colère et ma peur parler pour moi.

— Et si tu retournais sagement avec les toutous de Carter ? Peut-être que si tu secouais la queue, je te gratterais derrière l'oreille ?

Le silence tombe sur la villa, le temps semble se figer. Chaque étudiant retient sa respiration. Une seconde passe. Puis deux. Et une aura destructrice s'abat sur moi. Celle de Clarke. Son visage a changé du tout au tout, il n'a plus une once de bienveillance.

Avec lui, j'ai toujours eu une marge de manœuvre supérieure

aux autres. Je me suis permis des choses qu'il n'aurait jamais acceptées de la part d'une tierce personne. Cette fois-ci, j'ai franchi ses dernières limites, je l'ai poussé à bout.

À une vitesse impressionnante, il dégaine son arme qu'il pointe sur moi. Des hurlements retentissent, tous les étudiants se collent aux murs, apeurés à l'idée de se prendre une balle perdue. Les Devil's Sons réagissent, mais Ty les empêche de se mettre entre Clarke et moi.

– Putain, tu n'es pas sérieux ! s'énerve Set.

Une tension insoutenable s'abat sur la pièce.

Lola, toute pâle, s'approche de son frère, qui la repousse dans les bras de Daniel. Ce dernier, Jackson et Wyatt sont sur leurs gardes. Ils pensent Clarke capable de me tirer dessus, et peut-être que si je le lui demandais, si je déclarais que c'est la seule manière de me prouver qu'il n'est pas asservi à Carter, il le ferait. Peut-être même que si je continuais à le provoquer, il tirerait. Après tout, je l'ai fui. Je l'ai repoussé. J'ai joué avec sa patience, avec ses émotions. Et pour finir, j'ai atteint la fierté du second de Carter Brown des Devil's Sons.

– Quiconque prononçant ces mots aurait eu droit à notre flingue pointé sur la gueule, crache-t-il à l'intention de Set, sans me quitter du regard. Elle pense que la moindre de nos actions, le moindre de nos sentiments est contrôlé par Carter. Elle a la preuve que ce n'est pas le cas.

Il est évident que lorsqu'on a une arme braquée sur soi, la terreur que nous procure notre agresseur est intense. Cela dit, je n'éprouve pas de peur face à Clarke. Ce sont les souvenirs d'un King of the Law en colère qui me donnent la nausée et me rappellent que j'ai failli y rester il n'y a pas si longtemps. Ça me ramène à mes vrais bourreaux, qui courent toujours dans la nature. Je n'ai pas vingt ans, mais j'ai bien plus d'ennemis que la plupart des personnes qui foulent cette terre. Henzo veut me tuer, tout comme les BloodBro et ma maladie. Je suis curieuse de savoir qui y parviendra.

Ni les jumeaux ni les Devil's n'interviennent lorsque j'avance jusqu'à sentir le métal glacé du canon sur mon front. C'est entre le second et moi.

Clarke n'apprécie pas ce qu'il voit. Il tient l'arme et pourtant, il les fixe, elle et sa main, avec dégoût. Je ne suis pas la seule à garder les souvenirs de la négociation. Il est horrifié de me voir une fois de plus dans cette posture, mais il l'est davantage d'être celui qui m'y met.

– Ton geste prouve ta capacité à désobéir à Carter. C'est tout.

– OUVRE LES YEUX !

La majorité des étudiants sursaute, certains poussent des cris. À bout de patience, il embrasse l'assemblée du regard.

– La fête est finie ! Tout le monde dehors !

Comme si Odin en personne en avait donné l'ordre, tous se précipitent vers la sortie. Mes amis survivent à la marée humaine et demeurent immobiles. Ils refusent de m'abandonner avec cette arme pointée sur moi.

– Set, mets ta putain de frangine et ses potes à la porte ! rage Clarke.

Les Devil's Sons s'activent et foutent mes copains dehors, alors qu'ils protestent et hurlent mon nom. Je ne les regarde pas, je reste concentrée sur le bad boy qui n'a pas baissé son flingue.

En quelques secondes, la pièce s'est vidée. Même ceux qui habitent ici ont quitté les lieux. La villa est plongée dans un silence total. Seul un bordel sans nom témoigne de la soirée qui a eu lieu.

– Dégagez aussi ! ordonne-t-il au gang. J'ai des choses à régler avec *Mademoiselle Arinson.*

Après quelques secondes d'hésitation et sous ma supplication silencieuse, les garçons quittent à leur tour la villa.

Clarke et moi nous dévisageons si longtemps que ma peau

s'habitue à la froideur du métal, au point que je ne la sens plus. Son regard n'est que reproche, rage et mépris, comme si je l'obligeais à commettre l'irréparable.

— Oui, au début, tu n'étais qu'un ordre. Lorsque Carter nous a prévenus de ton arrivée et de notre mission, on l'a tous maudit de nous mettre une princesse dans les jambes. Mais la princesse s'est révélée bien trop courageuse et casse-pieds pour qu'on ne s'y attache pas. Alors, oui. Si tu n'avais aucun lien avec le boss, on ne se serait jamais côtoyés. Parce que, pour ne plus rien te cacher, il a fait jouer ses relations afin que Lola partage ta chambre sur le campus.

La vie de Carter est un jeu de stratégie. Chacun de ses coups est calculé dans le but d'atteindre un seul résultat : échec et mat. Il laisse son adversaire vidé de toute énergie, écartant la possibilité qu'il entreprenne une nouvelle partie. C'est exactement mon cas. Je n'ai plus la force ni d'être en colère ni d'afficher un sourire suffisant, et encore moins de me montrer sûre de moi.

Un bruit animal s'échappe de ma gorge. Le bruit d'une bête faible et désespérée.

— Mais le fait est que tu as un lien avec le boss, et pour cette raison, tu as intégré notre famille. En revanche, que tu sois une Arinson n'a jamais rendu nos sentiments malhonnêtes. Ni les nôtres ni les tiens. Carter ne t'a pas forcée à adorer Lola, comme il ne t'a pas demandé de mener une négociation. Il a manipulé le destin. Il a mis toutes les chances de son côté pour te ramener dans sa vie. Mais tu as toujours gardé le contrôle. *Toujours*. Tu peux être tout ce que tu désires, Avalone. Une Arinson et une Devil's Son. L'un n'empêche pas l'autre.

Une larme roule sur ma joue. Je ne l'essuie pas, je ne dis rien.

Les mots de Clarke forment une réalité que je me refusais à concevoir par facilité.

— En ce qui concerne nos sentiments à ton égard, je vais te confier une vérité qu'aucun de nous n'a osé exprimer à voix haute : nous étions prêts à trahir Carter.

Il rit jaune et détourne les yeux.

— Lorsqu'il nous a parlé de toi et de ton arrivée, il ne nous a pas prévenus que Lola partagerait ta chambre. Nous ne savions ni ton prénom ni à quoi tu ressemblais. Le boss nous a seulement dit qu'au premier regard échangé, on reconnaîtrait une âme païenne aussi belle et complexe que la tienne. Puis Set est tombé sur toi.

Je me souviens de cet après-midi, allongée sur l'herbe. La peur ressentie par le frère de Lola à la vue de mes iris était primaire, instinctive.

— Lorsqu'il est rentré à l'appartement, sûr de t'avoir rencontrée, il n'a pas voulu nous parler, il souhaitait juste oublier. Puis ce fut au tour de Sean. Leurs réactions étaient pour le moins préoccupantes. On en est venus à se demander si la fameuse nièce n'était pas un monstre tout droit sorti d'Helheim. C'est lorsque tu as retenu mon poing et que j'ai plongé au cœur de ton regard que j'ai compris. Ce n'était pas ta colère envers moi et ton dégoût pour la violence qui m'ont frappé. C'est ce qui se cachait derrière ces deux émotions.

Il scrute mes prunelles, comme s'il voulait s'assurer une dernière fois de la légitimité de ses pensées avant de se prononcer.

— La puissance des flammes destructrices du Ragnarök brûle dans tes iris, Avalone.

Les garçons ne l'ont jamais mentionné en ma présence. Je pensais jusque-là qu'ils n'arrivaient pas à identifier ce qui les avait effrayés.

— Nous avons pris ça comme un terrible présage. Tu ne pouvais que causer notre perte. Ce soir-là, nous nous sommes tous réunis chez Carter pour lui en parler et prévenir ceux qui ne t'avaient pas encore rencontrée. C'est alors qu'il nous a dit...

— « Tant que les flammes du Ragnarök danseront dans mon regard, elles ne consumeront pas les neuf mondes. Je ne suis pas dévastatrice, je préserve l'Yggdrasil. »

Ce sont les mots que ma mère prononçait, et à la réaction de Clarke, Carter leur a tenu le même discours.

— Ces deux phrases nous ont apaisés. Et plus nous croisions ton regard, plus nous le comprenions. Plonger une fois dedans, c'est se perdre au milieu de flammes brûlantes, ravageuses et mortelles. Y plonger deux fois, c'est apercevoir les flammes apaisées par ton âme. Aussi humbles que douces.

Clarke secoue la tête, comme s'il avait encore du mal à y croire.

— Les gars t'ont appréciée aussitôt, mais ne l'ont admis qu'à la fin de la soirée de l'Alliance. Ça devenait difficile de te mentir. Entre les tests et ta véritable identité, nous avons mis la pression à Carter pour qu'il t'avoue tout. Son refus a été catégorique, et malgré une crainte grandissante, nous l'avons respecté. Nous savions que ce n'était qu'une question de temps avant que tu n'apprennes la vérité et que retarder l'échéance ne ferait qu'aggraver notre cas. Nous sommes devenus des bombes à retardement, alors le boss nous a promis que le jour où tu découvrirais qui tu étais, il nous déresponsabiliserait si nous gardions le silence jusque-là. Ça a marché un temps seulement. Notre loyauté va à Carter, mais également à chacun des nôtres. À *toi*. Notre désir d'aller à l'encontre de ses ordres et de te révéler qui tu étais grandissait. Je ne sais pas si tu te rends compte de ce que ça signifie pour nous de trahir notre chef.

Oh si. Pour les membres d'un gang, trahir son chef est un déshonneur. Pour les membres d'un gang païen, trahir son chef est une impureté, une déchéance, une infamie.

— C'est ce que nous aurions fait si cet abruti de Justin n'avait pas évoqué la possibilité que tu ne nous pardonnes jamais. Alors, nous nous sommes montrés égoïstes : nous avons gardé le secret pour te garder, *toi.* Puis tu as tout découvert et, incapables de te mentir une fois de plus, nous avons pris nos responsabilités.

Quand l'entêtement rend aveugle, c'est pour se protéger d'une vérité trop difficile à confesser, avait dit Clarke.

La vérité frappera, quoi qu'il arrive. Ce n'est qu'une question de temps. Et plus on l'ignore, plus elle causera de dégâts, lui avait répondu mon parrain, perdu dans ses pensées.

Je pensais que le Devil's Son réglait un désaccord passé avec son boss, mais je m'étais trompée. Le secret lui pesait, il voulait que Carter m'avoue tout.

Les doigts de Clarke se desserrent autour de la crosse. Il baisse enfin le bras et se débarrasse de son arme. Derrière la dureté de son regard, il est presque implorant. Il prend mon visage en coupe dans ses mains et remplace le contact froid du métal sur mon front par ses lèvres. Je m'agrippe à ses bras dans une tentative de me sauver de la noyade. Ses révélations font voler en éclats la carapace autour de mon cœur que je m'étais forgée sous l'effet de la colère. Il ne reste plus que la tristesse de la vérité, la douleur des mensonges, la peur de l'avenir et l'angoisse liée à ces trois émotions.

Submergée, je tremble comme une feuille entre ses paumes. Clarke détache ses lèvres de ma peau, mais il reste près de moi et colle son front au mien.

— Seul notre égoïsme peut justifier ton ressentiment à notre égard, murmure-t-il.

Pour tenter de m'épargner la tristesse la plus pure, sans colère pour la diluer, je réplique :

— Pourquoi je croirais ce que tu me racontes ? Tu as bien vu de quoi Carter est capable. Et s'il t'avait ordonné de me raconter tout ça afin que je revienne *pour vous* ?

— Je ne te demande pas de croire en lui, mais de croire *en nous*, Avalone. Croire en ce que nous avons construit. Croire *en moi*.

Son regard est aussi désespéré que le mien. Il effleure ma clavicule, puis sa main remonte le long de mon cou jusqu'à ce que ses doigts s'enfouissent dans mes cheveux et s'y agrippent. Et mon cœur meurtri bat toujours. Pour lui.

Ses yeux posés sur moi me donnent un souffle de vie, alors que l'atmosphère change du tout au tout. Le désir brut au fond de ses iris noirs me happe. Clarke me force à reculer quand lui avance.

— Tu sais qui je suis, Avalone.

Mon rythme cardiaque s'affole, ma respiration devient lourde.

— Tu sais ce que je pense de l'amour, et tu sais comment je traite les femmes.

Sa voix rauque éveille tous mes sens alors que mon dos heurte le mur. Il me surplombe de toute sa hauteur et ne m'offre aucune échappatoire. Lorsqu'il caresse ma joue, je retiens mon souffle. Il prend appui sur la cloison, au-dessus de ma tête, et son corps penché sur le mien me déclenche une délicieuse chair de poule. J'en frissonne.

Relever le visage pour plonger dans son regard rapproche dangereusement nos lèvres.

— Mais, toi...

Je ne suis plus capable de respirer, ni même de penser.

— Je te désire tellement que ça en devient une torture. Et quand Ty te touche, alors qu'il ne souhaite que ton amitié... Quand ses bras t'enlacent...

Son ton est dur, presque haineux, mais lorsqu'il glisse la main dans mon dos jusqu'à mes reins, son geste est d'une tendresse infinie. Puis son contact se veut plus ferme, il plaque chaque centimètre de mon corps contre le sien.

— Quand ses lèvres se posent sur ta peau avec une telle

facilité, sans la moindre conséquence…

Nous nous dévisageons, tous deux impitoyables, avec ce mélange de désir et de frustration, de rancœur et de jalousie.

Clarke gronde et tire sur mes cheveux. Ma tête s'incline, mon cou se dégage. Je sens son souffle caresser ma peau avant de sentir ses lèvres, puis une boule de chaleur implose dans mon bas-ventre sous son baiser sensuel.

– J'ai envie de le tuer lorsqu'il pose les yeux sur toi. Parce que tu lui souris comme s'il était l'homme le plus important de ta vie.

Pour la première fois, il laisse transparaître chacune de ses émotions. Il ne se cache pas derrière son masque insondable, je peux mesurer l'étendue de sa convoitise, de sa possessivité et de ses sentiments à mon égard.

Il dépose un baiser sur mon front, puis sur ma joue, mû par ce désir d'effacer toute trace de Ty, puis son regard tombe sur mes lèvres. Il s'y attarde et humecte les siennes, alors que mon cœur cogne encore et encore contre ma cage thoracique. Clarke inspire profondément et quand il m'embrasse, ses muscles se tendent en réponse à notre contact qui lui est tout aussi douloureux que bon.

À la différence de tous ceux que j'ai connus, ce baiser est le plus sensuel et sentimental qu'on m'ait jamais donné. Il nous tue tous les deux à petit feu. Alors, je me rends compte du manque que j'éprouvais loin de lui. Nos lèvres sont faites pour se sceller, pour danser et se dévorer.

Au contact de sa langue, un gémissement de plaisir qui semble se répercuter dans toute son âme m'échappe. Ses mains découvrent mon corps avec lenteur afin de se rassasier de mes formes. Les miennes s'aventurent sous son t-shirt et lui arrachent un grognement. Je caresse ses abdos, remonte jusqu'à ses pectoraux, puis mes doigts glissent le long de ses flancs et rejoignent son dos. C'est lorsque mes ongles s'enfoncent dans sa peau que l'urgence se fait ressentir.

Clarke me prive de sa bouche et plonge son regard incandescent de désir dans le mien. L'air crépite au-dessus de nous, nos poitrines montent et descendent au rythme de nos respirations erratiques. La seconde d'après, il empoigne mes cuisses. J'ai seulement le temps d'enrouler mes jambes autour de ses hanches qu'il me pose sur le comptoir de la cuisine et fond sur mes lèvres.

Chaque baiser, chaque caresse, chaque coup de langue devient endiablé. Nos souffles courts s'entrechoquent, nos cœurs battent à l'unisson et nos doigts désirent à tout prix le contact de l'autre. Dans la précipitation, nous renversons des verres qui se brisent sur le carrelage et Clarke envoie valser tout ce qui pourrait entraver nos mouvements. Nous nous séparons pour nous déshabiller. Son t-shirt vole à travers la pièce et, en manque, nos bouches se retrouvent aussitôt après. Nous sommes insatiables, incapables de nous contenir le temps d'un instant pour faire disparaître la barrière de nos vêtements.

Sous le poids de son corps, je m'allonge sur le comptoir. Mes paumes parcourent les muscles de son dos, je me délecte de la chaleur de sa peau tandis qu'il me dévore. Je me perds dans le partage de notre désir, dans cet échange brutal de nos sentiments.

Clarke s'arrache à moi et titube en arrière, la respiration haletante. Mon cœur et mon âme hurlent de protestation, j'ai subitement froid. Je veux qu'il revienne et qu'il m'embrasse, mais la lutte dont il fait preuve pour se tenir loin de moi m'interpelle. Ses traits sont douloureux et sa frustration une torture.

— Je ne t'ai pas tout révélé.

Un poids aussi lourd qu'un rocher me tombe dans l'estomac.

— Ce que tu as dit à Jesse avant de partir… tu avais raison. Du moins, en partie. Un Devil's Son ne peut entretenir de relation autre que professionnelle avec toi, la nièce de notre boss. Nous n'avions même pas le droit de devenir amis. Aucun sentiment, quel qu'il soit, ne doit interférer avec les ordres de Carter à ton sujet. Il nous a finalement autorisés à développer une amitié quand il a compris que ça jouerait en sa faveur pour te ramener à lui. Mais toi et moi, c'est impossible, Avalone. Si le boss apprend que j'ai déjà posé les lèvres sur toi, je suis un homme mort.

Tu es dans une sacrée merde, tu le sais, ça ? Ne t'en fais pas, je n'ai pas touché à ton amour interdit.

Les mots de Ty prennent tout leur sens. À cause de ce que je lui ai raconté, il a dû se douter qu'un ordre se cachait derrière la retenue de son ancien équipier.

Par tous les dieux... J'ai toujours cru que Clarke était inatteignable, alors que depuis le début, c'est moi qui le suis.

Ty et les Devil's Sons me répètent que j'ai fait mes propres choix, mais celui-ci, Carter me le vole. L'arrière-goût de cette ultime révélation est amer. La colère gronde sous la surface.

— Et si je n'étais pas sa nièce ?

— Je n'aurais pas hésité à te déshabiller.

Je saute du comptoir et avance vers Clarke, déterminée, tandis qu'il me dévisage avec méfiance.

— C'est tout ce que tu voudrais de moi ? Me *baiser* ?

— Se poser ce genre de question ne mènera nulle part.

Je passe un doigt le long de son torse nu. Il retient son souffle et contracte la mâchoire.

— Si je n'avais pas de lien avec Carter, est-ce que tu aurais voulu que je sois à toi, Clarke ? insisté-je.

Sa respiration devient un peu plus chaotique à mesure que mon doigt s'approche du bouton de son jean. Son regard tombe sur mes lèvres, il déglutit. Il s'empare finalement de mon poignet et le maintient à distance de son corps.

— Mais tu en as un, s'agace-t-il. Je ne peux ni te toucher ni t'aimer de cette manière... Je n'ai même pas le droit de ressentir de la jalousie envers Ty !

— La question n'est pas là ! m'exclamé-je. Est-ce que, oui ou non, tu voudrais que je sois à toi s'il n'y avait aucun ordre qui planait au-dessus de ta tête ?

La frustration et l'incertitude déchirent les traits de son beau visage.

— Je... je ne sais pas !

De longues secondes s'écoulent en silence. Le Devil's passe ses mains tremblantes dans ses cheveux et pose un regard perdu sur moi, puis il ouvre la bouche, mais renonce à parler, ne sachant que dire.

— Ramène-moi, s'il te plaît.

9.

À quinze heures, Lola m'attend sur le parking du campus pour m'emmener chez Carter. Je mentirais si j'affirmais ne pas être paniquée. Je suis morte de peur à l'idée de rencontrer officiellement mon père. Vais-je m'effondrer en larmes ? Ou hurler à m'en déchirer les cordes vocales ? Je l'ai déjà vu, certes, mais je ne savais pas qui il était. Ou plutôt, je ne savais pas *qui j'étais, moi.* Tout est différent, à présent. Je me souviens du coup de crosse qu'il avait flanqué à Pitt pour son manque de respect. Malgré la violence dont il avait fait preuve, je l'avais trouvé bienveillant à mon égard, chose que je comprends mieux aujourd'hui. Tout me semblait déjà compliqué à l'époque, mais ce n'était rien comparé à ma situation actuelle. Je stresse au point que j'en ai mal au cœur – cœur qui tambourine furieusement dans ma poitrine. Les chances que je parvienne à sortir de cette voiture sont minces.

Mon mutisme oppresse et inquiète Lola qui me lance des coups d'œil.

— Tu es sûre de vouloir le rencontrer ?

Je hoche la tête. C'est le seul mouvement dont je sois capable, et je n'ai pas suffisamment de souffle pour répondre.

Plus nous approchons de la propriété, plus je me tétanise. Les minutes semblent se transformer en secondes, alors que j'aimerais que le trajet s'éternise.

La main que pose Lola sur mon épaule me provoque un sursaut. Je recouvre mes esprits et me rends compte que le 4x4 est à l'arrêt, devant la villa.

J'ouvre la portière et manque de m'effondrer sur les graviers, sur le point de suffoquer.

— Merci.

Je dépasse la fontaine d'Odin, les jambes tremblantes. Mon corps devient si lourd qu'avancer se révèle périlleux. Mais je dois le faire afin qu'Élisa soit entourée de ceux qu'elle aime.

Le regard rivé sur la porte d'entrée, je monte les marches du perron. Alors que je m'apprête à frapper, je me ravise. Ils n'ont pas attendu que je leur ouvre pour s'immiscer dans ma vie.

J'inspire un grand coup, murmure une prière à Thor dans l'espoir qu'il m'insuffle un peu de son courage, puis pousse la porte si fort qu'elle se cogne contre le mur.

Carter, debout au milieu du salon, tourne la tête vers moi. Avec sa bouche entrouverte et son regard brisé, il n'a plus rien du chef de gang. Il est apeuré. Apeuré d'affronter la vérité, apeuré de me voir pour la dernière fois. Parce que je suis cette nièce dont il a dû se séparer alors qu'il m'aimait comme sa propre fille. Il a fait des choses tordues qui dépassent l'entendement, mais il m'a ramenée à la maison, auprès des miens. Et il ne détourne pas le regard. Il assume les conséquences de ses actes et puise sa force dans l'amour qu'il me porte.

Mike fait son apparition derrière lui, vêtu lui aussi d'un costume sur mesure. Ses yeux posés sur moi brillent de larmes et de culpabilité. Néanmoins, c'est la peau de ses ongles – qu'il arrache de nervosité – et sa respiration laborieuse qui attirent mon attention. Il serait prêt à fuir plutôt que m'affronter.

Quant à moi, je reste dans l'encadrement de la porte. Seuls les battements de mon pauvre cœur résonnent à mes oreilles. J'ai une conscience suraiguë du mal-être que je ressens. J'ai des bouffées de chaleur qui manquent de me faire tourner de l'œil, mon estomac peut se vider d'une seconde à l'autre et mes jambes sont sur le point de me lâcher.

La présence de Marie à mes côtés me ramène à la réalité. Son sourire contraste avec les larmes sur ses joues. Elle semble la plus heureuse des neuf mondes, comme si elle attendait ce jour depuis des années.

Elle passe sa main dans mon dos et m'incite à entrer. Je constate la présence des Devil's Sons autour des canapés. Avec tous ces yeux posés sur moi, je me sens oppressée. Je déglutis non sans peine et dois m'y reprendre à plusieurs reprises pour parvenir à articuler :

– Élisa est mourante.

Je dévisage alternativement mon père et mon parrain qui ne prononcent pas un mot.

– C'est votre amie. Vous vous devez d'être auprès d'elle sur son lit de mort. Claire aussi.

– C'est ce qui est prévu, me souffle Carter.

Oh.

Bien.

Le silence qui s'ensuit est d'une torture insoutenable. Personne ne bouge ou ne respire.

Je compte jusqu'à dix-neuf, une seconde par année de mensonges, avant de décider que je n'ai plus aucune raison d'être ici.

Je fais volte-face, incapable de soutenir leurs regards, et dévale les marches du perron. Mes pensées sont sens dessus dessous, je tremble comme une feuille. Il faut que je quitte cette propriété pour retrouver un esprit sain, loin de ces deux hommes qui devraient être ceux de ma vie, mais qui ont raté le coche.

— Avalone !

Sans mon consentement, mon corps s'immobilise à la voix de Clarke. Je me tourne vers lui et découvre les Devil's Sons. À leurs expressions, je comprends qu'ils ne sont pas là pour me retenir contre mon gré ou pour me demander de leur pardonner. Ils sont là pour m'épauler, et bon sang ce que c'est agréable !

— Est-ce parce que tu as obtenu ce que tu désirais que tu pars, ou est-ce par lâcheté ? me questionne Set.

— Les deux.

Tucker fait un pas dans ma direction, attirant mon attention.

Je remarque une fois de plus leurs mines épuisées, ça ne s'est pas arrangé depuis la veille.

— Je n'en reviens pas de ce que je vais dire, mais... Avalone Lopez Arinson est bien plus courageuse que nous.

Je secoue la tête pour le contredire et Jesse avance à son tour.

— Tu as retenu le bras d'un malade qui fracassait quelqu'un !

Clarke lui lance un regard blasé, mais confirme tout de même :

— Plusieurs fois.

— Tu t'es opposée à Carter, puis à Ange et à ce con de Pitt, et aux Reapers of Death ! s'exclame Set avec ardeur.

Il me couve d'un regard empreint de fierté, tout comme Sean qui ajoute, hilare :

— Tu as giflé Carter !

Les garçons se marrent aux souvenirs de mes exploits et un début de sourire fait frémir le coin de mes lèvres.

— Tu as mené une négociation, tu t'es pris une balle et tu t'es fait recoudre à vif, poursuit Tucker.

— Et hier soir, tu nous as tous provoqués. Tu as vu l'arme de Clarke braquée sur toi, mais tu n'as pas cillé.

Les derniers mots de Justin planent dans l'air, et comme ceux de ses frères, ils m'atteignent d'une drôle de façon.

Tout ce que les garçons évoquent, nous l'avons vécu

ensemble. Les souvenirs sont nombreux, bons ou mauvais, mais ils sont bien réels et je ne peux les effacer, ou même les oublier.

— Tu n'es pas lâche, affirme Clarke.

En plongeant dans ses iris, je dois me retenir de caresser mes lèvres. Je sens encore les siennes, possessives et insatiables.

— Tu es courageuse. Tu ne fuis pas devant la difficulté, tu te bats.

— Et tu as les putains de flammes du Ragnarök dans ton regard ! s'exclame Tucker. Ce sont ces deux vieux cons qui devraient trembler de peur !

Je pouffe de rire, cependant le sérieux de la situation ne disparaît pas, tout comme ma crainte d'affronter la vérité. Pourtant, je les regarde un à un, émue. Par leurs mots, par leur soutien, par ce que nous avons traversé ensemble. Et je me rends compte que ce n'est pas Thor qui m'emplit de son courage, mais les Devil's Sons et notre amour.

Clarke parcourt les mètres qui nous séparent avec une détermination sans faille, prend ma main dans la sienne et entrelace nos doigts.

— Nous sommes *avec toi.*

Chamboulée, j'observe les garçons se placer à mes côtés pour former une ligne de défense solide. Les larmes ruissellent sur mes joues, je pleure silencieusement, submergée par mes émotions. Et ce n'est pas l'arrivée des jumeaux qui m'aide à me reprendre. Ty et Alec sortent du couvert des bois et grossissent nos rangs. Le hochement de tête que m'offre mon compagnon de road trip emplit mes artères d'une bonne dose de témérité, distribuée dans chacune de mes veines.

C'est ensemble, comme si nous ne formions qu'un, que nous regagnons la villa pour affronter les hommes de la famille Arinson.

À mon retour, Carter retient un soupir de soulagement. Un semblant d'espoir illumine ses yeux ternes et le pas qu'il fait dans ma direction n'est qu'un désir de réparer ses erreurs. Mike, quant à lui, bondit du fauteuil sur lequel il s'est abandonné.

— Les gars, laissez-nous, s'il vous plaît.

Les Devil's ne bougent pas, les pieds fermement ancrés dans le sol. Ils s'attirent le courroux du boss qui remarque alors la présence des deux frères. S'il est surpris, il le cache bien. Il hoche la tête à leur intention et je crois même lire sur ses lèvres « bienvenue à la maison ».

Quand les garçons m'interrogent, j'inspire un grand coup et leur fais signe de nous laisser. Ils sortent par la porte-fenêtre du salon. Clarke effleure mes reins du bout de ses doigts avant de quitter la pièce à son tour.

Après leur départ, je me pétrifie et cesse même de respirer. Je fixe l'ouverture par laquelle les Devil's ont rejoint le jardin et prie pour qu'ils réapparaissent.

— Approche, m'encourage Carter.

Confiant et bienveillant, c'est en lui que je trouve la force d'avancer jusqu'à saisir la main qu'il me tend. Et comme si j'étais en état de choc, il me conduit au canapé avec une douceur dont je ne le croyais pas capable. Marie dépose devant moi une limonade fraîche que je vide pour hydrater ma gorge sèche, *très* sèche.

Les deux hommes me font face, mais seul mon parrain a le courage d'affronter mon regard. Personne ne parle, personne ne trouve les mots. Les secondes se succèdent et mes larmes ne cessent de couler.

— Je me suis imaginé... commence Mike.

Je lève le visage vers lui. Il est tiraillé par la douleur et se dérobe toujours. Il fixe ses mains qui tremblent, tout autant que les miennes.

— ... ces dix-huit dernières années, ce que je pourrais te dire lorsqu'on se reverrait. Seulement... toutes les phrases que j'avais construites dans mon esprit se sont évaporées à la seconde où tu es entrée.

Il rive enfin ses yeux aux miens. Le regard d'une âme tourmentée.

— Vous envoyer, ta mère et toi, à Madison, après vous avoir fait passer pour mortes... a été ce que j'ai eu de plus difficile à faire au monde.

Il essuie les larmes qui s'échappent du coin de ses yeux ridés.

— J'ai toujours cru avoir pris la bonne décision, étant persuadé qu'un homme avait le devoir de protéger sa famille, dit-il avec une certaine férocité. Jusqu'à ce que je m'autorise à écouter Carter. À l'écouter me parler de toi. C'est là que j'ai compris que j'avais eu tort sur toute la ligne et que je n'avais pas été à la hauteur de ma fille. Ma fille qui ne recule pas face au danger. J'ai fui devant les BloodBro, je me suis séparé des deux femmes de ma vie, alors qu'un homme a le devoir de *se battre pour sa famille*.

Son visage torturé et baigné de larmes me déchire le cœur. Sa souffrance est si forte qu'elle pourrait le terrasser. Je suis même surprise qu'il tienne encore sur ses jambes. Je ne souhaiterais pas une telle douleur à mon pire ennemi, mais je ne peux ni changer le passé ni rattraper le temps perdu. Alors, je transforme ma peine en haine contre le gang adverse et je compte bien la cultiver.

Carter dépose sur la table basse un petit coffret en bois. Celui dont m'a parlé Alec.

— Ce sont des photos de toi bébé, puis toutes celles que ta mère nous a envoyées chaque année.

Je m'empare de la magnifique boîte sculptée et la manipule avec une extrême délicatesse, comme si elle renfermait les secrets des dieux.

Je passe ma main sur les gravures païennes qui représentent Loki, assis sur une branche de l'Yggdrasil, à comploter contre les Nornes. Ces dernières arrosent les racines de l'Arbre Monde sans se douter des machinations qui prennent forme dans l'esprit du dieu de la Malice.

J'ai la certitude que ce coffret a été réalisé sur mesure selon les désirs de Carter, parce qu'il symbolise l'objectif qu'il s'est fixé de me ramener à la maison.

Dans notre religion, Loki est un dieu fourbe qui complote sans arrêt. Les Nornes, quant à elles, tissent le destin de chaque être vivant des neuf mondes. On dit qu'une vie remplie de malheur pourrait être l'aboutissement de l'acharnement de l'une d'elles. Il est évident que cette gravure dépeint le devoir de Carter de faire preuve de tromperie et de conspiration, à l'image de Loki, afin de contrer les Nornes qui tissent notre sombre destin depuis trop longtemps.

La respiration courte, je prends conscience de quelque chose. Mon parrain avait une famille, il était un honnête type à la tête d'une entreprise d'armes. Et lorsqu'on lui a arraché ceux qu'il aimait, il a monté un gang, créé des alliances et il est devenu l'homme le plus puissant de la ville.

Et s'il ne m'avait jamais abandonnée ? Mon père a avoué qu'il avait baissé les bras, mais Carter... Carter attendait le bon moment pour agir. Si je ne me trompe pas, durant toutes ces années, chaque décision importante qu'il a prise était dictée par sa volonté de nous réunir. Pourquoi créer un gang si ce n'est pour rivaliser avec les BloodBro ?

Je le dévisage si longtemps qu'il finit par se racler la gorge, troublé. Je reprends mes esprits et secoue la tête. Tant d'émotions contradictoires me traversent que j'en ai mal au crâne.

J'ouvre la boîte sur une photo de ma mère et moi à la maternité. Vient ensuite celle qui a permis à la vérité d'éclater. Carter et Mike ont l'air si jeunes et insouciants... Plus les clichés défilent, plus je grandis de quelques centimètres, entourée d'une famille heureuse et aimante. J'apparais même au creux des bras d'une Élisa pleine de vie... Je passe à une autre photo à contrecœur et plonge dans le passé. Carter me donne le biberon, Mike me berce, mon parrain me jette dans les airs avec un sourire radieux, Élisa m'enfile les brassards aux côtés de jumeaux d'une dizaine d'années...

Je relève brusquement la tête et le sol s'ouvre de nouveau sous mes pieds.

Se pourrait-il que...

– Je pensais que Ty et Alec n'étaient pas au courant de mon existence !

Les tremblements de mes mains ont redoublé, je sens déjà la bile remonter le long de ma gorge. Je ne supporterai pas une autre trahison, c'est au-dessus de mes forces.

– Ils ne le savaient pas, me rassure Carter. Cette photo date de la dernière journée que ta mère et toi avez passée auprès de nous. Le lendemain, vous étiez à Madison, et jamais plus nous ne nous sommes réunis. Nous avons tous disparu de la vie des jumeaux, y compris de leur mémoire. Élisa leur a parlé de moi comme d'un vieil ami à leur entrée à l'université, puis ils ont rencontré Mike, mon *fournisseur*, mais n'ont pas fait le lien.

Si un soupir pouvait être l'incarnation même du soulagement, ce serait bien le mien. Mes muscles se détendent, je me reconcentre sur les photos. Toutefois, ces dernières sont plus sombres. Moi à un an. Moi à deux ans. Moi à trois ans... Jusqu'à mes dix-neuf ans, il y a quelques mois. Un seul et unique portrait par année, sur lequel ma mère ne figure même pas ! J'ai eu la chance – si on peut appeler ça de la chance – de ne pas connaître leur existence, de ne pas ressentir leur manque, tandis qu'eux ont passé deux décennies à savoir que j'étais en vie sans jamais pouvoir m'atteindre.

Je pleure un peu plus lorsque je referme la boîte. Nous étions si heureux, nous nous aimions, et du jour au lendemain, nous avons été obligés de vivre loin les uns des autres.

— Ava, ton père et moi n'avons *jamais* cessé de penser à toi...

Ils m'aiment, je l'ai compris, et il y a une époque où ils étaient le centre de mon univers, mais à présent, je les dévisage, la vue brouillée par les larmes, et tout ce que je vois, ce sont des étrangers.

— J'ai conscience que vous avez perdu bien plus que moi dans cette histoire, seulement... j'ai passé des années à croire que si ma mère ne rencontrait aucun homme, c'est parce que je lui demandais trop de temps et d'énergie et que malgré son amour incontestable pour moi, j'étais son fardeau. J'ai passé des années à croire que le jour où je mourrai de ma maladie, je la laisserai seule au monde, sans plus personne pour l'amuser, sans plus personne pour l'aimer. Alors, j'ai besoin de temps...

La peine que leur cause mon discours est semblable à la mienne, voire supérieure. Je m'en veux de leur faire subir ça, mais je ne peux effacer ces années de ma vie qui ont fait de moi celle que je suis. Puis la colère s'ajoute à la tristesse et je me lève du canapé dans un état critique.

— J'ai l'impression que tout ceci n'est qu'un putain de cauchemar ! Pourquoi maintenant ? Pourquoi n'êtes-vous pas venus nous chercher plus tôt ? Et pourquoi ma mère ne m'a jamais dit la vérité, hein ? J'aurais pu comprendre et me tenir éloignée de vous, en espérant un jour vous rencontrer ! J'aurais pu...

Mike me prend subitement dans ses bras, et crée une bulle invisible qui m'offre le réconfort et la sécurité du père que je n'ai jamais eu. Je ne proteste pas, mais je ne le serre pas en retour. Je reste contre lui et me laisse aller à mes sanglots intarissables.

Son téléphone qui sonne me ramène à la réalité. Je me dégage, le regard dur. Il me lance un coup d'œil désolé et décroche.

— Allô ? répond-il avec agressivité, sans avoir vérifié le nom de son interlocuteur.

Quand il obtient une réponse, ses traits deviennent plus

tendres et son cœur plus léger. Le même contraste dans sa personnalité que j'ai découvert au Canada.

— J'arrive tout de suite.

Il raccroche et se dirige vers la commode pour s'emparer d'un trousseau de clés.

— Ta mère est en ville. Une roue de sa voiture a crevé, il faut que j'aille la chercher.

Cette nouvelle ne me fait ni chaud ni froid, j'ai épuisé mon stock émotionnel.

— Reste. S'il te plaît.

Je ne réponds rien, incapable de savoir de quoi j'ai besoin, là, maintenant. Mike me fixe quelques secondes, peureux à l'idée que je parte, puis il quitte le salon.

Je me tourne vers Carter.

— Tu savais que ma mère venait ?

— Non, Avalone, je te le promets.

Je me laisse croire qu'il en a terminé avec les mensonges et décide de lui faire confiance.

Je sèche mes joues et inspire un grand coup avant d'annoncer que j'ai besoin de prendre l'air. Je traverse la porte-fenêtre et découvre les Devil's Sons assis sur les canapés extérieurs à discuter dans une ambiance maussade. Je n'ai pas fait le moindre bruit et pourtant, tous les regards convergent vers moi, comme s'ils m'attendaient. J'avance de quelques pas, hésitante, mais garde une distance de sécurité.

— Comment ça s'est passé ? me demande Justin, angoissé.

— Je ne sais pas si je peux dire « bien ». Mais ce n'était pas catastrophique non plus.

Ils me scrutent avec une telle méticulosité que j'en deviens mal à l'aise. S'ils s'attendent à ce qu'on débatte, c'est sans moi. Je ne veux pas en parler pour le moment. J'ai besoin de temps. De *beaucoup* de temps.

— Demain commencent les Nuits d'Hiver[18], m'informe Clarke.

Ma première réaction est d'être étonnée. Je n'ai pas vu les jours passer, alors que nous sommes déjà fin octobre. Depuis que je suis dans cette ville, le temps semble s'écouler d'une tout autre manière. Je n'ai pas pu fêter l'équinoxe d'automne en septembre puisque j'étais hospitalisée. Lola, Jackson et Ange ont pourtant essayé de s'introduire dans ma chambre d'hôpital, mais ont été jetés dehors par les infirmières qui ne trouvaient pas ces festivités adéquates. Il faut dire que la réputation des païens les précède et en effet, les laisser célébrer une de leurs fêtes dans un hôpital est tout sauf recommandé.

Ma seconde réaction est d'être amusée, le coin de mes lèvres s'étire.

— Je pensais que tu n'avais plus foi en les dieux.

Il feint la lassitude, pour masquer son semblant de jovialité, et hausse les épaules.

— Disons que je me suis laissé tenter.

Je hoche la tête et perds peu à peu mon sourire.

Dans notre religion, qui est une reconstitution des anciennes croyances nordiques, il est difficile de suivre un schéma exact. Nous faisons de notre mieux pour rester fidèles à nos prédécesseurs, mais nos sources sont pauvres et l'influence extérieure ne nous a pas épargnés.

Les Nuits d'Hiver tombent à la même période que Samhain, une fête païenne celtique qui permettrait aux défunts de renouer avec le monde des vivants le temps de quelques heures. Pour des raisons évidentes, j'ai toujours repris certains de ces rites.

Est-ce que les Vikings rendaient eux aussi hommage aux morts durant cette période ? Je ne sais pas. En revanche, ça ne m'a jamais arrêtée.

---

[18] Les Nuits d'Hiver, ou Vetrnætr, sont, pour les païens nordiques, l'entrée dans la saison hivernale. Cette période est célébrée durant trois jours.

— Depuis petite, je reprends les coutumes de Samhain pour honorer mon père que je croyais décédé. Alors, ce sera sans moi.

Déçus, mais compréhensifs, ils hochent la tête.

Je n'ai jamais loupé une célébration païenne de ma vie, aimant plus que tout ma religion et notre culture, et voilà qu'en l'espace de quelques mois, j'en loupe deux.

— Ma mère va arriver et je n'ai pas la force de l'affronter pour le moment. Vous pourrez leur dire que je suis partie ?

— On s'en charge, me rassure Jesse d'un sourire. Tu as besoin qu'on te raccompagne ?

Je réponds par la négative.

— J'ai envie de marcher.

— Sois prudente, Henzo est toujours dans la nature. Envoie-moi un message quand tu seras arrivée, me demande Clarke.

J'acquiesce, étonnée. Habituellement, il ne m'aurait pas laissé d'autre choix que de rentrer avec lui. L'effort qu'il fournit pour prendre en compte mes sentiments est surprenant.

— Merci de m'avoir soutenue aujourd'hui.

Je tente un sourire qui se révèle crispé et contourne la maison afin d'éviter Carter. Je descends l'allée de la propriété accompagnée d'une sensation de vide qui n'est pas désagréable.

Je marche dans les rues d'Ann Arbor et réfléchis avec une légèreté déconcertante à la vie, aux solutions qui s'offrent à moi et aux décisions que je dois prendre.

Ma mère est en ville.

Dois-je la fuir comme la peste ou l'écouter ? Mais que peut-elle me dire de plus que ce qu'on m'a déjà raconté ?

L'entendre me tenir le même discours que Carter et Mike va me mettre davantage en colère. Je connais la vérité, à présent, il me faut du temps pour la digérer.

J'enfonce mes écouteurs dans mes oreilles et me laisse envoûter par *What's Up ?* de 4 Non Blondes. Je chante à voix haute, sans me soucier des regards des gens qui passent sur mon chemin, comme me l'a appris Ty. Une dame me dévisage avec mépris, alors je m'époumone :

— « *And so I wake in the morning and I step outside. And I take a deep breath and I get real high*[19]. »

La chanson passe en boucle, je ne la change pas. Elle est un exutoire, elle me permet de lâcher prise, de respirer à pleins poumons.

Au bout d'une demi-heure de marche, j'arrive sur le campus et pousse la porte de ma chambre.

Lola sort des toilettes et me sourit, surprise de me découvrir de si bonne humeur. Je lui donne un écouteur.

— « *And I scream at the top of my lungs : what's going on?*[20] » crions-nous en chœur.

Nous dansons, chantons, profitons des petits bonheurs de la vie. Je ne pense plus à rien. Ni aux Arinson ni à la venue de ma mère. Ni aux Devil's Sons ni à Samhain. Cette musique me transperce l'âme et me donne la force de continuer à avancer.

— « *Tryin' to get up that great big hill of hope... For a destination...*[21] »

La chanson s'achève et nous nous étalons sur le sol, à bout de souffle.

— Eh bien ! Tu es d'une incroyable humeur !

— Cette musique dégage du bonheur.

— C'est vrai. Alors, comment ça s'est passé ?

Je lui raconte tout dans les moindres détails, jusqu'au coup de téléphone de ma mère. Lola m'écoute, me comprend, m'approuve et me soutient. Elle est présente, à mes côtés, et elle est d'excellent conseil.

---

[19] Traduction : « Et ainsi je m'éveille au matin, je mets le pied dehors, j'inspire profondément et je me sens planer. »

[20] Traduction : « Et je crie à pleins poumons : que se passe-t-il ? »

[21] Traduction : « Essayant de gravir cette grande colline de l'espoir pour une destination. »

— Par la tête de Mimir[22], j'étais super stressée pour toi, comme si je vivais la situation à ta place.

Elle m'arrache un rire, puis mon téléphone se met à vibrer, m'annonçant la réception de nombreux messages. Les notifications des Devil's – six au total – me communiquent toutes la même information, comme s'ils ne s'étaient pas concertés sur qui avait la charge de me prévenir.

Ma mère est en chemin pour le campus.

Un élan de panique réduit en poussière mon état de calme intérieur, je montre les messages à Lola qui s'affole.

— Ce sont des sangsues dans ta famille ! OK, on va te faire quitter la chambre.

Elle bondit sur ses pieds et enfile ses chaussures dans la précipitation. J'ouvre la porte à la volée, mais freine brusquement quand ma mère apparaît au bout du couloir. Lola, qui n'avait pas anticipé mon arrêt d'urgence, me rendre dedans. Je perds l'équilibre sous l'impact et manque de chuter. Dieux merci, ma meilleure amie me rattrape et me tire en arrière. Toutefois, elle ne mesure pas sa force. Je lui tombe dessus et nous nous écroulons sur le sol de notre chambre.

— Vite, vite, vite, relève-toi !

Pas le temps de panser nos blessures, je me redresse tandis que Lola rampe jusqu'à la porte pour la claquer.

— Je ne veux vraiment pas la voir, couiné-je, au bord de la crise de nerfs.

Je n'ai jamais éprouvé ce genre de sentiments envers ma maman, pourtant la peur est bien là. Je suis terrorisée à l'idée de l'affronter.

— Cache-toi dans les toilettes !

---

[22] Dans la mythologie nordique, Mimir est le dieu de la sagesse. Décapité par les dieux Vanes à la suite de la guerre qui opposait ces derniers aux dieux Ases, Odin a ressuscité sa tête pour garder accès à ses connaissances.

Je m'enferme dans la petite pièce et tente de calmer ma respiration. Quand ma mère tambourine à la porte, je recule jusqu'à buter contre les W.-C.

— Madame Lopez ? s'étonne Lola. Ou devrais-je dire, *Madame Arinson.*

De longues secondes de silence s'ensuivent durant lesquelles j'imagine très bien ma mère la soupeser d'un œil peu commode.

— Par tous les dieux, je comprends d'où vient le regard de tueuse de votre fille !

— Ce n'est pas un regard de tueuse, mais les flammes du Ragnarök qui dansent dans ses iris !

Au ton de sa voix, mon silence l'a conduite à l'hystérie.

Lola semble réfléchir, puis s'exclame :

— Exactement ! C'est fou comme vous avez vu juste ! Aussi dévastatrices et...

— Si tu regardais un peu mieux ma fille, tu verrais qu'il n'y a rien de dévastateur chez elle !

Claire Lopez – ou *Arinson* – a les griffes sorties. Elle n'aurait jamais dû dire ça à Lola. À présent, mon amie va culpabiliser et se trouver nulle. Et surtout, elle ne mérite pas sa colère.

— Avalone est ici ?

— Non... désolée. Vous voulez que je lui transmette un message ?

— Je sais qu'elle est ici, son sac est là !

Ma colocataire soupire.

— Elle a déjà enduré les présentations officielles avec son père et son parrain. Laissez-la digérer tout ça... Elle vous appellera lorsqu'elle sera prête.

— Quand ? Combien de temps ça prendra ?

La voix de ma mère se brise, mais pas mon cœur. Si ses mensonges m'ont fait perdre mon identité, je sais toujours qui je suis au fond de moi. En revanche, elle, elle est devenue une étrangère à mes yeux.

— Moins de temps que si vous forcez les choses…

Lola trouve les bons mots. Je sens ma mère s'adoucir à travers son soupir.

— D'accord. Dis-lui que je l'aime.

— C'est promis.

Quand la porte se referme, je sors des toilettes et prends ma meilleure amie dans mes bras. Je suis lasse, épuisée, et elle a besoin de réconfort. Son visage triste n'est pas dû à sa compassion. Ma mère lui a véritablement fait de la peine.

— Choisis un film, n'importe lequel. Je prépare le sol, murmure-t-elle.

Elle s'écarte de moi et s'active dans une vaine tentative de maîtriser ses émotions. Elle étend les couvertures sur le parquet, cependant lorsqu'elle se mord l'intérieur des joues, je la rejoins et prends son visage dans mes mains.

— Je n'aime pas beaucoup ta maman. Et elle me déteste.

— Ma mère *t'adore*, elle trouve que tu es une amie formidable. Elle est seulement bouleversée. Cela dit, je comprends que tu ne l'aimes pas. Elle n'a pas été correcte avec toi, tu ne méritais pas sa colère.

Elle m'offre un sourire reconnaissant avant de scruter mon regard, les yeux plissés.

— Je suis une copine abominable, chouine-t-elle. Il est évident que tes iris n'ont rien de funeste. J'aurais dû être plus attentive…

Je secoue la tête, hilare, puis lui assure qu'elle est la meilleure amie des neuf mondes. Il faut avouer que mon regard est bien complexe. Il renferme le chaos, mais ne l'est pas. Enfin, d'après ce qu'on dit…

10.

[Premier jour de Vetrnætr. Festivités au lac Whitemore, ce soir.]

Au réveil, Lola m'a sauté au cou pour me souhaiter la plus belle destinée des neuf mondes. Après tout, c'est ce qu'on fait durant la première journée des Nuits d'Hiver où Odin et Skuld – la Norne qui symbolise l'Avenir – sont honorés. Je lui ai tenu un beau discours sincère qui lui a arraché quelques larmes. Puis j'ai été confrontée au message de Ty, alias Trip Boy dans ma messagerie. Si la veille, il n'a pas bronché lorsque j'ai décliné leur invitation, aujourd'hui il en a décidé autrement. Comme je ne répondais pas, il m'a appelée, et Lola a appuyé chacun de ses arguments. Est-ce possible de refuser face aux deux personnes les plus insistantes de l'Yggdrasil quand elles s'allient contre vous ? La réponse est non. Je me suis donc engagée à fêter la première soirée des Nuits d'Hiver avec eux au lac. Et finalement, cette perspective ne me semble plus aussi terrible. Il n'y aura aucun Arinson, hormis moi. Je serai entourée de mes amis pour les célébrations qui m'ont toujours tenu à cœur. Ce sera l'occasion de tourner une page afin d'ouvrir un nouveau livre.

Le campus est en effervescence, c'est la journée « Et si on parlait préjugés et stéréotypes ! ». Débats et ateliers sont organisés dans le but d'éveiller les consciences et de lutter contre les discriminations de toutes sortes.

Sur le chemin de l'amphithéâtre, un étudiant me bouscule avec une telle violence que je me demande si ce n'était pas volontaire de sa part.

— Putain, fais gaffe, suceuse de Devil's !

Ébahie, je hausse les sourcils, puis m'apprête à l'envoyer se faire voir avec toute la haine que j'ai accumulée en moi ces derniers jours, quand Jesse arrive à notre hauteur. Les poings fermés, les dents serrées et le regard noir, il est effrayant. Les tatouages sur son crâne accroissent la dureté de ses traits, il a l'expression d'un taulard tout juste libéré qui est prêt à récidiver.

À sa vue, mon agresseur n'est plus qu'un petit garçon pleurant le monstre sous son lit. Mais le monstre, c'est Jesse, et lui est bien réel.

— Excuse-toi ou je te promets que c'est ta mère qui va me sucer, crache-t-il, furieux.

Par tous les dieux, comment ai-je fait pour les affronter et les provoquer ? Note à mon attention : ne jamais recommencer si un jour ils ne sont plus dans mon camp.

L'étudiant avance d'un pas vers moi, le regard adouci, mais terrifié.

— Désolé... Je suis un crétin.

— Tu peux mieux faire, rage Jesse, toujours prêt à le cogner s'il n'obtempère pas.

L'homme soupire, puis reprend avec une sincérité troublante :

— Je suis désolé, Avalone. Tu ne mérites pas cette haine. Je craque sur Clarke depuis des années. Il ne m'a jamais adressé un mot, mais voilà que tu débarques et il te regarde comme si tu étais la femme de sa vie.

Il rit avec amertume, tandis que je pars dans une quinte de toux incontrôlable.

— Je... Clarke ne veut pas de moi, croassé-je.

— Si, crois-moi. J'ai été obsédé par ce mec à tel point que je passais mes soirées à le dévorer des yeux. Je sais ce que veulent dire chacun de ses regards noirs. C'est *toi* qu'il désire.

J'ouvre la bouche, puis la referme comme un poisson sous l'eau. La résignation qui ternit ses iris me touche et me peine.

— Je suis désolée...

— Tu n'as pas à l'être. Je dois me rendre à l'évidence, Clarke est 100% hétéro.

Il hausse les épaules, las, et jette un coup d'œil énigmatique à Jesse. Il lui avoue :

— Clarke n'est pas le seul que j'ai observé. Si je peux te donner un conseil : ne porte pas le poids des regrets, c'est le poison d'une vie.

Avec une rudesse surprenante, le Devil's lui ordonne de dégager. L'étudiant ne se fait pas prier, il poursuit son chemin. Désarçonnée par cette discussion, je le regarde s'éloigner.

— Comment tu vas ? me demande Jesse.

Je reporte mon attention sur lui.

— Bien. Et toi ?

Il sourit, soulagé que je ne fuie pas dans l'immédiat, toutefois, une certaine gêne s'est installée entre nous. Le Devil's a perdu de sa spontanéité, il marche sur des œufs et je ne suis pas encore capable de faire le nécessaire pour qu'il se détende.

— Ça peut aller. Tu as reçu nos messages, hier ?

— Oui, pile à temps. Un seul aurait suffi, mais merci beaucoup.

Il ricane, mal à l'aise, et se gratte la nuque.

— Nous ne nous sommes pas concertés. D'ailleurs, c'est

Carter qui nous a informés de la destination de ta mère, parce qu'il savait qu'on t'avertirait. Il respecte ton besoin d'espace, tu sais ?

Ça m'étonne qu'il aille à l'encontre de sa belle-sœur. Je pensais que la vérité marquerait un nouveau tournant, mais non. Le boss reste le boss.

— Je dois y aller.

— D'accord... souffle Jesse.

Je le salue et m'éloigne. Une partie de moi leur en veut toujours. La douleur que j'ai ressentie lors des révélations est encore présente, pourtant j'aime ces garçons, et cette situation me rend folle, bien plus que je ne le laisse paraître.

Je rejoins l'amphithéâtre qui m'a été assigné pour cette journée spéciale durant laquelle tous les âges et cursus sont mélangés.

— La discrimination et la violence sont bien souvent les fruits des préjugés, affirme madame McAllister. Il est important de prendre conscience que nous en avons tous et qu'ils influencent nos actions ou le crédit qu'on peut accorder aux paroles d'une personne, par exemple. Les préjugés les plus inoffensifs d'apparence peuvent se révéler très néfastes et...

La professeure est interrompue par la porte de l'amphithéâtre qui s'ouvre sur deux retardataires.

Et merde...

Je m'enfonce dans mon siège, mon voisin me dévisage d'un drôle d'air.

— Monsieur Taylor et Monsieur Collins ! Ça m'aurait étonnée ! s'exclame madame McAllister.

Plus un bruit ne se fait entendre, les Devil's relèvent le visage vers leur interlocutrice. Set, un sourire charmeur aux lèvres, s'adresse à elle sur un ton mielleux :

— Ne prenez pas cet air méprisant, Mademoiselle. Ça ne

vous rend que davantage sexy.

Je lève les yeux au ciel et croise mes bras sur ma poitrine.

— Votre numéro de charme ne marche pas avec moi, Collins. Allez vous asseoir !

— Ne marche *plus*, nuance Clarke.

Je manque de m'étouffer.

Ils ne sont vraiment pas croyables !

Ils montent les marches, des chuchotements s'élèvent sur leur passage. Je me ratatine sur moi-même dans l'espoir de passer inaperçue. Les garçons vont s'asseoir deux rangées au-dessus de moi sur la gauche, sans m'avoir repérée.

La professeure, rouge jusqu'aux oreilles, se racle la gorge pour réclamer le silence.

— Comme je m'apprêtais à le dire, nous pouvons apprendre de tous, sans exception. Des plus jeunes *et* des plus vieux. Apprendre de quelqu'un de sincère autant que de celui qui ment. Ou encore du bienveillant et du malveillant. Le problème avec votre génération, c'est que vous n'êtes que préjugés et étiquettes.

— C'est l'hôpital qui se fout de la charité, marmonne Clarke, dédaigneux.

Lui qui n'est pas à l'aise avec les mots et qui préfère observer – ou cogner –, manque de bol, le silence est si total que tous l'ont entendu.

Je me tourne discrètement dans sa direction et le découvre affalé sur son siège dans lequel il domine tout l'amphithéâtre. Il dégage de la supériorité et il le sait. Set, quant à lui, s'ennuie et se cure les ongles, l'air nonchalant.

— Je t'en prie, l'incite madame McAllister. Exprime le fond de ta pensée.

Le Devil's garde les lèvres scellées, il ne prononcera pas un mot.

— Je crois que ce que Clarke veut dire, intervient Set, c'est que vous parlez de préjugés et d'étiquettes, pourtant qui est en train de nous juger et de tous nous mettre dans le même panier ?

— Moi, c'est vrai. En revanche, à la différence de vous, j'en suis consciente.

Je regarde avec surprise Clarke prendre une seconde fois la parole :

— Vous avez un accès sur nos esprits ? Incroyable ! Apprenez-moi votre secret, j'ai la certitude qu'on pourrait bien s'amuser, tous les deux.

Ses mots sont teintés de sous-entendus sexuels, alors que naît une pointe de jalousie en moi. Puis Set s'esclaffe et l'enseignante vire à l'écarlate. Elle décide de faire abstraction de sa remarque et poursuit :

— Munissez-vous d'une feuille et racontez-nous en une ligne l'expérience d'une rencontre improbable avec une personne qui vous a appris quelque chose. J'en tirerai une dizaine au sort et les lirai dans l'anonymat.

Je sors le matériel nécessaire, toutefois, je ne trouve rien à écrire de convenable. J'ai bien une anecdote qui me vient à l'esprit, mais je ne peux l'exploiter dans ces conditions. Pourtant, elle m'obnubile, à tel point que je ne pense à rien d'autre.

Les derniers grains du sablier de madame McAllister s'écoulent dans le réservoir inférieur.

— Ramenez les feuilles au milieu, s'il vous plaît.

Les étudiants s'exécutent. Face au manque de temps, je note le seul souvenir qui me trotte dans la tête.

Quand la prof a tous les papiers en main et les mélange pour en tirer quelques-uns au hasard, je regrette aussitôt.

— « J'ai appris d'un SDF que le bonheur ne dépend d'aucune somme d'argent, mais de notre capacité à être en harmonie avec nous-même. » Pas mal du tout. « Les sites porn... » Oh, non. Je ne vais pas lire ça.

Des rires résonnent, je retiens mon souffle.

— « Ma petite sœur m'a appris que les jupes crayon n'étaient pas faites pour moi. »

Elle passe déjà au suivant.

— Oh, ça, c'est intéressant. « Je pensais refuser toute relation amoureuse pour épargner l'autre, mais celui qui semble dépourvu de cœur m'a appris que la seule personne que je ménageais était moi-même. »

L'expression « se décomposer » est un euphémisme de mon état actuel.

Je m'enfonce dans mon siège avec le désir impérieux de ne faire plus qu'un avec lui.

Pourquoi a-t-il fallu que ça tombe sur moi ?

Je prie tous les dieux de l'univers pour que Clarke ne m'ait pas reconnue à travers ces mots, même si le « dépourvu de cœur » est bien lui.

— Quelqu'un veut-il commenter ?

Oh non, non, non, pitié...

— Ce gars est plein de bon sang, susurre Clarke.

Mon espoir de passer inaperçue se volatilise. Reste plus qu'à savoir s'il m'a localisée dans la salle. Je tourne la tête dans sa direction, l'appréhension au creux du ventre, et rencontre ses iris. Mais aussi sa moue provocante et sa langue qui humecte sa lèvre inférieure avec un érotisme à faire fondre.

Que Frigga[23] *me préserve de son charme mortel.*

— Merci pour cette remarque, Taylor... « Cette chienne de vie m'a appris que plus nous fuyons l'attirance, plus celle-ci devient incontrôlable. »

Quand Clarke se fige, les yeux grands ouverts, je comprends que ces mots viennent de lui.

Dieux Tout-Puissants, nous n'avons pas de chance !

Puis le sens de sa phrase se fraie un chemin jusqu'à mon

---

[23] Dans la mythologie nordique, Frigga est l'épouse d'Odin et la déesse de l'amour.

cerveau, et alors, mon sourire suffisant lui éclate au visage. Il détourne le regard et, comme si rien ne s'était passé, il arbore un air détaché puis sort une cigarette qu'il coince entre ses lèvres. Il se lève, descend les escaliers avec une indifférence exécrable. Il me passe devant, sans me prêter attention, et offre un rictus diablement sexy à la professeure. Il s'arrête au pied de l'estrade sur laquelle madame McAllister attend des explications, allume sa clope et tire dessus.

— Une urgence, dit-il dans un nuage de fumée.

Sur ce, il se remet en route et quitte l'amphithéâtre, nous laissant pour dernier aperçu de lui la veste des Devil's Sons et une odeur de tabac.

Set jure et décrète à voix haute que sans Clarke, il va s'ennuyer ferme. Toutefois, il reste sur son banc et écoute attentivement les échanges. Il participe même et se retrouve révolté contre l'humanité lorsque des étudiants victimes de racisme ou encore de sexisme partagent avec nous leur vécu.

Alors que je sors de mon dernier atelier de la journée des préjugés, Jesse m'interpelle. Il accourt dans ma direction, mais garde une certaine distance afin de ne pas me brusquer.

— Est-ce que tu as besoin qu'on t'emmène au lac, ce soir ?

— Lola sera de la partie, nous prendrons sa voiture.

Sa déception est flagrante, je déteste voir cette expression sur son visage.

— D'accord. On se verra là-bas, dans ce cas.

Il fait des efforts pour se rapprocher de moi sans se montrer insistant. Ils en font tous, d'ailleurs. Et ils me manquent. Puis, après les révélations de Clarke, je sais que je compte sincèrement à leurs yeux. Nous mettre des bâtons dans les roues est plus douloureux qu'autre chose. Alors, mon petit sourire se métamorphose en franc sourire. En sourire de paix. En sourire de nouveau départ.

Jesse remarque aussitôt le drapeau blanc que j'agite, son air devient si joyeux que j'en ris de bonheur. Il comble la distance qui nous sépare et je décolle du sol quand il me prend dans ses bras.

— Putain, ce que tu m'as manqué !

Je le serre tendrement et il profite de ce contact pour déposer une tonne de baisers sur mon visage, mes épaules et mon cou. Je rigole, chatouilleuse, et peine à me libérer de son étreinte.

Il finit par me relâcher, je m'éloigne à reculons, le cœur bien plus léger. Mes lèvres tirées vers le haut en attestent.

— À ce soir ! lui crié-je.

Je remonte dans ma chambre, chargée d'une énergie nouvelle. Lui pardonner m'a retiré un poids considérable de la poitrine, alors pardonner à *tous* se révèlera salvateur. Je n'oublie pas leurs mensonges et peut-être que je ne suis pas prête à placer de nouveau ma confiance en eux, mais ils me manquent terriblement. Rester fâchés est une perte de temps, il est évident que nous vivons beaucoup mieux ensemble.

Je retrouve une Lola dans tous ses états. Daniel lui aurait proposé de passer Vetrnætr avec Jack et lui. Il souhaitait célébrer une fête païenne pour la première fois de sa vie. Lorsque Lo lui a dit qu'elle était déjà prise, sa déception a été si flagrante qu'elle s'est torturé l'esprit.

— Tu as entendu Jack et Daniel. Ils ne sont disponibles que ce soir, compte tenu de leurs entraînements. Va les rejoindre, et tu passeras les deux autres soirées des Nuits d'Hiver en ma compagnie.

— C'est moi qui t'ai poussée à accepter l'invitation de Ty, je ne peux pas t'abandonner ! s'exclame-t-elle, pleine de culpabilité.

Je prends son visage en coupe dans mes mains.

— Annuler une soirée pour la reporter au lendemain, ce n'est pas m'abandonner, Lo. Tout va très bien se passer de mon côté, ne t'en fais pas. Promets-moi seulement de ne pas coucher avec

Daniel.

— C'est conseillé à ceux qui célèbrent Samhain, ça.

— Oui, mais Samhain et Vetrnætr ne sont pas si différentes, figure-toi. Baiser comme des bêtes à l'approche de la Nuit des Morts, ce n'est pas très bien vu !

Elle rit, les yeux levés au ciel, puis je préviens Jesse du changement de plan et lui demande de venir me chercher. Après une bonne douche, j'enfile ma longue robe blanche en dentelle et aux manches évasées. Je glisse mes pieds dans des sandales plates à lacets que je noue sous mes genoux et Lola me prête sa fourrure beige. Elle m'aide ensuite à la réalisation de ma coiffure : une vingtaine de petites tresses, certaines plaquées, d'autres non.

Les festivités en l'honneur de nos dieux nordiques sont caractérisées par un saut dans le temps. Nous commémorons la mémoire des Vikings, premiers adeptes de notre religion, en adoptant certains de leurs effets vestimentaires.

Le Devil's au crâne rasé me prévient de son arrivée. J'embrasse Lola et le rejoins sur le parking. Je ne trouve pas sa moto, en revanche, je repère la voiture de Ty. Aucune trace des jumeaux. Jesse est assis derrière le volant, accoudé à sa fenêtre. Je trottine joyeusement jusqu'à lui et me glisse dans la Eleanor Shelby. Je ne perds plus de temps et l'enlace.

Bons dieux, que je l'aime !

Il me rend mon accolade avec force, et lorsque nous nous séparons, il m'observe de la tête aux pieds, puis affiche un sourire suffisant.

— Une vraie petite païenne.

— Tu n'es pas mal non plus !

Il porte un pull blanc en mailles si grosses qu'on dirait des chaînons. Son pantalon droit est en tissu et une large fourrure couvre ses épaules.

— Tu m'as manqué, m'avoue-t-il.

Il allume le moteur, je dépose un baiser sur sa joue puis m'installe confortablement sur le siège.

— Toi aussi, Jesse.

Heureux, nous sommes tous deux incapables de nous départir de nos sourires.

Nous quittons l'habitacle de la voiture à quelques pas du lac, et prenons le chemin éclairé par un feu de camp à taille humaine qui illumine à lui seul notre lieu improvisé de festivités. Au détour d'un arbre, je discerne dans l'obscurité les jumeaux en route pour le rivage. Je cours jusqu'au Trip Boy et saute sur son dos.

— Tu me blesses, Alone, retentit sa voix sur ma droite.

Je fronce les sourcils et tourne le visage dans sa direction, tout en restant perchée sur... Alec. Ce dernier se marre tandis que mon compagnon de route, les deux mains sur la poitrine, feint d'être peiné. Je présente mes excuses à celui que j'ai agressé par mon poids, puis l'embrasse sur la joue avant de mettre pied à terre.

— Aucun souci, j'aime que les filles me chevauchent, Double A.

Je lève les yeux au ciel, amusée, puis me tourne vers Ty qui m'accueille dans ses bras.

— Je t'ai manqué ?

— Terriblement, me répond-il avec ironie.

Je lui assène un coup de poing dans l'épaule.

— Aïe ! Bien sûr que tu m'as manqué.

Il embrasse mon front et comme Jesse précédemment, un sourire appréciateur étire ses lèvres.

— Il est incontestable que tu aurais dû vivre à l'ère viking.

Je mime une révérence, puis découvre leurs tenues pour l'événement. Ils ne portent pas de fourrures, mais des tuniques blanches cintrées à l'aide d'une corde sur des pantalons beiges.

Je sautille, surexcitée à l'idée de passer les fêtes avec d'autres personnes que ma mère, et emprunte le chemin qui mène au rivage. Je m'arrête à quelques mètres du lieu de rendez-vous pour contempler la scène qui se joue sous mes yeux. Les bûches du feu de camp, aussi grandes que moi, permettent aux flammes de s'élever toujours plus haut et de produire une lumière intense. Les Devil's, autour d'elles, ont également joué le jeu. Tucker arbore une cuirasse guerrière sur des vêtements blancs. Sean porte une splendide cape. Justin est vêtu d'une tunique semblable à celles des jumeaux, mais agrémentée d'une fine peau animale sur les épaules. Une cuirasse marron recouvre partiellement le pantalon blanc de Set, et Ethan a opté pour un haut en cuir beige à écailles. Quant à Clarke, il est celui qui a fourni le moins d'efforts vestimentaires. Il a tout de même revêtu une large chemise en tissu à col en V et à lacets.

La lueur des flammes danse sur leurs visages, leurs rires joyeux parviennent jusqu'à nos oreilles. Ils ont à la main des cornes ou de grosses coupes en argent remplies de je ne sais quel liquide, et *Krigsgaldr,* du groupe de musique nordique Heilung, s'échappe des enceintes.

11.

Vetrnætr vient véritablement de commencer et je suis plus que prête à festoyer comme les païens savent le faire. Nous reprenons notre route, alors que les têtes convergent une à une dans notre direction. Les Devil's interrompent toute discussion et l'étonnement peint sur leurs visages m'indique qu'ils n'étaient pas informés de ma venue.

Tous les regards sont braqués sur moi, pourtant je ne ressens que celui de Clarke. Il me dévore des yeux. J'aimerais dire que c'est la chaleur du feu qui rougit mes joues, cela dit, je suis trop éloignée des flammes pour être crédible.

Alors que les jumeaux s'éparpillent, je scrute les membres du gang autant qu'ils me dévisagent. Je pose le regard sur chacun d'entre eux et les juge sévèrement.

— Plus de secrets ?

— C'est terminé tout ça, Avalone, me répond Set.

Ils acquiescent tous avec un grand sérieux, sauf Clarke. Je croise les bras sur ma poitrine et arque un sourcil.

— Promets-le-moi.

Le second de Carter incline la tête et plisse les yeux. Je

paierais cher pour avoir une porte ouverte sur son esprit afin de comprendre ce qu'il s'y passe à cet instant précis, mais le Devil's reste insondable. Il finit par se redresser et murmure :

— C'est promis.

Plusieurs secondes s'écoulent durant lesquelles j'analyse sa sincérité, puis je décroise les bras en signe de reddition. Un cri de surprise m'échappe lorsque je suis soulevée du sol par Sean. Il éclate d'un rire joyeux.

— Putain, je n'ai jamais autant détesté que quelqu'un me fasse la gueule !

Mes bras coincés le long de mon corps rendent tout geste impossible. Je subis son excitation intense, j'en viens même à avoir le tournis tellement il me secoue. Mais qu'est-ce que je suis heureuse de le retrouver. Heureuse de *tous* les retrouver.

— Lâche-la, abruti, lui ordonne Clarke.

Je n'ai pas le temps de recouvrer ma stabilité, Sean me libère à peine que je passe de bras en bras comme une poupée de chiffon. Dans chaque étreinte je ressens le soulagement et la joie des garçons. Je reçois un nombre incalculable de baisers et un amour incommensurable. Je ne sais pas comment j'ai pu rester loin d'eux à les haïr autant, alors qu'il est évident que j'ai besoin de leur présence. Parce qu'une fois qu'on les connaît, on ne peut plus vivre sans eux. Ils ne font jamais dans la demi-mesure, ce sont des personnes entières avec lesquelles on vit pleinement. Ils sont *ma famille*.

Le dernier Devil's à m'avoir serrée contre lui me libère aux pieds de Clarke, impénétrable, qui me domine de toute sa hauteur. Je ne suis pas la seule à retenir mon souffle quand il lève la main à proximité de mon visage. Après un court instant d'hésitation, ses doigts se referment autour de ma nuque. Il m'attire à lui et dépose un baiser sur ma tempe.

— Tu es magnifique, murmure-t-il à mon oreille.

J'avale une grande bouffée d'air et me sens tout à coup

fébrile.

Par Odin, comment peut-il avoir un tel pouvoir sur moi ?

Le Devil's me tend une coupe qui semble être remplie de jus de pomme. Il se doutait donc de ma venue. Nos amis se joignent à nous près du feu de camp afin d'ouvrir les festivités, et je suis la première à faire le signe du marteau au-dessus de mon récipient.

— Puissant Mjöllnir, marteau légendaire de Thor, bénis ce breuvage, murmuré-je.

Clarke reproduit le même signe et marmonne :

— Puissant Mjöllnir, bénis ce breuvage.

Chacun de nos amis sollicite la bénédiction divine sur sa boisson. Les musiques païennes apportent de la magie à ce rituel qui me prend aux tripes, comme à chaque fois. Nous échangeons des regards brillants, des sourires heureux et de l'amour. J'avance d'un pas et prends la parole, le cœur lourd d'une nostalgie des histoires de mon enfance.

— Avant le Temps, avant le commencement des choses, il n'y avait que deux terres. Au Nord se trouvait Niflheim, lieu de froid, de glaciers et de glaces. Là se situait Hvergelmir, la source d'où coulaient les douze rivières de poison.

Face à moi, Ty sort du cercle que nous avons formé et poursuit :

— Au Sud, il y avait l'autre terre, nommée Muspelheim. C'était un royaume de feu et de désert de cendres. Du magma s'en écoulait.

Le regard plongé dans le mien, Clarke me rejoint et entrelace nos doigts alors que je jurerais voir crépiter à travers nous la magie de nos dieux.

— Entre les deux mondes s'ouvrait le Ginnungagap, l'abîme primitif, le vaste gouffre. Et au-dessus de tout ceci s'élevait le frêne, nommé Yggdrasil.

— Ses branches s'étendaient sur tous les cieux, ses racines

s'enlisaient sous toutes les terres, intervient Sean.

Alec, sourire aux lèvres, poursuit avec émotion :

— Quand les eaux froides et empoisonnées de Niflheim se déversèrent dans le Ginnungagap, elles formèrent de la glace. Puis la glace se confronta au magma en provenance de Muspelheim.

— Lorsqu'elle fondit, les divinités primitives Audhumla et Ymir émergèrent. La première libéra Búri, l'ancêtre de tous les dieux, et du second descendirent les géants voués au chaos et à la destruction, proclame Justin.

Mon cœur bat d'une excitation pure et d'une sérénité divine. J'ai beau connaître l'histoire de notre univers et de nos dieux, les paroles de mes amis me transpercent l'âme et m'émerveillent.

— Bor, fils de Búri, et Bestla, fille du géant Bolthorn, donnèrent naissance à Odin, Hœnir et Lodur, continue Jesse.

— Les trois frères tuèrent Ymir et se servirent de son corps pour façonner Midgard, ajoute Tucker.

— Ils créèrent ensuite le Soleil et la Lune, les mondes, et tout ce qui est en eux, affirme Set.

— Et ici, nous nous tenons, au centre de toute chose, sur Midgard, conclut Ethan.

En cette première soirée des festivités des Nuits d'Hiver, il est dans la tradition de donner en offrande une partie de ce que nous avons récolté durant l'été, à la fois comme un merci et une demande pour un hiver favorable. Et nous savons tous ce que nous avons gagné au cours des mois précédents : les uns les autres.

Alors je referme sans hésitation ma main sur le couteau tranchant que me présente Alec. Je ne cille pas lorsque la lame m'entaille la paume. Je tends mon membre blessé au-dessus d'une coupe vide qui recueille quelques gouttes de mon sang et ainsi, l'arme et le récipient circulent afin que chacun puisse sacrifier un peu de lui-même. Enfin, la coupe est déposée au centre du cercle pour que l'essence de notre offrande atteigne nos dieux.

– Dans l'horizon de ténèbres des jours sans soleil s'accrochent nos espoirs immuables, reprend Clarke.

– Puisse cette offrande emporter nos hommages aux dieux, continué-je.

– Odin, Père de tous les dieux, dieu de la magie et de la sagesse, éclaire-nous durant les longues nuits.

Simultanément, nous portons nos coupes à nos lèvres et buvons en l'honneur d'Odin. Un frisson d'extase remonte le long de ma colonne vertébrale.

– Skuld, Norne et Valkyrie. Garde jalousement le fil de notre avenir imprécis. Sois de notre côté et désire nous voir gagner. *Ensemble.*

Nous buvons en l'honneur de Skuld.

– Nous offrons cette boisson à Odin et à Skuld ! clamons-nous en chœur.

Nous versons le contenu de nos coupes en terre et laissons le silence tomber sur nous.

Aucun de nous n'a fourni d'effort physique, pourtant nos souffles sont courts, comme si chacun avait investi suffisamment de force dans ses mots pour communiquer à travers les mondes notre déférence aux divinités concernées. Me voilà transpercée par un sentiment de plénitude qui m'envahit dès lors que je rends hommage à ceux en qui je crois. Les garçons se sentent aussi bien que moi, même Clarke qui dit ne plus avoir foi en les dieux.

Ça pourrait paraître éhonté que des criminels tels que les Devil's Sons – tels que nous – croient en des forces supérieures et les prient. Mais notre religion exclut l'idée de péché, et par extension les notions de Bien et de Mal. Nos dieux ne sont pas omnibienveillants. Ils font éclater leur rage, font usage de ruse et de tromperie pour obtenir ce qu'ils désirent, et déclenchent des guerres par ego. Toutefois, ça ne veut pas dire qu'ils sont froids, durs et inaccessibles. Ils sont à l'image de la nature humaine, ou plutôt, *nous* sommes à l'image des dieux. Et puis, qui connaît réellement la frontière entre le Bien et le Mal ? Qui peut affirmer qu'il y en a une ? Une seule et même action a le pouvoir de causer du tort à certains comme de se révéler bénéfique pour d'autres. Le Bien s'épanouit parce que le Mal subsiste. Ces notions vont de pair. Elles sont les deux faces d'une même pièce.

Clarke s'abaisse vers les flammes et trempe ses doigts dans les cendres au pied des bûches. Il se redresse, un léger sourire au coin de ses lèvres, et pose son index noirci sur mon nez. Immobile, je le laisse marquer mon visage jusqu'à la racine de mes cheveux. Un frisson impossible à dissimuler descend le long de mon échine sous la douceur de son toucher et son sourire s'agrandit. Il me force ensuite à fermer les paupières afin d'obscurcir mon regard. Au brouhaha qui s'élève, je constate que les garçons ont repris les festivités. Lorsqu'un hurlement animal déchire le ciel, j'ouvre brusquement les yeux. Tucker, le visage tracé à la cendre, rugit de fierté, de supériorité et de puissance. J'éclate de rire, puis retrouve le regard intense de Clarke. Lui ignore tous ceux qui nous entourent, il est concentré sur moi. À mon tour, je trempe les doigts dans la poudre grise. Il observe, sans prononcer un mot, chacun de mes mouvements, et s'attarde de temps à autre sur ma bouche tandis que je le marque avec application, de ses oreilles au-dessous de ses yeux, puis de ses yeux à son menton. Sa peau est un véritable poison. À chaque fois que je la touche, je ne désire plus que ça. Je dois me faire violence pour interrompre ces caresses, sans quoi je poursuivrais indéfiniment.

Je laisse mes bras retomber le long de mon corps, hypnotisée par ses lèvres qui s'entrouvrent. Le temps s'arrête, les discussions animées des garçons me paraissent lointaines.

Seul le regard émeraude de Clarke compte. L'émotion est palpable, les mots inutiles.

Tu m'as manqué.

Et je t'aime...

Je suis amoureuse de toi, Clarke Taylor.

Mais lui n'en a pas le droit. Il n'a pas la liberté de me toucher ou de m'aimer. Alors, je recule et perce notre bulle. Je devine qu'il n'apprécie pas ma fuite à son expression qui s'obscurcit. Il la refuse par sa main qui se pose sur mes reins pour me ramener à lui. Plaquée contre son torse, je sens son cœur battre aussi fort que le mien. Ses yeux scrutent la moindre de mes réactions lorsqu'il me souffle avec autorité :

— Ne me fuis pas, Avalone.

La gorge sèche, je déglutis non sans peine.

— Je n'ai pas le choix. Tu as dit toi-même que nous deux, c'était impossible.

Son regard se voile un peu plus.

— Nous sommes donc condamnés à jouer au chat et à la souris ?

— La souris ne joue jamais. C'est le chat qui s'amuse à torturer sa proie.

Le pouce de Clarke caresse ma lèvre inférieure avec un désir brut qui rend les battements de mon cœur aléatoires.

— Tu es tout aussi dangereuse que le chat l'est pour la souris.

— Sauf qu'il y a un troisième protagoniste dans la partie, bien plus redoutable que le félin et le rongeur réunis.

À contrecœur, je me libère de son emprise et lui tourne le dos, prête à rejoindre les autres, mais son bras s'enroule autour de ma taille. Immobile, je ferme les paupières dans l'espoir de calmer ma respiration erratique. J'ai une conscience aigüe de chaque partie de mon corps en contact avec le sien. Son torse puissant contre mon dos me donne l'impression d'être importante. Face à sa carrure, je ne suis rien, et pourtant, c'est moi que ses bras enlacent, c'est mon corps que le sien épouse. Son souffle dans mon cou dégage une chaleur insidieuse, couvre ma peau d'une chair de poule, et sa main sur mon ventre... Si elle descendait plus bas, je passerais la meilleure nuit de mon existence.

— Et si je te dis que ce que Carter ne sait pas ne peut pas nous causer du tort ?

— Tu as vu par toi-même que les secrets remontaient toujours à la surface, Clarke. Je ne te laisserai pas compromettre ta place dans le gang pour une simple partie de jambes en l'air.

Sa prise autour de moi se raffermit avec possessivité.

— Tu seras toujours plus qu'une simple partie de jambes en l'air, Avalone.

Mon cœur cogne dans ma poitrine, ma respiration n'est plus capable de m'oxygéner.

Fébrile, je lui fais face. Nos visages sont trop proches l'un de l'autre, je dois lutter pour détourner les yeux de ses lèvres.

— Alors, demande-toi ce que tu veux que je sois, sans jamais oublier le risque que représente Carter.

J'ai beau l'aimer, je ne me le pardonnerais pas si nos sentiments l'un pour l'autre le privaient de la seule chose qui lui plaît dans la vie : appartenir aux Devil's Sons. La part la plus égoïste de ma personne lui demande de réfléchir à ce qu'il désire, mais celle qui est la plus bienveillante espère qu'il se réveillera un beau matin sans plus aucune attirance pour moi.

J'attrape sa main et nous conduis à nos amis qui nous accueillent avec entrain. Nous arrivons au milieu d'une conversation animée et joyeuse. Ty partage nos souvenirs de road trip et m'arrache un éclat de rire à l'évocation du couple d'auto-stoppeurs que nous avions pris sur l'autoroute. Tout se passait très bien, jusqu'à ce que j'ouvre la boîte à gants à la recherche de mouchoirs et que l'arme de Ty en tombe avec une quantité incroyable de munitions. Il n'a rien trouvé de mieux à dire que : « Un putain de malade est à tes trousses, il faut bien que quelqu'un le bute ! » Les auto-stoppeurs n'ont pas attendu que la voiture s'arrête pour prendre leurs jambes à leur cou.

Il raconte ensuite notre déjeuner dans un restaurant qui s'est mal terminé pour nous. Des parents et leur fils mangeaient à la table voisine et cet abruti de gosse s'est amusé à faire une catapulte avec sa cuillère. Lorsque nous avons reçu une bonne dose de ketchup et de petits pois, les parents nous ont lancé un coup d'œil navré. À la seconde catapulte, je l'ai menacé du regard, le défiant de recommencer. Nous avons de nouveau reçu de la nourriture en pleine figure. C'est alors que Ty m'a tendu sa mousse au chocolat. Sans hésiter, j'ai plongé la main dedans et l'ai étalée sur le visage du môme. Nous nous sommes fait virer du restaurant et j'ai appris bien plus tard que si l'ex-membre de gang m'avait tendu son dessert, c'était pour que je le goûte, et non que je me venge.

J'essuie mes larmes de rire provoquées par ces souvenirs récents et souris à mon compagnon de route. Un sourire plein de reconnaissance pour tous les moments que nous avons partagés.

Ty en profite pour m'entraîner dans une danse endiablée sur *Fee Ra Huri* de Omnia. Nous sommes possédés par cette musique celtique et bientôt, tous les Devil's se joignent à nous, hormis Clarke et Alec qui discutent plus loin. Je sens le regard du renégat dans mon dos et cette simple sensation réchauffe mes joues.

Essoufflée, je lève la tête vers le ciel, ferme les paupières et laisse la brise rafraîchir mon visage.

« Vous,
Urd, Norne du Passé,
Verdandi, Norne du Présent,
Skuld, Norne de l'Avenir,
Les trois sœurs qui produisent le Wyrd, la toile infinie du

destin dont chaque fil représente un être,
Avez relié le mien à celui des Devil's Sons.

Nous savons, mais ils ignorent que,
Les flammes du Ragnarök contenues dans mes iris
Brûleront tous ceux qui s'en prendraient à eux.
En leur présence, je ne préserve plus l'Yggdrasil,
Je suis celle qui mettra le frêne à feu et à sang pour les protéger. »

Je suis repoussée de force d'une dimension parallèle jusqu'à ce que mes pieds touchent le sol, que le vent caresse mes bras et que la chaleur du feu rougisse mes joues. Je rouvre brutalement les yeux, chamboulée et essoufflée par la divagation de mon esprit.

— V, j'ai su aimer ton regard, mais là, il me fout les jetons.

La musique me parvient de nouveau, les battements de mon cœur s'apaisent et je sens le poids des mains de Jesse sur mes épaules. Il me dévisage d'un air inquiet. Je secoue la tête et cligne des paupières à plusieurs reprises pour m'ancrer sur terre. Je n'ai pas quitté le lac ni mes amis, j'étais seulement... perdue dans mes pensées.

— Tu pratiques le Seidh ?

— Non ! Bien sûr que non ! m'exclamé-je.

Le Seidh, dans notre religion, fait appel à la transe afin de surprendre les projets des Nornes ou d'entrevoir le résultat de différentes opportunités. Peu nombreux sont ceux qui l'exercent aujourd'hui encore. Sa pratique est dangereuse et avoir une vision ne se révèle pas toujours bénéfique. Mais si Jesse a raison et que j'ai entraperçu l'avenir...

— Connaître le destin ne m'a jamais intéressée. J'étais perdue dans mes pensées.

J'affiche un sourire qui se veut rassurant, cela dit je n'essaie pas de le convaincre plus que ça, trop troublée. Était-ce une mise en garde contre moi-même ? Je suis pourtant incapable de faire du mal à qui que ce soit.

Surprise et à fleur de peau, mon cœur part dans une embardée lorsque Jesse s'écroule sous le poids de Tucker qui lui saute dessus. Je recule de quelques pas, chancelante, et me heurte à un mur. Un mur qui m'attrape par les épaules et me tourne face à lui. Clarke. Ses iris plongent dans les miens, il incline la tête de curiosité, sans la moindre once de crainte.

— Qu'est-ce que tu vois ?

— Quelque chose de magnifique.

— Plus de mensonges, tu m'as promis.

— Je ne te mens pas, Avalone. Tu n'as qu'à me poser une question plus explicite si tu désires obtenir une réponse plus explicite.

Je le fusille du regard, trop paniquée pour prendre du plaisir à jouer sur les mots. Amusé par mon état de détresse, il passe son bras autour de mes épaules et nous conduit à l'écart. Dans un silence troublé par les battements de mon cœur et les bruits lointains de la fête, nous rejoignons le ponton de bois.

— Pose ta question, Avalone.

Je déglutis avec difficulté.

— Les flammes dans mon regard. Comment sont-elles ?

— Elles sont plus intenses, plus chaudes. Elles crépitent et dansent en réponse à... *quelque chose*.

Pour prouver ses dires, il pose sa main sur ma clavicule dénudée. Je sursaute au contact de ses doigts glacés, à moins que ce soit mon corps qui est bouillant. Je savoure la fraîcheur de sa peau et vais jusqu'à placer sa paume tout contre ma joue.

— Elles me font de nouveau croire aux dieux. *Tu* me fais de nouveau croire aux dieux.

Je lève les yeux vers lui, curieuse.

— Je ne juge pas tes doutes, néanmoins, je ne les comprends

pas non plus, lui avoué-je.

Un sourire en coin étire ses lèvres. Il s'assied au bord du ponton, les pieds au-dessus de l'eau. Je l'imite.

– Pour beaucoup de non-croyants qui traversent des épreuves difficiles, se mettre à croire en une force supérieure les aide à se relever, à avancer. En revanche, lorsque tu es croyant et que tu assistes à une horreur injustifiée, tout est remis en question. L'idée même qu'une divinité aurait pu éviter ça, mais n'a rien fait, est révoltante pour un gamin de quatorze ans. Je n'ai jamais plus voulu honorer les dieux. Jusqu'à ce soir.

– Tu veux dire que...

– C'est ma première fête depuis dix ans.

Petite, je me suis souvent demandé pourquoi nos dieux n'avaient pas créé de paradis et d'enfer. Puis j'ai réalisé qu'ils n'étaient pas suffisamment bienveillants pour se permettre de juger qui méritait la paix ou la damnation éternelle. J'ai fini par comprendre que, peu importe quel genre de personne nous avons été – bonne ou mauvaise –, le même sort nous serait réservé à tous : les flammes du Ragnarök nous consumeront et ravageront les neuf mondes. Notre bienveillance ou notre malveillance ne concerne pas nos dieux. Nous sommes ce que nous voulons être et nous ne pouvons pas nous cacher derrière de fausses excuses.

– Nous apprenons dès notre plus jeune âge que notre âme brûlera lors du Ragnarök. Vivant ou mort depuis déjà longtemps, nous acceptons notre destin. Lui, le meurtrier de tes parents, n'a pas la moindre idée de ce qui l'attend. Il fuira les flammes avec horreur, il essaiera par tous les moyens de se sauver, en vain. Et lorsqu'elles le consumeront, il hurlera à l'agonie et ressentira toute la souffrance de l'Yggdrasil.

En réponse à mes mots, un rictus cruel étire les lèvres de Clarke. Je devrais éprouver de l'effroi, au lieu de quoi, je lève les yeux au ciel.

— À présent que tu as de nouveau foi en les dieux, je veux entendre une expression païenne sortir de ta bouche.

Il arque un sourcil, amusé.

— Même pas en rêve.

— Si tu ne le fais pas, mon cœur risque de lâcher.

Il me lance une œillade blasée, je porte les mains à ma poitrine et feins un trouble. Clarke grimace aussitôt et détourne les yeux.

— Arrête.

— Je t'ai prévenu, dis-le.

— Non.

Je gémis d'une douleur inexistante et me recroqueville sur moi-même. Le Devil's me fusille du regard, il n'apprécie pas mon chantage. Je tente le tout pour le tout et mime théâtralement le malaise. Son agacement laisse place à la moquerie.

— Lola la dramatique déteint sérieusement sur toi !

La véracité de ses propos m'arrache un éclat de rire, puis Clarke m'attire contre lui. Les doigts de sa main blessée s'entrelacent aux miens et ni lui ni moi n'éprouvons du dégoût envers le sang de l'autre. Nos ancêtres sacrifiaient pour les dieux du bétail et même des humains. Notre réputation de barbares n'est pas infondée, mais nous sommes bien plus que ça. Une offrande avait un but précis, elle était précieuse et respectée.

— Quand j'étais petit, durant les Nuits d'Hiver, mes parents offraient quelques gouttes de leur sang aux dieux, parce qu'été après été, ils étaient toujours ensemble. Chaque année, je souhaitais les imiter et ils refusaient catégoriquement. Tant que je n'étais pas assez grand pour comprendre le sens de cette offrande, ils ne pouvaient s'assurer de la légitimité de mon envie.

Je me blottis contre son torse et contemple l'horizon en l'écoutant partager ses souvenirs avec moi.

— À quel âge as-tu sacrifié pour la première fois ton sang ?

lui demandé-je.

– À treize ans, après avoir écrit une dissertation afin de prouver à mes parents que mon choix n'était pas celui d'un enfant ignorant, j'ai essuyé un nouveau refus. Puis ils sont morts et j'ai arrêté d'honorer les dieux. Ce soir était ma première fois. Et toi ?

– Ce soir était ma première fois également. Ça ne m'est jamais venu à l'esprit d'offrir quelques gouttes de mon sang. À ma mère non plus, d'ailleurs.

Les garçons finissent par nous rejoindre pour admirer la vue. Sur le lac se reflètent les flammes, la forêt et la lune. Dans l'obscurité de la nuit, c'est un spectacle à ne pas louper.

Assis plus ou moins en rond, à rire aux bêtises de Tucker, je suis installée entre les jambes de Clarke qui, lui, est adossé contre un poteau de bois. Il me touche sans cesse et je tressaille tout autant. Ses doigts jouent avec mes cheveux, puis une de ses mains glisse le long de ma nuque. Ses bras m'enlacent et me ramènent contre lui, il dépose ses lèvres sur mon front. Nous renvoyons l'image d'un parfait petit couple et les œillades des garçons en sont la preuve. Dieux merci, dans une ambiance aussi joyeuse, tout le monde garde ses réflexions pour lui, sachant pertinemment que la moindre remarque – sérieuse ou ironique – le braquera.

Un frisson me parcourt l'échine lorsque Ty murmure les premières paroles d'*Odinn* du groupe Skáld.

– « *Allt veit ek Odinn, hvar du auga falt Odinn, i deim inum maera Mimis brunni, hvar du auga falt Odinn*[24]. »

Avant même que je puisse esquisser un sourire, les garçons poursuivent en chœur, dans un mélange de tonalités rauques et vibrantes assez puissantes pour atteindre le père de tous les dieux. Étonnée par la beauté de leurs voix, je ne me joins pas à

---

24 Traduction : « Je sais exactement, Odin, où tu caches ton œil, Odin, dans la source de Mimir, là tu caches ton œil, Odin. »

eux. Je préfère m'émerveiller de ce spectacle auditif.

Mes muscles se détendent au rythme des paroles, un léger vent se lève et caresse nos visages, comme si la nature entendait notre appel à Odin. Lovée contre Clarke, je ferme les paupières et profite de ce chant qui m'a bercée de nombreuses nuits, tout en savourant le souffle du bad boy contre la peau sensible de mon cou.

12.

Puisqu'une soirée en compagnie des Devil's Sons ne se passe jamais sans bagarre, il a suffi que Sean charrie Justin au sujet de Kenny, sa petite sœur, pour que les deux mâles s'affrontent. Dieux merci, ils rigolent, toutefois leurs coups n'en sont pas moins puissants. Justin saisit Sean par la nuque et le domine, jusqu'à ce que ce dernier se dégage et l'immobilise d'une clé de bras. Ty, le regard malicieux, en pousse un, qui perd l'équilibre et se rattrape à l'autre, l'entraînant avec lui au fond du lac. Alors que tout le monde rigole, je fixe la surface de l'eau – glacée à cette période de l'année –, dans l'attente de voir resurgir les garçons.

Sean est le premier à émerger. Il claque aussitôt des dents.

— Enfoiré !

Justin réapparaît lui aussi, les lèvres déjà bleues. Je bondis sur mes pieds et retire ma fourrure, prête à les enrouler dedans afin de leur apporter un peu de chaleur, mais c'est au tour de Ty de tomber à l'eau, poussé par son jumeau. Alec se tourne vers moi et affiche un sourire entendu, cependant il ressent le danger quand Ethan l'approche. Les voilà qui s'affrontent tandis que

Tucker saute volontairement dans le lac et que Jesse empoigne Set. Je finis par laisser tomber ma fourrure, comprenant que je n'aurai l'occasion de réchauffer personne puisque mon tour ne tardera pas à arriver. Clarke éjecte les derniers survivants, puis porte son attention sur moi et incline la tête de côté.

— L'eau est glacée, tu ne peux pas m'y jeter... le supplié-je.

La démarche provocante, il avance dans ma direction.

— Je te conseille de retirer tes vêtements pour te remettre au chaud une fois que tu te seras séchée.

— Tu sais que contracter une pneumonie avec mon état de santé, ce n'est pas recommandé ?

— Je ne te laisserai pas attraper froid.

À ses mots qui en sous-entendent d'autres et à son regard qui fait de moi sa proie, une vague de chaleur déferle dans mes entrailles. Hésitante, je jette un coup d'œil aux garçons. Ils flottent à la surface et attendent mon tour avec impatience.

— Et merde !

Sans réfléchir plus longtemps, je délasse mes chaussures et laisse tomber ma robe à mes pieds. Un silence de plomb s'abat sur nous, la nature elle-même se tait. Tous les regards sont braqués sur moi. Un tas de questions me traversent l'esprit : ai-je oublié de m'épiler ? Est-ce que ma culotte est mal mise ou est-ce que je m'exhibe dans un sous-vêtement de grand-mère ?

— Bordel de merde ! s'écrie Justin.

Brusquement, les garçons remuent dans l'eau, ils poussent des exclamations, les poings levés vers le ciel. Une chose est sûre, aucun d'eux ne s'attendait à ce que je ne porte pas de soutien-gorge, pas même moi. Comment ai-je pu l'oublier ? Et alors qu'on penserait qu'une paire de seins attirerait des beuglements irrespectueux et des idées salaces de la part de neuf hommes, il n'y a rien de ce genre. Certes, ils observent mon corps sans retenue, toutefois ils admirent ma féminité et célèbrent fièrement mon courage.

Un tissu est jeté à mes pieds. Je baisse les yeux sur ce qui semble être un... *caleçon* ? J'éclate de rire. Set s'est déshabillé dans un geste solidaire. Il me décoche un clin d'œil charmeur et pointe un doigt sur moi.

— La plus ravissante des princesses ne devrait pas se trouver seule ainsi dévêtue.

À l'approche de Clarke, le regard aussi dangereux que brûlant, je recouvre mon calme. Compte tenu de la clameur publique, j'ai manqué sa réaction et à présent, elle me frappe de plein fouet. Il transpire la testostérone et se consume d'un désir si ardent que j'en ai le souffle coupé. Il détaille chaque courbe de mon corps tel un prédateur et ne s'immobilise que lorsque mes tétons frôlent son torse, et que ses lèvres caressent mon oreille.

— As-tu déjà fait l'amour devant huit personnes, Avalone ?

Mon cœur tressaute avec une violence telle que j'en oublie de respirer. Je déglutis non sans peine et murmure :

— Non...

— Alors, saute dans l'eau avant que je ne perde tout contrôle.

Il recule d'un pas et ce que je lis au fond de ses iris rend le moindre mouvement impossible. Sa maîtrise de lui-même s'étiole déjà. Si je ne disparais pas de sa vue, seules les Nornes savent de quoi il serait capable. Un faux sourire malicieux étire ses lèvres, il me pousse soudainement. Sous les hurlements approbateurs des Devil's, je perds l'équilibre et suis submergée par l'eau. La température glacée du lac a le mérite de me remettre les idées en place. Après quelques secondes d'apnée, je bats des pieds et remonte à la surface.

Debout sur le ponton, Clarke me regarde fièrement. Il se déshabille à son tour avec une lenteur qui m'offre la possibilité de le dévorer des yeux, et lorsqu'il ne lui reste plus que son boxer, il plonge. Il émerge à ma hauteur, son visage à quelques centimètres du mien, et m'attire à lui. Au contact de ses mains sur mes hanches, je ne ressens plus la morsure du froid. Ma poitrine nue contre son torse n'est pas sans effet. Les doigts du Devil's s'enfoncent presque douloureusement dans ma chair, son grognement rauque enflamme tout mon être. Séduite par ses lèvres qui ne demandent qu'à se sceller aux miennes, j'enlace son cou. Clarke déglutit et m'encourage à poursuivre sur cette voie en refermant un peu plus ses bras sur moi.

— Les gars, on a un problème !

Notre environnement se rappelle à nous d'une manière désagréable. J'aurais payé cher pour me retrouver seule avec Clarke, néanmoins Set réclame notre attention. Sur la terre ferme en tenue d'Adam, il agite son téléphone.

— Ava chérie, je poserai nu pour toi si tu le souhaites, mais il semblerait que nous ayons plus urgent.

Amusée, je quitte son sexe des yeux et les lève au ciel. Je ne proteste pas, j'ai été prise sur le fait. Cela dit, je ne le matais pas, loin de là. Se tourner vers quelqu'un et le découvrir nu attire indéniablement le regard.

Set reprend son sérieux et nous contamine tous. Clarke et moi nous détachons l'un de l'autre, les garçons ont arrêté de chahuter.

— Un type a réclamé Avalone auprès de ma frangine. D'après la description de Lola, il s'agit d'Henzo.

Je ressens de nouveau la température douloureuse de l'eau. Mon cerveau peine à intégrer l'information, le bad boy me tire vers la rive et me sort du lac. Tandis que mon esprit revit la négociation, Clarke me couvre de ma fourrure.

J'entends la dispute des Kings of the Law. Je discerne la haine d'Henzo au fond de son regard et l'aperçois me braquer de son arme. Je ressens la douleur, puis l'écho des hurlements des Devil's Sons à travers tout mon être.

Je secoue la tête et reviens à la réalité. Clarke et Set sont habillés, tous ont regagné le ponton, prêts à agir. Les festivités sont à présent loin derrière nous.

— Les Liner, vous êtes réquisitionnés. Sean, Justin et Alec, faites le tour du campus. Jesse, Tucker et Ty, les alentours. Set, va mettre ta sœur en sécurité, ordonne le second de Carter.

Les jumeaux acquiescent sans formalités.

Après tout, Devil's un jour, Devil's toujours.

Clarke saisit mon bras et m'entraîne à sa suite en direction du feu de camp. Il ouvre un sac dissimulé dans une glacière, en sort un flingue qu'il glisse à l'arrière de son pantalon et s'empare ensuite d'un pistolet-mitrailleur. Avec maîtrise et rapidité, il effectue plusieurs gestes techniques. Je suppose qu'il le recharge. Autour de moi, tous s'activent, choisissent leurs armes, leurs munitions. Sans un mot, le bad boy me conduit jusqu'au parking où nous sommes rejoints par les Devil's. Alors que chacun monte sur une moto, Clarke et moi nous engouffrons dans la voiture de Ty. À l'unisson, les moteurs démarrent, mais avant que quiconque ne quitte le parking, je passe la tête par la fenêtre, le cœur battant à tout rompre.

— Faites attention à vous ! S'il vous plaît...

— Si tu crois qu'un loup solitaire peut nous blesser, tu te mets le doigt dans l'œil, mademoiselle Arinson.

Tucker lui-même ne croit pas en ses paroles. Certes, un loup solitaire n'est pas en capacité de tuer toute une meute, en revanche il est apte à en blesser plus d'un. *Mortellement*.

Nous roulons tous ensemble, puis prenons des directions opposées. Clarke et moi laissons derrière nous les deux-roues et entrons dans le calme de la nuit. Le Devil's ne quitte pas la route des yeux, le pistolet-mitrailleur posé sur ses cuisses. Son visage est figé, ses sens aux aguets. L'idée même de voir apparaître Henzo me pétrifie. Incapable de prononcer un mot, je garde le silence et espère arriver sans encombre à destination.

Clarke se gare au pied de l'immeuble et sort de la voiture,

armé. De la dangerosité émane de lui. Cet ennemi qu'ils n'arrivent pas à attraper le fout en rogne. Il contourne le véhicule, sur ses gardes, et m'ouvre la portière. Ses doigts se referment autour de mon bras, il me conduit à l'intérieur d'un pas précipité.

En sécurité dans l'appartement des garçons, je m'autorise à respirer. Quatre murs ne m'ont jamais semblé aussi rassurants.

— Qu'allez-vous faire d'Henzo, si vous le trouvez ?

Le Devil's Son se débarrasse de ses armes, puis de la chemise qui lui colle à la peau.

— Il refuse le dialogue et tire dès qu'il nous voit. On doit le tuer.

Je retiens mon souffle en comprenant que durant mon absence, ils l'ont traqué. Ils devaient croire que le King of the Law m'avait mis la main dessus.

— Et je sais déjà ce que tu vas me dire : non, on ne peut pas prévenir la police. Les informer de la négociation que *tu* as menée serait stupide.

— La négociation n'a rien d'illégal !

— Mais la fausse déposition que tu as faite… *si.* Si les flics récoltent des preuves de ton implication dans nos affaires, tu auras une nouvelle cible dans le dos. Henzo *doit* mourir.

Son regard s'assombrit. L'imaginer ôter la vie à quelqu'un me provoque une sueur froide, toutefois j'ai compris que la discussion était close. Après tout, pourquoi voudrais-je protéger un homme qui désire ma mort ?

— Je ne lui souhaite pas de mal, avoué-je. Je veux seulement qu'il me laisse tranquille.

Clarke lève un visage adouci vers moi.

— Je sais, Beauté. Mais dans cet univers, c'est sa vie ou la tienne. Et il est hors de question que je te perde toi aussi, d'accord ?

Je hoche lentement la tête et retiens le sourire qui tente de s'épanouir sur mes lèvres. Nous gardons le silence, puis la sonnerie de mon téléphone me cause un sursaut. Je refuse un énième appel de ma mère.

— Est-ce que vous étiez au courant de ma maladie ?

— Non. Ça a été un choc pour tout le monde, y compris pour les hommes Arinson. Et non, je n'ai pas parlé au boss de tes médicaments, que j'ai trouvés à la fraternité. Il a appris ta maladie quand Ange les a balancés dans la piscine.

— Pourquoi ?

— Il te cachait ton identité. Détenir cette information sans la lui révéler était une sorte de vengeance que j'ai décidé de mener pour toi.

Nos sourires renvoient une certaine cruauté, je lui suis reconnaissante d'avoir pris cette initiative.

À la vue de son torse trempé, je le pousse à aller se doucher. Il tente de m'y envoyer la première, mais je lui jure que je suis au chaud sous ma fourrure.

Je bondis du canapé, les sens en alerte, lorsqu'un bruit de casse retentit au fond du couloir. Quelques secondes plus tard, un nouveau bruit. Et encore un. Clarke est en train de tout détruire. Je cours jusqu'à sa chambre et passe la porte à temps pour observer sa commode se fracasser contre le mur opposé. L'auteur de ce carnage tourne en rond et fulmine, les muscles bandés. Il se retient de tout mettre en pièces et plaque ses mains sur le mur, la tête baissée.

J'approche, hésitante. Marcher sur des œufs est devenu mon sport favori.

— Que se passe-t-il ?

Il gonfle ses poumons d'air.

— Les gars ont croisé Henzo. Il y avait des passants, ils n'ont pas pu prendre de risques. Cet enfoiré a promis de te tuer, puis il a disparu.

Je comble la distance qui nous éloigne et passe ma main sur son dos.

— Clarke, il ne m'arrivera rien, d'accord ?

Il me lance un regard si noir de haine que j'ai la sensation d'être coupable de tous ses maux.

— Tu m'as tenu le même discours avant de te vider de ton sang sur le sol d'un entrepôt désaffecté, me crache-t-il entre ses dents serrées.

— J'irai habiter chez Carter, s'il le faut.

Il se dérobe à mon regard, alors je me glisse entre son corps et le mur.

Notre soudaine proximité allume un incendie en moi, retenu depuis bien trop longtemps et entretenu par nos affrontements répétés. Dans ses iris, je me perds au cœur d'un océan d'émotions contradictoires. Il craint pour ma vie et ressent une profonde haine envers Henzo. Il est son ennemi, il veut le voir mourir dans d'atroces souffrances. Je ne suis visiblement pas la seule qui mettrait Midgard à feu et à sang pour les protéger, pour *le* protéger. Et notre rapprochement le séduit autant qu'il lui fait mal. À ses yeux, je suis inatteignable, et ce depuis le premier jour. Seulement, un ordre n'est pas assez puissant pour empêcher les sentiments de naître. Bouleversée par ce que je lis en lui, je pose ma paume sur sa joue. Il ferme les paupières et profite de ce maigre réconfort, mais finit par retirer ma main de son visage, signe de son perpétuel rejet.

— Tu m'as promis de ne plus me mentir.

Ma voix trahit ma détresse, il ouvre les yeux.

— Je ne t'ai pas menti.

— Tu me mens par ton comportement. Tu m'embrasses pour mieux me repousser. Tu passes la soirée à chercher mon contact, à te laisser aller, puis tu fuis. *Encore.*

Je le force à reculer, sa présence embrume mon esprit.

— Écoute, Clarke. J'ai conscience que ta place chez les

Devil's Sons est menacée si Carter venait à apprendre ce que nous partageons. Et crois-moi, la dernière chose que je souhaite, c'est te priver de ta famille. Alors, ce petit jeu entre nous, c'est terminé. Pour toi. Et pour mon cœur. Je prends cette décision à ta place : nous sommes amis.

Incapable de croiser son regard par peur de perdre aussitôt mes bonnes résolutions, je me détourne et pénètre dans la salle de bains. À coups de gestes brusques, je me déshabille et allume le robinet de la douche. Je n'attends pas que l'eau devienne chaude, je me glisse sous le jet.

Si seulement Carter n'était pas… Carter. Avec son autorité et ses règles. Et si Clarke n'était pas… Clarke. Avec sa peur de l'inconnu que suscitent les sentiments et l'engagement. Mais s'ils n'étaient pas eux-mêmes, je ne serais pas en présence du beau brun ténébreux et je ne serais pas follement éprise de lui. Je laisse échapper un cri de désespoir qui meurt au fond de ma gorge lorsque des bras puissants m'enlacent. Les battements de mon cœur s'affolent et résonnent dans mes tympans.

— Tu n'as pas le droit de prendre cette décision à ma place.

Ses lèvres effleurent la peau de mon cou, juste en dessous de mon oreille, et ses mains s'aventurent sur mon corps. Je peux sentir l'étendue de son désir contre mes reins.

— Je ne te veux pas pour amie.

Il referme ses dents sur ma chair et m'arrache un gémissement salvateur. Ce son menace de l'achever : son poids se fait plus lourd contre moi, il se retient à la paroi pour ne pas flancher. Notre contact charnel nous tue tout autant l'un que l'autre.

— Je ne te veux pas pour amante.

Il me tourne face à lui et me plaque au mur. Ses yeux noirs ne laissent transparaître aucun éclat émeraude, comme lorsqu'il est en colère.

— Je suis incapable de te dire par des mots la place que

j'aimerais que tu occupes auprès de moi, mais ce que je peux t'avouer, c'est que je te veux, *toi*.

Il n'a pas prononcé les paroles que je désirais entendre et ne m'a pas ouvert son cœur comme je l'espérais, et pourtant, je sens que quelque chose a changé en lui. Clarke, malgré ses chaînes, est décidé à me posséder, là, maintenant, peu importent les conséquences de notre attirance interdite.

Sous le jet d'eau, nos lèvres se rejoignent et cette fois-ci, nous prenons notre temps. Nos caresses, nos baisers, rien n'est fait dans la précipitation. Nous savourons nos échanges comme s'ils pouvaient être les derniers. Nous nous imprégnons du goût, de l'odeur et du contact de l'autre avec un désir si intense qu'il rend nos âmes douloureuses.

Sa main s'agrippe à mes cheveux et me force à rejeter la tête en arrière, lui dévoilant ma gorge. Lorsque sa langue, puis ses dents et ses lèvres titillent ma peau, un frisson d'une intensité que je n'avais encore jamais connue remonte le long de ma colonne vertébrale. Je m'accroche à ses bras et perds pied sous cette délicieuse agonie.

Sans cesser les prouesses de sa langue, il s'empare du gel douche que je reconnais à l'odeur. En guise d'excuse pour explorer mon corps, Clarke me savonne tout en dévorant mes lèvres avec plus d'insistance. Notre baiser traduit un tas d'émotions inexprimables par les mots. Je le lave à mon tour, fais courir mes paumes sur chacun de ses muscles, chacun de ses tatouages. Je frémis sous ses doigts, et lui grogne sous les miens. Nous échangeons un regard en perdant le peu de bon sens qu'il nous restait. Nos gestes, nos caresses, tout devient impatient, sauvage, fougueux, dicté par une envie que nous sommes obligés d'assouvir pour mieux respirer demain. Je noue mes mains derrière sa nuque et en réclame encore, tandis que les siennes, posées dans le creux de mes reins, me retiennent contre lui et me privent de toute échappatoire. J'ai l'esprit embrumé par l'ivresse. Clarke me soulève, j'enroule mes jambes autour de sa taille et enfonce mes doigts dans ses cheveux. D'un coup de pied, le bad boy ouvre la porte de la douche et, dégoulinant d'eau, nous conduit vers la chambre. Consumée par mon désir de le goûter, j'incline la tête afin d'avoir accès à son cou. Je n'y pose rien d'autre que ma langue, remonte le long de sa gorge et attrape entre mes dents le lobe de son oreille. Au grognement rauque que pousse le Devil's Son, j'en conclus que ma langue a un certain effet sur lui, au point qu'il s'agrippe à l'encadrement de la porte pour ne pas défaillir. Clarke m'allonge sur le lit, il dévore mon corps de ses prunelles, allumant un incendie destructeur en moi. Ses iris n'ont pas retrouvé leur couleur émeraude, ce qui confirme mes soupçons. Ils ne sont pas sombres lorsqu'il est en colère. Ils le sont lorsqu'il ressent de puissantes émotions, bonnes ou mauvaises.

Puis son attention se porte sur la cicatrice qui divise ma poitrine en deux suite à l'opération à cœur ouvert que j'ai subie à ma naissance. Je me sentirais gênée sous n'importe quel autre regard, mais à travers celui de Clarke, j'ai l'impression de porter le collier Brísingamen de Freyja, qui intensifie tant la beauté de la déesse que ni les hommes ni les dieux ne peuvent résister à ses charmes.

Il humecte ses lèvres et déglutit en découvrant mon entrejambe. Il sait ce qu'il veut et ne compte plus s'en priver. Ses yeux se dirigent vers la commode où se trouvent probablement des préservatifs, puis reviennent à moi, tiraillés.

— Pas avec toi. Ce bout de plastique sauve des vies, mais j'ai *besoin* de te sentir. Je suis *clean* et je sais que tu l'es aussi. C'est mentionné dans ton dossier médical, tout comme le stérilet que tu portes. Est-ce que tu as confiance en moi ?

Malgré son nombre de conquêtes, je ne remets pas en doute sa parole. Je lui fais aveuglément confiance.

— Oui…

Un sourire des plus prédateurs étire ses lèvres.

— Les préliminaires, ce sera pour une prochaine fois. Je te veux, maintenant, ou je vais devenir fou.

Sa voix rauque, presque bestiale, m'électrise, tout comme ses mots. Mes pensées sont embrouillées, je ne sais plus quel jour on est ni comment nous en sommes arrivés là, mais ça n'a plus la moindre importance.

Il m'observe, dans l'attente de mon approbation. Je suis si chamboulée que je ne peux que papillonner des yeux.

— Avalone… gronde-t-il, impatient.

— Une prochaine fois, acquiescé-je.

Il m'a suffisamment fait languir depuis notre rencontre pour s'évertuer à me torturer avec des préliminaires.

Ses iris s'enflamment, j'enroule mes jambes autour de ses hanches et l'attire à moi. Le regard que nous partageons est plus communicatif que n'importe quelle discussion. Par ce simple contact visuel, nous échangeons des sentiments et des émotions trop compliqués à analyser. Clarke passe son pouce sur ma lèvre inférieure et m'embrasse avec tout l'amour dont il est capable.

Après toute cette frustration, cette retenue, il est là, et moi aussi. Nous inspirons simultanément comme si cette tension entre nous était trop lourde sur nos poitrines. Enfin, nous avons l'occasion de nous en décharger. Clarke entre en moi.

Un gémissement d'extase salvateur s'échappe de mes lèvres. Son corps réagit aussitôt à mon plaisir : ses muscles se tendent, son souffle devient chaotique. Chaque frottement de son torse contre ma poitrine me fait perdre la tête, chaque va-et-vient de sa virilité en moi m'achève un peu plus. Je mords ma lèvre pour retenir mes soupirs, la main de Clarke agrippée à mes cheveux.

— Je veux graver le moindre de tes gémissements dans ma mémoire. Je t'interdis de te retenir, Beauté.

Il appuie ses paroles d'un coup de reins puissant qui m'arrache un cri de volupté, déclenchant chez lui un grognement appréciateur.

Par Frigga, qu'il est beau ! Il l'a toujours été, mais à cet instant, avec ses muscles tendus par l'effort, son âme libérée de ses chaînes et son regard luisant d'un plaisir primaire, il est incontestablement le plus bel homme des neuf mondes.

La cadence accélère, je perds toute retenue. Je suis sous l'emprise d'une ivresse bien trop puissante et d'un désir qui ne cesse de croître.

Je me cambre pour être au plus proche de Clarke ; je le caresse et l'embrasse avec cette nécessité de créer chaque connexion possible entre lui et moi.

Ses doigts s'enfoncent dans la peau de mes hanches, sa bouche vient emprisonner un de mes seins, décuplant mon excitation. La seconde d'après, il me retourne. Je me retrouve à genoux, les paumes à plat sur le mur face à moi.

Sa présence dans mon dos éveille mes terminaisons nerveuses, le doigt qu'il descend le long de ma colonne vertébrale me déclenche un intense frisson. Il tire sur mes cheveux pour que je puisse lui exposer mes lèvres, et lorsqu'il s'en empare, il me pénètre de nouveau. Je hoquette, mes yeux roulent, puis papillonnent.

Sous la passion de ses assauts, mon corps s'affaisse contre le mur. Sa bouche traîne partout sur ma peau, m'embrasse entre les omoplates, remonte jusqu'à ma nuque. Je rejette la tête en arrière et gémis. Il en profite pour m'enlacer. La caresse de sa main sur ma joue est d'une tendresse infinie. Quand ses doigts effleurent mes lèvres, je les emprisonne entre mes dents et enroule ma langue autour d'eux.

— Avalone, gronde Clarke.

Je me cambre davantage contre lui, ondule des hanches, et sa respiration devient plus lourde, se fait plus hachée. Il ralentit ses mouvements et m'offre le contrôle. Je vais et viens le long de son membre. Je tourne le visage et observe son regard embrasser mon corps avec adulation, une fervente passion qui me touche en plein cœur. Chaque personne devrait pouvoir se sentir spéciale, au moins le temps d'une nuit. Ce soir, mon corps ne m'appartient plus. Il est entièrement au Devil's Son, qui le comble d'un bien-être impensable.

Une de mes mains se faufile dans ses cheveux, j'approche son visage du mien et m'empare de ses lèvres sans lui demander la permission. Le gémissement viril et sexy que je lui arrache menace de m'envoyer au septième ciel.

Ses dernières barrières volent en éclats. Il me retourne à nouveau et me porte dans ses bras. Il quitte le lit et, mes jambes enroulées autour de sa taille, je glisse le long de son membre. Je me mets à haleter puis à crier – ou l'inverse.

Mon dos entre en contact avec le mur, permettant à Clarke de me pénétrer plus profondément. Front contre front, nous soupirons à l'unisson.

— Tu vas me tuer…

— Tu m'as déjà tuée.

Un sourire carnassier étire ses lèvres. Mes ongles s'enfoncent dans ses épaules, ma tête bascule en arrière et les vagues de chaleur qui m'envahissent deviennent de plus en plus puissantes, comme ses coups de reins.

Sa bouche prend la mienne d'assaut. Je lui vole un grognement en mordillant sa lèvre inférieure, puis je capte son regard. Un regard des plus émotifs, un regard unique et intense.

— On ne pourra pas revenir en arrière.

— Je le sais, Beauté.

Une certaine tristesse s'empare de moi et le contamine. Peu importe ce que nous voulons et les lignes que nous franchissons, nous ne pourrons jamais *être*.

Il écrase ses lèvres sur les miennes avec une telle passion

que je pourrais en pleurer. La connexion qui s'établit entre nous transforme notre danse effrénée en danse sensuelle. Nos mouvements ralentissent, le temps semble se suspendre. Plus rien n'a d'importance.

Le Devil's nous reconduit au lit, sur lequel il m'allonge tendrement.

L'atmosphère a changé du tout au tout. D'électrique, elle est devenue érotique, romantique. La traînée de baisers qu'il laisse le long de ma mâchoire me couvre de chair de poule. Ses mains saisissent mes cuisses avec possessivité, il me tire à lui pour entrer en moi avec une lenteur déboussolante. Je pousse un soupir de contentement, de plénitude, et Clarke Taylor me fait l'amour. Il me caresse, me choie, est attentif à la moindre de mes réactions. Il est délicieux, bien trop délicieux. Je ne pourrai plus passer à autre chose après ça.

Mes mains parcourent son dos, son torse, son visage. Je l'embrasse à en perdre haleine, me délecte de tout ce qu'il a à m'offrir. Mon corps s'enflamme, je me sens venir à chaque coup de reins.

— Bordel...

Chacun de mes gémissements le rend fou, et plus la jouissance approche, plus son regard s'embrase.

L'ivresse me submerge avec une telle violence que je suis dépossédée de mon corps. Mon dos se cambre, mes jambes tremblent, je suis traversée par un orgasme qui provoque celui de Clarke.

À bout de souffle, son corps s'affaisse sur le mien. La respiration courte, nous nous dévisageons, tout autant troublés l'un que l'autre. Il semble chercher des réponses dans mon regard, mais je suis aussi perdue que lui. Comment pourrais-je un jour oublier ce que nous venons de partager ? Comment pourrais-je ne serait-ce que chasser cet homme de mon esprit ?

Il se laisse tomber sur le dos à mes côtés et m'attire à lui.

Cette étape est naturelle pour moi. En revanche, Clarke n'est pas du genre à prendre dans ses bras la femme qu'il vient de *baiser*. J'en suis honorée et sincèrement touchée. Je pose ma tête sur son épaule et me blottis contre lui. La seconde d'après, il caresse mon corps nu du bout de ses doigts.

De tous les partenaires que j'ai eus, je n'ai jamais trouvé quelqu'un d'aussi attentif au plaisir de l'autre que Clarke. Nous avons échangé davantage que notre intimité, et pour la première fois de ma vie, j'ai *fait l'amour*. Avec Clarke Taylor, qui pousse les nanas à l'orgasme puis se barre sans se retourner. Oui, les filles de l'université aiment partager les exploits du Devil's à qui veut bien l'entendre. Sa réputation autour du sexe n'est plus à faire. Mais ce soir, il m'a donné quelque chose qu'il n'avait jamais offert à personne. Chaque fois que nos regards plongeaient l'un dans l'autre et qu'il me livrait ses sentiments par la couleur sombre de ses iris, mon amour pour lui était à son paroxysme. À présent, nous avons conscience que nous ne pouvons pas revenir en arrière. Quelque chose de bien trop fort s'est scellé entre nous.

Dans les bras de Clarke, j'écoute sa respiration s'apaiser.

— Est-ce que tu regrettes ?

Un coin de ses lèvres s'étire, il repousse une mèche de cheveux derrière mon oreille.

— Même si je le voulais, ça me serait impossible.

Mon cœur tressaute avant de retrouver un rythme normal, mais mon bonheur, lui, ne peut être dissimulé.

— Pourquoi tu ne parles pas souvent ?

Ma question lui arrache un splendide sourire. Ses sourires sont aussi rares que ses mots, ce qui les rend uniques et magnifiques.

— Quoi ? demandé-je en relevant la tête. Je sais que communiquer n'est pas ton fort, cela dit, à chaque fois que tu t'exprimes, c'est pour dire des choses belles et vraies qui ont un sens.

— Mes pensées sont précieuses. Je révèle ce que j'ai envie de révéler. En revanche, je ne dis pas ce que les gens désirent entendre.

Je reste silencieuse et songe à ses paroles.

— Et puis, si je parlais autant que Tucker ou Lola, je serais à court de *choses belles et vraies,* et par conséquent, je débiterais le même nombre de conneries qu'eux.

Je pince les lèvres et me retiens de me moquer de nos amis – qu'on aime pour leurs bêtises.

Et s'il souriait autant qu'eux, ses sourires ne seraient pas aussi poignants que ceux qu'il nous offre.

Nous nous redressons brusquement au bruit d'une clé qu'on enfonce dans une serrure.

Et merde !

Nus, nous bondissons hors du lit et nous précipitons sur nos vêtements. Clarke me jette un t-shirt que j'enfile tandis qu'il passe un jogging. Je parcours le sol du regard quand il m'interpelle.

— C'est ça que tu cherches ?

Ma culotte tourne sur le bout de son doigt, il me l'envoie avec un sourire suggestif qui ravive mon désir. Je lève les yeux au ciel pour cacher ma fébrilité, alors que les Devil's sont déjà au salon.

Dans mon dos, Clarke enroule ses bras autour de ma poitrine.

— Sors cinq minutes après moi, sans quoi ils ne vont pas nous lâcher.

Il dépose un baiser au creux de mon cou, puis me tourne face à lui et m'embrasse langoureusement, comme une promesse de sincérité. Je ne suis pas qu'une partenaire sexuelle pour lui et il veut me le rappeler.

Je le regarde quitter la chambre et tente de me donner une contenance. Je suis encore bien trop chamboulée par ce que nous avons partagé.

— Alors ?

La voix du biker me parvient en provenance du salon.

— Il a pris la fuite sur Whittaker Road, lui répond Sean. Et il a fait du shopping : il possède à présent une mitraillette.

— Fait chier ! s'énerve Clarke.

— Comment va Ava ? le questionne Jesse.

— En pleine forme…

Je rougis au sous-entendu de ces mots et panique à l'idée d'être démasquée. Je ne peux rejoindre les garçons dans cet état. Je passe par la salle de bains pour me rafraîchir et effacer toute trace de sexe de mon visage.

Lorsque je m'estime présentable, je retrouve les Devil's, qui m'accueillent avec amour. Tucker, assis sur le canapé, m'attire contre lui et m'offre le réconfort de ses bras.

— On va l'avoir, ne t'en fais pas, me rassure-t-il.

Il dépose un baiser sur ma joue.

— Je sais que cette situation est compliquée, commence Sean, mais tu ne peux plus dormir sur le campus tant qu'on n'aura pas stoppé Henzo.

J'acquiesce, l'esprit ailleurs. Le membre des Kings of the Law est la dernière de mes préoccupations, pour le moment.

— Si Carter est d'accord, tu pourrais rester ici, propose Set.

Tucker me serre un peu plus en signe de consentement avant d'interroger le dernier résident du regard.

— Bien sûr. Mon lit est tout à elle.

Je baisse la tête avec le mince espoir de cacher aux garçons la teinte rosée prise par mes joues, puis Clarke se lève et rejoint le frigidaire. Je m'immobilise à la vue de son dos griffé jusqu'au sang. Des éraflures, toujours par nombre de cinq. Je m'étouffe bruyamment, mes yeux écarquillés traduisant ma culpabilité.

Par Frigga…

— Putain de merde ! s'exclame Ty.

Le temps se fige, tous se taisent. L'ancien Devil's Son

s'esclaffe, et il faut quelques secondes au reste du gang pour trouver la cause de son hilarité. Bientôt, les rires éclatent.

Je m'enfonce dans le canapé, souhaitant qu'il m'avale et m'aide à disparaître.

— Tu m'étonnes que tu veuilles la garder ici !

— Putain, Ava, tu es une vraie tigresse !

— Il a goûté au fruit défendu, le con !

— Bande d'enfoirés, je savais que ce n'était qu'une question de temps !

— Comment était le coup de reins du Devil's, Ava ?

Les remarques fusent en tous sens, personne ne m'épargne. Clarke dévisage ses amis sans parvenir à mettre le doigt sur ce qui a bien pu les informer.

— Va te couvrir d'un t-shirt, le supplié-je.

Le visage à moitié caché entre mes paumes, je le regarde observer le reflet de son dos dans le réfrigérateur. Il pince les lèvres, amusé, et me décoche un clin d'œil avant de s'adresser à l'assemblée qui n'arrête pas de nous charrier.

— Pour les précédentes marques que j'ai récoltées, je peux remercier vos mères.

Le plus beau des silences nous enveloppe. Tous grimacent de dégoût en s'imaginant d'horribles images. Il quitte la cuisine et réapparaît un instant plus tard, un t-shirt sur le dos.

— C'est un coup bas, ce que tu nous as fait, mec, râle Tucker. Tu ne réalises pas jusqu'où mon imagination peut aller…

— On peut savoir comment vous en êtes arrivés là ? s'interroge Set.

— Vous faites toujours autant d'histoires malgré toutes les filles qui passent dans votre lit ? demandé-je.

— Tu n'es pas « toutes les filles », Beauté fatale, me répond-il d'une voix charmeuse.

J'affiche une fausse moue attendrie, puis Justin se lève brusquement et attire nos regards. Ses sourcils froncés et son air agacé n'annoncent rien de bon. Je me rends alors compte que je n'ai pas entendu son rire, mêlé à celui des autres.

— Comme a dit Set, tu n'es pas toutes les filles ! Tu es la nièce de Carter !

Touchée en plein cœur. J'aime un garçon que je ne peux convoiter à cause de mon lien de parenté avec notre chef de gang.

— Ferme-la, lui crache Clarke qui manque cruellement de patience.

— Non ! Il faut bien que quelqu'un le dise puisque personne ne semble s'en soucier !

Justin foudroie son frère de cœur du regard, mais derrière sa colère se cache l'angoisse. Il craint le jour où nous subirons les conséquences de nos actes.

— Aucun putain de sentiment ne doit interférer avec ses ordres au sujet d'Avalone. S'il nous a autorisés à être ses amis, il n'est certainement pas allé jusqu'à te donner sa bénédiction ! Si Carter l'apprend, il va te démonter la gueule. Peut-être que tu n'en as rien à foutre, mais je connais suffisamment Ava pour savoir que si on en arrive là, elle s'en voudra terriblement. Et puis, ce n'est pas le genre de fille que tu peux baiser et fuir le lendemain ! Fais ça avec qui tu veux, mais pas avec elle !

D'un calme qui ne lui ressemble pas, Clarke s'approche de son équipier.

— J'ai l'air de la traiter comme *toutes les filles* ?

Nous nous levons tous, conscients de la dangerosité de son ton. Même Justin la perçoit, pourtant il ne plie pas devant le bad boy. C'est ce que j'ai toujours respecté chez eux. Oser affronter le membre le plus violent et incontrôlable des Devil's Sons lorsqu'ils ne sont pas d'accord avec lui. Cependant, cette fois-ci, c'est bien trop dangereux et inutile.

— TU CROIS QUE JE RISQUERAIS MA PLACE POUR UNE FILLE DONT JE N'AI RIEN À FOUTRE ? hurle Clarke.

Jesse se positionne devant moi afin de me protéger d'un potentiel coup perdu. Ils pensent tous que leur compagnon ne sait pas se contrôler, mais ils ont tort. Je ne serai jamais un dommage collatéral.

— Tu aimes les défis, Clarke. C'est la seule raison pour laquelle tu lui es passé dessus !

Set, trop occupé à épingler Justin d'un regard noir, ne retient pas son meilleur ami lorsqu'il l'attrape par le col de sa veste et le secoue, haineux.

— Cette nana, c'est le défi de toute une vie, fils de pute ! Si tu crois qu'on se rassasie d'elle après une partie de jambes en l'air, c'est toi qui la dénigres.

— On lui a suffisamment fait du mal, je ne la pousserai pas dans tes bras !

Clarke accule Justin contre le mur, prêt à le cogner. Dieux merci, Ty se glisse entre les deux hommes, à bout de nerfs.

— Et vous continuez à la blesser en vous comportant de la sorte ! s'exclame-t-il.

Le second du gang croise la lueur de désespoir qui émane de mes yeux. Notre ami vient de nous rappeler que ce que nous faisons est interdit et imprudent, et surtout que lui, plus que quiconque, peut me faire souffrir. Mais qu'est-ce que la vie sans risque ? Nous échangeons un regard compréhensif, puis je me tourne vers Justin.

— Je t'aime. Et je suis heureuse d'avoir quelqu'un comme toi qui se préoccupe de mon bonheur. Mais je suis grande, je prends mes décisions seule et j'en assume les conséquences. Tu n'as pas à t'en mêler.

— Alors quoi ? On attend que la situation t'explose à la gueule et on ramasse ton cœur en mille morceaux ?

Dans son regard brille une inquiétude démesurée qui, au fond, me touche. Je prends ses mains et y dépose un baiser.

— On n'attend pas, on vit. On vit et on se soutient lorsque

l'existence nous met à genoux.

Je lui souris tendrement et me confronte à Clarke.

— Et toi... Tes pensées sont précieuses et c'est respectable. Toutefois, si tu ne parles jamais à tes meilleurs amis, ils ne peuvent connaître tes intentions et alors, douter est légitime. Te servir de tes poings ne va pas les rendre télépathes. Ne les utilise pas pour assouvir ton besoin de cogner.

Il me regarde d'une drôle de façon, presque chamboulé à l'idée que je sache que son comportement n'a rien à voir avec un soi-disant manque de contrôle de ses émotions. Je pensais le lui avoir déjà avoué, mais peut-être qu'il était trop en colère la fois précédente pour intégrer mes mots.

— Bordel ! s'exclame Set.

Il se laisse tomber sur le canapé, comme frappé par la parole divine.

— Tu n'as jamais eu de problème de self-control !

— Tu pensais qu'il ne savait pas se dominer ? l'interroge Justin, surpris.

J'aurais dû m'en douter. Il a beau suivre Tucker dans ses conneries, ce garçon a l'esprit vif. Il a compris il y a bien longtemps que Clarke n'avait trouvé qu'une solution pour apaiser la haine qui le consume : frapper à la première occasion.

— Clarke sait se maîtriser ? demande Tucker, largué.

— Tu sais te contrôler, enfoiré ?

Un sourire amusé étire les lèvres du concerné, il hausse les épaules.

— Bien sûr que oui.

Des mâchoires tombent, l'atmosphère devient bizarre.

— Vous êtes cons ou quoi ? s'exclame Justin. Si Clarke était incapable de se dominer, le corps de Carter serait froid, à l'heure qu'il est, et Avalone aurait le visage défiguré depuis longtemps ! Non mais sérieusement, vous avez vu la violence de ce type ? Dieux merci, qu'il garde le contrôle, sinon on serait tous morts !

— Ça fait cinq ans que je crois que tu n'as aucun sang-froid, alors qu'en réalité, tu prends ton pied à envoyer des cons à l'hôpital, rigole Set. Tu n'es qu'un putain de psychopathe !

— Tu trouves ça drôle ? râle Sean. Je ne compte plus le nombre de coups que Clarke nous a flanqués ! Ce connard nous a cassé le nez et la mâchoire au moins une fois chacun !

Les accusations de ses amis fusent, le coupable lève les yeux au ciel.

— Contrôle ou non, les règles ont toujours été les mêmes : tu m'importunes, tu prends mon poing ; tu me retiens lorsque je me bats, tu prends mon poing.

— Et Ava ? demande Tucker. Elle t'a emmerdé bien plus que nous tous réunis et elle t'a retenu à maintes reprises !

— Premièrement, c'est une fille. Deuxièmement, elle a un visage trop beau pour être abîmé, et troisièmement...

Clarke pose les yeux sur moi et laisse sa phrase en suspens.

— ... et troisièmement, tu l'aimes, achève Ty à sa place.

— Ferme-la !

Des rires moqueurs s'élèvent, alors que certains ne savent pas s'ils sont en colère contre leur second ou si, finalement, ils s'en fichent. L'heure étant tardive, les garçons finissent par rassembler leurs affaires. Ils nous saluent, et bien que Sean dévisage Clarke, il lui donne une accolade fraternelle.

— Je t'en veux, connard.

— Ton nez est plus beau depuis ta rhinoplastie.

Je m'étrangle et tousse jusqu'à en avoir les larmes aux yeux.

Par Odin, Sean a eu recours à la chirurgie à cause de Clarke !

— Rhinoplastie que Carter a payée, bougonne-t-il.

— *Je* l'ai payée.

Sean fronce les sourcils, surpris.

— Pourquoi tu ne me l'as jamais dit ?

— Et te montrer que je m'en voulais d'avoir fait de ton os de la poussière ? Plutôt crever.

La rancune de la victime disparaît aussitôt, les deux amis se marrent. Clarke m'attire à lui et, tandis que nous regardons le gang quitter les lieux, je lui chuchote :

— Il s'est fait refaire son nez par ta faute ?

— Et de la chirurgie maxillo-faciale, s'amuse Tucker.

Je me dégage du bras du Devil's et lui fais face avec horreur. Cela dit, je ne suis même pas en colère contre lui. Comme les garçons, j'accepte qui il est et je l'aime malgré tout. Je secoue la tête, désespérée, puis quitte le salon pour rejoindre la chambre, Clarke sur mes talons.

— Tu sais combien Sean est borné ! se justifie-t-il.

— Personne ne t'a arrêté ?

— Carter a pointé son flingue sur moi, mais un seul coup a suffi à lui briser la mâchoire et le nez. Ses os sont sacrément fragiles !

Je freine si brusquement que Clarke me rentre dedans. Sous la violence de la collision, je suis projetée en avant. Les bras du biker m'agrippent de justesse, mais je l'entraîne avec moi. Dans notre chute, il inverse nos positions. C'est son dos qui subit l'impact.

— Tu vois, me souffle-t-il, le regard rivé sur mes lèvres. Je sais faire autre chose que blesser ceux que j'aime.

— Tu m'as toujours protégée. Et tu as toujours protégé les garçons.

— Il ne fait pas que nous protéger, dit Set derrière nous.

Intriguée par ses mots, je me redresse. Notre ami se tient dans l'encadrement de la porte, les bras croisés sur son torse, l'air sérieux.

— Comment ça ?

— Il se sacrifie.

Je me souviens de ce que les Devil's m'ont raconté. Clarke a pris des balles, des coups de couteaux et de poings américains pour eux. Il ne les protège pas seulement. Il se *sacrifie* pour eux.

— Pourquoi ?

J'agis comme s'il n'était pas là, Set se montrera bien plus loquace. Et après cet aveu, j'ai besoin de réponses.

De la tristesse et de la culpabilité voilent ses iris posés sur son meilleur ami.

— Il n'a rien à perdre. Nous avons tous de la famille, des gens qui nous aiment et qui s'attendent à passer de nombreuses années à nos côtés. Nous avons des projets d'avenir. Clarke n'a ni l'un ni l'autre.

Il fuit le regard de son frère et ferme la porte derrière lui. Ses mots résonnent dans mon esprit, mes mains se mettent à trembler. Clarke doit sentir ma détresse puisqu'il s'approche et dégage mon cou de quelques mèches de cheveux pour y déposer ses lèvres. Je clos les paupières, profitant de ce contact exquis, mais je ne peux retenir ma question.

— Est-ce que c'est vrai ?

Collé contre mon dos, il enroule ses bras autour de ma poitrine.

— Ma vie se résume à ce gang, Avalone. Je ne pense qu'à eux lors de moments critiques, alors quand il s'agit de les protéger, rien ne me retient.

Ses paroles compriment ma poitrine. Je refuse d'accepter que personne sur cette terre ne puisse peser dans la balance.

— Tu as ta tante, tu as...

— Ma tante est morte il y a des années.

Mon sang pulse dans mes veines, je fais volte-face et lis dans son regard. Il n'y a pas une once d'ironie. Il dit vrai et pourtant, il ne laisse transparaître aucune douleur.

Par tous les dieux, Clarke a tant perdu...

— Mais les garçons...

— Les garçons ne le savent pas.

D'un signe de tête en direction du lit, il m'invite à me coucher.

J'obtempère, le cœur lourd de non-dits, et me glisse sous les draps. J'observe ses muscles rouler quand il se débarrasse de son t-shirt, et après avoir éteint la lumière, il me rejoint.

Sa peau chaude rencontre aussitôt la mienne, il m'attire dans ses bras et inspire profondément, comme si ma présence lui était toujours aussi douloureuse.

— J'ai posé tes médicaments sur la table de chevet. Ty m'a prévenu que tu faisais des crises de panique, ces derniers temps. Assez souvent...

Je souris contre son cou, attendrie par sa prévenance.

— Est-ce que ça fait mal ?

— Oui, je crois. C'est surtout... terrorisant. L'air...

— N'entre plus dans tes poumons, finit-il pour moi.

Il raffermit sa prise autour de mon corps et pose ses lèvres sur mon front.

— Qu'est-ce qui t'angoisse à ce point ?

— La mort, soufflé-je. Je vais...

— Vivre de longues années à nos côtés, me coupe-t-il.

Quelle jolie façon de dire que mon éternité est bien trop courte.

Clarke saisit mon poignet tatoué, qu'il a dû découvrir au lac, et l'embrasse en signe d'approbation. Il me fait basculer sur le dos et voilà qu'il dévore mes lèvres avec une passion que je ne lui connaissais pas il y a encore quelques heures.

Je suis tout étourdie lorsqu'il s'arrache à moi pour reprendre son souffle. À présent, le feu est allumé. Nous ne pouvons nous en tenir à ça.

Je le repousse et m'installe à califourchon sur lui.

— À mon tour, lui susurré-je.

Je retire mon t-shirt. Il retient sa respiration, son regard peu à peu incandescent.

13.

Entre les étreintes que j'ai partagées avec Clarke, un énième cauchemar et de nouvelles étreintes, je n'ai pas beaucoup dormi. Pourtant, je ne me suis jamais sentie plus en forme que ce matin, comme si j'avais croqué dans l'une des pommes d'Idunn[25], celles qui confèrent aux dieux la jeunesse et la force éternelles. Au réveil, les bras du Devil's Son m'enlaçaient, et sa voix rauque était des plus sexy lorsqu'il a menacé de *flinguer ce putain de téléphone s'il ne s'éteignait pas*. Le tirer du lit s'est révélé compliqué, jusqu'à ce que je l'embrasse. Il s'est montré *très* réceptif à mes baisers. Nous avons déjeuné en compagnie de Set et Tucker, qui n'ont pas manqué de nous charrier sur ce que Clarke et moi représentons désormais, même si je ne peux affirmer qu'il y ait un *nous*. J'ai conscience que je ne devrais pas nous coller d'étiquette, en revanche il m'a bien fait comprendre que j'étais *à lui*. Sa possessivité est plus importante que je ne l'aurais cru. Chacun de ses gestes pendant l'acte en était chargé.

---

[25] Dans la mythologie nordique, Idunn est la déesse de la jeunesse éternelle. Elle garde les pommes qui permettent aux dieux de conserver leur jeunesse.

Est-ce qu'il va abandonner ses passe-temps ? Je ne me mets pas d'œillères. Je sais qui est Clarke Taylor, mais je sais également qu'il tient à moi et qu'il a la lucidité nécessaire pour comprendre que je ne lui courrai pas après.

Dans ma chambre universitaire, je sors de ma penderie une tenue propre pour la journée. Clarke m'a conduite sur le campus et ne compte pas me quitter des yeux jusqu'à ce qu'Henzo soit hors d'état de nuire. Allongé sur mon lit, les bras derrière la tête, il observe la rangée de talons hauts qui trônent sous mon bureau. Vu son sourire, je ne préfère pas savoir ce qui se trame dans son esprit.

— Tu peux regarder ailleurs le temps que je me change ?

Durant les secondes qui suivent ma demande, il ne cille pas, son visage demeure impénétrable.

— Je connais chaque centimètre carré de ton corps, affirme-t-il.

Je détourne le regard et retiens un sourire.

— Ce n'est pas le même contexte.

Il se lève et avance vers moi d'une démarche féline, dangereuse pour mon cœur. Ses lèvres caressent mon oreille, il me susurre :

— Et hier soir sur le ponton, lorsque tu avais les seins nus ?

Son souffle contre ma peau rend ma respiration haletante. Quand son visage revient devant moi, Clarke m'embrasse avec une tendresse infinie. Notre seul contact est celui de nos lèvres, pourtant j'ai l'impression qu'il vient de passer ses mains sur mon corps entier.

— Un concours de circonstances, murmuré-je.

Depuis que nous avons quitté sa chambre, rien n'a laissé suggérer que nous avons partagé une nuit passionnée jusqu'à présent. Cela dit, avec quelqu'un qui n'a jamais eu d'attaches, je ne peux exiger plus de lui pour le moment. Et j'aime ses incertitudes, elles le façonnent.

Clarke se retourne et m'offre l'intimité dont j'ai besoin. J'ôte mes vêtements et, par simple précaution, je vérifie qu'il ne se rince pas l'œil. Je le surprends à lorgner mes formes. L'étincelle d'envie et d'admiration qui illumine ses prunelles m'enlève toute pudeur. Il s'humecte les lèvres, mon cœur s'emballe.

— Merde, je n'avais pas prévu ça...

Son jean dans lequel il se sent à l'étroit et sa moue frustrée m'arrachent un éclat de rire. Il ne regarde plus que le décor, les poings fermement serrés, comme s'il devait se faire violence pour se retenir de m'approcher.

— Habille-toi, me supplie-t-il.

Amusée, je roule des yeux et retourne à mes sous-vêtements. Lorsque je me penche et m'empare d'un string, j'entends le Devil's Son pousser un grognement.

— Putain, tu ne me facilites pas la tâche !

Je passe la tête entre mes jambes et le découvre à loucher sur mes fesses. Il se frotte les paupières pour tenter de reprendre ses esprits.

— Tu sais quoi ? Je vais t'attendre dehors.

Il entrouvre la porte et se glisse à l'extérieur. À présent seule, je m'autorise à sourire sincèrement, à dévoiler l'étendue de ma joie. Je suis heureuse de la façon dont se passent les choses entre Clarke et moi.

Une fois prête, je retrouve le Devil's adossé au mur du couloir, l'attention de toutes les filles de l'étage dirigée sur lui. Si certaines l'observent avec insistance, elles n'osent pas l'approcher. À ce que j'ai pu comprendre, très peu sont celles qui s'y risqueraient, surtout dans ces conditions. Peu amène et asocial, Clarke ne perd pas de temps en civilités. S'il accorde son intérêt, c'est pour baiser dans l'instant.

Ses yeux brûlants encore de désir sont rivés sur moi depuis la seconde où j'ai ouvert cette porte. Nonchalamment, il passe son bras autour de mes épaules. Puis nous traversons le campus.

— Si tu ne me vois pas à la fin de ton cours, tu ne sors pas de la salle, c'est compris ?

Mesurant l'étendue du danger, j'opine du chef. Henzo s'est renseigné sur moi, il a trouvé ma chambre sur le campus, et ça ne m'étonnerait pas qu'il se soit procuré mon emploi du temps. À cette idée, je frissonne d'effroi.

Quand est-ce que ce malade va me lâcher ?

Le pouce de Clarke effleure mes lèvres. Il les fixe, mais ne m'embrasse pas. Avec la menace que représente mon parrain et les doutes de son second vis-à-vis de l'engagement, espérer est ridicule.

Je rencontre son regard qui exprime plus que tous les mots du monde. Il ne veut pas me laisser partir, inquiet à l'idée qu'Henzo puisse m'atteindre, mais également parce qu'il ressent cette connexion palpable entre nous, une sorte de désir sans limites qui s'étend au-delà du sexe.

Incapable de prononcer un mot ou d'esquisser le moindre mouvement, c'est Clarke qui rompt notre contact.

— Allez, file en cours.

Au prix d'un effort surhumain, je m'éloigne et retrouve Emily. J'attrape mon amie et instaure le plus de distance possible entre celui qui fait battre mon cœur et moi. Nous entrons dans l'amphithéâtre et prenons place. Enfin, j'inspire une grande bouffée d'air.

— Je rêve ou Clarke et toi êtes raides dingues l'un de l'autre ?

Je ricane nerveusement.

— Non, lui mens-je. C'est plus de l'amitié, comme avec un grand frère.

Emily plisse les yeux, puis acquiesce. Elle ne me croit pas une seconde, ce qui n'est pas étonnant. Tous ceux qui nous ont vus ont dû ressentir ce qu'il se passait entre le bad boy et moi. Je suis soulagée que mon amie n'insiste pas. Elle est douce, à l'écoute, et ne pousse pas les gens dans leurs retranchements.

Elle respecte le silence des autres, c'est la chose dont j'ai le plus besoin durant ces trois prochaines heures de cours afin de mettre de l'ordre dans mes pensées.

À midi, Emily me quitte pour son rendez-vous quotidien chez le kinésithérapeute. Jackson étant malade comme un chien, Aurora à son chevet et Daniel à l'entraînement de football, Lola et moi déjeunons en compagnie du gang au restaurant du coin. L'ambiance est pesante. Le seul sujet abordé concerne ma sécurité ainsi que celle de ma colocataire. Maintenant qu'Henzo sait qu'elle est mon amie, elle sera escortée à chacun de ses cours, tout comme moi, et les garçons ont conclu qu'il valait mieux que nous dormions à leur appartement jusqu'à ce que mon agresseur soit enterré. Clarke s'affale sur sa chaise et colle sa cuisse à la mienne. S'ensuivent de longs regards lourds de sous-entendus.

Je retourne en cours, conduite par Sean. Lola a été raccompagnée par son frère, tandis que les autres sont partis à la recherche du King of the Law. C'est lors de ma deuxième heure d'étude que la porte de l'amphithéâtre s'ouvre sur un Clarke aux traits tirés par l'urgence. Alors que le professeur interrompt son discours et que tous les regards se braquent sur lui, le Devil's ne se préoccupe que de moi. Comme aimantés, ses yeux trouvent les miens. Puis le président de l'Université fait irruption aux côtés d'un homme en costume encadré par deux gardes du corps.

— Excusez-moi, professeur, dit McLaguen. Je dois vous emprunter Avalone Lopez.

C'est quoi encore ce bordel ?

Sous les cris des étudiants, Clarke le plaque violemment contre le mur.

Par tous les dieux !

Les deux hommes se murmurent des choses inaudibles pour

nos oreilles. Privé de son autorité, le président semble chercher les mots qui convaincront le criminel. Ce dernier finit par le relâcher et se tourne vers moi. D'un signe de tête, le bras droit de Carter me demande de les rejoindre. Méfiante, je rassemble mes affaires et descends les escaliers, encouragée par son regard. Une fois à leur hauteur, je saisis la main qu'il me tend et pour se redonner contenance, McLaguen nous ordonne de les suivre. Nous obtempérons et fermons la marche. À l'angle du couloir, le président et l'homme d'affaires sont accueillis par les flingues de Tucker et Justin. Les deux molosses tentent d'attraper leurs armes, puis se ravisent lorsque Sean colle les canons des siennes à l'arrière de leur crâne. Ils sont tous pris en joue.

— Un geste et vous êtes morts, susurre Clarke.

Sa voix est glaciale. Il est sûr de lui, il n'hésitera pas à ordonner aux garçons de tirer. McLaguen lève les mains afin d'apaiser la situation.

— Dis-leur de baisser leurs armes, Clarke… Ces hommes sont assignés à la protection d'Avalone.

— Difficile à croire, puisque Carter ne les a pas engagés.

Clarke hoche la tête à l'attention de ses gars, ces derniers retirent les crans de sûreté de leurs pistolets. Je suis figée sur place, terrorisée à l'idée que l'un d'eux tire, et je ne suis pas la seule. Les trois inconnus sont blêmes.

— Vous parlez de protection. Ils ne sont bons à veiller à la sécurité de personne, reprend Clarke, méprisant.

Le type en costume lance un regard assassin à ses molosses.

— Ce ne sont pas eux qui doivent protéger mademoiselle Lopez. Ces deux-là sont mes gardes du corps personnels et en effet, une rétrogradation s'impose. Vous vous êtes fait avoir comme des bleus !

Je perçois le bruit caractéristique des pas de Carter avant même de le voir. Ses chaussures en cuir sur mesure et sa démarche autoritaire offrent un son particulier que je reconnaîtrais entre mille.

— Baissez vos armes !

Les garçons obéissent, au soulagement des quatre hommes. Fou de rage, Clarke m'entraîne à sa suite et se dirige droit sur le boss.

— C'est quoi ce putain de bordel ?

— Mike les a engagés pour protéger Avalone, nous informe Carter à voix basse. Il a au moins eu la sagesse d'esprit de se faire passer pour moi et d'apposer ma signature.

— Pourquoi tu ne nous as pas prévenus ?

— Je viens de l'apprendre, dit-il avec une certaine amertume.

Son second lâche un rire nerveux, au bord de l'implosion. Qu'une personne extérieure ait du pouvoir dans les prises de décisions est loin de lui plaire, et c'est un euphémisme. Carter non plus n'apprécie pas cette initiative.

— C'est *nous* qui garantissons sa protection depuis le jour où elle a mis les pieds dans cette fichue ville, et il passe un contrat *à ton nom* sans te consulter ? J'étais prêt à buter ces hommes !

— Je vais régler ça.

Le boss jette un coup d'œil à la ronde et s'assure qu'aucun étudiant n'a assisté à cette confrontation. Il poursuit, d'une voix audible pour tous :

— Si vous le voulez bien, allons discuter ailleurs.

Le président, rictus méprisant aux lèvres depuis l'arrivée de Carter, reprend la marche.

Nous pénétrons dans le bâtiment de pierre et rejoignons son bureau devant lequel les molosses montent la garde.

Je maintiens ma première impression : cette pièce est trop petite pour accueillir la prestance du boss.

— Pouvez-vous vous présenter et me rappeler les termes de notre contrat ? demande Carter à l'homme d'affaires.

Si le concerné trouve cette question étrange, il n'en laisse rien paraître.

— Je suis David Sprit, directeur général de la société Secure au Canada. Vous nous avez engagés pour préserver la sécurité de mademoiselle Lopez. Il a été convenu que trente hommes en civil assureront une garde vigilante sur le campus vingt-quatre heures sur vingt-quatre. Dix autres seront postés dans le bâtiment de sa chambre. Mes agents ont pris connaissance du physique d'Henzo Rodriguez, Avalone sera surveillée en permanence.

Je ressens déjà le poids des chaînes qui entravent ma liberté. Durant un instant, je me demande si Mike a bien compris que l'ennemi, c'est le King of the Law. *Pas moi.* Je suis la victime et pourtant, je me retrouve surveillée comme si j'étais une dangereuse criminelle.

Stupéfaite et agacée par tant de mesures, j'affronte le président.

— Et vous acceptez ça ? C'est votre campus, ces hommes attireront les regards et inquiéteront vos étudiants !

À la grimace qu'il dissimule derrière sa main, je comprends que McLaguen n'a pas d'autres choix que de s'y conformer. Carter a quelque chose sur lui, et mon père, qui s'est fait passer pour le boss, a dû s'en servir et le menacer.

— Avalone, il est de mon devoir de protéger les élèves de cette université !

Son mensonge met le feu aux poudres. Son devoir aurait été de prévenir la police, au lieu de quoi, il accepte cette mascarade.

— Avouez plutôt que la première pression extérieure compromet la tranquillité de votre campus. Ayez au moins la courtoisie de mentir un peu mieux !

Je me rends compte que je suis à cran, lorsque le bruit de l'impact de mes paumes contre le bureau retentit.

— L'Université du Michigan est classée première dans le public, et cette place vous tient à cœur, n'est-ce pas ? Que se passera-t-il si un journaliste apprend qu'une quarantaine de gardes du corps surveillent votre campus ? La sécurité des étudiants sera remise en question, une enquête sera menée et rien que les ragots colportés vous feront perdre dix places dans ce putain de classement ! Et ça, c'est sans compter les témoignages que je pourrais recueillir au sujet d'un gang prénommé les Devil's Sons, dont les membres sortent leurs armes à tout bout de champ.

— Avalone ! me réprimande Carter.

— Non ! rétorqué-je. J'ai accepté beaucoup de choses, trop de choses, mais là, ça suffit ! Tu vas annuler ce contrat parce qu'il est hors de question que je consente à ça ! Un troupeau de chiens de garde qui me colle au cul, et puis quoi encore ? C'est de liberté dont j'ai besoin, pas d'une cage dorée !

C'est la première fois que j'ai droit à l'authentique sévérité et supériorité du chef des Devil's Sons. En un pas, il avale la distance entre nous et vole l'air de mes poumons. Contre ma volonté, je rentre les épaules, mais au prix d'un effort surhumain, je garde le regard ancré au sien dans un refus de plier. Si cette démonstration de force dure, je ne parviendrai plus à résister. Je crois même être essoufflée. Et alors que je pensais qu'il souhaitait me voir courber l'échine, le chef de gang annonce, sans me quitter des yeux :

— Les Devil's Sons *sont* et *resteront* assignés à la protection de mademoiselle Lopez. Nous n'avons pas besoin de vos services.

Il porte son attention sur Sprit et McLaguen.

— Vous avez tous deux signé un accord de confidentialité, indépendamment du contrat que je romps, ne l'oubliez pas.

Sous mon air ébahi, le boss quitte le bureau. Comprenant qu'il faut le suivre, les garçons et moi nous mettons en mouvement. Dans un silence pesant, nous descendons les marches et regagnons les arcades de pierre. Après que Carter a ordonné à Tucker, Justin et Sean de se rendre à la propriété, son téléphone sonne.

— Attendez-moi là.

Il se volatilise au coin du bâtiment et je n'ai pas la moindre idée du comportement à adopter. Devrais-je me montrer victorieuse pour avoir obtenu ce que je désirais ou tenter de disparaître pour avoir défié Carter ? J'ai la réponse quand Clarke me dévisage.

— Tu penses qu'il va me faire regretter d'être venue au monde ?

— Je pense qu'il est fier de toi.

Je me redresse et fronce les sourcils, puis secoue la tête, incrédule.

— J'ai défié Carter Brown, le chef des Devil's Sons !

— Tu as défié Carter Brown en apparence, mais c'est Carter Arinson, le parrain, que tu as touché.

— Alors, pourquoi est-ce que tu me dévisages ?

— Parce que tu ne prends jamais ce qu'on te donne, tu le gagnes. Carter t'offrait une place dans son gang ainsi que dans son cœur, et toi, tu t'en es montrée digne. Tu as mérité sa confiance et son estime. On t'offrait notre protection et notre considération par obligation, et là encore, tu as tout gagné. Ange, lui, n'avait pas d'autre choix que de t'être soumis, mais tu as conquis sa sympathie. Lucas te laissait le bénéfice du doute, et tu as su gagner sa confiance, à lui aussi. Chaque personne qui prend le temps de discuter avec toi, ne serait-ce que quelques minutes, est encline au respect et à l'admiration.

Je cligne des yeux, hébétée. Ses mots atteignent mon cœur et touchent jusqu'à mon âme. Finalement, mon passage sur terre ne sera pas si creux. Mon nom ne figurera pas dans les étoiles, en revanche j'ai accompli certaines choses dont je peux être fière. Et je continuerai d'agir ainsi pour donner un sens à ma courte existence.

Clarke comble la distance entre nous et m'observe comme si j'étais un mystère qu'il devait percer. Il prend mon visage en coupe dans ses mains, son regard tombe sur mes lèvres. Nous ne nous embrassons pas, c'est trop risqué, toutefois ce que nous partageons est si intime que c'est tout comme.

— À la propriété. Tout de suite.

Je me détache brusquement du Devil's et me tourne vers Carter. Mon parrain nous dévisage d'un air mauvais que je n'imaginais exister que chez Clarke. La colère qui le submerge est flagrante. Je suis tout à coup effrayée par ce que ce chef de gang serait capable de faire à son homme s'il pensait que nous avons bravé ses interdits. J'ai beau exprimer une indifférence totale, intérieurement, c'est le chaos. À cet instant, je ressens ce besoin de croiser le regard du bad boy pour qu'il apaise ma peur, mais ce serait jeter de l'huile sur le feu, alors quand Carter m'ordonne de le suivre jusqu'à la voiture, je ne me fais pas prier.

Plus je m'éloigne de lui, plus je me rapproche de la propriété et de l'affrontement, et plus je me sens nauséeuse, presque malade. Mes pensées s'agitent, je ne parviens pas à réfléchir, et encore moins à trouver une issue de secours.

Quand Carter monte au volant de sa Mercedes, je m'installe côté passager, l'estomac noué. Il démarre au quart de tour et s'élance dangereusement sur la route. L'atmosphère suffocante me pousse à ouvrir la fenêtre dans l'espoir de mieux respirer, en vain.

— Que se passe-t-il entre mon homme et toi ?

Son ton ne trahit aucune menace, on pourrait croire qu'il cherche à combler le silence. C'est inquiétant.

Prise d'un élan de panique, je décide de miser sur mes talents d'actrice. Je le dévisage, les sourcils froncés.

— TU VAS RÉPONDRE À MA QUESTION, OUI ?

— Je... Tu...

Je secoue la tête.

— Tu n'es pas fâché pour ce qu'il s'est passé dans le bureau du directeur ?

Décontenancé, c'est à son tour de froncer les sourcils. Il quitte même la route des yeux pour m'observer.

– Je n'en ai rien à foutre de ce qu'il s'est passé dans ce bureau, je veux savoir ce qu'il y a entre Clarke et toi !

Je feins un rire de soulagement.

– Bordel, j'ai bien cru que tu abattrais sur moi la colère de Thor !

– Avalone ! s'impatiente-t-il.

J'ouvre la bouche puis la referme, signe de mon incompréhension. Je semble subitement saisir où il veut en venir et m'esclaffe.

– Clarke ? Tu n'es pas sérieux ? Si je cherchais une relation, ce ne serait pas avec quelqu'un d'aussi... *abîmé*.

Ma réponse sème le doute, pourtant mon parrain demeure suspicieux.

– Écoute, reprends-je. J'aime Clarke comme j'aime chacun des Devil's Sons. Ils sont des frères pour moi, alors crois-moi, l'idée d'entretenir une relation amoureuse avec l'un d'eux ne m'a jamais traversé l'esprit. Et puis, il est déjà compliqué à suivre en tant qu'ami, alors en tant que copain... Par la tête de Mimir, rigolé-je, cet homme serait impossible à apprivoiser !

Carter garde le silence. Ses mains se détendent sur le volant.

Merci, dieux.

Les battements de mon cœur s'apaisent, je pense l'avoir convaincu. C'est lorsqu'il répète dans un murmure « impossible à apprivoiser » qu'il comprend que je mens. J'ai intégré un gang et j'ai mené une négociation sans perdre espoir. « Impossible » n'a jamais fait partie de mon vocabulaire quand il s'agit d'humanité, et Carter le sait. Je crois que je deviens blême, la nausée me gagne de nouveau.

Mon parrain ne perd pas de temps à entrer dans le garage, il arrête la voiture devant la fontaine. Nous sortons de la Mercedes et je le suis, sans un mot, jusqu'au hall de la villa où nous attendent les Devil's au complet.

Carter balance ses clés sur le meuble de l'entrée et commence à retrousser les manches de sa chemise. Ce simple geste suffit à me retourner l'estomac. Je cherche un contact visuel qui pourrait me rassurer, mais tous évitent mon regard, en particulier Clarke dont le visage reste de marbre.

Le boss, d'apparence calme, fait face à son homme qu'il sait coupable.

— Je vais te poser la question puisque Avalone est une trop bonne menteuse. Est-ce qu'il s'est passé quelque chose entre ma nièce et toi ?

J'arrête de respirer, incapable de gérer ma panique autrement. Clarke m'avait pourtant prévenue que c'était interdit. *Mais qu'ai-je fait ?*

Déterminé à garder le silence, il fixe son boss de ses yeux qui ne laissent transparaître aucune émotion. Carter perd patience. Le visage fermé, il se dirige droit sur Sean et se plante devant lui.

— Est-ce qu'il s'est passé quelque chose entre Clarke et Avalone ?

Le Devil's ne prononce pas un mot.

Je hurle lorsque le poing de Carter s'abat sur son homme de main. Je suis aussitôt retenue par Set, qui me plaque contre son torse tandis que mon cœur cogne furieusement dans ma poitrine. Du sang coule du nez de Sean qui, malgré tout, soutient le regard de son boss, inébranlable. Pour son coéquipier et moi, il est prêt à subir la rage du chef de gang. Mais ce dernier passe déjà au suivant.

— Est-ce que Clarke a posé la main sur Avalone ?

À son tour, Tucker ne répond rien, il se mure dans le silence. J'implore et me débats, seulement chacune de mes supplications tombe dans le vide : mon parrain assène un coup au Devil's, du sang gicle. Les larmes de culpabilité que je retiens me brûlent, j'ai mal au cœur. Immobiles, les lèvres scellées, les garçons sont prêts à subir les conséquences de nos actes, sans nous trahir. Même Justin, qui nous a pourtant prévenus. Carter l'interroge. Pas de réponse. Il arme son bras.

— ÇA SUFFIT ! hurle Clarke.

Tremblant d'une rage contenue, il a laissé tomber le masque, incapable de regarder ses frères payer pour lui.

— Oui, il s'est passé quelque chose entre Avalone et moi !

Une seconde s'écoule dans le silence, la peur me noue les tripes. Les yeux écarquillés d'horreur, j'observe mon parrain faire volte-face. Avec une violence inouïe, il cogne son second. Mon souffle se coupe, une brusquc bouffée de chaleur m'étourdit.

— Est-ce que tu l'as embrassée ?

Je m'agite et crie à Set de me libérer, mais rien à faire, il ne cède pas.

— Oui.

Le poing de Carter se lève et entre durement en contact avec la mâchoire de Clarke qui encaisse sans ciller. Je me débats de plus belle, la haine au creux des entrailles, hurlant ma colère et ma douleur. Lorsque je vise les parties intimes de Set, il jure et me relâche. Justin prend le relais et me retient avant que je n'atteigne le chef du gang. Les larmes dévalent mes joues, je maudis Carter pour sa violence et pour tout ce qui fait qu'il est lui. Puis je me maudis *moi*, d'être tombée amoureuse de Clarke alors qu'il me repoussait. Je me maudis d'avoir cru en notre relation proscrite et de l'avoir mis dans cette situation.

— ARRÊTE !

Carter ne m'écoute pas. J'assiste avec impuissance à la scène. Il flanque un nouveau coup à son homme. Ce dernier ne riposte pas, il crache du sang. Seul son air mauvais atteste de la colère qui gronde en lui.

— DÉFENDS-TOI !

Le regard que Clarke pose sur moi me brise. Il s'en veut, il n'est que culpabilité. Mais il n'a aucun tort. S'il y a quelqu'un à blâmer, c'est moi. Et pourtant, si je pouvais revenir en arrière, je ne sais pas si je changerais quoi que ce soit.

– TU CONNAISSAIS LES RÈGLES ! hurle Carter en le frappant de nouveau.

Les larmes qui troublent ma vision n'empêchent pas la couleur du sang de s'imprimer dans mon esprit. Ni le choc qui suit. Il résonne et se répercute dans mes oreilles comme un putain d'écho intarissable.

Le bad boy s'est pris des balles, des coups de couteau. À côté de ça, les poings de Carter ne valent rien, je le sais. En revanche, le voir subir par ma faute m'est insupportable.

– Justin, sors-la d'ici ! lui ordonne Clarke.

Le Devil's s'apprête à m'évacuer de la pièce, toutefois la brusque rigidité de mon corps l'interpelle. Il rencontre mon regard aussi froid que Niflheim. Pâle, il déglutit avec difficulté.

– Tu n'as pas intérêt, lui dis-je d'une voix glaciale. Je veux prendre conscience du genre de monstre qu'est mon parrain afin de le haïr avec la dose adéquate.

L'homme en question m'accorde enfin son attention. Ses épaules s'affaissent, ses yeux trahissent sa vulnérabilité, pourtant il soupire et se reconcentre sur Clarke. Malgré ses traits tiraillés, il poursuit son interrogatoire :

– Tu as couché avec Avalone ?

– Oui.

Un mot, trois lettres, une syllabe. Les veines de son visage gonflent sous la colère, son regard se charge de rage et alors, quoi que je pense de lui, à ses yeux, ça n'a pas plus d'importance. Son impartialité est revenue au galop.

Nouveau coup de poing d'une violence à couper le souffle.

La haine paralyse mon corps, les ténèbres se propagent dans mon esprit. Immobile, je fixe Carter avec le désir impérieux d'entendre son âme hurler à l'agonie tout comme la mienne.

— Au prochain faux pas, tu dégages de mon gang. Tu ne t'approches plus d'Avalone, tu ne lui adresses plus la parole !

Le boss n'attend pas de réponse, il se tourne vers les garçons, insensible.

— Aucun de vous ne l'approche, désormais. Elle aura ses quarante gardes du corps.

Enfin, il m'annonce :

— Tu ne fais plus partie des Devil's Sons et le gang n'est plus assigné à ta protection. C'est terminé.

Quelque chose se brise en moi. Si je restais une personne compatissante et flexible, c'en est fini. Une vague dévastatrice se répand dans mes veines et alimente mon cœur meurtri d'un sang noir. Lorsque je croise mon regard à travers le miroir, je suis heureuse d'y trouver les flammes du Ragnarök, plus chaotiques que jamais, à l'instar de mon existence.

— Mais que se passe-t-il ?

La porte d'entrée s'ouvre sur ma mère et Mike. Ils ne pouvaient pas mieux tomber pour la réunion de famille. Eux aussi méritent de payer pour ma souffrance.

— Avalone...

Claire s'approche de moi, trop obnubilée par ses propres sentiments pour s'apercevoir que je suis dévastée. Alors, quand elle écarte les bras avec l'espoir de me serrer contre elle, je la gifle. Et bons dieux, ce que ça fait du bien !

Le choc la cloue sur place, elle en devient muette. Son mari – ou ex-mari – tente un pas dans ma direction. Il n'a pas apprécié que je lève la main sur elle, toutefois il n'a pas le courage nécessaire pour me réprimander comme le ferait un papa.

— Carter ne sera *jamais* mon parrain, tout comme Mike ne sera *jamais* mon père. Quant à toi, tu n'es que ma *génitrice*. Vous pouvez vous la foutre où je pense, votre pseudo famille !

Le sourire qui étire mes lèvres quand je fais face à Carter est des plus cruels.

— Je veux l'argent que tu me dois en échange du travail que j'ai effectué pour le gang, ainsi qu'une généreuse indemnisation pour licenciement abusif. Un virement fera l'affaire. Si dans une heure je n'ai pas quelques nouveaux zéros sur mon compte, je n'hésiterai pas à mettre le feu à ta propriété.

Ma vie a changé du tout au tout depuis ma rentrée universitaire. J'ai côtoyé une violence inégalable, je me suis adaptée et j'ai tenu le coup. Grâce aux garçons. Grâce à l'amour. Mais voilà que Carter me prive d'eux. Ce ne sera pas sans conséquences. Je suis en train de devenir folle, je le sens, et aux regards de ceux qui m'entourent, ils le constatent aussi.

Comme un corps dont l'âme a été dénaturée, je sors de la villa en riant. Un rire nerveux qui traduit la folie dont seule une douleur lancinante peut être à l'origine.

14.

Je suis tirée de mon sommeil par une main chaude qui caresse mon visage. Une main si douce que je crois rêver, mais plus je papillonne des yeux, plus Ty se matérialise devant moi. Il me faut de longues secondes pour relier les événements de la veille. Après avoir quitté la propriété, j'ai marché comme une âme errante. Je me suis retrouvée à l'hôpital, dans le lit d'Élisa. Elle m'a laissée pleurer contre elle. Elle m'a écoutée, m'a murmuré des mots apaisants. Puis nous avons sombré toutes les deux dans le sommeil.

Assez consciente pour comprendre que je suis chez les jumeaux, c'est lorsque l'ancien Devil's s'allonge à mes côtés que je le reconnais. Ce n'est pas Ty, c'est son frère.

— Journée de la veille merdique ? me questionne-t-il.

— Le mot est faible.

J'esquisse un sourire peu convaincant, et Alec m'offre la chaleur de ses bras.

Faute de temps, je suis beaucoup moins proche de lui que de Ty, mais à chaque fois qu'il a pu m'aider, il n'a pas hésité.

— Clarke m'a appelé après ton départ de la propriété et il

m'a demandé de te mettre la main dessus. Il ne s'est pas montré bavard sur ce qu'il s'est passé. Tu veux en parler ?

Je déglutis avec difficulté, le cœur lourd de regrets, et me love un peu plus contre lui.

— Carter a appris pour Clarke et moi. Il l'a tabassé, puis il m'a virée des Devil's Sons.

Un bruit de casse me cause une frayeur et attire mon regard vers la porte. Ty, qui avait visiblement préparé une tasse de chocolat chaud, vient de lâcher le récipient. Sans se soucier des dégâts, il avance dans la pièce. Le verre crisse sous ses semelles.

— L'enfoiré !

J'éclate de rire. Je ris pour le comportement ridicule de Carter, je ris pour le mien. Je ris pour le désastre qu'est devenue ma vie depuis mon arrivée dans cette ville. Puis les larmes se mêlent à l'hilarité et je finis par sangloter. Je me sens démunie, dépossédée. Et comme si cette vision était la plus horrible à contempler, les jumeaux se jettent sur la boîte de mouchoirs. Ils se battent presque pour me la tendre. Ty monte sur le lit et m'attire contre son torse, tandis qu'Alec repousse une mèche de cheveux derrière mon oreille.

— Je ne voulais même pas faire partie de ces satanés Devil's Sons, au départ !

Compatissant, mon compagnon de route resserre ses bras autour de mon corps et son jumeau entrelace ses doigts aux miens.

— Il est en colère, mais il sait qu'il a besoin de toi dans sa vie autant que dans son gang.

— Enfin, pour l'instant, il te prive de ta famille. En revanche il ne peut t'enlever l'amour de ses membres.

La lèvre tremblante, j'avoue :

— Il leur a donné l'ordre de ne plus m'approcher.

— Quel con ! jure Alec.

— Les gars ne l'écouteront pas. Ils t'aiment bien trop pour

rester loin de toi.

Je me plais à espérer que Ty ait raison, mais ils ont déjà encaissé des coups. Je ne veux pas qu'ils subissent quoi que ce soit d'autre par ma faute. Le moment que je redoutais depuis que j'ai appris ma véritable identité est arrivé : Carter a donné un ordre à ses hommes qui me cause le plus grand mal.

Trois coups frappés à la porte d'entrée me font sursauter. Alec se lève pour accueillir l'invitée surprise et Lola apparaît, essoufflée. Avant que je ne puisse la réprimander, elle m'explique que Set l'a informée de la situation et qu'il l'a accompagnée jusqu'ici. Horrifiée par les choix de mon parrain, elle se laisse tomber sur le lit.

— Avalone... je suis sincèrement désolée... Carter n'a pas le droit d'agir de la sorte... On va trouver une solution... Tu...

Elle réfléchit et parcourt la chambre des yeux, comme si la réponse était un objet caché dans la pièce. Et dire qu'il n'y a pas si longtemps, on cherchait à me libérer de l'emprise du boss des Devil's Sons. Quelle ironie !

— Quelqu'un doit le convaincre !

— Et qui ? rigolé-je, pessimiste.

Mes trois amis me fixent, les sourcils haussés, et je sais d'avance que la réponse ne va pas me plaire.

— Qui a convaincu Carter de me laisser en dehors du gang ?

— Il a accepté uniquement parce que c'était moi qu'il voulait, sa *nièce*.

— Qui a convaincu Clarke de rester au lit après s'être pris une balle ? Qui a persuadé la douane canadienne de la laisser traverser la frontière ? Qui a amené un gang rival à quitter la ville pour le Panama ? Et avant que Carter ne découvre le pot aux roses, qui l'a convaincu de virer les gardes du corps ?

Même si la chance m'a accompagnée dans toutes ces victoires, Lola fait naître un léger sourire sur mes lèvres.

— Avalone Arinson, tu es la fille la plus éloquente que j'aie rencontrée. Tu pourrais vendre un stylo à un manchot ! D'ailleurs, je ne comprends pas ce que tu fais en Lettres, tu devrais étudier le commerce ou devenir avocate... Bref, je m'égare. Tout ça pour dire que si quelqu'un peut faire changer d'avis Carter, c'est bien toi !

Peut-être que je pourrais revenir dans les bonnes grâces du boss, seulement je n'ai rien fait de mal. Je refuse d'implorer sa miséricorde. C'est contre-productif, et pourtant, je souhaite qu'il regrette son comportement et qu'il s'en morde les doigts.

Pour me changer les idées, Alec nous raconte comment il m'a sauvée du personnel hospitalier qui a voulu me faire déguerpir tard dans la soirée, à coups de pied au cul. Il est arrivé juste à temps, alors que les infirmières s'apprêtaient à me réveiller. D'une œillade peu commode, il leur a fait passer l'envie de m'arracher à mon sommeil. Il m'a portée sous le regard attendri de sa maman et m'a ramenée jusqu'ici.

Bien que nous ayons cours, Lola et moi passons l'après-midi à l'appartement des garçons. Grâce à mes amis, je souris et rigole même de temps à autre. Si mon cœur reste meurtri, je retrouve une étincelle de vie à l'apparition des Devil's Sons venus me rendre visite. Inquiets, ils me prennent dans leurs bras et s'assurent de mon état, sauf Clarke. Adossé à la porte d'entrée, il se mure dans le silence. Incapable de me confronter à ses blessures, je détourne le regard, prise de nausées. Je n'entends plus ce qui se dit autour de moi. Mon esprit fait abstraction de toute présence pour me laisser face à ma culpabilité. Je ne reprends conscience de mon environnement que trop tard : le second de Carter a déserté les lieux. Je quitte précipitamment l'appartement et dévale les marches pour le rattraper deux étages plus bas.

— Clarke !

Quand il se retourne, je découvre les marques que notre relation a laissées sur son visage. Sa lèvre et son arcade sourcilière ouvertes me font tressaillir. À la vue de son œil au beurre noir, je me retiens à la rampe, et baisse le regard devant l'hématome de sa mâchoire.

La gorge serrée, je murmure :

— Je suis désolée...

— Tu n'as pas à l'être. Nous avons joué avec le feu, nous nous sommes brûlés.

Un frisson désagréable remonte le long de mon échine.

— Ce n'était pas un jeu.

— Bien sûr que si ! Quand est-ce que tu le comprendras ? Il y a des règles, que toi et moi avons enfreintes. Nous avons triché et nous nous sommes fait réprimander. Fin de la partie.

Je pensais que mon cœur ne pouvait pas se briser davantage, je me suis bien trompée. Mon rêve d'amour s'effondre, mes attentes s'évanouissent. Je me sens oppressée, abandonnée, seule au monde.

— C'est la fin de la partie pour toi, soufflé-je. Tu peux en recommencer une autre. Mais pour moi, c'est la fin du jeu.

Voilà deux semaines que les gardes du corps ont élu domicile sur le campus. Quatorze jours que je ne croise que très rarement les garçons. Trois cent trente-six heures que Clarke ne m'a pas adressé un mot.

Ni Carter ni mes parents ne se sont manifestés. Quant à Henzo, il est toujours dans la nature et se montre plutôt discret. La présence des agents de sécurité ne compromet pas la vie étudiante. Le boss a vraisemblablement modifié quelques termes au contrat afin qu'ils passent inaperçus. Si une rumeur circulait comme quoi le chef des Devil's Sons a engagé une entreprise pour veiller à la sécurité d'une jeune femme, ce ne serait pas bon pour nous. La menace des BloodBro plane au-dessus de nos têtes, quoi qu'on fasse.

Je suis riche. Enfin, plus que je ne l'ai jamais été grâce au virement affolant de Carter. Toutefois, je n'ai pas l'occasion de dépenser cet argent, étant donné que je suis prisonnière. Mes gardes du corps sont mes ravisseurs, engagés par mon propre père. Ça m'a l'air carrément illégal, mais personne ne s'en préoccupe.

Chacune de mes tentatives de fuite s'est soldée par un échec. Au début, Lola et moi partagions notre frustration puisqu'elle subit autant que moi ces restrictions. Puis notre relation s'est dégradée par ma faute. J'ai beau avoir quarante types prêts à me défendre, je n'ai jamais ressenti une insécurité aussi vive de ma vie. Seuls les Devil's Sons calmaient mes angoisses. Depuis qu'ils ne sont plus là, je compte les jours avant qu'Henzo ne m'atteigne. Alors, pour me donner une infime chance de survie, j'ai pris contact avec Ange.

Essoufflé, le Demon's Dad pénètre dans ma chambre. Clarke avait raison. J'ai gagné sa sympathie, à tel point que mon appel urgent l'a inquiété.

– Qu'est-ce qui ne va pas ?

Il me découvre en pleine forme, malgré les quelques kilos que j'ai perdus, et me dévisage. Rapidement, son regard devient méfiant. Il finit par secouer la tête en reculant.

– Non ! Je t'interdis de me demander ça !

– Ange, j'ai été virée du gang ! J'ai besoin de la Démone !

Il tourne les talons, refusant d'en entendre davantage. Je m'interpose entre la porte et lui.

– Les Devil's ne sont plus là, mais Henzo, si ! Je ne suis pas en sécurité. S'il s'en prend à moi, je veux me battre ! Je ne te dénoncerai jamais, tu as ma parole !

Sa courte hésitation disparaît bien vite.

– Par la barbe d'Odin, Avalone, tu ne m'auras pas !

J'attrape ses mains et le supplie. Alors que je prive mes amis de la profondeur de mon regard, je transmets à Ange toute la peur qui me prend aux tripes. Je lui dévoile l'étendue de mon mal-être.

— Si Henzo parvient à m'atteindre, la Démone pourrait me sauver la vie.

Tiraillé par ses émotions, il garde le silence un long moment. Il finit par hocher la tête et me conduit à mon lit, sur lequel nous nous asseyons pour la discussion qui va suivre.

— J'émets plusieurs conditions. Malgré la drogue qui développe les capacités physiques, promets-moi de ne jamais faire de sport. Son unique but est de te défendre si besoin.

— Promis.

— Tu ne la prendras qu'une fois tous les deux jours. C'est tout ce que la Démone peut offrir dans ton cas, ou elle te tuera.

Ce n'est qu'une demi-chance, mais elle est à saisir.

— Dernière condition. Si tu as le moindre problème, la moindre douleur, tu demandes à la première personne que tu croises de te conduire à l'hôpital.

Je hoche la tête.

À présent que j'ai accepté ses conditions, il semble autant rassuré qu'encore plus inquiet.

— Les effets de la Démone durent dix-sept heures. Prends-la le matin afin que la redescente t'affecte durant ton sommeil. Dans le cas contraire, si tu es réveillée quand elle se manifeste, envoie-moi un message. Je serai là.

Il sort de sa poche un plastique à l'intérieur duquel reposent une cinquantaine de pilules jaune fluo. Il en verse quatre dans le creux de ma paume.

— Si Henzo court toujours la semaine prochaine, nous aurons une autre discussion. Et je te préviens, cette drogue met ses consommateurs à cran.

Je le remercie, consciente de la difficulté qu'il éprouve à m'accorder ce que je souhaite…

Le soir même où le Demon's Dad m'a fournie, Lola, qui

regardait par la fenêtre, m'a demandé ce qu'il fabriquait en bas, assis à l'entrée du bâtiment. J'ai fondu en larmes. Il est resté là jusqu'au matin, à monter la garde après la terreur qu'il a lue dans mon regard. Cette peur insoutenable qui me ronge de jour en jour, celle de périr entre les mains d'Henzo, arrachée à ma famille. Depuis, lorsqu'il parvient à se libérer, il passe la nuit à veiller sur moi. Et alors, mes angoisses s'apaisent. Les agents n'ont pas le droit de tirer en premier, tandis qu'un membre de gang, lui, n'hésitera pas. La présence d'Ange me permet de dormir un peu mieux, jusqu'à ce que je sois réveillée par l'inquiétude pour sa propre sécurité. Généralement, à ce moment-là, la redescente est passée. Je me glisse donc hors de mon lit, sans réveiller Lola, et je descends le rejoindre, surveillée par les molosses cachés dans l'ombre. Nous discutons alors des heures sous les étoiles. C'est devenu notre rituel. Il évite les sujets dérangeants comme mon exclusion du gang. Je crois qu'il préfère rester dans l'ignorance, au risque de devoir me trahir.

Une nuit, après m'avoir renvoyée dormir, je l'ai vu fuir à l'arrivée des Harley-Davidson. Les Devil's sont restés sur le parking jusqu'à l'aube, malgré les ordres de Carter, et jetaient des coups d'œil en direction de ma fenêtre. Quand j'ai aperçu le visage presque guéri de Clarke, signe que les jours ont passé, j'ai eu l'impression de recevoir un coup de couteau en plein cœur.

Je ne suis pas descendue les voir, trop effrayée à l'idée que le boss ne soit pas loin. Ça ne m'étonnerait pas, après tout. À chaque fois que les Devil's essaient de trouver un moment pour nous réunir, Carter les devance et les envoie en mission. Les seules personnes qu'il ne contrôle pas, ce sont les jumeaux. Alors, les jours où je n'ai pas consommé de drogue, j'accepte leurs visites.

En deux semaines, je suis devenue l'ombre de moi-même.

Blessée par ce que Carter m'a pris, terrorisée à l'idée de mourir autrement que par ma maladie, je suis tombée bien bas. Être enfermée sur le campus a été la goutte de trop.

15.

Le soleil décline dans le ciel lorsque je regagne ma chambre, capuche sur la tête. J'ai la surprise de découvrir Ethan et Lola en train de m'attendre, appuyés contre mon bureau, les bras croisés sur leur poitrine. Leurs regards graves et coléreux me rendent méfiante, et j'ai rapidement les réponses à mes interrogations : ma colocataire jette à mes pieds mon pochon de pilules jaune fluo.

Et merde...

— Tu nous expliques ? exige mon amie, furieuse.

Ils me jugent sévèrement et pendant un instant, je songe à faire demi-tour. Seulement, la nuit commence à tomber, le froid à chasser tous les étudiants, et à ma connaissance, ni Ange ni les Devil's Sons ne sont dans les parages.

— En fait, non, ne dis rien ! Tu es malade ou quoi ?!

Le visage rouge de colère, elle s'approche et agite les mains sous mon nez. Ethan nous rejoint, hors de lui.

— La Démone ? Tu as perdu la tête, Avalone ? Si c'est Ange...

— Ce n'est pas Ange, soupiré-je.

Il a accepté de m'aider et a passé des heures à veiller sur

moi. Je ne compte pas le trahir. Je mentirai jusque dans ma tombe sur l'identité de celui qui m'a procuré cette drogue.

— *Qui* ? s'énerve Ethan.

Je secoue la tête, lasse.

— Une élève de mon cours. Je ne connais pas son nom.

— Tu veux mourir ? C'est ça ? s'écrie Lola.

Je me moque de l'absurdité de sa question. C'est justement ce que je cherche à éviter. Ce n'était pas la meilleure solution, mais c'était la seule que j'avais à portée de main.

— Si je voulais mourir, je mettrais un pied hors du campus. Ou je crierais mon identité sur tous les toits. Ou bien, j'irais chez Carter à la recherche d'un flingue pour me tirer une balle. Alors non, mourir, ce n'est pas dans mes projets.

Lola n'a plus les mots, son regard est désespéré. Elle est davantage peinée par mon comportement qu'en colère.

— Pourquoi ? demande Ethan, la voix éraillée.

Je ne peux leur en vouloir de ne pas comprendre puisque je ne leur dévoile plus mes émotions, toutefois cet interrogatoire commence à m'agacer. J'ai beau garder à l'esprit qu'ils ne méritent pas ma rage, la Démone inhibe toute culpabilité.

— Je saisis mieux pourquoi tu es tout le temps sur la défensive ! renchérit Lola.

— Je suis grande, je sais ce que je fais. Et mes raisons ne concernent que moi... Les Devil's ou mes parents n'ont pas besoin d'être au courant, c'est compris ?

Ils ne sont pas les seuls à être choqués par mes mots chargés de menaces. Honteuse, je m'apprête à quitter la chambre, mais Lola se plante devant moi, déterminée.

— On ne peut pas te laisser consommer de la drogue !

— Quand Henzo sera mort, j'arrêterai.

Je la bouscule pour passer.

— C'est donc ça ! s'exclame Ethan dans mon dos. Tu veux être forte, au cas où Henzo arriverait jusqu'à toi... *Tu as peur !*

Hors de moi, je fais volte-face.

— JE SUIS TERRORISÉE ! IL M'A DÉJÀ TIRÉ DESSUS ET LES SEULES PERSONNES EN QUI J'AVAIS CONFIANCE ONT POUR ORDRE DE SE TENIR LOIN DE MOI ! hurlé-je.

Le silence, durant lequel j'essaie de retrouver mon calme, s'abat sur la pièce. Quand Lola s'approche de moi, je recule. Je ne veux ni de sa compassion ni de son réconfort, et ses larmes aux yeux ne me convaincront pas.

— Pourquoi tu ne me l'as pas dit ? Tu agis comme s'il n'y avait aucun problème, comme si toute cette situation – les Arinson, les BloodBro, Henzo, les Devil's Sons – ne t'atteignait pas ! Tu n'es pas aussi forte que tout le monde le croit.

De la bouche de Lola, ces mots n'ont rien de méchant. C'est un fait qu'elle énonce et elle semble plutôt ravie de me savoir humaine. Elle croyait que mes sentiments m'avaient désertée. Mais ça ne m'empêche pas de la maudire pour autant.

— Il ne t'arrivera rien ! me rassure Ethan.

— Tu ne comprends pas.

— Alors, explique-nous !

Je ne veux plus parler, plus écouter. Au bord de l'implosion, je ramasse mon pochon de Démone et quitte la chambre.

— Empêchez-les de me suivre !

Le garde du corps déguisé en électricien fait obstacle à mes amis. J'en profite pour filer en courant. Je dévale les escaliers et me retrouve sous la neige. Une météo que j'ai toujours appréciée, sauf ces deux dernières semaines. Il fait nuit noire, il n'y a pas un chat. Le moment parfait pour Henzo d'attaquer.

La capuche rabattue sur mes yeux, le regard rivé au sol, je traverse le campus. Concentrée sur ma respiration, je tente d'étouffer ma peur. Finalement, je pénètre dans la cafétéria sans accroc. Je passe ma carte étudiante et me saisis d'un repas à emporter.

— Ava !

Jackson, assis à une table en compagnie de Daniel, Aurora et Emily, me fait de grands signes. Je l'ignore et me dirige vers la sortie. Lorsque j'ouvre la porte, je subis une rafale. Des flocons se logent jusqu'au fond de ma capuche sur laquelle je tire dans une vaine tentative pour me protéger du froid. Je reprends ma route et manque de percuter une personne que j'identifie à ses chaussures : *Set*.

— Ava ?

Je lève la tête et rencontre ses iris. Aussitôt, l'inquiétude les obscurcit.

— Tout va bien ? me demande Sean.

Tucker esquisse un pas vers moi, je le contourne et poursuis mon chemin. Ils crient mon prénom, mais je ne me retourne pas, jusqu'à ce que Clarke m'attrape le poignet. Je le reconnais aux picotements qui remontent le long de mon bras. Son doigt sous mon menton m'oblige à croiser son regard. Son visage est intact, et surtout, il a retrouvé son masque de parfaite indifférence. Un retour à la case départ sans plus aucune perspective d'avenir et ça, ça fait mal.

Je me dégage de sa poigne et m'éloigne. Cette fois-ci, il ne me retient pas. J'en suis soulagée. Je ne supporterai plus aucune question ce soir et je sais qui acceptera ma présence sans explication. Alors, je tourne à l'angle de la cafétéria et observe l'agent qui a quitté son poste pour demander du feu. Je saute sur l'opportunité, baisse la tête et passe la frontière de l'université. Je traverse rapidement la route, puis m'engouffre dans la première ruelle qui se présente à moi.

Comment ne pas être terrorisée, alors que quitter le campus malgré mes quarante gardes du corps se révèle être un jeu d'enfant ? Si j'arrive à en sortir, Henzo peut facilement y entrer.

Je m'arrête contre une porte et extirpe mon téléphone de ma poche.

[Tu peux venir me chercher ici ?]

J'accompagne mon message de ma localisation. Le dénommé Trip Boy me répond :

[Je prends le volant. Reste sur tes gardes.]

Ty arrive quelques minutes plus tard, mais je suis déjà frigorifiée. Je m'introduis dans l'habitacle et reçois un grand sourire en guise de bonjour, qui s'efface quand mon compagnon de route n'aperçoit pas le mien.

— Tu dors avec nous ? me propose-t-il.

J'acquiesce.

— Merci.

— Ne me remercie pas.

Il roule en silence. Je pose ma tête contre la vitre et fixe l'extérieur sans vraiment voir ce qui défile sous mes yeux. Je sens le regard inquiet de Ty sur moi, néanmoins je lui suis reconnaissante de garder ses questions pour lui.

Cinq minutes plus tard, il se gare en bas de l'immeuble et nous rejoignons son appartement. Comme celui de son jumeau un instant auparavant, l'entrain d'Alec disparaît lorsqu'il découvre mon visage fermé. Il enfonce les mains dans ses poches, contrarié.

— Double A.

— Sad Boy.

Lui aussi mérite un surnom. Alors que Ty est le frère extraverti au sourire authentique, Alec a cet aspect sombre, mélancolique.

Rapidement, il est à ma hauteur et échange mon sweat humide contre le sien, bien plus chaud.

— Tu as faim ? me questionne mon compagnon de road trip.

Je lui présente mon sac plastique qu'il saisit et jette à la poubelle avec une grimace.

— J'ai repéré une pizzeria parfaite pour ton régime alimentaire. On peut choisir chacun des ingrédients.

Malgré l'état dans lequel je me trouve, un sourire aimant étire mes lèvres.

— Je préfère ça. Allez viens, je te montre ma chambre.

Je suis Ty à travers le couloir jusqu'à la pièce de son enfance. J'aurais aimé observer, fouiner un peu pour en apprendre davantage sur lui, mais je n'en ai pas la force.

— Va prendre une douche chaude avant que tu n'attrapes froid. Il y a des pyjamas dans la commode, sers-toi.

— Merci beaucoup.

Il m'attire contre lui et dépose un baiser chargé d'amour sur mon front.

— Je te l'ai dit, tu n'as pas à me remercier.

Il se dirige vers la sortie, mais au lieu de passer la porte, il s'arrête et se tourne vers moi, l'air attristé.

— Peu importent les décisions de Carter, tu as l'âme d'un Devil's Son. Tu es l'une des nôtres et tu es ma famille. Je serai toujours là pour toi, Alone. *Toujours*. Je t'aime...

Il quitte la chambre en fermant derrière lui. J'inspire une grande bouffée d'air, puis essuie la larme qui perle sur ma joue. Si seulement j'avais la force de lui dire ce que j'ai sur le cœur...

La douche chaude ne m'est d'aucun secours. Ça fait quelques jours déjà que l'eau ne peut plus noyer ma douleur ni détendre mes muscles. Ses bienfaits se sont volatilisés, c'est comme si je subissais une averse cinglante. J'en ressors vidée de toute énergie.

J'enfile un jogging et un t-shirt propres, puis rejoins les jumeaux dans le salon. J'ai à peine posé mes fesses sur le canapé que Ty agite un joint sous mon nez. Pour cette fois, je m'en saisis et l'allume. J'ai déjà touché le fond, de toute façon.

— Il faudrait prévenir Carter que tu es chez nous. Les gars doivent être en train de retourner tout le campus.

Je lève les yeux vers son frère et son éternelle mine morose.

— Il ne viendra pas te chercher, il sait que tu es en sécurité ici.

L'interphone sonne, les pizzas sont là. Les garçons se jettent sur les cartons comme des affamés tandis que je picore. Je ne pense à rien ou alors, je songe à tellement de choses que je suis incapable d'en citer une seule.

Le joint tourne entre Alec et moi. Ty, lui, a un mal de gorge carabiné qu'il ne désire pas aggraver. À moins qu'il préfère garder ses idées au clair afin d'être en mesure de m'épauler de façon saine et réfléchie. Je suis assise au fond du canapé, à fumer, quand l'inquiétude des deux bad boys devient trop grande pour que je demeure silencieuse.

– J'ai consommé de la Démone.

Le regard perdu dans le vide, je tire une latte et recrache la fumée.

– Lola l'a découvert et a appelé Ethan. Ils étaient en colère.

– Ava...

– J'ai peur. Je suis terrorisée à l'idée de mourir, encore plus depuis que j'ai une véritable famille. Et je ne parle pas de mes *parents.* Lorsque j'ai pris une balle à la négociation, je n'étais pas aussi effrayée parce qu'*ils* étaient là. Les Devil's Sons. Entourée de ceux que j'aimais, je pouvais partir en paix. Mais aujourd'hui, Carter me les arrache. Il me prive du gang qui m'a appris à vivre. Avant lui, je n'avais rien accompli, mon existence n'avait pas le moindre sens. Être une enfant docile, respecter les restrictions du médecin et ramener de bonnes notes à la maison alors que mes jours étaient comptés... Et tout ça pour quoi ? Pour soulager ma mère ? Pour rendre ma mort un peu plus douce ? Auprès des Devil's Sons, j'ai embrassé la valeur de chaque journée qui passe. J'ai ressenti les émotions qui font de moi une entité *vivante.* À présent, c'est retour à la case départ. Je redeviens cette personne dont l'être tout entier est marqué par la mort. Le premier cachet que j'ai consommé était pour ma sécurité. Je ne pouvais pas disparaître avant d'avoir retrouvé ma famille. Les suivants m'ont aidée à oublier.

Un gémissement de douleur attire mon regard sur Ty qui agrippe son t-shirt au niveau de la poitrine, les yeux brillants.

— J'ai mal au cœur, bordel, tu ne peux pas me dire ça.

Je pouffe de rire et essuie mes larmes du revers de ma manche. Les bras puissants d'Alec m'enlacent, et alors qu'il s'apprêtait à me murmurer quelque chose, Ty se redresse.

— Couvrez-vous, on va chez le tatoueur.

Je dévisage mon ami et la main qu'il me tend.

— Tu me fais confiance ?

Toujours.

Mue par l'excitation – ou le THC[26] présent dans le joint – j'ai un regain d'énergie. Je glisse ma paume dans la sienne et me retrouve sur mes pieds, à subir la tempête Liner. Boots, parka, écharpe, des vêtements pleuvent sur moi. En un rien de temps, les jumeaux m'ont couverte. Je ressemble à un esquimau, néanmoins je suis au chaud.

Nous quittons l'appartement dans une ambiance électrique. Ty prend le volant, et alors qu'Alec s'installe sur la banquette arrière, je monte sur le siège passager avant que mon compagnon de route ne lâche la bombe qui fera hurler son frère.

Ty et moi échangeons un regard complice.

— Tu devrais faire attention à tes fringues, conseille Trip Boy à son jumeau.

Alec arque un sourcil en signe d'incompréhension. Hilare, je me racle la gorge pour recouvrer un peu de sérieux, puis lui lance un coup d'œil par-dessus mon épaule.

— C'est Gary, l'ancien propriétaire de la voiture. Il a accepté

---

[26] Le tétrahydrocannabinol est la principale molécule active contenue dans le cannabis, responsable en grande partie des effets reconnus de la consommation de la plante à des fins médicinales et récréatives.

de vendre son bébé à Ty s'il lui promettait de ne pas effacer le dernier souvenir de sa femme qui marque la banquette arrière.

Alec se redresse précipitamment et affiche une moue dégoûtée.

— Ne me dites pas qu'elle est morte sur ces sièges !

— Pas vraiment, poursuit Ty. Le tissu garde précieusement la semence de leurs ultimes ébats.

Cette fois-ci, nous explosons de rire. La voiture est secouée dans tous les sens sous les mouvements de l'ancien Devil's qui, prêt à vomir, tente de s'éloigner le plus possible de la banquette. Dieux merci, nous sommes à l'arrêt. Sans comprendre ce qu'il m'arrive, je suis soulevée de mon siège et me retrouve sur les genoux d'Alec qui a pris ma place.

— Inutile de me regarder comme ça, je ne retournerai pas à l'arrière. À moins que tu veuilles t'asseoir sur du foutre et de la mouille, tu vas rester sur mes jambes.

— Tes jambes feront l'affaire.

— Nous sommes tous d'accord. Alors, en route !

Je ne suis pas la seule à me faire tatouer, ce soir. Les jumeaux ressortiront avec une nouvelle marque, eux aussi. Ils ont un projet pour nous trois qu'ils désirent garder secret jusqu'au résultat final. Le tatoueur me demande de m'allonger sur le ventre après que les garçons lui ont glissé les instructions. Je suis la première à passer et la douleur que je ressens sur l'omoplate gauche est une délivrance.

Un quart d'heure plus tard, c'est au tour d'Alec. Ayant l'interdiction formelle de regarder, je découvrirai le leur en même temps que le mien. Ty finit par prendre sa place et rapidement, nous sommes tous les trois sur pied, tatoués. L'impatience me gagne et lorsqu'enfin, je me retrouve devant le miroir, je peux admirer la nouvelle écriture sur ma peau.

« *(A)Alive* ».

Vivante.

C'est une combinaison des surnoms que me donnent les jumeaux : le *Double A* d'Alec, et le *Alone* transformé en « Alive » de Ty.

Les larmes s'accumulent sous mes paupières, mais les garçons ne me laissent pas le temps de pleurer. Ils me dévoilent leurs tatouages.

« *Trip Boy* of *Alive tribe*[27]» est inscrit sur l'omoplate de Ty.

Les yeux écarquillés, je pousse un cri de surprise et découvre celui d'Alec.

« *Sad Boy of Alive tribe.* »

L'émotion me gagne, je dois mordre l'intérieur de mes joues afin de ne pas craquer. J'observe nos trois tatouages et décrypte la promesse qui se cache derrière. Nous formons notre propre tribu, et nous nous protégeons. Ils ne laisseront personne me tuer.

— Tu ne mourras pas avant d'avoir retrouvé les Devil's Sons, jurent les jumeaux en chœur.

— Les Devil's Sons... et la vie, précise Ty.

Émue, et bien trop sensible, je lève les yeux au plafond et tente de retenir mes larmes. Ce qu'ils viennent d'encrer sur leur peau, ça compte beaucoup pour moi. J'en suis toute chamboulée.

En retour, et parce que j'ai une confiance aveugle en ces deux hommes, je sors de ma poche le plastique de pilules que j'ai pris l'habitude de transporter partout avec moi et le leur tends. Alec me couve d'un regard empli de fierté. Il s'en saisit et vide son contenu dans le lavabo du tatoueur. L'eau emporte autant les cachets que ma peur.

En cette fin de semaine, je n'ai pas la moindre envie de sortir du lit pour retrouver les sièges inconfortables des

---

[27] Traduction : Baroudeur de la tribu Alive (=Vivant), en référence au surnom d'Avalone.

amphithéâtres. Je rêverais de monter à bord du premier bus, toutefois ça m'est impossible. Carter m'assassinerait, Ty doit rester au chevet de sa mère et, seule, je n'en ai pas la force. La peine que mon parrain m'a infligée est toujours présente, elle ne régresse pas. Cela dit, grâce aux jumeaux, mes angoisses se sont dissipées. Ayant parfaitement mesuré l'étendue de ma détresse tant que le boss n'acceptera pas ma relation avec les Devil's, Ty et Alec ont décidé de me suivre comme mon ombre. Je ne sais pas si je mérite de tels amis, mais bon sang, ce que je les chéris ! Ce sont eux qui me donnent la force de me lever ce matin. Eux, et une délicieuse odeur de pancake.

Tandis que Ty est aux fourneaux, Alec essaie d'appliquer de la crème sur le tatouage de son omoplate. Ils m'accueillent chaleureusement, néanmoins ils semblent tout de même soucieux. Je les rassure d'un sourire sincère et attrape le tube des mains d'Alec. Je m'applique à hydrater sa peau. À présent que mes idées sont un peu plus claires, son tatouage me touche d'une tout autre manière. C'est comme si, à sa vue, mon cœur avait des ailes. Son poids dans ma poitrine est insignifiant. Alec me remercie d'un baiser sur le crâne, puis s'occupe du dessin encré dans ma propre peau.

Malgré mon manque d'énergie causé par ma consommation de drogue, le petit déjeuner se passe dans les rires. Je remercie les dieux de laisser Ty et Alec dans ma vie. Sans eux, je ne sais pas comment je pourrais supporter cet enchaînement d'événements désastreux.

— Suite à ta *fugue*, Carter réclame ta présence. Sean va passer te prendre d'ici une vingtaine de minutes, m'informe Ty, les yeux rivés sur son téléphone.

J'aimerais dire que cette nouvelle ne m'atteint pas, mais c'est une véritable douche froide. Plus de deux semaines qu'il m'interdit tout contact avec ses hommes, et voilà qu'aujourd'hui, il m'en envoie un comme chauffeur au lieu de se déplacer lui-même pour une soi-disant fugue.

L'air indifférent que j'affiche ne dupe personne. Certainement pas avec mes mains agrippées à la table et mes ongles enfoncés dans le bois.

— Nous t'accompagnons, annonce Alec.

— Non.

Je secoue la tête.

— Vous devez rendre visite à votre mère. On se voit ce soir.

Lorsqu'ils s'apprêtent à protester, le regard inflexible que je leur lance les dissuade d'insister. Je refuse que, trop occupés à m'aider à résoudre mes problèmes, ils en oublient les leurs.

— Punition, interdiction de sortie, surveillance et convocation lorsque tu déroges à l'une de leurs règles invraisemblables, murmure Ty. Les hommes Arinson condensent dix-neuf années d'absence en deux semaines. Tu ne crois pas qu'ils prennent leur nouveau rôle un peu trop au sérieux ?

Mon hilarité repousse toute envie de meurtre. Le fou rire qui secoue nos épaules est délicieux, toutefois plus les minutes passent, plus la réalité refait surface. L'âme blessée, je quitte la table. Je récupère mes vêtements sur le radiateur de la salle de bains et m'habille. Je suis surprise de trouver une pilule jaune fluo au fond de ma poche. Elle a dû tomber du pochon la veille. Je traverse la pièce pour atteindre les W.-C. et m'en débarrasser malgré la voix qui me chuchote que cette toute petite chose rendrait ma journée joyeuse, peu importe qui j'affronterais. Avant même que je ne puisse prendre conscience de mon geste, je l'ai déjà avalée. À ce moment-là, ce n'est plus Carter que je déteste, c'est moi.

Le temps que je me prépare, la Démone fait effet. La culpabilité s'évapore, tout comme la fatigue. Cette drogue me donne un coup de fouet phénoménal, accompagné d'une humeur agréable, mais éphémère. *Trop éphémère.*

Au message de Sean me prévenant de son arrivée, je rejoins

le salon et affiche une moue incertaine afin que les Liner ne découvrent pas le pot aux roses. Je leur demande d'embrasser leur mère pour moi et les remercie d'être de si bons amis.

— Avec plaisir, princesse, me répondent-ils en chœur. Appelle-nous, qu'on vienne te chercher.

Je serai toujours fascinée par leur connexion. Ces deux-là ne sont pas jumeaux pour rien.

Je leur offre une accolade aimante et quitte leur appartement après qu'ils m'ont souhaité bonne chance.

Hors de l'immeuble, je rejoins la Harley de Sean sur laquelle il m'attend, inquiet. Il découvre mon air rayonnant, et fronce les sourcils.

— Tout va bien ? me demande-t-il, suspicieux.

— Pourquoi ça n'irait pas ?

Je lui souris, monte derrière lui et dépose un baiser sur sa joue.

Déboussolé par mon comportement quelque peu lunatique, le Devil's démarre et s'élance sur la route. Set et Justin surgissent à moto et nous suivent telle une garde rapprochée. Arrivés à la propriété, je ne peux m'empêcher de leur sauter au cou. Ils échangent des regards incertains, mais je suis trop joyeuse pour m'en préoccuper. Je gravis les marches du perron en chantonnant et entre dans la villa, les garçons sur mes talons. Avec nous quatre, la famille est au grand complet.

— Kate ! Ça faisait longtemps !

Comme elle est constamment en voyage d'affaires, je ne l'ai pas vue depuis un long moment. Je me précipite vers la femme de mon parrain et la prends dans mes bras, heureuse de la revoir.

— Comment tu vas ? me demande-t-elle, bienveillante.

— Bien, merci.

Je me plante devant ma maman, un grand sourire aux lèvres, et courbe le dos dans une révérence.

— Mère.

Mon père et mon parrain ont le droit au même traitement de faveur : une courbette et cet appellatif soutenu. Le boss ouvre la bouche, puis la referme aussitôt, perplexe. L'ambiance est étrange, personne ne parle. Tous me dévisagent comme si j'étais une bête de foire et, à vrai dire, ça m'est franchement égal.

Clarke, dont j'avais volontairement évité le contact visuel, avale la distance entre nous.

— Tu n'aurais pas dû quitter le campus ! me réprimande-t-il.

— Carter, sors de ce corps ! rétorqué-je, ironique.

Le bad boy me fusille du regard tandis que Kate et quelques garçons pouffent de rire. Mike, quant à lui, se lève du canapé et s'approche.

— Il a raison, Avalone. C'était imprudent.

Je ne sais pas si la drogue a une quelconque répercussion sur mes perceptions, mais la ressemblance que j'ai avec mon père me frappe de plein fouet. Ma mâchoire m'en tombe, mes mains remontent dans ses cheveux.

— Nous avons les mêmes. Comment ne m'étais-je pas rendu compte que tu étais mon papa ?

Abasourdi, il ne répond rien. Je colle mon bras au sien en vue de comparer notre teinte de peau. Mate. Elle est semblable. Je perds vite intérêt pour nos ressemblances et le lorgne avec sévérité.

— Je ne suis pas un chien que l'on peut mettre en cage. Si tu souhaites tenir quelqu'un en laisse, adonne-toi à des jeux sexuels en compagnie de ma mère.

— Avalone ! me réprimande la concernée, estomaquée.

Je secoue la tête et prends un air suppliant pour convaincre le père qui sommeille en lui.

— Retire les agents de sécurité, s'il te plaît... Je me sens mal dans cette situation.

Son regard s'attendrit, je suis sur la bonne voie. Je tente le tout pour le tout avec Carter.

— Remets les Devil's Sons à ma protection, je vais devenir folle sans eux...

Il avance vers moi, préoccupé par mon état. La vulnérabilité et l'hésitation marquent ses traits. S'il est prêt à baisser les armes aussi facilement, c'est que la décision qu'il a prise de me virer du gang n'était pas réfléchie, mais due à la colère. À l'idée de retrouver ma famille, une vague d'espoir se propage dans mes veines.

— Les Devil's ne peuvent à la fois te surveiller et attraper le King of the Law.

Il ne croit pas en ses propres mots, toutefois je dois aller dans son sens si je désire le convaincre.

— Mettez les agents de sécurité sur Henzo. Quarante seront plus efficaces que six...

Je me tourne vers les garçons.

— ... sans vouloir vous vexer.

Tucker me décoche un clin d'œil, certains se marrent, et d'autres semblent soucieux, en revanche tous attendent la réponse de Carter avec impatience.

Kate pose la main sur l'épaule de son mari. Elle lui offre un sourire entendu et annonce :

— Elle a raison. Rendez-lui sa famille.

Mon parrain soupire et lève le menton en direction du couloir pour demander à Mike de le suivre afin qu'ils s'entretiennent. Ils s'éclipsent, leurs femmes sur leurs talons, sous mon regard victorieux. Je me laisse tomber sur le canapé, tout sourire.

— On n'est jamais aussi bien que chez soi, affirmé-je.

Prise d'une furieuse envie de dévoiler mon nouveau tatouage aux garçons, je bondis, dégage mes cheveux et remonte mon sweat pour qu'ils admirent mon omoplate.

— Par tous les dieux ! s'exclame Justin avec horreur. Elle est en pleine crise de manie, nous l'avons rendue bipolaire !

Je m'esclaffe, cependant les garçons sont prêts à le croire. Les regards oscillent entre Justin et moi. Je recouvre mon sérieux, je n'ai plus la moindre envie de rire.

— Je ne suis pas bipolaire, grogné-je. J'étais seulement heureuse de vous retrouver.

Je me dirige vers la porte-fenêtre, mais Jesse me retient.

— Tu es sûre que ça va ? Lola nous a parlé de tes palpitations cardiaques, elle nous a demandé le numéro d'Ethan. Tu prends bien tes médicaments ?

— Oui, oui...

Clarke, au fond de la pièce, me fixe comme s'il lisait aisément en moi. Je me tends, quelque peu paniquée à l'idée qu'il découvre ce qui se cache derrière mon comportement.

— Hier soir, tu avais l'air... *vide*, constate Set.

— Je me répète : être enfermée sur le campus me rend folle.

— Tu es sûre que tout va bien ? insiste Tucker, les bras croisés sur son torse.

Je hoche la tête et affiche un sourire forcé.

— Tu sais que tu peux tout nous dire, intervient Sean.

— Bordel, lâchez-moi la grappe ! m'énervé-je.

Jesse relâche mon poignet, surpris, et le silence s'abat sur nous, jusqu'à ce que Carter, Kate et mes parents réapparaissent.

— Quinze hommes resteront pour ta sécurité. Quatre devant ta chambre, onze sur le campus, en plus du gang, annonce le boss. Les vingt-cinq autres chercheront Henzo. Tu pourras quitter l'université avec un minimum de quatre Devil's si on m'a prévenu avant, et tu seras escortée à chacun de tes cours. C'est mon dernier mot.

Je crois rêver. Un large sourire se peint sur mon visage, je me précipite sur lui et le prends dans mes bras. Il me serre gauchement, puis ma mère réclame mon attention.

— Tu pourrais dîner ici, ce soir... avec nous... Tu pourrais même inviter Lola...

— Et les Devil's ?

Ses traits se crispent, elle hoche la tête comme si elle était courbaturée. Sans me poser de question, j'accepte sa proposition.

Les visages de mes parents s'illuminent, ils sont trop heureux pour se douter de quoi que ce soit. En revanche, ce n'est pas le cas de Carter et du gang. Clarke, particulièrement, me scrute sans vergogne.

Ma mère se tourne vers les Devil's dans l'attente du verdict et, ne désirant pas gâcher sa joie, ils acceptent.

— Parfait ! On dit vingt heures ? Ça vous va ?

Nous acquiesçons, et lorsque le boss, accompagné de son second, esquisse un pas dans ma direction, décidé à ne pas me laisser m'en tirer, je prends la poudre d'escampette et quitte la villa.

16.

Plus les heures défilent, plus je me maudis pour mon comportement. La Démone, c'est fini. Sans elle, jamais je n'aurais accepté ce dîner ridicule. Je voulais qu'elle m'octroie le courage d'affronter Carter, au lieu de quoi elle a inhibé toute ma haine, qui est réapparue en milieu d'après-midi. Le boss a peut-être consenti à réassigner les Devil's Sons à ma protection et Mike à diminuer les gardes du corps, ils ne sont pas pardonnés pour autant. Ça n'efface pas leurs erreurs, ce qu'ils semblent croire. Quant aux garçons, ils pensent que je suis bipolaire. Ils n'ont pas tort, après tout, cette drogue est l'incarnation même de l'instabilité. Mon seul soulagement a été d'apprendre que ma mère avait invité les jumeaux pour le dîner. Soulagement de courte durée puisque Lola m'a envoyé un message dans lequel elle m'informait de sa présence ce soir. Vu la façon dont nous nous sommes quittées et mon humeur massacrante, cette nouvelle est loin de me ravir.

Tandis que les Liner et moi sortons de la voiture, les Devil's Sons et Lola mettent pied à terre. Ils nous ont rejoints en bas de l'immeuble d'Élisa et ont ensuite assuré ma sécurité durant le trajet.

Dans l'incapacité de sourire aussi gaiement que ce matin, je me dépêche de monter les marches du perron pour ne pas avoir à les affronter. J'oblige mes lèvres à s'étirer, mais le miroir de l'entrée me renvoie une grimace. J'entre dans le salon et découvre la magnifique table dressée par Marie, ainsi que l'apéritif côté lounge. Je constate avec amertume qu'aucun alcool n'est sorti. C'est un coup de ma mère. Elle croit m'aider en procédant de la sorte, alors que c'est tout le contraire. À agir différemment en ma présence, je me sens différente.

— Avalone ! Je n'ai pas eu de nouvelles de toi depuis hier ! Tu n'essaierais pas de m'éviter, par hasard ? résonne la voix de ma meilleure amie.

J'affiche le sourire le plus hypocrite qui soit et me tourne dans sa direction. Les Devil's se tiennent près d'elle et me dévisagent. Clarke, adossé nonchalamment dans l'encadrement de l'entrée, plisse les paupières.

— Je ne pensais pas que ma présence à tes côtés était d'une nécessité absolue. Je t'offrirai un petit chiot. Lui, au moins, il appréciera de t'avoir sur son dos !

Elle entrouvre la bouche puis baisse finalement les armes, pour le moment. Je l'ai blessée, je le vois à son regard. Je repousse ma culpabilité naissante et affiche un air indifférent.

— Parle-nous, V, me supplie Jesse. On sait que tu ne vas pas bien.

Leur donner de fausses excuses ne les rassurera pas. À présent qu'ils sont de nouveau à mes côtés, il est temps pour moi de me reprendre en main et d'aller de l'avant. Pourtant, quelque chose me retient et m'empêche d'avancer. Alors que je m'apprêtais à me livrer, les hôtes de cette fichue propriété ainsi que mes parents, suivis de Marie, font leur apparition. Il a suffi que ma mère croise mon regard pour perdre son sourire. Nous nous dévisageons pendant que tous débutent cette soirée dans les rires. Je détourne les yeux lorsque Tucker m'interpelle.

— Merde, Ava... À cause de toi, il n'y a pas d'alcool !

Un faible sourire commence à naître sur mes lèvres, mais la voix de Lola interrompt sa progression.

— Je suis sûre qu'il existe des alternatives à la boisson. Tu devrais les partager avec nous, *V*.

Tout dans sa phrase cherchait à me déstabiliser, jusqu'au surnom que Jesse me donne. Prise d'un élan de colère, je siffle entre mes dents serrées :

— Tu veux connaître les alternatives à l'alcool, ou celles à notre amitié ?

Elle n'a pas le temps de rétorquer qu'Alec intervient.

— En ce qui concerne les alternatives à l'alcool, je peux te proposer un verre de jus de fruits, ou tu n'as qu'à demander à Daniel, *ton copain*, où est-ce qu'il se fournit en drogue.

Lola se décompose, Set se redresse brusquement et ma mère étouffe un cri. Quant à moi, je suis frappée de stupeur.

Ça alors ! Si quelqu'un d'autre qu'un Devil's m'avait donné cette information, je ne l'aurais jamais cru !

— Les Demon's Dads ont déniché leur plus gros client : l'équipe de football de l'université, poursuit Alec, malicieux. Tout a commencé à cause de Logan qui désirait être le meilleur. Il n'a pas eu grand mal à convaincre les autres... Ne t'en fais pas, les joueurs en consomment uniquement les jours de match.

— Je pensais qu'aucun gang n'avait le droit de vendre sur votre territoire ? m'adressé-je à Carter.

Malgré ce que les gens racontent et ce que j'ai pu croire, les Devil's Sons ne sont pas des trafiquants de drogue. Ils laissent ces rumeurs courir afin que la police s'épuise à chercher des preuves là où il n'y en aura jamais. Ann Arbor est dépourvue de dealer, et tous ceux qui s'y aventurent se font méchamment chasser par les Devil's Sons eux-mêmes.

— C'est le cas. Les consommateurs quittent la ville pour se

fournir.

— Vous en êtes sûr ? lui demande Lola, tout en me fixant, rouge de colère.

Je roule des yeux à sa nouvelle tentative de déstabilisation, puis ressens un tiraillement au niveau du cœur. Ce qu'elle vient d'apprendre sur son copain… Après des jours d'absence, ma compassion se réveille. J'esquisse un pas vers elle, mais elle sort son téléphone pour contacter Daniel. Set pointe un doigt menaçant sur elle, il lui interdit formellement de le revoir. Les frère et sœur se disputent et s'éclipsent du salon.

Alec me décoche un clin d'œil victorieux qui n'a pas l'effet escompté. J'aurais aimé que Lola l'apprenne dans d'autres circonstances. Elle méritait du tact et du soutien, ce que je n'ai pas été capable de lui offrir ces derniers jours.

La discussion tourne autour de cette nouvelle surprenante. Les Devil's décident d'en informer Wyatt. D'après eux, il ne peut qu'ignorer la consommation de drogue de ses coéquipiers. Il n'aurait jamais toléré ça. Les garçons s'éloignent avec le *running back* au bout du fil, et ils montent un plan qui destituerait Logan de la tête de l'équipe de football. Le président McLaguen est contacté par Sean puis, après un court échange, cet abruti de joueur est renvoyé de l'université. Wyatt devient à la fois le nouveau quarterback et le capitaine des Wolverines du Michigan.

La soirée reprend son cours. Marie nous sert des sodas ou du jus de tomate. Mon père lève son verre pour un toast :

— Les secrets étant derrière nous, à la vérité !

Lola revient à nos côtés et me fixe droit dans les yeux.

— À la vérité… murmure-t-elle.

Espérant fuir ma mère qui cherche à tout prix à entamer la discussion, je m'engouffre dans la salle de bains. Les nerfs mis à rude épreuve, je me passe de l'eau sur le visage quand le reflet de Clarke à travers le miroir me provoque un sursaut. Je fais volte-face, mauvaise.

— Dégage !

Je lui jette la première chose à portée de main. Impénétrable, il esquive la tranche de savon solide et s'approche. Ma colère s'évapore, je recule, chamboulée par sa proximité. En deux semaines, rien n'a changé pour moi. Je l'aime et le désire tout autant. C'est pourquoi sa présence m'est insupportable. Je souffre de le voir, de le sentir et d'être capable de le toucher sans être autorisée à le convoiter.

Il se penche sur moi, ses mains agrippant le lavabo de part et d'autre de mon corps. Je ne peux plus bouger, de peur de l'effleurer, et retiens ma respiration par crainte de la mêler à la sienne. Son souffle sur mes lèvres est déjà un véritable danger pour mon cœur. Je déglutis avec peine et tente d'y faire abstraction, mais bientôt, je ne ressens plus que ça. Les yeux plissés, il scrute mon regard.

— Tes pupilles sont dilatées.

Je ne réponds rien, je reste immobile.

— Tu as perdu du poids. Lola nous réclame le numéro d'Ethan pour de soi-disant palpitations cardiaques. Le matin, ton être regorge d'une euphorie sous laquelle gronde l'agitation, l'impatience. Et quelques heures plus tard, aucune joie de vivre n'est en capacité d'étouffer ce brasier. Tu pourrais t'en prendre à celui qui a croisé ton regard. Le soir, tu n'es plus qu'une loque.

Dieux Tout-Puissants, il sait. Et son calme n'augure rien de bon. Sa main se lève à hauteur de mon visage, il glisse une mèche de cheveux derrière mon oreille.

— Qu'est-ce qui te prend, bon sang ? murmure-t-il tout bas.

Ses paroles ont un arrière-goût de désespoir.

À bout de souffle, je le bouscule et tente de fuir. Avant que je n'atteigne la porte, il me plaque contre le mur et chuchote durement à mon oreille :

— Je ne suis pas Lola, Avalone. Je ne vais pas chercher à te déstabiliser devant tout le monde. Mais commence dès à présent à redouter le moment où nous serons seuls, toi et moi, parce que tu peux me croire, je ne te lâcherai pas. Et lorsque tu m'avoueras que tu as consommé de la drogue, tu regretteras mon calme qui te désarçonne tant.

Sur ce, il quitte ma chambre en me laissant essoufflée et angoissée. Je n'ai pas besoin de lui pour prendre conscience de mes erreurs, mais comme l'a si bien dit Lola, je ne suis pas aussi forte que ce qu'on pourrait croire.

Ty surgit dans la pièce, il claque la porte derrière lui avec empressement.

— Ne regarde personne dans les yeux, tes pupilles sont dilatées au max !

Je scrute son visage à la recherche d'une lueur de déception. Après tout, je me suis débarrassée de ma drogue la veille et me voilà de nouveau sous son emprise. Pourtant, il n'est que bienveillance et soutien indéfectible.

Je baisse la tête, honteuse.

— Je sais. Clarke vient de me le faire remarquer.

— Il est au courant ?

— Il a l'espoir que je ne sois pas stupide au point de consommer de la drogue.

Je pousse un profond soupir.

— Je n'en ai pas racheté, me sens-je obligée de préciser. J'ai trouvé une pilule au fond de ma poche. Elle a dû tomber du sachet avant que je ne vous le confie.

Ty passe un doigt sous mon menton et me contraint à affronter son regard.

— C'est terminé, on est d'accord ? Si j'ai le moindre doute, je n'hésiterai pas à te garder enfermée le temps qu'il faudra pour que tu recouvres tes esprits.

— C'est terminé, affirmé-je.

— Bien.

Il m'attire contre lui, rassuré, et je cache mon visage au creux de son cou afin qu'il ne puisse pas décrypter la douleur en moi.

— En ce qui concerne Clarke, tu risques de passer un mauvais quart d'heure, mais tu hantes les pensées de ce type, ça s'arrangera plus vite que tu ne le croies.

Je rigole tristement et me blottis dans ses bras.

— Ce n'était qu'un jeu pour lui, Trip Boy.

— Si tu pouvais voir à travers mes yeux comment *il* te regarde, tu comprendrais que tu ne seras jamais un jeu pour lui, Alive.

Je ne peux plus croire, je ne peux plus espérer, ou je risquerais de définitivement me briser.

— L'espoir me tue.

Et pourtant, ses paroles parviennent à se faufiler jusqu'à mon cerveau et résonnent dans mon esprit. Leur écho atteint mon cœur malgré les barrières que j'ai érigées autour de lui.

Toute chamboulée, je quitte la chambre et tombe nez à nez avec Carter. Ses lèvres gesticulent, mais je n'entends pas un son.

Qu'il soit mon parrain, j'étais prête à l'accepter. Qu'il cogne Clarke, je l'aurais pardonné. En revanche, me virer du gang est la plus grosse erreur qu'il ait faite s'il souhaite qu'un jour j'éprouve un semblant d'amour pour lui.

— Tes règles à la con sont donc plus importantes que le bonheur de ta nièce, que tu as prétendument tant aimée ?

Il se fige alors que les invités déboulent dans le couloir. Je dévisage ma mère et décide qu'il est temps pour elle de jouer franc-jeu. Fini les mensonges et les faux-semblants.

— Si tu crois que dîner tous ensemble autour d'une table fait de nous une famille, tu te trompes. Ton hypocrisie sent aussi fort que le parfum de luxe que *ton* mari t'a offert. Tu ne veux pas des Devil's Sons dans ta vie ni dans la mienne.

Ce matin, sous l'euphorie, je n'ai pas prêté attention à certains détails. Toujours est-il que son regard est devenu noir lorsque Kate a poussé Carter à me rendre ma famille, et son sourire s'est crispé quand j'ai demandé à ce que les Devil's Sons dînent avec nous. Et ce soir, elle agissait comme s'ils n'existaient pas. À ses yeux, ils ne sont que des criminels dont on doit me tenir éloignée.

— Tu te comportes telle une gamine capricieuse qui refuse l'amour qu'on lui donne parce qu'on l'a privée de quelque chose, me répond-elle avec une certaine rancœur.

J'écarquille les yeux, abasourdie. Ma mère m'a toujours comprise, mais aujourd'hui, je crains qu'il ne reste plus rien de notre relation.

— On ne m'a pas privée, on m'a dépossédée, maman. On m'a arraché les Devil's Sons, *ma* famille. Et tu penses que la tienne peut la remplacer ?

— Tu les connais depuis trois mois ! s'énerve-t-elle, scandalisée.

— Si tu savais ce qu'on a vécu en trois mois, tu ne comprendrais toujours pas. Parce que Claire Arinson s'en moque. Si c'est cette femme que tu deviens lorsque tu es auprès de Mike, je ne veux rien avoir à faire avec toi !

La colère gronde en moi, j'avance d'un pas sans la quitter du regard.

— Pour que je vous accepte, ton mari et toi, il aurait fallu agrandir cette famille déjà existante ! m'exclamé-je en désignant les Devil's Sons, les jumeaux et Lola. C'était à vous de vous adapter à ma nouvelle vie. Au lieu de quoi, vous avez détruit tout ce que j'avais dans le seul but de m'imposer *vos* souhaits ! Jamais je ne tolèrerai ça ! Si Carter a été capable de fourberies pour m'intégrer dans son gang, je le suis aussi pour le réintégrer, peu importe le mal que je te causerai. Parce que ces personnes-là comptent plus que tout pour moi. À leurs côtés, je vis pour la première fois de mon existence. Et je ne laisserai personne m'en priver.

Mon père, dépassé par la situation, entrelace ses doigts à ceux de ma mère dont les joues ruissellent de larmes. Je ne baisse pas les yeux, il est nécessaire qu'elle comprenne.

Une veste en cuir noire tombe lourdement aux pieds de Carter, jetée par son second.

— Avalone réintègre les Devil's Sons ou je quitte le gang.

Mon cœur bondit violemment dans ma poitrine. Je regarde alternativement le vêtement, puis Clarke, afin de m'assurer de ce que je viens d'entendre. J'ouvre la bouche, mais aucun son n'en sort.

Dieux Tout-Puissants, le bad boy met sa place en jeu pour moi...

Je le dévisage, le souffle court, jusqu'à ce qu'une seconde veste rejoigne la première sous le nez du boss.

— Je suis du même avis, acquiesce Tucker.

C'est au tour de Justin de se débarrasser de son cuir. Il annonce :

— Sans Avalone, je prends ma retraite.

Sean ôte son vêtement et le jette à terre. Mes mains se mettent à trembler, mon cœur bat à tout rompre dans ma poitrine. Je retiens mes larmes, touchée au plus profond de mon être par ce qui se déroule sous mes yeux.

— Elle est notre famille, ajoute Set, déterminé.

Il se sépare de sa veste.

Le silence retombe dans le couloir, l'attention de tous se porte sur Jesse. Ce dernier a déjà retiré de ses épaules son bien le plus précieux. Il fixe la tête de mort gravée du Vegvisir, puis lève les yeux sur Carter.

— Nous continuons tous ensemble, ou c'est terminé.

Son cuir tombe, un dernier bruit sourd se répercute entre les murs.

Par l'Yggdrasil !

Jesse. Jesse, pour qui la veste compte plus que tout, est prêt à tirer un trait dessus si je ne réintègre pas le gang.

Dépassée par les événements, je me noie dans une multitude d'émotions. Être chamboulée est un euphémisme. Je suis submergée par des sentiments bien trop puissants pour une simple mortelle. Seuls les larmes et le sourire ému que m'offre Lola rendent la situation réelle.

Dans l'attente du verdict, je me concentre sur Carter. Ce dernier fixe ma mère avec impartialité.

— Tu n'as pas intérêt, gronde-t-elle.

Mike lance un regard menaçant à son frère et mon hypothèse se confirme. Le boss n'a jamais souhaité me virer des Devil's Sons. Il l'a fait à la demande de mes géniteurs.

Mon parrain porte son attention sur moi. Il m'observe avec une certaine fierté, puis adresse un sourire empreint de respect à chacun de ses hommes. Lorsque ses yeux se posent sur mes parents, son aura change. Carter Arinson laisse Carter Brown, le chef de gang, reprendre sa place. La détermination qu'il dégage est féroce, l'air se sature d'autorité.

— Chez les Devil's Sons, les liens du sang importent peu. J'ai choisi mes hommes et ils m'ont accordé leur loyauté, tout comme j'ai choisi Avalone. Et elle m'a offert sa confiance, à moi, Carter Brown. Elle est et elle restera un membre de mon gang. Alors, plus aucune menace, plus aucune manipulation affective ne mettra sa place en péril. Si vous êtes contre cette décision, je vous prierai de bien vouloir quitter ma propriété, à moins que vous préfériez être escortés par la sécurité.

Mike, furieux, glisse la main dans son dos. Avant qu'il ne parvienne à braquer Carter, j'anticipe son geste et subtilise le flingue de mon parrain. Tel un seul homme, les Devil's Sons, les jumeaux et moi dégainons nos armes et nous positionnons devant notre boss afin de le protéger. C'est sur moi qu'est pointée l'arme de Mike, et Mike est braqué par la mienne, ainsi que par celles des huit autres membres de ma famille.

Ma mère pousse un cri d'effroi, tout comme Marie, Lola et Kate. Mon père, lui, est déstabilisé par la rapidité dont nous avons fait preuve ainsi que par notre face-à-face. Sans hésiter, il abaisse son flingue tandis que nous gardons les nôtres à hauteur de son visage. Ce soir, il doit comprendre qui nous sommes.

— Même s'il n'a pas toujours fait les bons choix, Carter Brown s'est démené pour me ramener dans sa vie et m'y garder, quitte à me laisser me mettre en danger après avoir entendu mes envies et mes besoins. Je fais partie de sa famille et lui fait partie de la mienne. Maintenant que vous ne pouvez plus m'en priver, je ne suis pas contre l'agrandir si vous la respectez. Nous fixerons ultérieurement une date pour écouter vos excuses, mais pour le moment, vous allez quitter cette propriété au profit d'un hôtel. Je pense que vous avez suffisamment abusé de l'hospitalité de votre hôte.

Mon père se décompose, Carter lui rit au nez.

— Ne t'en fais pas, Mike, tu apprendras à aimer ce trait de caractère chez ta fille quand il ne sera pas dirigé contre toi. À présent, foutez le camp. Jesse, particulièrement, a la gâchette facile lorsqu'on s'en prend à ses proches, et ça m'étonnerait que vous acceptiez de vous faire recoudre à vif. Votre fille vous apprendra le courage une prochaine fois.

Sans un mot, ébranlés par ce retournement de situation, mes parents quittent la villa. La porte se referme derrière eux, je respire un peu mieux, toutefois j'appréhende la suite. Je n'ose faire face au gang, de peur que tout ceci ne soit qu'un rêve. Et si Carter n'était jamais revenu sur sa décision ? Lola pose sa main sur mon épaule et la presse en guise d'encouragement. Dans son regard, je trouve la force d'affronter le boss.

— Il me semble que celle-ci t'appartient.

Il tient entre ses mains ma veste en cuir à l'effigie des Devil's Sons. J'avale une grande bouffée d'air, soulagée. Je crois que je pourrais pleurer tant je suis heureuse.

J'avance jusqu'à lui, chancelante, et saisis le vêtement qu'il me tend. Je fixe le Vegvisir avec nostalgie. Ces deux dernières semaines m'ont paru être une éternité, enfin je retrouve ma famille.

— Je suis désolé. Je n'aurais pas dû te virer du gang.

— Carter Arinson l'a fait pour mes parents.

— Je n'aurais pas dû, cette vie n'appartient qu'à toi. Je ne dois pas les laisser interférer avec les Devil's Sons. De plus, tu nous es essentielle. Nous avons besoin de toi, Avalone.

Je n'arrive pas à cacher la joie que me procurent ses mots, et je crois même qu'il est déjà pardonné. Il désirait rendre service à son frère et à sa meilleure amie après des années de séparation, quitte à se sacrifier. Ça doit être dur de faire la part des choses.

— Si vous voulez bien m'excuser, cette soirée n'a pas été celle que j'imaginais. Je suis épuisé, déclare le boss. Vous connaissez la sortie.

Je n'ai jamais été aussi ravie qu'on me mette à la porte. Avec Henzo dans la nature, mon parrain aurait exigé que je dorme à la propriété. Mais ce soir, c'est le chef de gang qui parle, et il me laisse le choix. Parce que je sais que, peu importe le Carter qui se tient devant moi, il considère sa maison comme la mienne.

Il attrape la main que Kate lui tend et ensemble, ils remontent le couloir.

— Avalone, tu passes la nuit chez les jumeaux, m'ordonne-t-il sans se retourner. Clarke, Sean et Jesse, vous accompagnez leur voiture. Set, Tucker et Justin, vous conduisez Lola à la fraternité. Je pense qu'elle a des affaires à régler avec son copain.

17.

Je suis tirée du sommeil par la sonnerie de mon téléphone. Je me jette dessus afin ne pas réveiller Ty, qui dort profondément à mes côtés, et fixe le réveil.

Il est deux heures du matin, bon sang !

En découvrant le numéro de Lola, je me lève sans un bruit et m'enferme dans la salle de bains. Je décroche, le cerveau embrumé par ma courte nuit.

— Tout va bien ? chuchoté-je.

— Avalone.

Une voix cruelle résonne à mon oreille. Elle me glace le sang et me ramène quelques semaines en arrière, au cœur d'un entrepôt abandonné. Mon ventre se noue, un frisson d'horreur chasse toute fatigue.

— Henzo...

— Très perspicace, ricane-t-il à l'autre bout du fil.

Que les dieux nous viennent en aide...

— Où est Lola ?

— Elle est là. Avec moi.

Une porte claque. J'entends les pleurs, les gémissements et

les cris de mon amie terrorisée. Chacun des sons qu'elle produit réveille une peur primitive en moi, semblable à celle d'une mère pour son enfant. Une sueur froide parcourt mon corps. J'ai brusquement bien trop chaud.

— Envoie-moi une adresse, soufflé-je.

La nausée me gagne, je plaque une main sur ma bouche.

— Tu comprends vite. C'est sympa de discuter avec toi. Pas besoin de te dire...

— De venir seule, le coupé-je. Je sais.

Il raccroche et je me jette sur les toilettes à temps pour vomir mes tripes. Mon corps convulse, la gorge me brûle, et mon estomac ne cesse de se vider. À la fine couche de transpiration qui me recouvre comme une seconde peau, je comprends que je suis en pleine redescente de Démone. Et je n'en ai plus pour me mesurer à Henzo.

Alive.

Je ne peux pas réveiller les jumeaux ou le King of the Law tuera quelqu'un que j'aime. J'avais fini par croire que je n'affronterais pas mes ennemis seule, mais le fait est que nous n'avons pas toujours le choix. Il arrive que nous perdions la main et alors, notre adversaire a tout le loisir de nous mettre dans une position inconfortable. Par ailleurs, les Devil's Sons sont avec moi, dans mon cœur, et c'est tout ce qui compte, finalement. J'aime et je suis aimée. Si je dois mourir, ce sera sans regret.

Prendre le temps de réfléchir et d'élaborer une stratégie est trop risqué. Plus je patiente, plus Henzo pensera que j'attends des renforts. Je me redresse, le corps tremblant, et suis prise de vertiges. Je m'accroche au lavabo pour trouver mon équilibre. L'eau que je me passe sur le visage chasse les étoiles noires derrière mes paupières. Je me rince ensuite la bouche et avale près d'un litre, assoiffée.

Mon téléphone vibre sur le sol, signe que je viens de recevoir l'adresse. Je m'en saisis et, chancelante, je sors de la pièce. La terreur contrôle mes mouvements, elle me prodigue la force nécessaire pour tenir debout. Je remonte le couloir, puis dépasse la chambre d'Alec à pas de loup. Dans l'entrée, j'enfile le sweat que Ty a laissé traîner et lace mes chaussures. Tellement de pensées me traversent l'esprit que je ne parviens pas à raisonner. Je mise plutôt sur l'adrénaline et l'urgence pour me guider. Je quitte l'appartement, le téléphone contre l'oreille, et commande un taxi.

Ces vingt minutes de trajet sont les plus longues qu'il m'ait été donné de vivre. La peur au creux des entrailles, je tremble de tous mes membres. À moins que ce soient les effets secondaires de la Démone. Mon état de conscience est faible, mon mal-être général me prive de toute réflexion.

Le taxi se gare en face d'une usine désaffectée. Je commence à en avoir ma claque de ce genre de bâtiment qui fout les jetons ! Mon cœur est sur le point de sortir de ma poitrine, mais je ne reculerai pas. Tant que Lola ne sera pas tirée d'affaire, je ne tenterai rien de dangereux.

— Vous êtes sûre de votre destination ? me questionne le chauffeur.

— Mon amie va prendre ma place. Vous pouvez l'attendre et lui donner mon téléphone, puis la ramener sur le campus de l'université ? Interpellez-la, qu'elle ne vous loupe pas.

Suspicieux, il acquiesce tout de même. Je lui confie mon portable et quitte la voiture. Je me sens malade, au point que je crains de perdre connaissance avant de sauver ma colocataire. Chaque pas vers la bâtisse fait souffrir mon corps qui évacue la drogue, tandis que mon instinct de survie me hurle de faire demi-tour.

Si j'ai un peu de chance, Henzo ne me tuera pas dans l'immédiat, Lola contactera les Devil's Sons et ils me secourront. Ou alors, je vais mourir. Il faut que je me fasse à cette éventualité. J'ai déjoué la mort bien trop de fois pour être sereine, les dieux ne resteront pas éternellement à mes côtés. Les portes du Valhalla me seront probablement fermées, mais Freyja m'accueillera peut-être dans sa halle pour m'être battue avec le peu de forces qu'il me restait.

J'inspire profondément dans l'espoir de chasser la peur et la douleur – en vain –, et pousse la porte rouillée qui grince sur ses gonds à m'en donner la chair de poule.

Malgré tous les scénarios que je me suis imaginés, ce que je découvre me glace le sang. Lola, au centre de la pièce poussiéreuse, est bâillonnée et ligotée à une chaise, les joues baignées de larmes. Son visage se tourne vers moi, ses hurlements s'accroissent. Elle essaie de se libérer, pousse un cri déchirant et sanglote si fort qu'elle en convulse.

Henzo est assis nonchalamment en face d'elle, une arme à la main.

— Tu as fait vite. Tu dois vraiment tenir à elle.

La colère percute ma terreur, ces deux émotions me saccagent de l'intérieur et m'affaiblissent.

Quand j'avance d'un pas, la porte se referme derrière moi dans un bruit sourd à l'arrière-goût de sentence irrévocable.

— Laisse-la partir !

— Je n'ai qu'une parole.

Il se lève et Lola hurle encore plus fort à son approche, mais il défait ses liens, sans lui faire le moindre mal. Elle bondit sur ses pieds et arrache le tissu de sa bouche. Elle court alors à toute vitesse dans ma direction.

— PARS ! COURS, AVALONE, FUIS !

Ses ordres redoublent de puissance à mesure qu'elle avale la distance entre nous. Arrivée à ma hauteur, elle m'attrape la main, prête à m'entraîner à sa suite. Je me dégage de sa poigne. Elle s'arrête aussitôt et fait volte-face, l'horreur au fond des yeux.

Je ferme les paupières, déchirée par son état. Si je survis, je ne sais pas si je pourrai un jour me pardonner de l'avoir mise dans cette situation.

Je prends son visage en coupe dans mes mains et verrouille son regard au mien.

— Tu dois y aller, Lola. Je te rejoindrai, mais il faut que tu y ailles.

Elle se noie dans ses larmes, elle pleure tellement qu'elle ne doit pas entendre mes mots. Son corps tremble, elle se retient à mes bras comme à une bouée de sauvetage.

— Va-t'en !

Elle secoue la tête et prononce des paroles incompréhensibles, alors je la saisis par les épaules et lui hurle :

— DÉGAGE ! BARRE-TOI DE LÀ !

Elle sursaute, puis recule enfin, en proie à un tiraillement intense.

— Thor, défendeur de Midgard, ami des hommes, pitié, gémit-elle.

— PARS !

À contrecœur, elle tourne les talons, se jette sur la porte et s'enfuit dans la nuit. Le soulagement est tel qu'il me confère un second souffle. Je crois même que je laisse échapper un petit rire. Puis le silence retombe dans l'usine, je n'ose plus faire aucun mouvement, de peur de rendre Henzo agressif. Pourtant, il faut bien que je l'affronte et que je découvre par la même occasion ce qu'il a fait de son arme.

Le cœur au bord des lèvres, je pivote lentement sur mes jambes. Je rencontre son sourire arrogant, il tapote la chaise du canon de son flingue. Le message est on ne peut plus clair.

Glacée par la terreur, une larme perle sur ma joue. Je l'essuie du revers de ma manche et avance vers lui. Je prends la place qu'occupait Lola quelques secondes auparavant, et alors que je pensais craquer, le répit que ressent mon corps endolori m'insuffle une dose de courage.

Henzo se rassied et me scrute.

— Tu as une sale tête. Tu es en manque d'héroïne ? De coke ?

— Démone.

— Connais pas.

— Moi qui pensais que tu étais dans le coin depuis suffisamment longtemps pour découvrir les spécialités de la région… Faut croire qu'essayer de tuer quelqu'un tout en évitant de perdre la vie, ça ne laisse pas beaucoup de temps pour faire du tourisme.

Ses lèvres s'étirent en un sourire amusé. J'essuie la goutte de sueur que je sens rouler sur ma tempe et me rends compte qu'il ne m'a pas attachée. Après tout, mon état est révélateur : je suis loin d'être une menace.

— Tu as été difficile à attraper. J'ai compris que je ne pouvais pas t'atteindre, il fallait donc que ce soit toi qui viennes à moi.

Si Lola est montée dans le taxi, elle a déjà dû appeler les Devil's Sons au secours. Ils peuvent gagner l'usine en dix minutes, à condition qu'ils ne tiennent pas compte des limitations de vitesse. Il faut que je gagne du temps et pour ce faire, je dois attiser la curiosité d'Henzo.

J'ai connu pire situation, et m'en suis sortie. Les garçons viendront, je peux les attendre.

— Tu voulais finir ce que tu as commencé. J'ai failli y rester, la première fois.

Ma voix ne tremble pas, mes larmes ne coulent plus. La seule faiblesse que je ne parviens pas à cacher est celle de mon corps.

— En effet, tu as survécu. *Miraculeusement*.

— Les Nornes en ont décidé ainsi.

Il plisse les yeux et se penche en avant, les coudes posés sur ses genoux.

— J'ai entendu dire que vous étiez croyants. Quel genre de

dieu vénères-tu pour être convaincue qu'il te sauvera ?

Ce n'est pas un dieu qui volera à ma rescousse ce soir, ce sont les Devil's Sons. Ils sont en chemin, je le sais.

— Je crois en plusieurs dieux. Le genre à déclencher une guerre par ego. Comme toi. Tu pourrais trouver le bonheur dans ma religion, j'en suis persuadée.

— Pourquoi croire en des dieux malveillants ? me crache-t-il, condescendant.

— Ils ne sont pas malveillants, ce sont des êtres vivants, capables du meilleur comme du pire. Dans notre religion, il n'y a ni péché ni *mea culpa*. Ni enfer ni paradis. Le même sort nous est réservé à tous, nous ne perdons pas de temps à nous faire passer pour quelqu'un que nous ne sommes pas, parce qu'à la fin, il n'y aura personne pour nous juger. Notre croyance est dépourvue d'hypocrisie. Toi, en revanche, si tu préfères pécher, te repentir auprès de ton dieu alors que tu n'as ni regret ni intention de devenir meilleur, puis vivre comme si tu étais un bon adepte, libre à toi ! Mais ne juge pas mon culte.

Les sourcils haussés, il se laisse tomber contre le dossier de sa chaise et joue avec son arme.

— Il faut t'apprendre à respirer.

En effet, je suis à bout de souffle après avoir déballé à vive allure ce que je pense de son dédain.

— Donc, si je comprends bien, puisque ta religion ne blâme pas les actes répréhensibles, tu as décidé d'être une mauvaise personne.

Je ricane, lasse et épuisée.

— Je n'en suis pas une.

— Tu fais partie d'un gang.

— Et j'ai mis ma vie en danger afin d'éviter une guerre de territoire, je te rappelle !

— Une gamine sortie du nid ne peut décider de mon avenir ! s'écrie-t-il. Tu es entrée dans un gang pour te rebeller contre tes parents ? C'est ton expérience de l'année que tu raconteras à tes enfants plus tard ? Je vais t'apprendre que ce n'est pas un jeu duquel on sort indemne.

C'est donc ça. Il pense que ma vie est un long fleuve tranquille et ne me croit pas capable de comprendre ses douleurs.

— Tu veux que je joue la carte de la pitié ? Très bien. Je n'avais que ma mère pour seule famille. Mon père, lui, est décédé avant ma naissance. Nous avions à peine de quoi vivre, les factures de l'hôpital nous accablaient. Eh oui, je suis née avec une malformation cardiaque, de laquelle a découlé une insuffisance cardiaque. Mon cœur peut lâcher à tout moment. Je devrais déjà être morte, d'ailleurs. Vois-tu, lorsque les symptômes se déclenchent, l'espérance de vie tombe à cinq ans. Pourquoi je respire encore ? Je n'en ai aucune putain d'idée, les médecins parlent même de miracle. Mais revenons au principal : la cause d'un cœur aussi merdique. Ma mère s'est droguée alors qu'elle était enceinte, pourtant je ne lui en ai jamais voulu. Parce que oui, je sais à quel point la vie peut être dure. Pour ce qui est de mon intégration chez les Devil's Sons, j'ai compris il y a peu que j'avais toujours eu le choix. Je pourrais retourner à mon quotidien, mais je désire ardemment protéger mes amis qui ne savent régler leurs problèmes qu'à coups de poing et de balles. Je suis douée pour faire appel à l'humanité des gens et aujourd'hui, ce gang est tout ce que j'ai. Alors, crois-moi, j'ai conscience du danger à chaque seconde, je suis terrifiée à l'idée de les perdre. Et puisque nous en sommes au stade des confidences, depuis que je suis entrée chez les Devil's Sons, j'*existe enfin*, après dix-neuf putains d'années à survivre. Faire partie de ce gang, ce n'est pas une expérience. C'est *la clé de ma liberté*. Une liberté auprès de personnes que je considère aujourd'hui comme ma famille.

Henzo a perdu son sourire arrogant au profit d'une expression plus humaine. Je ne sais pas s'il me croit, mais l'important est de gagner du temps. Et il m'écoute.

— Tu as un problème cardiaque et tu consommes de la drogue ?

Si ma vie n'était pas en jeu, j'éluderais la question afin de conserver un peu de dignité.

— J'ai été virée temporairement des Devil's Sons à la demande de ma mère. J'ai perdu leur protection. Et la Démone décuple les capacités physiques. J'en ai pris dans l'unique but de pouvoir me défendre si tu m'attrapais, mais constate par toi-même l'ironie de la situation.

Tremblante, j'écarte les bras et lui dévoile l'étendue des dégâts.

— C'est un échec.

Il pouffe d'un rire franc, comme s'il éprouvait de la sympathie à mon égard, ou plutôt de la pitié.

— Tu ne me veux pas de mal, Henzo.

— Présomptueuse.

— Je vais te dire ce que je crois.

Il s'installe confortablement sur sa chaise, curieux.

— Résumons la situation. Tu as eu une enfance misérable. Afin de survivre, tu t'es enrôlé dans un gang. Et tu pensais de moi que je m'étais introduite dans cet univers pour le fun, inconsciente du danger et des séquelles qui en résulteraient. Je crois que tu n'as jamais eu l'intention de me tuer. Me faire peur, oui. Mais pas me tuer. La trajectoire de la balle qui a touché mon artère était mal calculée. Puis tu t'es dit que Lucas ne voudrait plus de toi après ton coup d'éclat, donc tu es resté à Ann Arbor. Fou de rage contre moi d'avoir décidé de ton avenir, contre ton boss d'avoir accepté ma proposition, et contre toi-même d'avoir failli m'ôter la vie, tu t'es perdu et tu t'es mis en tête que tu désirais ma mort, alors que tu voulais seulement m'*apprendre que ce n'est pas un jeu duquel on sort indemne.*

Henzo me fixe sans vraiment me voir, son regard est voilé.

— Une leçon. Voilà ce que tu souhaites me donner. Voilà pourquoi tu es là à m'écouter, à défaut d'enterrer mon cadavre à l'arrière du bâtiment... Tu n'es pas ton père. S'il a tabassé ta mère à mort, toi tu es incapable de t'en prendre à des innocents.

Il se lève si brusquement que sa chaise tombe derrière lui avec fracas.

— FERME TA PUTAIN DE GRANDE GUEULE !

Il braque son arme sur moi, pourtant je n'ai pas peur. Je n'ai plus peur. Il ne tirera pas.

— Tu sais que j'ai raison, Henzo.

Le visage défiguré par la haine, il colle son flingue contre ma tempe. Le métal glacé me mord la peau, mais je soutiens son regard.

— Je t'ai demandé de la fermer, crache-t-il entre ses dents serrées.

— Prouve-moi que je me trompe et tire.

Si je ne reconnaissais pas le désespoir dans son hurlement, je le prendrais pour un fou. Un homme fou est dangereux, encore plus que celui qui n'a rien à perdre. Mais Henzo n'est ni l'un ni l'autre. Il ne veut pas salir l'honneur de sa mère en commettant les mêmes erreurs que son père.

Il recule de quelques pas, titubant, et prend son visage entre ses paumes. Je ne bouge pas, consciente qu'une tentative de fuite, elle, pourrait signer mon arrêt de mort.

— Tu ne me connais pas, tu n'imagines pas les horreurs que j'ai commises !

Égaré, il me braque de nouveau. Je déglutis avec peine, la langue pâteuse, et mes yeux papillonnent. Je dois lutter pour les garder ouverts.

— Je sais que tu as abattu trois hommes qui ont séquestré des jeunes filles dans une cave, au Brésil. Tu as achevé un type qui battait sa femme et une mère qui empoisonnait ses enfants. Oui, tu as tué des gens. Mais c'étaient des personnes mauvaises, coupables d'atrocités. Des personnes comme ton père.

— ALORS, POURQUOI JE POINTE CE FLINGUE SUR TOI ?

Sans le quitter des yeux, je me lève douloureusement. Mon corps tremble de fatigue, je n'ai plus d'énergie. Mes jambes cèdent et, alors que j'allais m'effondrer, Henzo laisse tomber son arme pour me rattraper.

— Parce que tu as besoin que quelqu'un te rappelle que *tu n'es pas* ton père. Lucas est celui qui te rend meilleur. Il chasse tes démons.

Dans ses prunelles, je le vois se briser. Il a cette peur qui ne semble jamais le quitter. Celle d'avoir les gènes de son paternel. Celle d'avoir trop souffert pour être une bonne personne.

— Tu as le pouvoir de devenir ce que tu désires être. Ton passé ne te définit pas, tu peux t'en libérer.

— Pourquoi crois-tu en moi ? me murmure-t-il.

— Ton *örl*...

Henzo se tend et tourne subitement le visage vers l'entrée, aux aguets. Le rugissement du moteur d'un véhicule, celui d'une Harley, nous parvient. Clarke est là.

Je réunis mes dernières forces, libère le King of the Law de mon poids, et trouve son regard paniqué.

— Il va te tuer. Il faut que tu partes. Maintenant !

Surpris par mes mots, il me dévisage sans toutefois esquisser le moindre mouvement.

— PARS !

Une seconde. J'ai besoin d'une seule seconde pour lire en lui toute sa reconnaissance avant qu'il ne tourne les talons et fuie à l'arrière de l'usine. L'instant d'après, Clarke apparaît. Son regard s'ancre au mien, le soulagement qui y brille est si intense qu'il me bouleverse. Il inspire une brusque bouffée d'air, comme s'il avait cessé de respirer au moment même où il a été prévenu du danger que j'encourais. Puis son expression change, il a soif de vengeance. Il sort ses deux armes, les braque sur

Henzo et retire les crans de sûreté. Quand il entend ce son caractéristique, le King of the Law s'immobilise. Il se tourne vers le Devil's Son, résigné. Or, moi, je ne le suis pas. Je me positionne devant Henzo et affronte la haine de Clarke. L'énergie qu'il dégage est dévastatrice.

— Tu as conscience que ta corpulence ne dissimule pas la sienne ? me crache-t-il.

— Un jour, tu m'as dit que chaque personne qui prenait le temps de discuter avec moi devenait encline au respect et à la sympathie. C'est ce qu'a fait Henzo. Il a pris le temps de m'écouter.

De façon imperceptible, les doigts de Clarke se desserrent autour des crosses de ses armes. Sa mâchoire se contracte, ses traits se font tiraillés. Les deux loups de la légende de Ty se livrent un combat acharné en son for intérieur.

— Je veux rentrer à la maison sans drame, s'il te plaît.

La colère gronde en lui, mais notre connexion est là, semblable à un fil qui s'étend entre nos deux âmes et nous lie à un instant précis. Alors, tout est relégué au second plan, y compris la vengeance. Clarke ne passera pas à l'acte. Pour moi.

Lentement, afin de ne pas brusquer le Devil's, je pivote vers Henzo.

— Pars, lui répété-je. Il ne tirera jamais sur quelqu'un de désarmé, encore moins s'il lui tourne le dos.

Ébranlé, il me dévisage de ses yeux écarquillés. Son état psychologique est instable, je ressens le mal-être profond dont il a du mal à guérir. Pourtant, il décide de me faire confiance. Il tourne les talons et se met à courir pour atteindre la sortie de derrière. Lorsqu'il a disparu, Clarke baisse ses armes.

— TU ME FAIS CHIER ! hurle-t-il.

Un faible sourire étire mes lèvres. Il juge mon apparence d'un mauvais œil et accourt jusqu'à moi avant que mes jambes ne me fassent défaut. En sécurité dans ses bras, mon corps tremble sous la pression qui redescend.

Les paupières lourdes, je ne parviens pas à les garder ouvertes. Mon esprit s'embrume, je suis sur le point de sombrer.

— Merci, soufflé-je.

Clarke me serre contre lui.

— Je crois que je serais capable de tout pour toi.

Mon cœur bondit dans ma poitrine, je souris. Malgré ce que j'ai dit à Ty quelques heures plus tôt, l'espoir ne m'a jamais quittée.

— Lola...

— Tu l'as sauvée. Elle va bien.

La chaleur de son corps réchauffe le mien et, enfin, je m'abandonne au sommeil, juste après avoir entrouvert les yeux pour apercevoir le reste des Devil's pénétrer dans l'usine, effrayés.

Ma famille est là. Et je ne mourrai pas.

Clarke

Contre moi, elle vient de sombrer dans un profond sommeil. Les cris des gars ne la réveilleront pas. Même moi, je ne les entends pas vraiment, concentré sur les faibles battements de son cœur. Son visage est bien trop pâle et ses joues se sont creusées en quelques jours à peine. Son épuisement, les tremblements de son corps et la sueur sur son front, ça ne fait aucun doute, elle est en pleine redescente. Néanmoins, tant que je n'entendrai pas de sa bouche qu'elle se drogue, j'ai l'espoir qu'elle tienne suffisamment à la vie. *À moi...*

Quand Jesse essaie de me la prendre des bras, je le repousse sans ménagement d'un coup de pied. Justin examine son corps à la recherche d'une blessure. Je le repousse lui aussi. Sean exige des explications, je ne réponds rien. Le reste du gang bouscule les autres pour s'assurer de son état, et d'un simple regard, je les contrains tous à reculer.

J'occulte les questions et la détresse des gars, quitte l'usine et rejoins la voiture de Ty. Ils me suivent, me hurlent leur énervement face à mon mutisme, mais son cœur bat, c'est tout ce qui compte. Elle est en vie et je peux enfin reprendre mon putain de souffle.

J'ouvre la portière tandis que Ty sort des couvertures du coffre. Il en déplie une sur la banquette arrière et m'assure qu'Avalone sera ravie d'apprendre qu'elle n'a pas dormi à même le tissu. Une histoire d'ébats sexuels, ou je ne sais quoi. Je l'allonge dessus et la couvre d'une seconde épaisseur.

Délicatement, je glisse une mèche de cheveux derrière son oreille, le cœur douloureux. Je voudrais rester à ses côtés, ne plus jamais la quitter des yeux, mais j'ai un gang en perdition à gérer. Alors, je m'arrache à elle, j'allume le contact et pousse le chauffage à fond. Après un dernier coup d'œil à la belle endormie, je claque la portière avant de me tourner vers les garçons. D'une œillade menaçante, je les fais taire, puis extirpe mon téléphone de ma poche.

— Dis-moi qu'elle est en vie, me supplie Carter en décrochant.

— Elle l'est. Elle dort dans la voiture de Ty.

Je pensais que personne ne pouvait être plus soulagé que moi. Il faut croire que l'amour du boss pour sa nièce est infini.

— Henzo est mort ?

— Non. Lorsque je suis arrivé, il s'enfuyait déjà, laissant une Avalone intacte derrière lui. Elle m'a empêché d'appuyer sur la gâchette.

Il jure à l'autre bout du fil, et même si j'ai laissé filer cette enflure, je n'ai qu'une envie : lui loger une balle en pleine tête et admirer la vie quitter ses yeux.

— Tu en penses quoi ? me demande le boss.

— Je crois qu'il a compris qu'elle mérite plus que quiconque de vivre.

Carter reste silencieux, puis des grésillements me tirent une grimace.

— Tu l'as sauvée ?

La frangine de Set vient d'arracher le téléphone des mains du chef.

— Elle va bien.

Elle éclate si fort en sanglots que je m'apprête à raccrocher, mais une question me brûle les lèvres. Lorsqu'elle m'a expliqué la situation, je crois n'avoir jamais eu aussi peur de ma vie. Je n'ai jamais roulé aussi vite non plus et, bordel, qu'est-ce que mon cœur était comprimé. Rien qu'à l'idée de perdre Avalone...

Je m'écarte des garçons et me racle la gorge.

— Pourquoi m'as-tu appelé, *moi* ? lui demandé-je, hésitant.

Ses pleurs cessent, toutefois elle ne répond pas. Je serre les dents et me maudis d'avoir posé la question. Sur le point de mettre fin à l'appel, j'entends ses pas feutrés. Elle s'éloigne de Carter.

— Ils l'aiment tous comme leur propre sœur, mais toi, tu es fou d'elle. Si quelqu'un pouvait la sauver, c'était bien toi, Clarke. J'ai raison ?

A-t-elle raison ? À n'en pas douter.

Vais-je l'avouer ?

— Dis au boss que nous ne serons pas là avant plusieurs heures. Elle a besoin de sommeil, prendre la route la réveillerait.

Je raccroche sans perdre de temps en civilités. L'arrivée d'Ethan me permet de ne pas songer à mes sentiments pour Avalone. Je l'ai appelé alors que j'enfourchais ma moto. Ne sachant pas dans quel état j'allais retrouver la princesse Arinson, je ne voulais pas perdre une seconde à attendre notre médecin.

Je fais signe aux gars de rester là et rejoins le chirurgien à grandes enjambées.

— Elle n'a pas été blessée, l'informé-je.

Il pousse un profond soupir de soulagement, puis comprend à mon expression incertaine qu'il y a autre chose. Lola a réclamé son numéro de téléphone pour de soi-disant palpitations cardiaques dont souffrirait Avalone, et plus tard, il nous a confirmé les symptômes sans nous fournir d'explications. Si elle prend de la drogue, il est au courant.

— Elle dort dans la voiture de Ty. Elle est faible, tu devrais l'ausculter.

Je n'arrive pas à en dire plus, pourtant il comprend où je veux en venir.

Bon sang, ça me tue.

Il rejoint le véhicule, son sac sur le dos, et s'occupe d'elle. Je suis ses mouvements des yeux jusqu'à ce qu'il m'affirme que sa vie n'est pas en danger. Ma poitrine est libérée d'un poids colossal. Je lève le visage vers le ciel et ferme les paupières.

— Merci, dieux... soufflé-je.

Chargé d'une énergie salvatrice, je rejoins les Devil's et leur accorde mon attention.

— Installez-vous confortablement, nous ne sommes pas près de rentrer. Elle a besoin de repos.

Je ne leur dis pas toute la vérité, ce n'est pas à moi de la leur révéler. Si nous prenons la route, il est certain qu'Avalone n'ouvrira pas l'œil, mais une fois à la propriété, Mike et Carter exigeront des réponses et elle n'est pas en état. Par conséquent, nous patienterons le temps qu'il faut pour qu'elle reprenne des forces, hiver ou non.

Le soleil se lève lorsque je monte au volant de la voiture de Ty. J'ai confié les commandes de ma Harley à Alec. Nous prenons la route de la propriété, Avalone endormie à l'arrière.

Les gars sont furieux qu'Henzo soit encore en vie, et pour la première fois de mon existence, on m'a reproché de m'être montré trop sentimental. Leur colère a vite été balayée par le soulagement. Lola a raison. Ils l'aiment comme leur propre sœur, la perdre nous foutrait tous en l'air.

Ty, à mes côtés, embaume l'habitacle de sa culpabilité. C'est franchement désagréable, cela dit je le comprends. Aucun de nous n'a pu la protéger, ce soir.

— Tu n'es pas responsable.

Il rit jaune et passe une main sur sa barbe de trois jours.

— Elle dormait avec moi, Clarke.

Quelque chose se noue au creux de mes entrailles. Je lutte, mais une image d'eux s'imprime dans mon esprit. Mes paumes deviennent moites, ma respiration lourde et chacun de mes ressentis incite mes émotions à s'exprimer dans une violente colère. Je serre les mains sur le volant et produis un effort surhumain pour me contenir, au risque de lui coller mon poing en pleine face.

Je sais que Ty n'a aucune arrière-pensée vis-à-vis d'Avalone. En revanche, lui a le droit de satisfaire ses désirs la concernant, sans réfléchir. Je suis même persuadé que Carter n'interdirait pas une relation amoureuse entre eux deux. Parce que Ty n'est plus un membre actif du gang, et qu'il n'a pas autant d'ennemis que moi. C'est sa liberté qui me rend fou de rage. Il peut tout avoir, alors qu'il ne ressent aucun putain de sentiment à son égard. Si la vie n'est pas une garce, je ne sais pas ce qu'elle est.

— Je dormais paisiblement, alors qu'elle avançait dans le couloir de la mort, seule.

— Elle voulait sauver son amie, articulé-je. Personne n'aurait pu l'en empêcher.

— Tu sais très bien que si.

— Crois-moi, elle est pleine de ressources. Le plus important, c'est qu'elle soit en vie.

Il regarde par-dessus son épaule le corps endormi de son amie et, pour la centième fois depuis que nous sommes partis, je lui lance un coup d'œil à travers le rétroviseur pour m'assurer qu'elle respire toujours.

— Elle ne va pas bien.

Lui aussi est au courant.

Mes doigts se crispent sur le cuir, je fixe la route. Je sais qu'elle ne va pas bien et ça me ronge. Si seulement j'étais moins lâche pour l'interroger sur les raisons de sa consommation de drogue, je pourrais comprendre. Mais lui poser la question reviendrait à admettre qu'elle l'a fait, et ma réaction risquerait de lui causer encore plus de mal.

— Je m'en occupe, affirmé-je.

— Tu l'aimes ?

Je jure et tourne le visage dans sa direction.

— Qu'est-ce que vous avez tous avec ça ?

Il hausse les sourcils, attendant patiemment que je passe aux aveux.

— Tu connais la réponse.

— Non, Clarke, je ne connais pas la réponse.

Je le dévisage d'un air méprisant.

— Si toi-même tu n'en sais rien, comment veux-tu que je comprenne ce que je ressens ?

— Ce sont tes sentiments, mec ! s'exclame Ty, incrédule.

— Et tu es censé être un décodeur humain ! C'est toi qui es capable d'éprouver vingt-quatre émotions à la fois, de les identifier et de les exprimer, pas moi !

— Eh bien, il serait temps que tu t'y mettes, parce que cette nana ne restera pas célibataire toute sa vie.

Je lui lance un regard noir. Je comptais m'en tenir là, mais ses mots résonnent à mon oreille et me rappellent que je n'ai pas la liberté de la faire mienne. Je lâche le volant et lui assène un coup de poing dans les côtes. Il retient un grognement de douleur, puis peste et finit par m'injurier. Plus ses insultes sont virulentes, plus mon sourire s'agrandit. En revanche, quand il se redresse avec cet air victorieux, la méfiance évince l'amusement.

— Tu l'aimes, affirme-t-il.
Je pousse un juron à faire pâlir les dieux eux-mêmes.

Au pied de la villa, les moteurs s'éteignent les uns après les autres. Dans une ambiance pesante, Ty et moi quittons l'habitacle tandis que les gars mettent pied à terre. Nous nous dévisageons tous, soulagés mais aussi fatigués et, alors que je m'apprête à extraire la belle endormie du véhicule, sa voix s'élève.

— Et si je claquais tout pour rejoindre les scouts ?

Nous haussons les sourcils, mes lèvres s'étirent déjà. Les éclats de rire des gars brisent le calme de l'aube et, malgré le sérieux qui ne me quitte jamais vraiment, je me joins à eux. Dans nos rires, la joie de l'entendre plaisanter s'exprime, la pression redescend, mais la culpabilité se manifeste. Elle est là, auprès de nous, et pourtant nous nous sentons tous coupables de ne pas avoir pu empêcher ça. Nous avons frôlé la catastrophe, je refuse d'imaginer ce qui aurait pu se passer si...

Non. Elle est en vie.

Lorsqu'elle sort la tête de la voiture, les paupières à demi closes, mon cœur gonfle dans ma poitrine. Elle a repris des couleurs et semble aller bien mieux. Le soulagement est si puissant que je dois me faire violence pour me retenir de l'embrasser, ici et maintenant. Non sans regret, je lui tends la main et l'aide à se remettre sur ses pieds. À son contact, je désire plus. *Beaucoup plus.* Je tire sur son bras et la plaque contre mon torse, là où est sa place. En rencontrant l'intensité de son regard de feu, je me promets de briser mes chaînes aussitôt que possible. Je ne peux me tenir éloigné d'elle, je n'en suis plus capable. J'ai beau lutter, c'est au-dessus de mes forces.

La porte d'entrée s'ouvre, Avalone bondit loin de moi. À cet instant, je maudis Claire et ses yeux rougis par les larmes de m'éloigner de sa fille.

— J'arrive dans deux minutes.

Sa mère disparaît à contrecœur à l'intérieur de la maison, auprès de son mari – ou ex-mari, je ne sais plus. Avalone, un sourire aux lèvres, porte son attention sur nous.

— Je ne pensais pas lui faire entendre raison, nous avoue-t-elle. J'avais pour but d'attiser sa curiosité afin de gagner du temps, je savais que vous étiez en route. Si je n'avais pas été persuadée que vous me sauveriez, je crois que je me serais murée dans le silence pour en finir au plus vite. Alors, merci. Merci d'être toujours présents pour moi.

— Tu es sauve grâce à toi. Nous ne nous sommes pas montrés à la hauteur, murmure Ty.

Avant qu'il ne se dérobe à nos regards, j'aperçois une perle salée rouler sur sa joue. Je lève les yeux au ciel dans un réflexe stupide, parce qu'au fond, je ne suis pas insensible à sa souffrance.

Peinée par le tableau d'un Ty pleurant à chaudes larmes, son amie se poste devant lui.

— Je n'ai même pas été capable de t'entendre, souffle-t-il, la voix tremblante.

Sa douleur se répercute sur Avalone, ses magnifiques yeux verts s'humidifient.

— Le sommeil est caractérisé par l'absence de contrôle. Tu peux te juger uniquement sur tes actes. Quand on t'a appelé à l'aide, tu as accouru. C'est tout ce qui compte, Ty.

Elle passe la main sur sa joue et lui offre un sourire dont elle seule a le secret. Le genre de sourire à balayer les plus grands maux et à réchauffer les cœurs les plus froids.

— Quelqu'un d'autre s'en veut ? demande-t-elle, amusée.

Les gars détournent le regard, elle se décompose.

— Ce n'est pas vrai… Vous culpabilisez tous ?

— Henzo n'aurait jamais dû te mettre la main dessus, gronde Tucker.

— Je t'ai promis que je te protégerais à la seconde où tu as éloigné Lola du gang, ajoute Set. J'échoue lamentablement depuis le début.

Avalone nous dévisage tous sans exception, puis prend la parole :

— Vous étiez conscients du danger lorsque vous avez intégré les Devil's Sons, et je l'étais aussi. Aujourd'hui, je pourrais choisir de quitter le gang, mais pour rien au monde je n'y songerais. Je… J'aime ces risques. J'aime les enjeux qui me font prendre ces risques. Avant vous, je subissais la vie dans l'attente de mourir. À présent, je me sens utile et capable de réaliser de grandes choses. J'ai toujours cru que le Valhalla ne m'ouvrirait jamais ses portes, mais vous m'avez livré sa clé. Si je meurs en me battant à vos côtés, nous nous retrouverons tous à la table d'Odin[28]. J'ai espoir de ne plus finir dans les grottes humides et froides de Helheim et ça, c'est la plus belle chose qu'on ait pu m'offrir. Alors, ne culpabilisez pas des risques que je prends, parce que leur finalité est un cadeau.

Les mots d'Avalone touchent les âmes de guerriers des garçons, le sourire leur revient. Tucker bombe le torse, le frappant à un rythme régulier et soutenu. Il entonne les paroles du groupe Skáld.

— « ***Ó Valhalla.*** »

— « ***Ó Valhalla*** », le rejoint Justin.

— « ***Ó Valhalla*** », se joignent Sean et Ty à eux.

— « ***Ó Valhalla*** », reprennent-ils tous en chœur.

Avalone, les yeux brillants, écoute nos amis chanter avec émotion. Ils cognent férocement leur poitrine du poing, leurs voix graves s'élèvent comme une prière en nos dieux.

---

[28] Ici, il est fait référence au Valhalla. Dans cette halle (bâtiment viking), les valeureux guerriers morts au combat s'entraînent en prévision du Ragnarök, puis se réunissent le soir autour de la table d'Odin pour festoyer.

— « ***Sal veit ek standa.*** »

Une halle s'élève.

— « ***Sólu fegra, gulli betra*** », poursuit Avalone.

Plus belle que le soleil, et d'un toit couvert d'or.

— « ***Fiar skulu dyggvar, dróttir byggja.*** »

C'est là que résideront les troupes fidèles.

— « ***Ok of aldrdaga, yndis njóta*** », clament-ils d'une seule et même voix.

De toute éternité, de la félicité elles jouiront.

Essoufflés, une énergie nouvelle circule en eux.

— Nous finirons tous au Valhalla, affirme Jesse à l'intention d'Avalone. Mais il est hors de question que tu meures demain, dans trois mois ou dans cinq ans. Nous vivrons, aussi longtemps que possible. Et seulement lorsque nous aurons tout donné de notre vivant, nous nous retrouverons à nouveau. Et cette fois-ci, ce sera en compagnie d'Odin.

Les garçons poussent des cris d'approbation sous l'air ému d'Avalone.

— J'ai hâte de voir Carter se confronter au père de tous les dieux ! s'exclame Tucker. Deux personnalités avides d'autorité et un seul trône, c'est à ne pas manquer ! Le boss a beau vénérer Odin, je ne crois pas qu'il puisse accepter de recevoir un ordre, même de la part du dieu créateur.

Les gars rigolent de la véracité absurde de ses propos. Carter ne pliera jamais devant personne, sauf s'il est question d'Avalone. Odin maudira ses Valkyries pour lui avoir amené le chef des Devil's Sons.

La porte d'entrée s'ouvre sur le boss, mais lui ne nous accordera pas deux minutes. Il fait à présent jour, nous avons suffisamment abusé de sa patience. Cela dit, la colère afflue dans mes veines et annihile chaque émotion positive que je pourrais ressentir. Je monte les marches du perron, puis plante un doigt accusateur sur son torse.

— Tes réflexions comportent une sérieuse faille, Carter. Et tu veux savoir qui en est à l'origine ? Mike et Claire Arinson. Sans leur intervention, les filles auraient dormi à notre appartement, comme on l'avait convenu avant qu'ils ne fourrent leurs nez dans nos affaires, et Henzo n'aurait mis la main ni sur l'une ni sur l'autre. Jamais Avalone n'aurait dû choisir entre la vie de sa meilleure amie et la sienne.

De son éternel air de supériorité, il baisse les yeux sur mon index.

— Il faut que je te rappelle ce qu'est la subordination ? Retire ce doigt de mon torse. Tout de suite.

Aveuglé par la colère, une moue provocante étire mes lèvres. Un instant plus tard, Carter a dégainé son arme et collé le canon sur mon épaule. Je savoure la tension de cette situation, mon sourire s'agrandit en un rictus sadique.

La plupart du temps, il n'a pas besoin d'en arriver jusque-là pour obtenir mon obéissance, mais lorsqu'il n'a pas le choix, il finit toujours par tirer. Ce n'est pas une leçon qu'il me donne. Il aura beau me blesser par balle, je ne serai jamais soumis à lui. Il tire parce qu'il refuse d'être celui qui plie.

— Vous avez cinq secondes pour le dégager ou il dit adieu à sa clavicule, lance-t-il aux gars.

Je le sais d'avance, aucun d'eux ne va remuer le petit doigt.

— Désolé, chef, répond Set. Je ne tiens pas à me faire péter le nez.

L'hésitation brille dans ses prunelles, j'en éprouve une satisfaction malsaine. La présence d'Avalone nuit à son intransigeance. Ce que je n'avais pas prévu, en revanche, c'est que cette peste nous bouscule pour entrer dans la maison. Sous l'impact, mon doigt quitte le torse de Carter et son arme dévie de mon épaule.

Fidèle à elle-même, elle nous a contraints à fléchir tous les deux. L'audace dont elle fait preuve pour désamorcer les bombes me surprendra toujours.

Je l'observe fouler le marbre de la villa et, le regard attiré par ses fesses, j'incline la tête de côté. L'effet est immédiat : j'ai envie d'elle. Le sourire qui fleurissait sur mes lèvres se fige lorsque je sens l'arme du boss braquée sur mes couilles.

— J'espère que tu n'es pas en train de lorgner son cul, abruti.

Je baisse les yeux sur son flingue et constate que s'il tire, les dégâts seront majeurs.

— J'y tiens, alors disons que je ne la matais pas, tu veux ?

Sur ce, je me dérobe et pénètre dans l'entrée. La frangine de Set, larmoyante et hystérique, se jette sur Avalone et l'attrape par les épaules.

— POURQUOI TU ES INTERVENUE ? IL FALLAIT PRÉVENIR LES GARÇONS, IL AURAIT PU TE TUER !

Pour la faire taire, ou la réconforter – les deux reviennent au même –, son amie l'attire contre elle.

— Je suis désolée, sanglote Lola dans ses bras.

Elle ne s'excuse pas seulement d'avoir servi d'appât. Elle regrette ses provocations lors de la soirée. Des provocations qui sont passées inaperçues auprès de tous, mais pas auprès de moi. La perspective qu'autant de monde – Ethan, Lola, Ty, et probablement Alec – soit au courant de la consommation de drogue de la fille Arinson et que personne ne m'ait prévenu me plonge dans une rage folle.

— C'est ma faute, s'excuse Avalone d'une voix chargée de culpabilité. Jamais tu n'aurais dû te retrouver dans cette situation. Je suis désolée, si tu savais...

Lola pousse un cri suraigu et se détache de sa colocataire.

— Tu n'as rien à te faire pardonner, tu...

Kate et Marie accourent, toutes deux marquées par l'inquiétude, et nous voilà au complet. L'illusion de calme que maintenait le boss se dissipe, la fureur durcit ses traits. Il dévisage son frère d'un œil mauvais.

— Terminé les gardes du corps, on refait les choses à ma manière.

— Carter...

— Non ! Je vous ai laissé les rênes, et voilà où nous en sommes. Vous êtes ses parents, mais en ce qui concerne les Devil's Sons et tout ce qui en découle, c'est sous ma juridiction. Nous n'avons pas fermé l'œil de la nuit, nous devrions tous aller nous reposer.

Inflexible, il s'adresse à Avalone et Lola :

— Vous restez ici et je ne tolèrerai aucune protestation. Henzo demeure un ennemi.

La brune interroge la blonde qui acquiesce, épuisée.

— Laisse-moi poster des gardes du corps à la propriété, quémande Mike.

— Tu insinues qu'un invité indésirable pourrait s'introduire chez moi ? Tu oses m'insulter sous mon propre toit ? s'impatiente Carter. Fous le camp avec ta femme ! On se verra plus tard et je prendrai une décision au sujet d'Henzo après avoir entendu Avalone.

L'état dans lequel se trouve le boss laisse envisager que la pression qu'il a subie de son frère et de sa belle-sœur est conséquente. À présent, c'en est fini. Il a repris le contrôle et plus personne ne pourra l'atteindre par les sentiments.

— Tu m'exaspères, lui lance Mike.

Il quitte la villa tandis que Claire insiste pour accompagner sa fille à sa chambre. Je fixe mon regard sur Avalone qui remonte le couloir, sans un mot. Je grince des dents de frustration, je crois que la voir s'éloigner de moi me fait mal. Mais voilà qu'elle s'arrête et tourne son beau visage dans ma direction. Elle me souffle un « merci » du bout de ses lèvres charnues et sensuelles. En réponse, mon cœur bat anormalement vite.

J'ai besoin d'une douche froide.

18.

Je suis allée rendre visite à Daniel, escortée par Tucker.
On se voit ce soir !
Je t'aime,
Lo.

Je laisse tomber le bout de papier et m'étire sous les draps. Je me sens encore fatiguée, néanmoins il est treize heures passées et je ne souhaite pas m'attarder. Tôt ce matin, j'ai pu discuter quelques minutes avec ma mère. La présence de Lola ne nous a pas permis de nous ouvrir l'une à l'autre, toutefois elle s'est excusée d'avoir interféré dans ma famille. Elle m'a ensuite avoué que cette chambre avait toujours été la mienne. Lorsque j'étais bébé, nous venions chez Carter tous les week-ends. Il n'a jamais laissé personne d'autre que moi y dormir.

Bien décidée à éliminer de mon corps toute trace de cette nuit chaotique, je prends une longue douche brûlante. J'ai beau me savonner, je sens toujours la pellicule de sueur sur ma peau. Ange m'avait prévenue. La redescente de Démone n'est pas une partie de plaisir. Si je n'ai pas eu d'hallucinations ou de pensées noires, je le dois à l'urgence de la situation qui m'a gardée lucide.

Les dents propres et habillée de mes vêtements lavés par Marie pendant mon sommeil, je quitte ma chambre pour suivre l'odeur des toasts jusqu'à la cuisine. La femme d'un âge avancé m'accueille à bras ouverts. Elle me serre contre elle, puis m'inspecte de la tête aux pieds.

— Comment tu vas, mon enfant ? Assieds-toi, tu as amplement mérité un bon petit déjeuner.

J'obtempère et prends place devant des tranches de pain grillé, des beignets, de la pâte à tartiner et un bon verre de jus d'orange frais.

— Carter est au téléphone, il ne devrait pas tarder. Et Mike est en route pour la propriété.

— Où est ma mère ?

— À l'hôtel. Son dernier message date d'il y a trois heures à peine. Son inquiétude l'a gardée éveillée. À présent, je suppose qu'elle dort.

Je hoche la tête et m'attaque à la nourriture, couvée des yeux par Marie.

Je m'essuie les coins de la bouche quand Carter apparaît.

— Comment tu te sens ? Tu t'es bien reposée ?

C'est plutôt à lui qu'on devrait poser la question. Ses cernes sont marqués, il a l'air épuisé, comme s'il n'avait pas pris la peine de dormir. Je ne sais pas ce qu'il a fichu depuis notre retour à l'aube, mais je suis certaine que chaque chose qu'il a entreprise concerne ma sécurité. Il s'inquiète pour moi, je le lis dans son regard. Alors, je ne peux m'empêcher de le rassurer, parce qu'aussi étrange que ça puisse paraître, je pense que je l'aime. Oui, j'aime ce personnage qui a mis au point des plans invraisemblables afin de m'avoir près de lui. J'aime ce qu'il a fait de ses hommes, la chance qu'il leur a donnée. Et si je me sens particulièrement en sécurité auprès de ces garçons, il ne faut pas oublier que le génie qui se cache derrière eux est Carter.

— Je vais bien, lui assuré-je.

Je lui offre un sourire sincère et lui propose même un toast dans lequel j'ai déjà croqué. Amusé, il décline tandis que Marie m'encourage à me lever en posant une main dans mon dos.

— Allez discuter au salon, ce sera plus confortable.

Carter et moi traversons le couloir, puis nous tombons sur Mike qui est déjà installé au fond du canapé. À mon arrivée, il se lève et esquisse un pas vers moi, pour se raviser ensuite. Les derniers événements n'ont pas aidé à briser la glace entre nous.

Sans passer par quatre chemins, le visage grave, mon parrain me demande :

— Qu'est-il arrivé cette nuit ?

— Henzo n'avait pas l'intention de me tuer. Il ne s'en prend pas à des innocents, jamais, et dès qu'il s'en est souvenu, il a baissé son arme. Je l'ai laissé s'échapper parce qu'il ne représentait plus aucun danger.

— J'ai besoin que tu me racontes votre… *entrevue* dans les moindres détails afin d'en juger par moi-même.

La décision que j'ai prise le contrarie, toutefois il est enclin à la discussion. Pour Mike, ça m'a l'air d'être une tout autre histoire. Il semble avoir un avis bien tranché sur la situation.

Je m'affale dans un fauteuil et partage avec eux les paroles que nous avons échangées, les réactions d'Henzo ainsi que la position de son arme…

Une fois mon récit achevé, le boss traverse la pièce de long en large. Silencieux, il se frotte la mâchoire avec nervosité, puis s'immobilise devant moi.

— Tu ne nous facilites pas la tâche pour te protéger, Avalone. Tu aurais dû laisser Clarke le tuer. Il y a des risques que nous ne pouvons pas nous permettre de prendre.

Je suis quelque peu déçue qu'il ne se range pas de mon côté, cela dit je ne désespère pas. Ce qui fait de Carter un très bon chef de gang est qu'il prend en considération la perception de ses hommes. Il est le cerveau, tandis qu'eux sont ses yeux et ses oreilles. C'est comme ça que les Devil's Sons fonctionnent.

Je me lève et ancre mon regard dans le sien.

— Tu dois croire en moi. Il n'est...

— Par Tyr, il en est hors de question ! s'écrie Mike. Il t'a tiré dessus et t'a kidnappée ! Et tu lui fais confiance parce qu'il a eu pitié de toi un quart de seconde ?!

Je grince des dents, tout autant irritée par sa condescendance que par le jugement qu'il porte sur une situation sans en connaître les protagonistes.

— Et toi, tu as encore confiance en ta *clairvoyance,* après l'erreur monumentale que tu as commise il y a vingt ans ? Tu pensais que les BloodBro ne remarqueraient pas ton arnaque, qu'ils étaient trop stupides, et regarde où nous en sommes !

— C'EST JUSTEMENT PARCE QUE JE N'ÉTAIS PAS ASSEZ MÉFIANT À L'ÉPOQUE QUE JE LE SUIS AUJOURD'HUI ! hurle-t-il.

Fou de rage, son torse se soulève au rythme de sa respiration saccadée. Je regrette mes mots, j'ai été injuste. Il a commis une faute, mais il ne mérite pas que je la lui renvoie à la figure à la première occasion. Il a dû s'autoflageller durant des années, il a assez souffert comme ça. Cependant, je ne peux le laisser prendre position de façon arbitraire.

— C'est là qu'entre en jeu le discernement. Tous les criminels ne méritent pas la peine capitale. Et puis, ça arrive à tout le monde de s'égarer. L'essentiel est de retrouver son chemin. Henzo est sur la bonne voie. Ne le privez pas d'une seconde chance, parce que dans toute cette histoire, c'est lui qui souffre le plus.

Mike me regarde durement, puis ses épaules s'affaissent. Je suis parvenue à le faire douter, c'est tout ce que j'espérais.

— Je vais contacter Lucas, il me transmettra les coordonnées d'Henzo, annonce Carter. S'il accepte une rencontre afin de clarifier ses intentions, nous serons fixés.

Il quitte le salon, portable à la main. Mon père et moi patientons, sans un mot, jusqu'à ce que je m'approche de lui dans l'espoir de le rassurer.

— Je ne dis pas que je suis devin ou que je lis dans les pensées. Je ne suis qu'une païenne qui croit en l'humanité. Mais j'ai la conviction qu'une main tendue peut sauver une vie. Les Devil's Sons en sont la preuve. Seuls les dieux savent ce qu'ils seraient devenus sans Carter.

Mike m'observe de ses yeux rendus brillants par l'émotion.

— Ton regard... Il n'a pas changé, même après tant d'années...

Je souris, touchée par les trémolos dans sa voix. Au même moment, le boss signale sa présence d'un raclement de gorge. Il nous rejoint et me tend son téléphone.

— Donne rendez-vous au King of the Law pour vingt heures à la propriété. Venant de toi, il devrait se montrer moins réticent.

Je le remercie et quitte la pièce afin ne pas être épiée par les deux hommes. Ça me rendrait nerveuse, et Henzo en tirerait des conclusions hâtives. Je m'arrête au milieu du couloir, puis lance l'appel. À la troisième sonnerie, le King of the Law décroche, mais ne prononce pas un mot. Seule sa respiration m'indique qu'il est bien là, à l'autre bout du fil.

— C'est moi. Avalone. Carter souhaite te rencontrer. Si tu te présentes à la propriété à vingt heures et affirmes ne plus vouloir me tuer, tu auras la vie sauve. Tu obtiendras ta rédemption.

Son rire amer résonne à mon oreille.

— Et tomber dans une embuscade ? Je ne suis pas un imbécile.

— Tu as ma parole et la sienne. Aucun des nôtres ne s'en prendra à toi.

Il se mure dans le silence. Je reprends :

— Je ne t'ai pas protégé pour te tendre un piège, Henzo.

— Peut-être que ton boss te cache ses intentions.

— Parfois, nous n'avons pas d'autre choix que de laisser notre sort entre les mains d'un ennemi. C'est ainsi que se créent les alliances. Si tu refuses cette confrontation, ils te traqueront et cette fois-ci, ils déploieront toutes leurs ressources. C'est dans ton intérêt de venir en paix.

Sans attendre de réponse, je raccroche, puis rejoins le salon. Je rends le téléphone à son propriétaire et annonce :

— Il viendra. Je lui ai assuré qu'il repartirait vivant d'ici, vous n'avez pas intérêt à...

— Je respecterai mon engagement, me promet Carter.

Il jette un coup d'œil entendu à son frère.

Et il s'assurera que Mike ne vienne pas trahir sa parole.

Il ne reste plus qu'à convaincre les Devil's Sons de ne pas faire de vagues, ou plutôt, convaincre Clarke de ne pas tout gâcher. En parlant du loup, il pénètre dans la villa aux côtés de ses acolytes. Mes mains deviennent moites, j'appréhende sa réaction. Carter déclare :

— À vingt heures, nous accueillerons Henzo avec un minimum d'amabilité.

D'une dureté sans précédent, le visage de son second se fige. Son impassibilité s'est transformée en une haine si lourde qu'elle impacte et rend nerveux chaque être doté d'un instinct de survie. Les garçons s'agitent et protestent, jusqu'à ce que Clarke s'exclame :

— Tu te paies ma gueule ?

— Je te rappelle que c'est toi qui l'as laissé filer ! l'accuse le boss.

— Pour qu'il foute le camp de cette putain de ville ! Pas pour l'inviter à boire le thé !

— Si Avalone dit vrai, il restera en vie. Fin de la discussion !

Clarke semble chercher du soutien auprès de ses amis. Il attend la moindre contribution et dégage même un certain désespoir, mais personne n'intervient. Il hausse les sourcils et recule d'un pas, puis d'un autre. Son regard exprime un sentiment de trahison qu'il a du mal à encaisser. Mauvais, il nous dévisage avec un profond mépris, comme si nous étions les humains les plus stupides qu'il ait rencontrés.

— Je l'ai épargné *pour elle*, une fois de trop. Si je recroise ce fils de pute, je le bute.

Sans un regard en arrière, il quitte les lieux. Alors que Carter s'apprête à le rattraper et prendre de force l'asservissement qu'il lui doit, je lui coupe la route.

— Laisse-moi le raisonner.

Il accepte d'un hochement de tête et je cours vers la sortie. Je dévale les marches du perron pour retenir le Devil's. Il se dégage de ma poigne, furieux.

— N'ESPÈRE PAS ME FAIRE CHANGER D'AVIS !

Les émotions au fond de ses prunelles ravivent les mots que Ty a prononcés la veille.

« Si tu pouvais voir à travers mes yeux comment il te regarde, tu comprendrais que tu ne seras jamais un jeu pour lui. »

À ce moment précis, je ressens cette nécessité de lui faire admettre ce qu'il éprouve à mon égard. Bien qu'il ne le sache pas lui-même, son comportement et ses réactions révèlent beaucoup sur ses sentiments pour moi.

Je le tire à l'arrière de la maison, à l'abri des regards indiscrets.

— Qu'est-ce que tu...

J'écrase mes lèvres sur les siennes. Le vide qu'il a laissé au creux de ma poitrine deux semaines auparavant se comble instantanément. Dans un grognement, Clarke répond à mon baiser, et lorsque son corps lâche prise, l'obligeant à se retenir à la façade derrière moi, je gémis contre sa bouche. Je retrouve la fougue de ses lèvres, la chaleur de sa langue et la fermeté de ses paumes sur mes reins. Mes sens sont ravivés, le sang brûle dans mes veines. Nous avons goûté au plaisir de notre union et, à présent, nous ressentons le besoin presque vital de ne plus faire qu'un. Mes ongles éraflent son dos, il s'empare de l'une de mes fesses. Mon gémissement est aspiré par le sien, viril et primitif, puis ses doigts quittent ma peau et s'agrippent au mur. Il me prive de ses lèvres, mais ne s'éloigne pas. Sa respiration est aussi haletante que la mienne, ses muscles sont tendus à l'extrême. Il lutte férocement pour ne pas me posséder, ici et maintenant, tandis que je peine à recouvrer mes esprits. Mon cerveau est embrumé par mon désir violent pour Clarke.

De longues secondes s'écoulent sans que nous échangions un mot. Seuls nos souffles erratiques qui retrouvent difficilement leur cadence perturbent le silence. Notre proximité n'arrange rien.

— Tu m'as menti, encore une fois... murmuré-je. Je n'ai jamais été un jeu. *Nous* n'avons jamais été un jeu.

Le désespoir voile son regard.

Clarke agit, certes sous l'impulsivité, pourtant il assume toujours ses choix sans un regret. Pour la première fois depuis probablement des années, il en a un : moi.

— Bien sûr que non, putain !

Il colle son front au mien. Je ferme les paupières et profite de ce contact.

— Ton rejet, je le respecterais, mais le refus de Carter... Pourquoi tu ne me détestes pas ? Ce serait plus simple, me souffle-t-il.

Il recule et me fait face, rompant tout contact physique. Il s'apprête à s'ouvrir, je le vois à ses épaules tendues et à son air tiraillé. Mon cœur bat à toute allure tandis que je lui laisse le temps dont il a besoin pour organiser ses pensées.

— Si Carter apprend que j'ai de nouveau fauté, il me bannira des Devil's Sons et, à ce moment-là, les gars quitteront le gang par solidarité. Il se peut que le boss ne retienne aucun de nous et recrute d'autres membres pour reformer les rangs.

Il grimace, signe que ses aveux lui coûtent.

— Mais toi, tu seras toujours Avalone Arinson, la nièce de Carter et la fille de Mike. Tous leurs ennemis s'en prendront à toi, si bien que ni moi, ni Set, ni aucun des gars n'auront les ressources nécessaires pour assurer ta protection. Et il est hors de question qu'il t'arrive quoi que ce soit parce que les nouveaux Devil's Sons ne sauront pas tenir une arme. Vouloir être avec toi n'aura plus d'importance si tu es morte. Ta sécurité dépend de ma place dans le gang. Je ne pourrai jamais te protéger aussi bien qu'avec les avantages que Carter nous offre.

Ses révélations touchent mon âme et me déroutent. J'ouvre la bouche et la referme, incapable de former des mots. Ce n'est plus seulement son amour pour le gang qui régit ses actes.

À présent, je fais partie de l'équation.

Le bonheur emplit mon être tout comme la frustration et la colère. Le beau brun ténébreux a des sentiments pour moi et je suis amoureuse de lui. Il y aurait un *nous* si Carter était indulgent. Il représente notre seul obstacle.

Consciente que le Devil's est une bombe à retardement à cause de son interdiction de me toucher et de la venue d'Henzo, je ravale ma colère afin de ne pas le contaminer et lui en donner davantage. J'efface la distance entre nous et lui offre un baiser si doux et intime que j'en perds la tête.

Alors que je comptais m'éloigner de lui, Clarke m'attrape par les hanches et prolonge notre échange. Mes jambes me font défaut, je me retiens à ses bras puissants.

— Retourne à l'intérieur avant que Carter ne débarque, me murmure-t-il.

Je pose mes paumes sur son torse et sens son cœur battre furieusement dans sa cage thoracique. Je souris, heureuse de constater que je lui fais de l'effet.

— Viens ce soir.

Il soupire et contracte la mâchoire, sur la défensive.

— S'il te plaît...

Je l'embrasse tendrement, son regard s'adoucit. Je réitère l'opération et le supplie une nouvelle fois. Ma langue caresse la sienne, mais mon stratagème se retourne contre moi lorsqu'à chaque contact, mon souffle se raréfie. Ma peau crépite sous les effleurements de ses doigts, mon cœur bondit quand ses mains tremblent de retenue.

— J'ai besoin que tu sois là.

Je l'embrasse une dernière fois, puis retrouve ses iris noirs d'émotion.

— OK, susurre-t-il.

Je masque mon air victorieux et, à contrecœur, recule d'un pas. Je monte les marches du perron pour regagner la villa avant que le brouillard provoqué par mes baisers ne s'estompe de sa boîte crânienne.

— La garce ! s'exclame-t-il dans mon dos, conscient de ma ruse.

Je retiens un éclat de rire et poursuis mon chemin sans me retourner. Je fournis un gros effort pour effacer mon sourire. Manquer de percuter Carter me permet de recouvrer mes esprits, toutefois, je détourne le regard. Je sens encore les lèvres et les mains de Clarke sur moi.

— Il sera là, affirmé-je.

Tandis que les Devil's me lancent des œillades entendues, le boss ne semble se douter de rien.

— Bien. Si tu souhaites retourner sur le campus avant ce soir, Tucker et Justin te tiendront compagnie. On n'est jamais trop prudent.

Les concernés opinent du chef, seulement, quand on s'apprête à quitter la villa, Carter m'arrête au milieu de l'entrée et fait signe aux gars de m'attendre dehors. Hésitant, il lisse sa cravate bleu ciel.

– Tu ne comprends sans doute pas la règle qui interdit Clarke d'entretenir une relation avec toi, mais... Il n'est pas stable, Avalone. Et dans le monde dans lequel on évolue, tout est source de danger. Si tu te retrouves en mauvaise posture, il perdra les pédales et ne répondra plus de rien ni de personne. Ses sentiments à ton égard ne doivent pas entraver mes ordres, surtout pas avec les BloodBro dans la nature.

J'arque un sourcil et le dévisage.

– Ce sont tes propres sentiments à mon égard qui influencent tes ordres. Carter Brown, le chef des Devil's Sons, aurait-il interdit une relation entre deux de ses membres ?

Il comprend à ma réponse que je ne vais pas être docile. Par conséquent, il hoche la tête, prêt à avoir cette discussion.

– Non, pas si les concernés étaient capables de se contrôler et de placer une confiance aveugle en moi dans un moment critique. Ce qui n'est pas le cas de Clarke.

Je secoue la tête et annonce avec conviction :

– C'est là que tu te trompes. Il te suivrait au bout du monde parce que tu es la personne en qui il a le plus confiance sur cette terre !

– Il a des ennemis, Avalone. Beaucoup d'ennemis qui s'en prendraient à toi pour l'atteindre.

Je l'arrête d'un geste de main autoritaire.

Je ne me le serais probablement pas permis si j'avais le chef de gang face à moi, mais cette interdiction émane du parrain, tout comme l'hésitation et la douceur dont il fait preuve.

– Les Devil's Sons ont eux aussi des ennemis. *Tu* as des ennemis. Sans oublier les miens. Contredis-moi si je me trompe, mais il me semble que les BloodBro sont la plus grosse menace que le gang ait jamais connue.

– Je me suis informé sur chacun de nos adversaires afin de

les contrer s'ils venaient à tenter quoi ce que soit. Clarke a envoyé beaucoup de personnes à l'hôpital, des hommes dont je ne connais même pas l'existence. Ce sont des ombres qui peuvent se manifester à tout moment.

Ébahie, j'écarquille les yeux.

— Tu me demandes de renoncer à lui pour des ombres ? Tandis que lui est prêt à être avec moi alors qu'un danger bien réel plane au-dessus de ma tête ? Tu es injuste et tu le sais !

Ennuyé, il se frotte la mâchoire.

— Clarke est détruit, Avalone. Il va te briser le cœur.

— Mon cœur est *déjà* brisé ! Je suis malade, Carter. Je vais mourir ! Si Clarke s'engage avec moi, c'est lui qui prend le plus de risques. À présent, arrête d'essayer de me convaincre, ça suffit. S'il renonce à moi pour quelque raison que ce soit, je l'accepterai. Mais je ne serai pas celle qui tirera un trait sur nous.

Je soupire et passe malgré tout la main sur le bras de mon parrain avec affection.

— Tu sais que personne ne me protégera et ne me respectera autant que lui. Il est temps pour toi d'accepter qu'il est l'homme en qui tu as le plus confiance.

Sur ces derniers mots, je quitte la villa et laisse Carter méditer à ce sujet.

De retour sur le campus, la désagréable sensation d'être recouverte d'une fine couche de sueur ne me quitte toujours pas. Je me dirige vers les douches communes des filles, Tucker et Justin sur mes talons. Ils m'attendent devant la porte, au plus grand bonheur des étudiantes. J'entends les deux idiots amuser la galerie pendant que l'eau fouette mon corps, et une fois propre et habillée, je les rejoins dans le couloir. Ces stars de l'université récoltent un bon nombre de numéros de téléphone en promettant des rendez-vous inoubliables.

Nous regagnons ma chambre. J'empile mes manuels dans

l'intention de me rendre à la bibliothèque, au grand désarroi des garçons. J'ai manqué pas mal de cours depuis le début de l'année, il faut que je sois plus sérieuse si je désire passer en classe supérieure.

— Vous n'êtes pas obligés de me suivre.

— Si, on l'est, grogne Justin.

— Ce ne sera pas long, trois petites heures suffiront.

Mes amis écarquillent les yeux d'horreur.

— *Trois heures* ? s'exclame Tucker en agitant les bras.

— Vous savez quoi ? Je vais étudier dans ma chambre. Comme ça, vous aurez tout le loisir de vous envoyer en l'air !

Les gars poussent des cris victorieux et entreprennent une danse de la joie revisitée avec des gestes obscènes qui m'arrachent un éclat de rire. C'est lorsque j'exige qu'ils quittent les lieux qu'ils se montrent méfiants.

— Tu ne sors pas de ta chambre, c'est compris ? m'ordonne Justin. Et tu n'ouvres à personne. Si tu as le moindre problème...

— Je vous appelle, le coupé-je. Ne t'en fais pas, il ne m'arrivera rien.

Mais voilà qu'ils se ravisent et affirment m'accompagner à la bibliothèque, sous prétexte qu'Henzo est tout de même dans la nature. Bien que leur inquiétude m'attendrisse, je feins une mine blessée et irritée en leur reprochant d'avoir aussi peu confiance en mes capacités. Je leur crie presque dessus tandis qu'ils jurent croire en moi et me flattent avec tout un tas de compliments. Je maintiens mon rôle d'actrice. À chaque pas que je fais dans leur direction, ils reculent vers la sortie. Et alors, mon sourire les éblouit.

— Je vous aime, profitez bien !

Sur ce, je leur claque la porte au nez avant de la verrouiller. Je les entends m'invectiver à travers le bois et m'installe à mon bureau, hilare.

Absorbée par mes cours, je sursaute et manque de tomber de ma chaise quand mon téléphone sonne. Je pousse un juron, puis soulève mes manuels un à un afin de mettre la main dessus avant de louper l'appel. Je décroche.

— Tu es prête ? me demande Clarke.

— Pourquoi ?

— Je viens te chercher. Il est 19 h 30, et tu as invité celui qui a attenté à ta vie *par deux fois* à une pyjama party.

Je fronce les sourcils et rive mon regard au-delà de ma fenêtre. Il fait déjà nuit, je n'ai pas vu le temps passer.

— Oui, je suis prête.

Sans civilité, il me raccroche au nez, signe incontestable de son irritabilité.

Je ferme mon livre de lettres modernes et attache mes cheveux en un chignon flou. J'ai seulement le temps d'enfiler ma veste que Clarke frappe à la porte. Il me dévisage de la tête aux pieds avec un certain agacement.

— Si tu veux que cet enfoiré tombe à genoux devant toi, tu risques d'y parvenir.

Je baisse les yeux sur ma tenue. Je porte un jean noir, mon trench en daim et mes bottines à hauts talons. Un ensemble passe-partout que je revêts même pour aller en cours. Amusée par sa mauvaise foi, je le jauge du regard.

— Qui te dit que ce n'est pas déjà le cas ?

Ses yeux m'envoient des éclairs meurtriers et sa mâchoire se contracte, au point que je m'inquiète pour ses dents.

Bien qu'elle se manifeste par la colère, sa jalousie me procure une sensation d'euphorie.

— La seule personne avec qui je joue de mes charmes, c'est toi, murmuré-je en faisant référence à la façon dont j'ai obtenu sa présence à nos côtés ce soir.

Clarke ne peut dissimuler son éternel sourire en coin. Il passe son bras autour de mes épaules et nous quittons ma chambre, puis le bâtiment.

— Pourquoi les deux cons n'étaient pas avec toi ?

— Ils avaient des filles à satisfaire et j'avais besoin d'étudier. Dans le calme.

— Un samedi ? Quelques heures après avoir été séquestrée ? me questionne-t-il, moqueur.

Offensée, je me plante devant lui.

— En raison des innombrables appels urgents que me passent les Devil's Sons – qui amènent la plupart du temps à des frasques rocambolesques –, j'ai raté un bon nombre de cours ! Vous vous inquiétez tous pour ma sécurité, mais personne ne semble se soucier de mon avenir !

Un avenir pas très long, toutefois je me suis juré de vivre comme si j'avais l'éternité à portée de main.

Clarke lève les yeux au ciel, je lui tends un doigt d'honneur en retour. Il attrape mon poignet et m'attire suffisamment fort à lui pour que ma poitrine s'écrase contre son torse. Son sourire amusé s'efface peu à peu. Ses mains dans le creux de mes reins dégagent une chaleur insidieuse qui réchauffe tout mon être. Avec douceur, il replace une mèche de cheveux derrière mon oreille, puis son regard tombe sur mes lèvres.

Un coup de klaxon éclate la bulle de désir dans laquelle on se perdait. À bord de la Mercedes, installé côté passager, Set se tord de rire.

— Vous vous bougez ?

Le Devil's gronde de mécontentement. Nous reprenons la marche, main dans la main.

— Où est passée ta moto ? lui demandé-je.

— Carter a pensé que le trajet serait plus sûr en voiture. Et il n'avait pas tort.

Le bad boy m'ouvre la portière. Je m'engouffre dans le véhicule et trouve la chaleur de l'habitacle fort agréable.

— Henzo ne veut pas ma mort, vous verrez.

— Quand tu désireras la sienne, fais-moi signe.

Il me décoche un clin d'œil et monte derrière le volant.

— Elle veut tout plaquer pour devenir scout, lance Set. Ne la pousse pas à le faire.

Une vingtaine de minutes plus tard, nous sommes tous réunis au salon de la propriété quand des coups frappés à la porte se font entendre. Je sens la tension monter d'un cran dans les rangs des Devil's Sons et regarde avec appréhension leurs mains serrer leurs armes. Ils forment une ligne de défense impénétrable devant moi, prêts à agir au moindre écart. Toutefois, je suis persuadée que l'*örlög* d'Henzo l'empêchera de nous nuire davantage.

Dans notre religion, le destin se résume à deux mots : l'*örlög* et le *wyrd*.

L'*örlög* est la loi primordiale. C'est ce qui nous définit au plus profond de nous-mêmes. Il peut être perçu comme l'essence de notre âme. Nous deviendrons ce que nous sommes destinés à devenir. Le *wyrd*, quant à lui, gouverne l'univers. Il est le concept de la cause et de l'effet, souvent représenté par une toile infinie qui se tisse en fonction des actions de l'un, de la réaction de l'autre et des répercussions qui s'ensuivent. Chacun de nos actes impacte des vies comme la nôtre est impactée par les actes d'autrui. C'est la conséquence inéluctable de nos interactions individuelles avec le monde qui nous entoure. Voilà pourquoi le *wyrd* est en constante évolution, il incarne notre libre arbitre. Toutefois, il est entravé par l'*örlög* qui exerce une influence sur nos choix. Nous ne pouvons aller à l'encontre de ce que nous sommes.

À la tête des Devil's Sons se tiennent les hommes Arinson. Ma mère, qui souhaitait être présente, s'est fait rire au nez. D'après le boss, moins il y a de personnes à protéger, plus il y a de survivants. Carter ouvre la porte sur le King of the Law, droit et fier, et ne perd pas de temps en démonstration de force quelconque. Il n'en a pas besoin, il dégage la supériorité.

— Dépose tes armes, lui ordonne-t-il.

Henzo le dévisage, mauvais. Je prie pour que son petit jeu cesse avant que ma famille ne perde patience.

— Je ne suis pas armé, annonce-t-il. Je fais confiance à Avalone.

Je n'en espérais pas tant de sa part. Je souris, reconnaissante, et Carter hausse les sourcils avec une certaine méfiance.

— Sean, fouille notre invité.

Le King of the Law foule le sol de l'entrée et écarte docilement les bras. Dans ses mouvements, le Devil's lui assène un violent coup à l'abdomen. La respiration d'Henzo se coupe, des sourires satisfaits s'affichent sur les lèvres des membres de mon gang.

— Oups. J'ai dérapé, ment Sean.

Sa victime siffle de douleur et de désapprobation, mais ne riposte pas.

Lorsque mon ami confirme l'absence d'arme, je contourne les garçons et me plante devant Henzo. Malgré sa fierté, je lis dans son regard la crainte que nous ne tenions pas parole. Alors, je pivote vers les Devil's et les enjoins à se débarrasser de leurs pistolets.

— Il a prouvé qu'il n'était pas là pour tuer. Rendez-lui la pareille.

La tension sur leurs visages est éloquente, ils n'ont qu'une envie : achever le King of the Law. Pourtant, sans même demander l'approbation de Carter, ils déposent leurs flingues au fond du coffre-fort, à côté de la cheminée. Seul Clarke conserve le sien, serré entre ses doigts.

— Clarke, ton arme ! lui ordonne le boss.

Le Devil's contracte la mâchoire et demeure immobile.

— MAINTENANT !

Son attitude hostile persiste, toutefois le bad boy abandonne son revolver auprès des autres. Carter rejoint le salon avec cette autorité innée qui le caractérise, incitant Henzo à le suivre. Encerclé d'hommes qui veulent sa peau et l'expriment sans modération, le King of the Law ne parvient pas à se libérer de sa nervosité.

— Si tu es en vie aujourd'hui, c'est grâce à la bonté d'Avalone, affirme Carter.

— Je n'en doute pas.

Mike, les bras croisés sur son torse, s'approche de celui qu'il considère comme mon ennemi. Il n'a rien du père aimant, il est le fournisseur d'armes intimidant et capable du pire pour maintenir l'ordre.

— La mort d'Avalone ne serait donc plus dans tes projets ?

Henzo, les sourcils froncés, s'adresse à mon parrain :

— C'est qui le boss ? Vous, ou l'autre ?

— Moi, répond Carter.

— Alors, c'est qui celui qui se la joue ? demande-t-il, arrogant.

Par Odin, quel con !

Mike referme ses doigts autour de son cou et le plaque contre le mur. Les Devil's se marrent aux dépens du King of the Law tandis que je suis agitée, loin d'être sereine.

— Celui qui se la joue, c'est le marchand d'armes de la plupart des gangs du continent, dont le tien, pauvre merde !

Henzo se raidit, et à mon grand soulagement, il ne répond pas à la violence de mon père. S'il ne s'attendait pas à ce qu'un homme aussi important que Mike se déplace pour un clan du Michigan, il comprend qu'il n'a pas le droit à l'écart de conduite.

— Avalone ne risque rien. J'ai commis une erreur, ça ne se reproduira plus.

Carter prononce le nom de son frère en guise d'avertissement, et ce dernier libère le Brésilien de sa poigne.

— Comment peut-on s'assurer qu'il dit vrai ? crache Tucker.

— Dans le cas contraire, chaque membre de son gang sera torturé et tué, puis ses grands-parents y passeront, susurre Mike. Et cette fois-ci, mes propres hommes seront chargés de les traquer.

Le ton de mon paternel me donne froid dans le dos. C'est comme s'il avait deux personnalités. Une douce, compatissante et aimante ; la seconde, glaçante, féroce et violente.

Je préfère de loin la première.

Henzo regarde fixement Mike, puis hoche la tête avec cette crainte d'avoir causé du tort aux siens.

— À présent que les choses sont claires, je peux partir.

Le King of the Law traverse le salon et passe la porte d'entrée, le pas précipité, sans que personne ne l'en empêche. Je m'apprête à le rattraper, mais Clarke fait obstacle.

— N'y pense même pas.

— Il ne me fera plus aucun mal, grogné-je, agacée.

Je le contourne, et alors que le bad boy allait me retenir, Carter l'en interdit. Je sors de la maison.

— Henzo, attends !

Il se tourne vers moi, les traits tiraillés par l'hésitation. Fuir, ou écouter ce que j'ai à lui dire ?

Je comble la distance qui nous sépare et lui tends un bout de papier.

— Qu'est-ce que c'est ?

— Tu trouveras ton gang à cette adresse, au Panama.

Henzo lâche un rire sans joie, dénué d'espoir.

— Je les ai trahis. Lucas ne m'acceptera pas.

Je saisis son poignet et dépose au creux de sa main une seconde chance.

— C'est toi-même que tu as trahi, et Lucas est du même avis. Je l'ai appelé avant ton arrivée. Ils n'attendent plus que toi.

À son expression perdue, je lui accorde quelques secondes pour assimiler mes paroles. Il devient incrédule et finit troublé.

— Pourquoi tu fais ça ? Tu fantasmes sur les criminels en perdition ?

J'éclate d'un rire sincère, puis secoue la tête.

— Ton *örlög*.

Il me dévisage comme si j'étais encore plus folle qu'il ne le pensait.

— Ça provient de notre religion. Promets-moi d'effectuer des recherches pour en comprendre le sens.

Il acquiesce, le regard brillant d'émotion. Je lui souhaite bonne route, tourne les talons et regagne la villa.

Quarante-neuf jours après la négociation, tout est enfin terminé. Il n'y a plus ni gang ennemi, ni membre déviant qui cherche à attenter à ma vie – du moins pour l'instant, car les BloodBro sont toujours dans la nature. Les gardes du corps ont disparu du campus, je fais de nouveau partie des Devil's Sons, et pour couronner le tout, les secrets sont enfin derrière nous. Un sentiment de plénitude pulse à travers mes veines. Je me sens vivante, aimée et respectée par ceux que je porte dans mon cœur. Ma voix compte aux yeux du gang et ensemble, j'ai la certitude que nous pourrons surmonter chaque obstacle qui se dressera sur notre chemin.

Je freine et m'immobilise au pied du perron. Clarke, adossé contre l'encadrement de l'entrée, se redresse et descend les marches tout en fixant le King of the Law de ses iris noirs. Je lui barre la route.

— Nous avons un accord !

— Je ne vais pas le tuer.

Craintive, je le regarde s'approcher d'un Henzo résigné. Il accepte ce que Clarke lui réserve. Alors, le Devil's lève le poing et le frappe avec une violence terrifiante en plein visage. Deux craquements sourds font écho, une dent se déchausse, du sang gicle et le King of the Law s'effondre à terre.

Je porte mes mains à ma bouche, sous le choc, et me

précipite vers le blessé. Il saigne tellement que je ne vois pas grand-chose, toutefois la forme qu'a pris son nez n'est pas difficile à analyser. Quant à sa mâchoire et ses dents...

Thor Tout-Puissant !

La douleur déforme ses traits, Henzo tente de se redresser.

— Tu devrais payer de ta vie ce que tu as osé lui faire. Tu as jusqu'à demain pour quitter les États-Unis, et tu n'as plus intérêt à y mettre les pieds. Si tu es dans le coin, crois-moi, je le saurai. Tu auras déjà signé ton arrêt de mort à la traversée de la frontière.

Je me tourne vers le Devil's, folle de rage. J'avais promis à cet homme qu'il ne lui arriverait rien, mais Clarke a piétiné ma parole, il lui a arraché toute valeur.

— Il a le nez et la mâchoire brisés ! m'écrié-je.

— Je lui transmettrai le contact du chirurgien de Sean. Qu'il donne mon nom à l'accueil, ils enverront la facture à Carter.

Je pousse un grognement de rage et me concentre sur Henzo.

— Viens, je t'emmène à l'hôpital.

— Il a les yeux crevés ? me questionne Clarke.

— Non.

— Les jambes cassées, peut-être ? Ou les mains ? m'interroge-t-il, mauvais.

Je lui lance un regard chargé de mépris.

— Non.

— Alors, il est en capacité d'y aller seul. Tu rentres !

— Même pas en rêve !

— DANS LA MAISON, AVALONE ! me hurle-t-il.

Je me fige, comprenant avoir affaire au second de Carter. Il n'est qu'autorité et intransigeance.

Je serre les dents, puis m'excuse auprès d'Henzo qui rigole, l'air un peu fou. Il doit s'y prendre à plusieurs reprises pour articuler, non sans douleur :

— Tu as tenu ta parole, je suis en vie. Je mérite ces blessures.

Merc…

Il n'a pas le temps d'achever sa phrase, Clarke m'attrape par le bras et m'entraîne de force jusqu'à la villa. Dans le hall d'entrée, je peste et me débats. Il ne me libère que lorsque Carter nous rejoint.

— Qu'a-t-il de cassé ?

— Le nez, la mâchoire et une ou deux dents, répond Clarke.

Un sourire cruel appuie ses propos, le boss lui donne une tape respectueuse sur l'épaule.

— Bravo, champion.

Sidérée, aucun mot ne franchit la barrière de mes lèvres. Le regard de Carter tombe sur les phalanges ensanglantées de son homme, il affiche alors une moue compatissante à l'égard de sa victime.

— Va l'aider à se nettoyer, m'ordonne-t-il.

J'écarquille les yeux.

— Moi ?

Le chef de gang s'éloigne déjà tandis que Clarke et moi le dévisageons. Il disparaît au fond du couloir sans une explication. Je n'ose bouger, de peur de passer un nouveau test. Pourquoi exiger qu'on s'enferme tous les deux dans une pièce, si ce n'est ça ?

Les secondes se succèdent et aucun de nous n'esquisse un pas. J'ai beau analyser la situation sous tous les angles, je ne parviens pas à résoudre le mystère qu'est Carter. Lasse, je finis par me diriger vers ma salle de bains, le Devil's Son sur mes talons.

Alors que je fouille l'armoire à pharmacie, il s'adosse contre le lavabo et patiente.

J'attrape une aiguille à coudre, et avant qu'il ne puisse anticiper mon geste, je lui pique le bras si profondément qu'elle reste plantée dans sa peau. Clarke se redresse à vive allure, le regard noir.

— Tu es folle !

— Quoi ? Tu as mal ? Imagine ce qu'Henzo ressent ! m'exclamé-je, hors de moi.

— ET TOI, DIS-MOI À QUEL POINT TU AS SOUFFERT QUAND IL T'A TIRÉ DESSUS !

Il pince l'aiguille et la jette à travers la pièce. Les muscles bandés, les traits crispés, il me tourne le dos et ouvre le robinet. Il passe sa main abîmée sous l'eau, ses frottements nerveux aggravant plus qu'ils ne nettoient sa peau éclatée.

Je crois que, ce jour-là, il a souffert autant que moi. Il a subi un saut dans le temps et s'est retrouvé face à ses parents qui se vidaient de leur sang.

Je soupire et interromps ses mouvements avec douceur. Je soigne ses écorchures à l'aide de compresses et produits désinfectants. Clarke suit mes gestes des yeux, jusqu'à ce qu'il se glisse derrière moi et m'enlace de son bras libre. Ma respiration se coupe, je me concentre tant bien que mal sur mes soins.

— Je suis désolé. Je ne voulais pas rompre ta promesse.

Je ferme les paupières et prends conscience de mon comportement. J'ai souhaité sa présence à mes côtés ce soir, alors que ses intentions étaient claires. Malgré tout, il a fourni un effort surhumain, s'est retenu d'achever Henzo pour la seconde fois. Je n'avais pas le droit d'exiger plus de sa part.

— Je le suis aussi, soufflé-je. Tu ne l'as pas tué, à ma demande. Lui coller ton poing dans la figure était la moindre des choses. On paie tous le prix de nos erreurs.

Je pose les yeux sur notre reflet et observe sa musculature contre mon corps si frêle en comparaison. Une musculature qui m'offre sécurité… et désir.

— Un mot de ta part et je le rattrape, puis je le tue.

Je retiens un sourire et penche la tête de côté sous les baisers qu'il parsème le long de mon cou. J'en frissonne de plaisir.

— Si tu le tues, ce n'est pas le Valhalla qui t'ouvrira ses portes, mais la prison. Et jamais je n'accepterai que tu te sacrifies pour qui que ce soit. Parce que te sacrifier, c'est me sacrifier *moi,* Clarke.

Il relève brusquement la tête et me dévisage dans le miroir, l'air perdu.

— S'il t'arrivait quelque chose, je serais celle qui...

J'inspire profondément.

— Tu penses que ton devoir est de te jeter en pâture puisqu'aucune mère, aucun père ne te pleurera. Eh bien, moi, je te pleurerai. S'il t'arrivait quelque chose, je ne crois pas que je m'en remettrais. Alors je t'interdis de te sacrifier, d'accord ? Peu importe ce qu'il se passe entre nous.

Troublé, il murmure :

— Tu t'es sacrifiée pour Lola, hier soir.

— C'est moi qu'Henzo désirait atteindre, elle n'a servi que d'appât. C'était ma responsabilité.

— Ça reste un sacrifice. Promets-moi de ne plus recommencer.

Comprenant que ni lui ni moi ne pouvons promettre une telle chose, je garde les lèvres closes.

Pour ceux que nous aimons, nous serons prêts à tout.

19.

Sur le chemin du salon, Clarke et moi croisons Carter qui, contre toute attente, ne fait aucune remarque à notre sujet. Il nous propose de rester dîner en compagnie de mes parents. La dernière soirée que nous avons partagée ne s'étant pas révélée concluante, je réponds par la positive dans l'espoir de briser la glace.

Le Devil's et moi rejoignons les gars dehors. Frigorifiée par les basses températures de ce mois de novembre, je me blottis contre Jesse et Tucker afin de leur voler un peu de chaleur corporelle.

— Une bonne chose de faite, soupiré-je.

Jesse passe son bras autour de mes épaules et me serre contre lui.

— Tu as géré, comme d'habitude.

— Oui. Enfin, mort, le moindre doute se serait dissipé, intervient Clarke.

Je me retiens de tout commentaire, il s'amuse à m'épuiser.

Mes pensées dérivent jusqu'à ma chambre universitaire que je n'ai pas envie de rejoindre après le dîner. L'idée de sortir tous ensemble m'excite. Plus de deux semaines se sont écoulées sans qu'aucun d'entre nous n'ait fait la fête. Il serait temps de relâcher la pression. Silencieuse, je regagne l'intérieur de la villa, la traverse, puis pénètre dans le bureau de Carter.

Je suis accueillie par les sourires chaleureux des frères Arinson. Le boss me propose de prendre place face à lui, je m'exécute.

— J'aimerais me rendre au *Degenerate Bar* avec les garçons après le dîner.

Je ne lui laisse pas le temps de me donner sa réponse et poursuis :

— Avant que tu ne refuses, je me dois d'insister sur le fait que, même si Henzo est toujours en ville, sa rédemption lui tient à cœur. Et, à mes yeux, il est déjà acquitté. Ne crois-tu pas qu'en mettant un pied à la propriété, il a accepté l'idée que, peut-être, il n'en ressortirait pas vivant ? Il a consenti au sort qu'on lui réservait. Le coup que Clarke lui a asséné était aussi salvateur pour l'un que pour l'autre.

Carter articule une syllabe, je le coupe.

— Je sais ce que tu vas me dire : l'imprévisibilité humaine. Si une folie meurtrière s'empare d'Henzo, il ne s'en prendra pas à moi au milieu d'un bar bondé. Et puis, il est seul, tandis que je serai entourée des Devil's Sons et des jumeaux. Ils seront armés. Il est donc évident que cette soirée ne peut pas me coûter la vie.

J'inspire profondément et recouvre mon souffle après avoir expulsé tous ces mots à une vitesse folle. Mon père et mon parrain s'amusent de moi, ils se veulent presque moqueurs. Le silence s'étire et commence à me rendre dingue, puis les deux hommes se lancent un regard entendu et Carter déclare :

— Je pense que vous avez tous mérité de décompresser.

Je bondis de mon fauteuil, les poings levés vers le ciel, face à la gaieté des frères Arinson.

— En ce qui concerne Henzo, en effet, il n'est plus un danger pour nous. Il a contacté Lucas. Il va rejoindre son gang, au Panama.

Un sourire s'épanouit sur mes lèvres. Je suis contente d'apprendre que le King of the Law solitaire va enfin retrouver sa famille. Il mérite la paix intérieure. Par ailleurs, je dévisage Carter, suspicieuse.

— Comment tu le sais ?

— Cette villa possède une antenne-relais pirate de téléphonie mobile. Elle intercepte tous les appels qui se déroulent à l'intérieur de la propriété et dans un rayon de deux cents mètres autour d'elle. Avant que tu ne me traites de psychopathe, je tiens à préciser que c'est un logiciel qui s'occupe de trier les enregistrements par dossier. Oui, il y en a un à ton nom, chaque membre des Devil's Sons possède le sien. En ce qui concerne les archives téléphoniques des passants, elles sont toutes regroupées dans le même dossier. Non, je ne m'y intéresse pas, sauf en cas de force majeure. Le logiciel a la capacité d'afficher un appel en rouge et de me lancer une alerte si certains mots indésirables sont prononcés. Dans ce cas-là, je l'écoute afin de m'assurer que mes hommes n'ont pas pour projet de me trahir, ou encore que des ennemis ne surveillent pas ma propriété.

Je maintiens mes lèvres scellées, craignant que ma mâchoire ne se décroche. *C'est carrément illégal, ça !*

Je lorgne mon parrain d'un air que je ne saurais définir, puis secoue la tête.

— Par Hlidskjálf [29], tu es si prévoyant que c'en est effrayant !

Je tourne les talons et lui lance par-dessus mon épaule :

— Psychopathe !

Les rires des hommes Arinson me parviennent encore à travers le mur lorsque j'arpente le couloir. Excitée, je rejoins le

---

[29] Hlidskjálf est le trône d'Odin depuis lequel le dieu peut observer les neuf mondes et comprendre tout ce qui s'offre à son regard.

salon, puis sautille comme une enfant jusqu'aux garçons. Je bondis sur le dos de Justin et noue mes jambes autour de sa taille.

— Et si on sortait, ce soir ?

Je ne pensais pas que six petits mots pouvaient les rendre aussi joyeux, toutefois certains sourires se fanent déjà.

— *Degenerate Bar* ? propose Tucker, debout, prêt à danser.

— Nous n'aurons pas l'assentiment de Carter, grogne Set.

— Je lui ai demandé son accord et... il accepte à la condition que nous invitions Henzo en gage de paix, les taquiné-je.

J'ai à peine le temps d'observer leurs visages se décomposer que Justin me lâche sans préambule. Mes pieds rencontrent le sol, en revanche, mon corps bascule en arrière. Je pensais la chute inévitable, jusqu'à ce que les doigts de Clarke se referment sur mon bras. Il m'attire contre lui et jette un regard noir à son ami. Ce dernier s'excuse, puis talonne les Devil's qui entrent dans la maison, furieux. J'essaie de les interpeller afin de leur avouer que ce n'était qu'une blague, mais Clarke me demande poliment de la boucler. Tandis qu'ils se dirigent droit vers le bureau de Carter, je m'affale sur le canapé. Les protestations des garçons parviennent jusqu'à mes oreilles, puis le silence règne. Je patiente et me marre toute seule en imaginant l'échange quelques mètres plus loin. Enfin, j'entends les Devil's avant même de les voir. Ils rient aux éclats. Mon sourire s'évanouit à la vue de Sean et de son mouchoir imbibé de sang plaqué contre son nez.

— Lorsqu'on a compris que ce n'était qu'une blague, me raconte Tucker, ce con a dit, mot pour mot : « La garce, je vais la noyer dans la piscine ! ». Il est tellement buté que Carter a cru bon de le cogner pour lui remettre les idées en place.

J'éclate de rire. Rire qui retombe aussitôt sous les regards insistants des garçons.

— Je pensais que toi, au moins, tu m'apporterais un peu de

compassion ! me lance Sean. L'ancienne Avalone aurait été horrifiée, tu es censée culpabiliser !

— Merde, elle traîne avec nous depuis trop longtemps, souffle Justin.

— Tu penses qu'on l'a transformée en monstre ? chuchote Tucker.

Mon hilarité m'emporte, je ris à gorge déployée et bientôt, les Devil's se joignent à moi. Le défi qui brille au fond des prunelles de Sean me transmet une certitude : je dois courir, et vite. Je bondis du canapé, mais alors que je m'apprêtais à fuir, ses bras enlacent ma taille. Je décolle du sol.

Je croyais que mes parents allaient se montrer rancuniers quant à la décision de Carter de me réintégrer dans ses rangs, et aux armes que nous avons pointées sur eux, pourtant tout cela ne semble jamais s'être produit. La gaieté et la bonne humeur primaient lors du dîner. J'ai été touchée d'entendre les éclats de rire des garçons mêlés à ceux de ma mère. Voir Mike donner une tape affective dans le dos de Clarke, même si ce dernier est resté de marbre, m'a abasourdie. C'était comme si nous avions l'habitude de nous réunir le dimanche midi pour un grand repas de famille. Le confort de tous autour de cette table m'a mise à l'aise.

Nous pénétrons dans le *Degenerate Bar* en compagnie des jumeaux, mais Clarke ne m'accorde plus la moindre attention. Ça change des regards intenses que nous échangions durant le dîner. À présent, il creuse un fossé entre nous. J'ai beau connaître ses motivations, la distance qu'il nous impose me noue l'estomac.

— Avalone ! m'interpelle Liam, le barman.

Étonnée qu'il se souvienne de mon prénom, je m'approche du comptoir et laisse le gang derrière moi.

— Où est Lola ? Qui est le petit chanceux qui a eu l'honneur de t'accompagner ?

Il fait mine de regarder dans mon dos et ce qu'il découvre n'a pas l'air de lui plaire.

— Merde, les Devil's Sons sont là !

Je me tourne et observe mes amis prendre place autour d'une table.

— Clarke va encore foutre le bordel. Je ne sais pas ce qui cloche chez ce mec, mais faudrait qu'il se fasse interner. Qu'ils aillent tous se faire interner !

J'ai conscience de la pagaille que les garçons laissent souvent derrière eux, pourtant je ne peux m'empêcher de plaider leur cause.

— Ils sont loin d'être...

— Si ça ne tenait qu'à moi, je les foutrais à la porte, me coupe Liam. Avec mes potes, on parie sur celui qui va crever en premier. On espère qu'après Clarke, ce soit Jesse.

La cruauté de ses propos me gifle violemment. J'ai toujours été protectrice envers mes amis, mais je n'avais jamais été aussi irritée. Il est allé trop loin, surtout quand on sait que les BloodBro sont mes ennemis et par conséquent, ceux des Devil's Sons. Ils pourraient tous nous tuer, l'ordre de passage n'aurait aucune putain d'importance.

Au regard que je lui lance, le barman ravale son sourire naissant.

— Ça ne tient qu'à toi, Liam. Un des motifs légitimes pour refuser de servir un client est le comportement agressif ou dangereux. Les Devil's ont un passif. Alors, je t'en prie, va leur dire qu'ils n'ont pas leur place ici et profites-en pour leur partager tes pronostics au sujet de leur décès.

L'homme se décompose, ses yeux oscillent entre le gang et moi.

— Je ne suis pas un rabat-joie, je leur laisse le bénéfice du doute.

— Tu sais ce que je crois ? Tu parles beaucoup, mais tu n'agis pas. Tu es effrayé par les Devil's Sons, et je le comprends. Aucun d'eux n'est un modèle de vertu. Pour preuve, s'ils souhaitent voir disparaître une personne, ils appuient eux-mêmes sur la gâchette, plutôt que de s'abaisser à miser sur la mort de quelqu'un.

Je me penche sur le comptoir et attrape une bouteille d'alcool encore neuve sans demander la permission.

— Ne t'en fais pas, poursuis-je. Je veillerai à ce qu'ils restent sages.

Je lui décoche un clin d'œil et tourne les talons. Dos au barman, je sens son regard écarquillé sur le logo de ma veste en cuir à l'effigie du gang.

Espèce d'abruti...

Je dépose ce que je me suis approprié au centre de la table et me laisse tomber sur une chaise libre entre deux Devil's Sons.

— Liam vous offre cette bouteille, c'est adorable !

— Ce minable t'a proposé un rancard en échange ? me questionne Justin.

Tout à coup, Clarke m'accorde son attention. Il attend ma réponse avec impatience, voire de la nervosité.

— Non. Et tu es presque vexant. On ne m'achète pas avec une bouteille... que je ne peux même pas boire !

— Il n'a pas l'air dans son assiette, songe Set en observant le concerné. Qu'est-ce que tu lui as fait ?

Je jette un coup d'œil par-dessus mon épaule et croise le regard de Liam qu'il détourne aussitôt. Un verre lui échappe, il se brise sur le sol. Les rumeurs ne sont visiblement pas remontées à ses oreilles. Il ne s'attendait pas à ce que je sois en leur compagnie, ou plutôt, que je sois l'une des leurs.

— Il vient de saisir qu'il n'a pas la moindre chance de la conquérir si nous sommes dans les parages, affirme Sean.

Je hausse les sourcils, surprise.

— Oh, si j'ai bien compris, j'ai besoin de votre bénédiction pour sortir avec quelqu'un ?

— Qu'est-ce que tu crois ? intervient Tucker. Tu fais partie des nôtres, tu as une réputation à entretenir.

Je lui balance mon dessous de verre en pleine tête sous l'amusement général et Jesse le corrige :

— Ce que voulait dire Tucker, c'est que si un mec te brise le cœur, nous serons obligés de lui broyer les os.

— Oh, tu es trop mignon ! le taquiné-je d'une voix niaise.

— Va te faire foutre, V !

Il me tend son majeur auquel je réponds par un baiser soufflé.

— Voilà, c'est exactement ce que je voulais dire, confirme le Devil's à l'ego surdimensionné.

— Menteur !

Une serveuse vient à notre rencontre et prend notre commande. Set saute sur l'occasion et entreprend une tirade nuptiale digne des plus grands dramaturges. Je retiens tant bien que mal un éclat de rire, comme la plupart des gars, et le beau parleur conclut :

— Tu es déjà allée à Asgard ? Parce que tu serais dans un tel état second que tu ferais la connaissance de nos dieux. Il serait même probable que tu me prennes pour l'un d'entre eux.

— Je finis mon service à trois heures, laisse-t-elle planer dans l'air.

— Je ne suis pas du genre patient. La réserve fera l'affaire.

Sidérée, je m'étouffe avec ma propre salive. Si tout semble normal aux yeux des garçons, j'estime que les propos de Set sont réducteurs et pas très respectueux. La serveuse sourit et lorgne le Devil's Son comme s'il était un bout de viande. Ils sont sur la même longueur d'onde. Elle se fiche des civilités, elle ne désire que s'envoyer en l'air.

— Je ne veux pas trouver de résidus de vos ébats sur mon

verre. Rapporte-nous notre commande avant de baiser, lui dicte Clarke, impassible.

La serveuse et moi lui lançons un regard noir de concert. Le bad boy ne nous prête pas attention, et la jeune femme s'éloigne.

— Je sais que ce ne sont que des conquêtes pour vous, mais ayez un peu de respect, ça ne vous tuera pas ! m'exclamé-je.

Set lève les mains en signe d'innocence.

— Tu es l'une des rares filles à avoir eu droit à un lit, lâche Clarke. Ne prends pas la chance que tu as eue par le passé pour une généralité.

— Une réserve ou une chambre, tant que ça convient aux deux, je m'en fiche. Je dis seulement qu'il y a une façon de s'adresser aux gens.

Je me penche au-dessus de la table et lui murmure à l'oreille :

— Et toi et moi savons que ce n'est pas une question de chance ni une histoire du passé. Arrête de vouloir me repousser, je ne te détesterai pas.

J'effleure de mes lèvres la ligne de sa mâchoire, puis la commissure de sa bouche avec sensualité. Lorsque je reprends place sur ma chaise, ses muscles sont bandés et son torse monte et descend furieusement, en adéquation avec les battements de son cœur. Il me fusille de ses iris noirs intenses. Victorieuse, je lui décoche un clin d'œil, puis attrape la main de Ty et l'entraîne jusqu'à la piste de danse. Les Spice Girls retentissent et la foule se déchaîne, mais aucun fêtard ne nous bouscule.

Le pouvoir des Devil's Sons.

Mon compagnon de road trip, toujours présent pour se déhancher, guide mes mouvements et enfin, je peux affirmer que ma vie poursuit son cours.

— Tu sais que je t'aime ? me demande-t-il.

Je le dévisage, la poitrine serrée. Je n'apprécie pas

l'intonation qu'il prend, comme s'il devait prononcer ces mots avant qu'il ne soit trop tard.

— C'est un au revoir ?

— Pas encore, Alive. Pas encore.

La tristesse transparaît à travers mon sourire. À son départ, mon cœur se brisera. C'est une certitude. Il est devenu un pilier fondamental de mon existence, celui qui a soutenu à lui seul mon édifice quand ses fondations craquelaient et se fissuraient.

Ty m'attire contre lui, il m'oblige à affronter son regard.

— Je serai toujours présent lorsque tu en auras besoin.

— Et si je te dis que j'ai besoin de toi dans ma vie, au quotidien ?

Son visage s'illumine, l'éclat de bonheur qui brille au fond de ses prunelles lui confère une beauté rare.

— Est-ce que tu me demandes de rester ?

— Je ne te demanderai jamais de rester si tu n'en as pas l'envie.

— Nous en reparlerons le moment venu.

Lorsque sa maman sera morte.

Voudra-t-il fuir la ville et ses souvenirs ou au contraire, vivre et avancer avec ?

Nous nous laissons entraîner par le rythme. Nous étalons nos talents de danseurs sur une musique, puis bougeons de manière ridicule sur une autre en rigolant à pleins poumons.

Angels, de Robbie Williams, s'échappe des enceintes. Dos à mon compagnon de route, ses bras m'enlacent. Il ne me faut qu'une infime seconde pour comprendre que ce n'est pas Ty qui se tient derrière moi. La dureté incroyable de ces pectoraux, cette odeur de nuit d'été étoilée, mon être électrisé par ce contact qui réveille mes désirs les plus inavouables… *Clarke.*

— Je t'avais dit de redouter le moment où on se retrouverait seuls, toi et moi, me souffle-t-il.

La Démone. Il va enfin aborder la question.

— Accorde-moi une danse avant de gâcher ma soirée.

Son sourire que je sens naître contre mon cou me provoque un frisson délectable. Il resserre sa prise autour de ma taille et promène ses lèvres sur ma peau. La douceur du baiser qu'il me donne, la possessivité de ses bras et nos corps qui se meuvent sur cette merveilleuse musique... Tout ça me semble irréel. Cet instant inhibe ma peur de confirmer ses soupçons, alors je me laisse aller contre son torse et savoure ce que nous partageons.

Le Devil's Son me tourne face à lui et pose ses mains dans le creux de mes reins. Je suis déjà tombée amoureuse de Clarke, mais ce soir, je tombe sous le charme de son regard rendu noir par l'émotion. Il est inégalable, tout aussi complexe que beau.

Nous retrouvons le rythme de notre slow sans jamais perdre le contact visuel.

J'aimerais que notre insouciance dure pour toujours et nous délivre de nos contraintes.

— *Wherever it may take me, I know that life won't break me, when I come to call she won't forsake me*[30], murmuré-je en chœur avec Robbie Williams.

Lorsque ses yeux quittent les miens, c'est pour fixer mes lèvres. Il déglutit, non sans peine. La tension est palpable et l'atmosphère chargée d'électricité. Je ressens avec une intensité déroutante chacune de ses expirations, chaque effleurement de ses doigts sur mon épiderme.

Les dernières notes de la musique retentissent, nous nous immobilisons. Nous luttons contre l'envie impérieuse de nous embrasser, jusqu'à ce que Clarke rompe tout contact et me pose la question qu'il refuse de formuler depuis des jours.

— Tu te drogues ?

---

30 Traduction : *Qu'importe où cela me mène, je sais que la vie ne me brisera pas, quand je l'appellerai, elle ne m'abandonnera pas.*

La douceur de ses traits a disparu. Il n'est plus qu'une bombe à retardement prête à détruire le monde. Un poids me tombe dans l'estomac, mon instinct me pousse à reculer d'un pas.

— *Droguais*. Au passé. C'est terminé.

Une grimace à faire froid dans le dos déforme son visage. Je jurerais que si je n'étais pas une fille, il me tabasserait pour cette réponse qui lui déplaît tant.

Clarke se tourne vers les fêtards qui ont cessé de danser, témoins du changement brutal d'ambiance.

— QUI VEND DE LA PUTAIN DE DROGUE SUR LE CAMPUS ? hurle-t-il.

Les étudiants sursautent. La plupart d'entre eux tentent de s'effacer, craintifs à l'idée de se retrouver dans le collimateur du Devil's Son.

— Je ne poserai pas la question deux fois, reprend-il d'une voix macabre.

— Un certain Dewis ! s'exclame un homme à la vingtaine. Je ne connais pas son nom.

Clarke avale la distance entre eux et le saisit par le col de sa veste.

— Une description.

— Roux. Avec des taches de rousseur, articule le pauvre garçon, paniqué. Un mètre quatre-vingts, pas plus. Il achète à l'extérieur de la ville et revend sur votre territoire.

Ce Dewis n'est pas coupable de m'avoir vendu de la drogue, il l'est d'en avoir commercialisé à Ann Arbor. Quoi qu'il arrive, les Devil's Sons ne laisseront pas passer ça. Toutefois, je refuse que ce type paie pour mes erreurs.

Dans un élan de courage, j'entraîne Clarke à l'écart. Je le supplie de me suivre à l'extérieur et de préférence, avant que le gang au complet n'apprenne que je me suis droguée. Fou de rage, il se dirige vers la sortie. Il donne un coup de pied si violent dans la porte de derrière qu'elle se fracasse contre le mur.

Sa fureur et le froid de la nuit me font trembler. Il tire nerveusement sur ses cheveux, puis se tourne vers moi. Je n'aime plus ses iris noirs. Ils sont destructeurs.

— Quelle drogue ?

Je secoue la tête.

— Aucune importance.

— QUELLE DROGUE, AVALONE ?

— La Démone.

Le besoin de baisser les yeux est presque irrépressible, mais je me l'interdis. Je dois assumer les conséquences de mes actes et donc, affronter sa colère. Je soutiens son regard, puis sursaute lorsque son poing s'enfonce dans le mur à quelques centimètres de mon visage, éclatant un peu plus la peau déjà abîmée de ses phalanges. Je pince les lèvres et ferme les paupières afin de ne pas apercevoir le sang couler le long de sa main.

— Ange est mort.

Je le retiens par le bras, alors qu'il s'apprêtait à se diriger vers sa moto.

— Qu'est-ce que Ange a à voir là-dedans ?

— Qui te l'a vendue ? me questionne-t-il, impatient.

— Ni Ange ni ce Dewis. C'est une fille de mon cours. Elle racontait à ses copines qu'elle allait en acheter à l'extérieur de la ville, mens-je.

J'ai fait une promesse au Demon's Dad, je ne le trahirai pas. Son soutien est allé bien au-delà de la drogue qu'il m'a fournie. Il a sacrifié ses nuits, a veillé sur moi. Un ami, voilà ce qu'il est devenu.

— Pourquoi ? Pourquoi tu te suicidais à petit feu ? s'écrie-t-il.

C'est la première fois que Clarke est aussi remonté contre moi et je déteste ça. La situation le dépasse au point qu'il ne sait plus comment réagir.

J'essaie de prendre son visage entre mes paumes, cependant

il me repousse et m'interdit de le toucher. Je mords l'intérieur de mes joues, mes yeux brillent des larmes que je contiens.

— POURQUOI ?

Les mots refusent de franchir la barrière de mes lèvres. Me livrer sur mes faiblesses et mes peurs ne m'a jamais été agréable. Sous son regard assassin et ses cris, ça m'est impossible.

Lorsqu'il comprend que je ne répondrai pas, il tourne les talons pour s'éloigner de moi et de cette soirée. Mon sang ne fait qu'un tour dans mes veines. Je ne peux pas le laisser partir, je ne peux plus.

— S'il te plaît, Clarke, reste !

Il s'arrête net. Après quelques secondes d'hésitation, il lève le visage vers le ciel.

— Les jumeaux sont au courant, n'est-ce pas ?

Il pivote dans ma direction, impénétrable.

— Tu as dormi chez eux, tu t'es fait tatouer. *Alive.* Pourquoi tu t'es confiée à eux et pas à moi ?

— Parce que c'est facile de leur parler.

Il rit nerveusement et tourne sur lui-même comme un lion en cage.

— Tu sous-entends qu'avec moi, ce n'est pas le cas ?

— Non ! Non, ce n'est pas facile de se confier à toi ! Tu ne t'ouvres que très rarement. Mis à part la colère, tu ne sembles ressentir ni peur ni tristesse. Ça équivaudrait à parler de mon écharde au doigt à un super héros !

Il avance dans ma direction et aussi surprenant que cela puisse être, il fait tomber le masque. En un instant, son visage, tout comme son regard, est plus transparent que jamais. Je ne pensais pas qu'il pouvait se montrer vulnérable, pourtant c'est ce qu'il m'offre.

— Tu veux savoir quand j'ai eu peur, Avalone ? Le soir où je t'ai entendue hurler alors qu'un fils de pute abusait de toi. Ou quand tu as pris la décision de mener cette négociation avec les

Kings of the Law. Puis j'ai été terrorisé à la vue du sang que tu répandais sur le sol de l'entrepôt. J'ai craint que tu ne nous adresses plus la parole si tu venais à apprendre ta véritable identité... Et puis, le pire est arrivé : tu as pris la fuite, tu t'es envolée. Les jours passaient, nous n'avions pas la moindre nouvelle de toi et j'étais terrifié ! Ensuite, Henzo t'a mis la main dessus et rien qu'à l'idée de te perdre, je... La peur me rongeait de l'intérieur. Elle s'attaquait à mon putain de cœur, tu n'imagines pas à quel point j'ai eu mal ! Pour ce qui est de ma tristesse, elle fait écho à la tienne. Si tu éprouves et manifestes cette émotion, tu me contamines ! J'ai été dévasté par ta propre douleur et tes supplications lorsque Carter me punissait de ses poings. J'ai souffert de devoir me tenir loin de toi et je souffre encore, chaque fois que l'interdiction de te toucher ou de ressentir des sentiments à ton égard me revient à l'esprit. Alors tu vois, entendre ce que tu as sur le cœur, c'est tout ce que je désire quand toi tu m'offres la sensation d'être en vie !

Il inspire profondément et détourne le regard, incapable de m'affronter après s'être livré de la sorte. Mon air ébahi s'estompe peu à peu au profit de l'émotion. Je crois que je souris, je n'en suis pas sûre. Ce que je sais avec certitude, en revanche, c'est que j'aime qu'il me donne accès à son esprit. J'aime la vulnérabilité qu'il cache aux yeux de tous par instinct de survie.

— Je ne voulais pas mourir sans vous avoir à mes côtés.

Clarke porte son attention sur moi, il fronce les sourcils.

— Les gardes du corps me rappelaient ce que j'avais perdu : *vous*. J'avais la sensation de devoir affronter Henzo seule.

Son regard s'adoucit malgré ses traits toujours figés par la colère.

— C'est la chose la plus stupide que j'aie jamais faite, je le sais, mais... Ma mère est devenue une étrangère. Je ne connais ni mon père ni mon parrain. Aujourd'hui, c'est auprès des

Devil's Sons, ma famille, que je me sens en sécurité. En confiance. Sans vous, je ne suis plus rien. La Démone m'a apporté l'espoir, la possibilité de me battre, et peut-être de survivre afin de vous retrouver. Je voulais mettre toutes les chances de mon côté pour continuer de vivre cette vie qui a débuté à la seconde où je vous ai rencontrés.

Clarke s'approche de moi, et plus il parcourt les mètres qui nous séparent, plus sa détermination grandit. Ses doigts s'agrippent à mes cheveux, il me plaque contre le mur. L'air se raréfie dans mes poumons, mes jambes tremblent en réponse à notre proximité.

Il pose sa main sur mon cœur et s'assure de la régularité de ses battements.

— Je vais bien, soufflé-je.

— Pour l'instant. Puis viendra le jour de ta prochaine folie. Je ne parviens pas à déterminer jusqu'où tu es capable d'aller pour toi ou pour ceux que tu aimes... et ça me rend fou, Avalone. S'il t'arrivait quelque chose, je déclencherais ce putain de Ragnarök.

Brusquement, il écrase ses lèvres sur les miennes. Un feu d'artifice explose dans mon bas-ventre, tout chez moi s'embrase. Je gémis aussitôt et il grogne en conséquence. Je m'offre à lui sans aucune retenue. Je lui dévoile l'étendue de ma convoitise, de mon désir de nous unir. Ce que je ressens pour cet homme est trop puissant, je ne peux plus l'étouffer. En retour, Clarke me punit à travers ses morsures, la domination de sa langue. C'est un combat acharné et sensuel. Sans interrompre la profondeur de notre baiser, il passe ses mains sous mes cuisses. J'enroule mes jambes autour de sa taille et enfonce mes doigts dans ses cheveux. Il dévore mes lèvres, insatiable, comme si j'étais la chose la plus délicieuse qu'il ait jamais goûtée.

— Avalone !

Notre bulle explose, je sens mon monde trembler sous mes

pieds. Les battements furieux de mon cœur n'ont plus rien d'agréable, je prie pour ne pas rendre mon dîner. Les traits tendus à l'extrême, le Devil's relâche la pression autour de mes cuisses et me laisse glisser le long de son corps. Nous nous tournons vers Carter. Sa colère nous gifle violemment, et alors que je recule d'un pas sous la terreur, Clarke ne cille pas.

— Je venais avec de bonnes intentions, mais là, vous me mettez vraiment, *vraiment* en colère.

Le ventre noué au point d'en avoir la nausée, j'ai presque envie de pleurer. J'avance dans sa direction, prête à implorer sa clémence, toutefois le Devil's me coupe la route et se positionne devant moi.

— Arrête ton baratin, le vieux. Tu veux me virer du gang ? Fais-le ! En revanche, tu ne m'empêcheras ni de la toucher ni d'éprouver des sentiments pour elle. Pas après ce truc qu'elle m'a fait avec sa langue lorsqu'on baisait comme des dieux, dit-il, haineux.

Un petit cri s'échappe de ma bouche. La gêne disparaît au second plan, la peur des conséquences est trop importante.

— FERME TA PUTAIN DE GUEULE, CLARKE !

Je sursaute tandis que son second part dans un rire sordide. À bout de patience, le boss passe une main sur sa mâchoire et semble tiraillé entre son cœur et sa raison.

— J'étais venu dire à ma nièce qu'elle avait vu juste. Que tu es l'homme en lequel j'ai le plus confiance, que personne ne la protégera aussi bien que toi. Alors, tu ressens toujours le besoin de me raconter ce qu'elle fait de sa langue ?

La surprise me paralyse autant qu'elle me rend muette. Clarke dévisage mon parrain, méfiant.

— Je n'en reviens pas de ce que je m'apprête à faire, encore moins après ce que tu m'as jeté à la figure. Tu n'es qu'un putain d'abruti, mais... tu as ma bénédiction. Prends soin de ma nièce.

J'ai des hallucinations auditives, c'est la seule explication plausible. Malgré le regard entendu que me lance Carter, je n'arrive pas à intégrer ses paroles. Il sourit tendrement face à mon mutisme et paraît attendre une réponse de la part de son homme. Le concerné hoche la tête, aussi ébahi que moi.

De longues secondes s'écoulent, peut-être même des minutes, durant lesquelles Clarke et moi fixons l'endroit où se trouvait mon parrain il y a un instant. Il a disparu dans la nuit, comme un fantôme.

J'éclate d'un rire bruyant et incontrôlable, tout droit sorti des tréfonds de mon être. Le bad boy se tourne vers moi et hausse un sourcil. Incapable de m'arrêter, je finis par lui tirer un sourire, puis il rigole de bon cœur.

— Je peux savoir ce qu'il y a de drôle ? me demande-t-il.

Je porte la main à ma poitrine et tente de me calmer, mais rien n'y fait. La pression quitte mon corps, elle se décharge par le biais de mon hilarité.

— Carter... a... raison, tu es un... abruti !

Des larmes de rire troublent ma vision, je discerne la silhouette de Clarke qui s'approche de moi.

— Tu as... osé lui... dire... ce que je... t'ai fait avec... ma... ma langue !

— Je pensais qu'il allait me virer ! se défend le Devil's Son, amusé.

Lorsque ses mains agrippent mes hanches, mon rire se calme peu à peu jusqu'à se tarir. Sous l'appréhension, mon rythme cardiaque est désordonné. Carter nous a donné sa bénédiction, mais quelle relation son homme aimerait-il qu'on entretienne ? Ses sentiments sont-ils plus forts que ses doutes ?

Clarke dégage mon visage d'une mèche de cheveux.

— Est-ce que tu es conscient qu'on ne désire pas la même chose ? murmuré-je.

Il incline la tête, puis son regard dévie sur un point derrière moi et s'assombrit.

— Avalone ? Je peux te parler ?

Je ferme les paupières et pince les lèvres en reconnaissant la voix de Liam. Je lui lance une œillade sans équivoque dans l'espoir qu'il comprenne que je suis occupée, mais voilà que Clarke en profite pour prendre la fuite. Il regagne l'intérieur du bar, les poings serrés.

Bordel. De. Merde. Je. Déteste. Liam.

Irritée au possible, je contourne le barman et m'aventure sur les traces du Devil's. Il n'a pas le droit de me fuir, pas après ce que nous venons de vivre. J'ouvre la porte qui se referme aussitôt sous la pression qu'exerce Liam. Il me plaque contre celle-ci et se jette sur mes lèvres. Une violente nausée me gagne, je le repousse et m'essuie la bouche avec dégoût.

— Tu es malade !

— Tu avais l'air d'en avoir envie ! s'exclame-t-il, agacé.

Je me décompose. Toute la bienveillance qu'il exhalait à notre rencontre n'était qu'illusion. Il n'est pas le gentil type qu'il prétend être. Une colère noire s'empare de moi et je jure que si je savais me battre, je l'aurais foutu à terre.

— Quand ? Quand est-ce que j'ai eu l'air d'en avoir envie ?

— C'est la façon dont tu m'observes ! Tu dégages le sex...

Ma main part toute seule, un bruit sourd claque et résonne dans la nuit.

Les yeux écarquillés, le barman effleure sa joue rougie du bout de ses doigts. Je ne regrette pas mon geste. Je ressens même le besoin de recommencer.

Et puis, merde...

Je le gifle une seconde fois.

— Va te faire foutre, pauvre type !

20.

Je pénètre dans l'enceinte du bar, la rage au creux des entrailles. Les jeux de lumière m'aveuglent, je peine à balayer la foule des yeux.

— Avalone, je suis désolé. Je ne le pensais pas.

Sentir la présence de Liam dans mon dos m'est insupportable. Je ne désire parler à personne d'autre que Clarke.

— Je ne veux pas te voir, je ne veux pas t'écouter. Alors, dégage ! grogné-je sans me retourner, à bout de patience.

— J'embrasse mal, c'est ça ? Laisse-moi une seconde chance.

J'ai l'impression d'halluciner.

On ne peut pas être aussi stupide, c'est invraisemblable...

Je n'ai pas le temps de lui répondre que je tombe sur Clarke, qui se décompose en entendant les mots de Liam. Son regard se vide de toute âme, il lui assène un violent crochet du droit, puis un second. Le barman s'écroule tel un pantin désarticulé. Je fais abstraction des hurlements qui s'élèvent, l'état du Devil's Son me préoccupe. Il titube en arrière, une drôle d'expression sur le visage. Clarke cligne des paupières et secoue la tête, comme pour recouvrer ses esprits.

Il porte son attention sur moi et, d'une voix aussi glaciale que Niflheim, il me crache :

— Reste loin de moi.

Mon cœur écope d'un sacré coup, mais je n'ai pas le loisir de m'attarder sur ma douleur. Entre la perte de connaissance de Liam et la fuite de l'homme que j'aime, je grince des dents. Si ma conscience me murmure de m'occuper du blessé, les quelques fêtards qui le prennent en charge me libèrent de toute hésitation. Je cours à la poursuite de Clarke et tente de le raisonner.

— Je ne l'ai pas embrassé, c'est lui ! Je l'ai repoussé, il a même eu droit à *deux* gifles !

Le bad boy s'arrête net et me porte le coup de grâce :

— Je n'en ai rien à foutre. Ce n'est pas parce que Carter nous a donné sa bénédiction que toi et moi, nous sommes ensemble.

Je vacille sur mes hauts talons et papillonne des yeux. Ce que je redoutais est arrivé. Je ne peux me fier ni à ses actes ni à ses belles paroles. Nous représentons un château de cartes sur lequel Clarke souffle à sa guise lorsque ses doutes, amplifiés par la colère, deviennent trop conséquents.

Le cœur lourd, je l'observe disparaître dans la foule, sans un regard en arrière.

— Qu'est-ce qu'il se passe ? me demande Justin.

Arrivé à ma hauteur, j'attrape son bras que je plaque contre mes lèvres pour étouffer mon hurlement de rage. Je le libère et inspire profondément.

— Carter nous a vus nous embrasser derrière le bar...

Mon ami se décompose.

— Oh, merde...

— Non, non, tout va bien. Il nous a donné sa bénédiction.

Sa bouche grande ouverte et ses yeux ronds comme des billes ont le mérite de m'amuser.

— Putain, tu déconnes ?

Je réponds par la négative et son sourire devient contagieux. Il est si heureux pour nous que c'en est touchant. Il s'apprête à me taper dans les mains et à exprimer toute sa joie avant de se raviser, puis fronce les sourcils.

— Attends ! C'est quoi le problème, alors ?

Je soupire et jette un coup d'œil à Liam, à demi conscient.

— Cet abruti m'a embrassée. Je l'ai repoussé, je lui ai même flanqué deux gifles... mais Clarke ne veut rien savoir. Il est plus borné que Sean, sur ce coup-là.

Quand Justin se marre, je lui lance un regard noir. Il prend mon visage entre ses paumes et dépose un baiser sur mon front. Enfin, il plonge ses yeux dans les miens.

— Il devient plus têtu que Sean à chaque fois que ça te concerne. Alors, si cet abruti de Liam a osé te toucher, soyons heureux qu'il soit encore en vie. Laisse-lui une heure ou deux, le temps qu'il se calme et se rende compte de son erreur. Il va revenir vers toi. Il revient *toujours* vers toi.

Moi qui pensais que ce serait la soirée idéale pour tous nous retrouver, j'avais oublié à quel point notre quotidien n'était pas de tout repos, y compris lorsqu'il n'y a pas de danger en vue.

— Ses dents sont coincées dans sa lèvre ! s'exclame un fêtard avec dégoût.

Justin et moi nous tournons vers le barman et observons les dégâts. Son nez est aussi bleu que dégoulinant de sang, son visage est entièrement tuméfié. Ses yeux sont si gonflés qu'il n'est plus en capacité de les ouvrir et il saigne abondamment de l'arcade sourcilière. Il tousse sans toutefois recracher ses dents. C'est un maigre réconfort.

— Par Odin... soufflé-je.

Justin se dirige vers le blessé et l'ausculte, comme s'il avait fait ça toute sa vie.

— Son nez est cassé, il a besoin de points de suture à la lèvre et à l'arcade sourcilière, et... il a peut-être une commotion cérébrale. Emmenez-le à l'hôpital, Carter s'occupera de la facture.

Et de deux.

Un groupe d'hommes opinent du chef et se chargent de Liam. Ils soutiennent son corps endommagé, puis quittent le *Degenerate Bar*. Mon ami revient vers moi, l'air de rien.

— Tu crois sérieusement qu'il a une commotion ?

— À mon avis, il a même un œdème cérébral.

Je me décompose. Une bouffée de chaleur manque de me faire tourner de l'œil.

— À l'époque où il a intégré les Devil's Sons, les coups de Clarke étaient d'une puissance telle que les gars le surnommaient One Shot, ou Champion. Un seul et unique coup de poing et sa victime s'en sortait, au mieux, avec une commotion. Au pire, avec un œdème cérébral ou un hématome sous-dural.

L'étendue de sa violence est sans limites, j'en ai froid dans le dos.

— Qu'est-ce qui a changé ? articulé-je, non sans difficulté.

— La plupart des gars que Clarke envoyait à l'hôpital passaient sur le billard. Le boss ne pouvait sans cesse lui sauver les fesses avec la justice. Et puis, ça compromettait les affaires. Mais je crois que les Devil's avaient surtout peur qu'un jour, il tue un innocent. Carter s'est mis à le cogner à chaque fois qu'il dépassait les bornes. Ça n'a pas eu l'effet escompté, jusqu'à ce qu'il le menace de le virer du gang. Alors, ses coups se sont faits plus doux.

Je fixe la flaque de sang où pataugeait le barman il y a un instant.

— Plus doux, tu disais ?

Justin grimace.

— Ouais. Henzo et Liam ont goûté à la légendaire puissance de Clarke. Ne t'en fais pas, Carter se chargera de faire disparaître une quelconque plainte. Allez, viens, on rejoint les autres.

Je secoue la tête dans l'espoir de chasser mon malaise, puis je scotche un sourire sur mes lèvres afin de me donner une contenance. Découvrir le bad boy assis à table ne me soulage pas. À mon arrivée, tout son être exprime la répulsion. Je serre les dents et me laisse tomber sur la banquette.

Les discussions s'éteignent une à une, les yeux du Devil's à l'ego surdimensionné oscillant entre Clarke et moi.

— C'est quoi le problème ?

— Ferme-la, gronde le second.

Je me redresse et pose les coudes sur le bois, à la recherche de ses iris dont il me prive.

— Tu es jaloux, affirmé-je.

Il tourne furieusement le visage vers moi tandis que les autres s'amusent du spectacle.

— Je ne...

Il ne poursuit pas sa phrase, mais se dérobe à mon regard. La discussion est inenvisageable. Clarke est renfermé sur lui-même. Lasse, je m'enfonce contre le dossier de la banquette et croise les bras sur ma poitrine.

— On peut savoir ce qu'il se passe ? nous questionne Sean.

— Liam m'a embrassée. Je l'ai giflé. Par *deux* fois.

— Ce trou du cul de Liam t'a embrassée sans ton consentement ? s'écrie Set, irrité.

La jambe de Clarke tressaute, la table et tous les contenants qu'elle soutient se mettent à trembler. Ça ne présage rien d'agréable. J'ai assisté à ses crises de colère un bon nombre de fois maintenant, mais seuls ses poings et son visage laissaient transparaître son état.

— Il m'a dit que je dégageais le sexe.

Le second de Carter se lève si brusquement que nos verres se renversent et se brisent sur le sol.

— Ne prononce plus un mot. Je ne veux plus t'entendre !

Son regard est la personnification même du dégoût, à tel point que je me demande s'il y a encore de l'espoir pour nous. Croit-il que j'ai embrassé Liam de gaieté de cœur... ou pire, que je l'ai *cherché* ?

— Brûle avec les neuf mondes !

Je quitte la table et me dirige vers la sortie. À chaque mètre que j'avale, ma colère grandit. J'ai été naïve. Aussi convaincante que je puisse être, Carter avait raison. Clarke est brisé. Trop brisé pour s'autoriser à goûter au bonheur. Et moi, je n'ai plus la force de ramer pour deux.

Le Devil's me stoppe dans ma course et me barre le passage. Je le pousse de toutes mes forces, épuisée par son comportement. Il cille à peine, seulement sous la surprise.

Le con...

— J'arrive à un point de saturation, c'est terminé ! Je ne veux plus rien venant de toi !

Son masque impénétrable se fissure, il encaisse douloureusement mes paroles.

— Tu as dit qu'on ne souhaitait pas la même chose, toi et moi. Pourquoi ?

La douceur de sa voix m'étonne, puis ce sont ses mots. S'il pense obtenir une réponse, il se fourvoie. J'essaie de le contourner, mais il referme ses doigts sur mon bras. Je mets au point la technique qu'il m'a apprise au Canada. Sa prise ne faiblit pas. Lorsque mon regard tombe sur ses parties intimes, je n'ai pas le temps de lever le genou que Clarke se glisse dans mon dos et me maintient contre son torse.

Par tous les dieux, il est d'une rapidité effrayante !

— Réponds, me murmure-t-il à l'oreille.

Je ferme les paupières et lutte férocement pour éteindre la chaleur que son souffle propage en moi. Elle circule dans chacune de mes veines. Accéder à sa requête se révèle être ma seule issue de secours.

— Tu es prêt à m'accuser d'avoir allumé Liam dans l'unique but de saboter ce que nous construisons, alors que tout ce que je désire, c'est toi...

Je ris d'amertume et de déception. J'ai la sensation que malgré tous mes efforts, nous ne parviendrons jamais à être sur la même longueur d'onde.

— Je n'ai à aucun moment cru une telle chose, Avalone. Mon dégoût ne t'était pas destiné. Je crois que, pour la première fois, j'ai perdu le contrôle. Je deviens fou quand il s'agit de toi. J'avais même envie de le tuer pour ce qu'il a osé te prendre de force. Je t'ai repoussée et t'ai demandé de te taire afin de recouvrer mon calme, au risque d'achever ce que j'avais commencé.

La prise de ses bras autour de mon corps se relâche. Je me tourne face à lui et rencontre son regard d'une noirceur intense.

— Tu...

— Bordel, Avalone... Carter t'a fait entrer dans ma vie, mais tu t'es introduite dans mon esprit sans mon putain d'accord ! Je ne t'avais jamais embrassée, pourtant je pensais à toi à longueur de journée. Alors, crois-moi, depuis que j'ai goûté à notre union, je ne désire plus que te faire mienne.

Je tremble sous l'émotion. Ses mots résonnent et font écho à mon âme. Ils déclenchent en moi la libération des quatre hormones du bonheur, dont l'ocytocine, celle de l'amour.

« Je ne désire plus que te faire mienne. »

Clarke m'attire à lui. Un frisson d'une vivacité peu commune remonte le long de mon échine et intensifie la capacité de chacune de mes terminaisons nerveuses, rendant son contact plus puissant que tous les orgasmes de l'univers.

— Je te veux, toi, et *seulement toi*, Avalone. Je sais ce que ça implique. Et non, je n'ai pas peur. Je n'ai même aucun putain de doute !

Les papillons des neuf mondes semblent s'être réfugiés au creux de mon ventre. Mon air se bloque dans mes poumons, je crois perdre pied.

— Dis-moi que c'est ce que tu souhaites toi aussi ! m'ordonne-t-il.

Il presse un peu plus ses mains sur mes reins et me donne accès à la sincérité de son regard.

— Je ne partage pas, Clarke.

— Moi non plus, gronde-t-il.

Il m'embrasse enfin, et c'est l'apothéose. Toute pensée déserte mon esprit, mes ressentis sont décuplés. Le Devil's Son me dévore ici, aux yeux de tous. Il m'exprime son appartenance par sa perte de contrôle, ses grognements rauques, son besoin de contact. Et je lui exprime la mienne par mes caresses, ma respiration fébrile, mon abandon pur et total. Il n'y a ni douceur ni sensualité. Clarke marque son territoire. L'ivresse m'étourdit et j'en redemande.

— Bordel, je ne veux pas passer pour un pervers, mais si vous continuez comme ça, je vais bander ! s'exclame Tucker.

Nous nous séparons à contrecœur. Front contre front, nous essayons tant bien que mal de reprendre notre souffle. Je suis heureuse de découvrir à travers son regard la certitude, la détermination et une multitude d'émotions plus intimes les unes que les autres.

— Toi et moi, uniquement, répète-t-il.

Qui aurait cru que Clarke Taylor prononcerait un jour ces paroles ?

Mon air radieux se reflète dans ses prunelles. J'effleure ses lèvres de mon pouce, mais avant que je ne puisse l'embrasser, les Devil's poussent des exclamations de joie en notre honneur. Amusés, nous renonçons à échanger un nouveau baiser et rejoignons nos amis plus bruyants que tous les fêtards réunis.

— Par Loki, il en aura fallu des disputes ! s'écrie Ty en levant les mains au ciel.

Au clin d'œil que me décoche Justin, je comprends qu'il a

partagé avec le gang le consentement de Carter. Il monte sur le comptoir en compagnie de Tucker et de Ty, et voilà qu'ils font péter des bouteilles de champagne.

La fête repart de plus belle, une énergie nouvelle nous envoûte.

— Je te laisse deux heures pour profiter. Après ça, toi et moi, on rentre, me murmure Clarke à l'oreille.

Mes joues s'enflamment instantanément, mon corps réclame le sien.

— Une heure suffira, affirmé-je.

Le sourire qu'il m'offre est prometteur, mes instincts m'incitent à lui sauter dessus dès maintenant. J'inspire un grand coup et tente de garder les idées claires. Bien décidée à ce que tout le monde relâche la pression, y compris Clarke, je le pousse sous les bouteilles que brandissent les gars, debout sur le bar.

Mon *copain* lève la tête et ouvre la bouche à temps pour ingurgiter le liquide que Tucker renverse. J'observe l'alcool couler à flots. Les participants tiennent bon, personne ne bat en retraite. Le second de Carter avale sans relâche tandis que son équipier ne semble toujours pas satisfait de la quantité qu'il lui offre. Autour de nous, les fêtards acclament Clarke ainsi que Sean et Jesse qui se sont joints à la beuverie.

Lorsque Tucker affiche une moue de contentement et redresse la bouteille, le bad boy me lance :

— C'est pour m'attirer dans ton lit que tu me soûles ?

Je retiens un sourire et réduis l'espace entre nous. Sous son regard de braise, j'enroule mes bras autour de son cou et lèche une goutte de champagne sur le coin de ses lèvres. Ses doigts s'enfoncent dans la chair de mes hanches, ils me laissent un arrière-goût victorieux.

— Je n'ai pas besoin d'alcool pour t'attirer dans mon lit, lui soufflé-je.

— Une demi-heure, m'ordonne-t-il. Une demi-heure et on part.

J'affiche un sourire effronté et sensuel, puis nous sommes poussés sur la piste de danse par les garçons. Ils se mettent à sauter énergiquement au rythme de la musique électro. À cet instant, nous ne sommes que de simples jeunes qui profitent de la vie comme tous les autres, si ce n'est plus, parce que rare est l'insouciance qui s'offre à nous. Alors, nos corps se couvrent de sueur, nous dansons, rions aux éclats, nous nous chamaillons, et pour la première fois, j'observe les Devil's se laisser aller sans aucune contrainte.

— La fête n'est pas finiiiie, articule péniblement Tucker.

Il tente d'enjamber sa moto et bascule en arrière. Je le rattrape de justesse. Si je suis étonnée de ne pas m'effondrer sous son poids, je comprends d'un coup d'œil par-dessus mon épaule que Clarke nous a retenus. Il grogne et marmonne une insulte à son frère, mécontent à l'idée que je puisse me faire mal. Tucker se redresse, hilare.

— Tu ne conduis pas, lui lancé-je, intransigeante.

— Nous sommes les Devil's Sons, personne ne nous passera les menottes pour conduite en état d'ébriété !

— Je pense surtout au père de famille que tu risques de renverser. Ou à l'accident mortel auquel tu t'exposes.

Il interrompt tout mouvement et tourne le visage vers moi, l'air songeur.

— Manquerait plus qu'ça !

Il dépose un baiser sur le réservoir de sa Harley et la couve du regard. Une moue béate étire ses lèvres, il est complètement arraché.

— Papa revient demain, ma p'tite. Et j'te chevaucherai comme personne.

Je ris sous cape et lui subtilise ses clés. Avec lui, on n'est jamais trop prudent.

Clarke et moi avions prévu de rentrer il y a plusieurs heures déjà, mais nous nous sommes pris au jeu et lorsque le désir est devenu insoutenable, il était trop tard. Les gars étaient plus alcoolisés les uns que les autres, nous ne pouvions pas les laisser seuls sans surveillance. Alors, nous avons continué à festoyer en leur compagnie, sans songer au retour. À présent, aucun d'eux n'est en mesure de conduire, c'est pourquoi je suis soulagée d'apercevoir la Mercedes de Carter. Il pénètre sur le parking à vive allure et pile devant Sean qui, mécontent et inconscient, abat son poing sur la carrosserie.

— Fils de pute, tu as failli m'écraser !

Il ignore l'identité du conducteur, jusqu'à ce que la portière s'ouvre sur mon parrain, au bord de l'implosion.

— C'est Cartou, le fils de pute ! s'exclame Tucker, hilare.

— Fallait pas te déplacer pour régler la note, ils t'enverront la facture.

— L'ancêtre est venu remuer les fesses ! s'excite Ty en ondulant du bassin.

Furieux, le boss se dirige droit sur moi. Je n'entends plus les conneries que déblatèrent les garçons, je rentre les épaules et ricane de nervosité.

— Par Odin, il est cinq heures du matin, Avalone ! Et tu me réveilles pour que je raccompagne ces abrutis qui ne sont même plus capables de chier à l'endroit ?!

Je pouffe de rire face au mécontentement de Carter.

— Qu'est-ce que tu as fait à mes hommes, bordel ? Regardeles !

Mon attention se porte sur Alec. Il se penche dans l'intention de nouer son lacet et bascule en avant, la tête la première. Son visage heurte le sol, ses jambes passent au-dessus de son corps. Il s'étale de tout son long en jurant dans sa barbe. J'éclate d'un rire puissant, tout comme Clarke, qui est le seul à avoir aussi assisté à la scène. Rancunier, Alec saisit sa cheville et déséquilibre le second du gang. Ce dernier se rattrape à Ty et l'entraîne dans sa chute.

Pliée en deux par les rires, mon ventre est douloureux sous les contractions.

Merde, Clarke est aussi bourré qu'eux ! Il cache bien son jeu !

Quelques mètres plus loin, Tucker boxe un panneau de signalisation. Au troisième coup, un boulon saute, le panneau en forme de flèche tourne brusquement autour de sa barre et percute Sean de plein fouet. Sonné, le Devil's titube et plaque ses mains sur son nez.

— Je me suis pissé sur les godasses ! râle Justin.

Face à un mur, il se soulage, tout comme Set. Ce dernier pivote vers son ami et se moque de lui. Toutefois, il n'a pas songé à fermer le robinet. Il urine sur le jean de Justin qui bondit en arrière et perd en stabilité. Il tombe sur les fesses, l'engin à l'air.

Mon hilarité a atteint des sommets, je n'ai plus de souffle.

— DANS LA VOITURE ! hurle Carter.

Trop bourrés pour se rebeller, les gars nous rejoignent. Certains se taquinent, d'autres se chamaillent, et les jumeaux sont les premiers à monter à l'arrière, suivis de Sean et de son nez en sang.

— Tonton Arinson vole à notre rescousse. C'est bien mignon, mais je ne vois pas comment on va tous rentrer à l'intérieur de cette caisse, lance Set. À la limite, s'il y avait deux-trois nanas, je n'aurais eu aucun mal à...

— C'est parce que tu as ouvert ta gueule que tu vas finir dans le coffre.

Dans un premier temps, le beau parleur se marre, complètement perché. Il réalise par la suite que le boss ne plaisante pas. Il soupire et entraîne Tucker à sa suite, sous prétexte que si nous sommes victimes d'un accident, il refuse d'être le seul à casser sa pipe.

— Aucune pisse dans ma bagnole. Balance tes fringues.

Carter barre la route de Justin, il le dévisage avec dégoût.

— Il fait trois degrés !

— JE NE VEUX RIEN SAVOIR !

Le Devil's se déshabille et abandonne ses affaires sur le trottoir. Mort de froid, il se précipite à l'avant, puis claque sa portière. Clarke se penche sur la banquette arrière et ordonne aux garçons de se décaler. Il gagne la partie malgré les protestations de ses coéquipiers, s'installe sur le siège et m'attire sur ses genoux. J'écarquille les yeux à la vue de Sean, un grand gaillard baraqué, assis sur les jambes d'Alec, un autre grand gaillard à la musculature tout aussi développée. Tous deux me fusillent du regard avant même que je ne rigole, et c'est finalement le rire de Ty qui déclenche le mien.

Le boss monte derrière le volant, puis démarre la voiture. Je me love dans les bras de Clarke, préoccupée. J'ai la sensation que nous oublions quelque chose, mais je ne parviens pas à mettre le doigt dessus.

Alors que Carter va pour s'engager sur la route, je lui hurle de rebrousser chemin. Les garçons sursautent, mon parrain enfonce la pédale de frein et nous sommes tous secoués par cet arrêt d'urgence. Le véhicule se stabilise, les regards convergent vers moi.

— Où est Jesse ?

Un long silence s'ensuit, le temps que l'information remonte jusqu'à leur cerveau obstrué par un brouillard d'alcool. Enfin, les Devil's cherchent autour d'eux et constatent que Jesse n'est pas dans la voiture.

Le calme est rompu par mon rire nerveux. Bientôt, tous se marrent aux dépens de notre ami porté disparu. J'ouvre la fenêtre teintée. Aucune trace de l'homme au crâne rasé sur le parking. Les rires redoublent, des blagues incompréhensibles fusent en tous sens, et même si j'avoue que la situation prête à l'hilarité, je m'inquiète.

— Par la tête de Mimir, quelle bande d'abrutis… souffle Carter.

Désespéré, il passe ses mains sur son visage avant de reprendre d'une voix lasse :

— Il a fait la fête avec vous ?

— Je dansais en sa compagnie il n'y a pas quinze minutes, affirmé-je.

J'ouvre la portière et m'extirpe du véhicule, suivie de Clarke. Je rejoins l'entrée du *Degenerate Bar*, mais comme je m'y attendais, la porte est fermée. Les employés ont quitté les lieux en même temps que nous. Tout un tas de scénarios se mettent en place dans mon esprit, et ce n'est pas glorieux. Ce soir, il n'y en avait pas un pour rattraper l'autre.

— Jesse ? crié-je.

Aucune réponse.

Clarke tourne sur lui-même, observe les alentours, en vain. Il sort son téléphone et compose le numéro du disparu. Au bout de trois sonneries, notre ami décroche.

— Tu vas bien ? demandons-nous en chœur.

— Nickel.

Je hoquette de surprise. Le Devil's et moi nous dévisageons, les sourcils froncés.

— Sean ?

— Qui voulez-vous que ce soit ?

— Jesse, abruti ! Pourquoi tu as son portable ? l'interroge Clarke en regardant en direction de la Mercedes.

Le silence nous répond, signe que Sean n'a pas le souvenir d'être entré en possession du téléphone de son équipier.

— Quel con ! jure le bad boy.

Il raccroche sans perdre de temps.

Dieux Tout-Puissants, mais où est-il passé ?

Mon cerveau fuse, j'essaie de me rappeler de la dernière seconde où je l'ai aperçu.

— Eh oh ! entendons-nous au loin.

Nous nous redressons et tendons l'oreille, aux aguets. Un bruit sourd nous parvient de l'autre côté de la porte et lorsque nous comprenons que cet abruti est enfermé dans le bar, nous nous marrons.

Clarke tourne les talons et lance par-dessus son épaule :

— À demain, mon pote !

Bizarrement, je n'ai plus l'envie de rire. Il s'éloigne et l'espoir qu'il plaisante s'étiole.

Bordel, il est vraiment sérieux. Il compte abandonner son ami ici pour la nuit !

— Clarke ! m'exclamé-je, sidérée.

Il pivote sur ses jambes et lève les mains en signe d'innocence.

— Je rigole...

J'arque un sourcil, n'en croyant pas un mot, et il revient sur ses pas.

— OK, je ne rigolais peut-être pas. Ce sera à toi d'expliquer à Carter qu'une porte vient de s'ajouter à l'addition.

— Une porte ?

Il sort son arme, vise la serrure et je sursaute à la détonation.

— Je pensais la crocheter à l'aide d'une carte bleue, mais je suppose que ta manière d'opérer est tout aussi efficace.

Il abat son pied sur le bois et nous découvrons le bar plongé dans l'obscurité. Le bad boy allume les lumières, nous procédons à un rapide tour des lieux, sans jamais croiser notre ami.

À moins que nous ayons des hallucinations auditives, je crois que les Nornes se jouent de nous.

Nous ressortons, penauds, quand le même bruit de coup frappé contre une surface dure retentit.

— Jesse ?

— Iciii !

Déterminés à retrouver notre camarade, nous bifurquons dans la ruelle qui longe le bar. Vide. Vide, hormis deux bennes à ordures. Le Devil's et moi grimaçons simultanément et rejoignons la potentielle cachette de notre ami.

De nouveaux bruits émanant du premier conteneur me font sursauter. Jesse est à l'intérieur. Ou du moins, quelqu'un y a élu domicile. Clarke ouvre le couvercle, une silhouette se dresse brusquement devant nous. Le second du gang arme le poing et frappe, sans prévenir. Jesse retombe entre les déchets et gémit de douleur. Je fusille son agresseur du regard.

— J'ai été surpris ! se défend-il.

À l'aide de mes bras, je me hisse sur la benne, puis me penche vers mon ami et sa lèvre en sang.

— Une porte et une bouche. Carter ne va pas être content.

Clarke ne semble pas le moins du monde désolé d'avoir blessé son coéquipier. Au contraire, la situation l'amuse.

— Est-ce que tu vas bien ?

Notre frère disparu, allongé sur un tas d'ordures, dégage une forte odeur de pourriture.

— Qu'est-ce que tu fais là ?

— Seaaaan ! Il m'a accompagné pour vider mes poches ! Le con… Le… con… Il m'a poussé !

Et il était trop bourré pour se sortir de là tout seul, tandis que son meilleur ami n'a plus aucun souvenir de cet épisode.

Le rire contagieux de Clarke résonne entre les murs de la ruelle. Sa tonalité est un plaisir à l'oreille, je ne peux que me joindre à lui. Puis le bad boy prend les choses en main et me pousse gentiment sur le côté. Si d'ordinaire, il n'aurait eu aucun mal à extirper son frère d'ici, avec l'alcool coulant à flots dans ses veines, c'est une tout autre histoire. Jesse s'échoue inlassablement entre les déchets, toutefois grâce à la détermination de Clarke, le rescapé retrouve sa liberté. Face à son manque d'équilibre, je passe outre la puanteur nauséabonde et le soutiens sur les quelques mètres qui nous conduisent à la Mercedes.

— C'est quoi cette odeur de merde ? peste Carter à sa fenêtre.

Son regard tombe sur le t-shirt de son homme, taché d'un liquide suspect, puis remonte sur sa bouche sanguinolente.

— Retire tes fringues.

Justin décoche un clin d'œil complice à Jesse, puis nous abandonnons deux tas de vêtements au bord de la route.

Le calme règne dans l'habitacle, je songe au merveilleux moment hors du temps que nous avons passé.

— Cette... commence Ty.

— Soirée... continue Justin.

— Était... poursuit Set.

— Intemporelle... soufflé-je.

Jesse, allongé à nos pieds, me murmure :

— C'est sacrément beau, ce que tu viens de dire, V.

Comme un seul homme, les gars hochent la tête et approuvent.

— Quelle bande de cons ! jure Carter.

21.

Tôt ce matin, Carter, au bord de la syncope, nous a tous raccompagnés à l'appartement de Clarke, Tucker et Set. Il a contacté une dépanneuse qui s'est chargée de ramener leurs motos puis, dans un langage soutenu, a gentiment conseillé aux garçons d'aller se faire voir et de ne plus jamais espérer son aide pour ce genre de situation, quitte à dormir au fond du caniveau. Quant à moi, je peux lui téléphoner au moindre besoin, a-t-il précisé.

Alors que tous décuvent dans différentes pièces, je me tiens face au miroir de la salle de bains, vêtue du t-shirt de Clarke, et me remémore ce que nous avons partagé à notre retour.

Monsieur avait du mal à extirper son ami d'une benne à ordures, mais il a dessoûlé à la seconde où je me suis débarrassée de mes vêtements, dans l'intention de prendre une douche avant de me glisser sous les draps. Je sens encore ses mains saisir mes hanches et pétrir mon corps. Je sens sa langue, ses dents et ses lèvres se promener sur ma poitrine et le long de ma gorge. Je le sens me posséder et me faire l'amour, me choyer et m'admirer. Et cette fois-ci, j'étais à lui et il était à moi. L'atmosphère crépitait d'émotion, de sentiments, notre étreinte était passionnée, merveilleuse. *Inoubliable.*

J'ai du mal à intégrer que le Devil's et moi sommes en couple, bien que, depuis notre rencontre, j'ai toujours eu l'impression de lui appartenir.

À mon reflet dans le miroir s'ajoute celui d'un Clarke torse nu qui, adossé contre l'encadrement de la porte, me regarde intensément. Il comble l'espace entre nous et m'enlace de ses bras puissants. Je ferme les paupières et profite de ce contact exquis.

— Bien dormi, Beauté ?

— Comme un bébé. Et toi ?

Je me tourne face à lui et noue mes mains derrière sa nuque. Il incline la tête de côté, un sourire coquin étirant ses lèvres.

— Comme un bébé, répète-t-il.

Sans prévenir, l'angoisse me saisit. Je suis si heureuse que j'en ai peur. Peur que ce bonheur me glisse entre les doigts, que Clarke soit insatisfait. Peur qu'il retourne à ses vieux démons – pas si vieux que ça, finalement. Peur de me laisser aller et d'être brisée.

— Qu'est-ce qui ne va pas ?

Je triture mes ongles de nervosité et tente de me dérober, en vain. D'une main douce, Clarke relève mon menton et m'encourage à parler.

— Tu es sûr que c'est ce que tu désires ? murmuré-je.

Il fronce les sourcils et son regard s'obscurcit. Comme si ma peau l'électrocutait, il recule et rompt tout contact physique.

— Pourquoi ? Ce n'est plus ce que tu souhaites ?

J'attrape aussitôt sa paume et regrette de l'avoir contaminé avec mes doutes.

— Bien sûr que si ! C'est *toi* que je veux, Clarke.

Ses muscles se détendent instantanément, il inspire une bouffée d'air.

— Je crains que *tu* ne veuilles plus de moi, que tu ne te sentes pas prêt pour cette relation.

Il m'attire à lui. La caresse de son pouce sur ma joue est d'une tendresse infinie.

— Je n'ai jamais été aussi sûr de quelque chose, Avalone. Je te l'ai dit, tu es *à moi*, à présent.

Ses mots sont salvateurs, ils me libèrent d'un poids colossal et génèrent en moi un sentiment d'épanouissement. Je suis incapable de dissimuler le sourire de bonheur qui éclot sur mes lèvres. Je bats des cils et fais courir mon doigt le long de son torse nu.

— Es-tu sûr de pouvoir te satisfaire uniquement de mon corps ? le taquiné-je.

Une étincelle ardente illumine ses iris émeraude. Il pose ses mains sur le lavabo derrière moi, de part et d'autre de mes hanches, et me prend au piège.

— Oh, crois-moi, me souffle-t-il à l'oreille, tu es ce qu'il y a de plus délicieux sur cette terre. Seul un fou pourrait se lasser de toi.

L'atmosphère devient lourde de tension sexuelle et lorsqu'il effleure mon...

— Clarke, dépêche-toi ! crie Tucker à travers les murs. On décampe dans vingt minutes.

J'interroge le concerné du regard, mais sa bouche capture la mienne pour un baiser qui me fait perdre tous mes moyens. Puis il quitte la salle de bains, me laissant étourdie derrière lui.

— De la marchandise nous attend au Canada. Tuck et moi allons faire l'aller-retour.

Je le retrouve dans la chambre, à enfiler un t-shirt.

— De la marchandise de... ?

— Des bijoux.

Je me tends instantanément. Mon cœur se met à battre de

manière désordonnée.

L'un des plus gros business des Devil's Sons consiste à racheter des bijoux volés. Par la suite, grâce à ses contacts, Carter obtient des certificats d'authenticité et des factures fabriqués de toutes pièces – qui n'ont par ailleurs aucun défaut. Il a alors tout le loisir de revendre ces trésors au prix du marché. Ce n'est pas le type de bijoux qu'on peut trouver dans la vitrine du bijoutier du coin. Ce sont des parures de diamants et de pierres précieuses dont la valeur dépasse bien souvent les deux cent cinquante mille dollars.

Le boss possède une liste de vendeurs et d'acheteurs bien plus longue que celle des jours qu'il me reste à vivre, et aucun d'eux n'est le genre à tendre la main à son prochain. Ce sont des criminels capables de tuer pour une mallette remplie de cash. La plupart de ces ventes comportent un très gros risque, sans compter l'illégalité de ces transactions et la traversée de la frontière.

Ça fait un moment que je connais chaque détail de leurs activités, mais assister au départ de Clarke pour l'une d'elles, c'est concret.

— Et si vous demandiez à Carter de prendre votre journée ?

Le Devil's interrompt sa préparation et se tourne vers moi avec une émotion particulière dans le regard.

— Tu t'inquiètes pour moi ?

Je lui flanque un coup sur le pectoral.

— Bien sûr que oui, abruti !

Malgré son masque d'impassibilité, il ne parvient pas à étouffer la reconnaissance qu'il éprouve, comme si j'étais la première personne à m'inquiéter de son sort depuis très, très longtemps.

— Remplir cette mission aujourd'hui ou demain ne changera rien, Avalone.

Une moue anxieuse étire mes lèvres. Mon attention est

attirée par son pantalon – taché de peinture – qu'il boutonne.

— C'est quoi, ça ?

— Le plan. Un camion de maçonnerie nous attend en bas, chargé de tous les outils et équipements nécessaires à la rénovation. Le fric est caché dans un faux plafond.

Je ne suis pas du tout convaincue par leur manœuvre.

— Et si les douaniers vérifiaient le contenu du véhicule ?

— La frontière ne posera pas de problème, Carter a un contact sur place. Le pire qu'il puisse nous arriver, c'est d'être contrôlés sur la route par des flics. Ils ouvriront le camion et le matos les dissuadera de fouiller. Ils nous laisseront repartir.

— Pas la police d'Ann Arbor. Bill est sur votre dos !

— C'est pourquoi ton parrain se connecte en ce moment même aux systèmes de sécurité de toutes les banques de la ville. Dans une dizaine de minutes, elles sonneront l'alerte les unes après les autres. Trop occupée avec des braquages qui n'ont jamais eu lieu, la police ne nous accordera pas la moindre attention.

Carter, tu es un génie, espèce d'enfoiré.

Clarke prend mon visage stupéfait en coupe dans ses mains et dépose un baiser sur mon front. Il s'affaire à présent à nouer ses chaussures de chantier.

— Si vous n'êtes que deux, les vendeurs pourraient vous tendre une embuscade.

— Crois-moi, ceux qui espèrent nous la faire à l'envers sont les plus gros abrutis de l'Yggdrasil.

Sa référence à notre religion me surprend, mais ce n'est pas le moment d'y penser.

— Ton arrogance causera ta perte.

— Et ton manque cruel de confiance en moi va finir par toucher mon ego, réplique-t-il avec un sourire provocant.

— Laisse-moi vous accompagner...

Il pouffe de rire et secoue la tête, catégorique.

— La dernière fois, je l'ai bien fait ! protesté-je.

— La dernière fois, on ne transportait rien d'illégal, Avalone.

— Donc tu avoues que c'est risqué.

— C'est *toujours* risqué !

Il m'attire sur ses genoux et dégage mon visage d'une mèche de cheveux.

— Pour cette mission, le risque est infime, mais bien présent. Et il est hors de question que tu te mettes en danger par peur de ne jamais nous revoir. Nous sommes rentrés de chaque mission et ce n'est pas aujourd'hui que ça va changer… Pas alors que tu attends mon retour.

Le baiser qu'il me donne me procure une sensation de paix intérieure. Elle n'est qu'illusion. À la seconde où il s'arrache à mes lèvres, le voile se lève. Je me souviens d'une phrase qu'il m'a dite un jour, comme quoi les gangs n'étaient qu'éphémères et finissaient un jour ou l'autre par tomber. En opposition à cette pensée, le visage de Carter s'impose à mon esprit. J'ai appris à faire confiance à cet homme et à son génie.

Il sait ce qu'il fait.

Sans me laisser le temps de cogiter davantage, Clarke m'entraîne jusqu'au salon. Autour de la table siègent les Devil's Sons. Seuls les jumeaux manquent à l'appel. Ils sont allés rendre visite à leur maman il y a quelques heures.

Certains grimacent plus que d'autres, ils ont l'air d'avoir une gueule de bois phénoménale. Et ils sont surtout quasiment nus. J'ai l'impression d'être sur le tournage d'une publicité pour des boxers. Des abdominaux en béton, des pectoraux d'acier et des tas de muscles.

Ils renoncent à nous accueillir, en revanche, mon pyjama qui se résume au t-shirt de Clarke attire leur attention. Je me sens tout à coup exposée et les moues approbatrices qu'ils affichent n'arrangent rien.

— Le dernier qui détourne le regard subit l'insertion de mon flingue dans son cul ! les menace le second de Carter d'une voix si tranchante que nous sommes tous conscients qu'il en est capable.

Alors que quatre paires d'yeux se baissent, Tucker prend la parole, agacé :

— Pourquoi c'est lui qui se tape cette nana, sérieux ? On s'est fait avoir, les mecs… On a été *beaucoup* trop lents !

— Même si on avait été dans le coup, je crois que cette *nana* nous serait passée sous le nez, rétorque Set, amusé.

— Tu plaisantes ? renchérit Tucker. Elle a choisi Clarke par défaut ! Il est le seul à avoir osé braver l'interdit !

Plus sérieux que jamais, cet abruti se lève et contourne la table.

— On rembobine et on revient quelques mois auparavant, les gars.

Il affiche son fameux sourire à conneries alors que Clarke lui barre la route.

— Si tu veux bien t'écarter, champion, j'aimerais me présenter à cette belle et ravissante femme. Qu'elle puisse enfin comprendre qu'elle a le choix.

Sous l'amusement général, Clarke saisit son équipier par la nuque et le plaque violemment contre le mur.

— Tu sais ce que je fais aux seconds choix, Tucker ?

Le concerné, en mauvaise posture, rit du bout des lèvres.

— J'ai ma petite idée.

— En parfaite connaissance de cause, souhaites-tu toujours que je m'écarte afin que tu puisses te présenter à cette *belle et ravissante femme* ?

— J'aurais tendance à dire qu'Ava mérite que je me prenne un coup en son honneur, mais mon instinct me souffle que tu ne t'arrêteras pas là. Je tiens à mon pénis bien plus qu'à n'importe qui et j'imagine toutes les atrocités dont tu serais capable pour me disqualifier. Alors non. Je ne souhaite pas que tu t'écartes, je reviens sur mes paroles. En revanche, tu devrais accorder ton attention à ces pervers. Ils matent ta nana sans vergogne. Ils ont déjà vu ses seins, après tout, ça ne change pas grand-chose.

Clarke se tourne brusquement vers les Devil's Sons et les prend sur le fait accompli. Ils ne se cachent pas, au contraire. Leur but est de faire enrager leur second, ce qui, je dois l'admettre, m'amuse beaucoup.

— Le prochain qui la lorgne ou la regarde d'une manière qui me déplaît va tellement souffrir que les flammes du Ragnarök seront une bénédiction à côté du sort que je lui réserve, c'est clair ?

— Comme de l'eau de roche, affirme Justin. Mais crois-moi, nous n'avions aucune arrière-pensée malsaine. En tant qu'adorateurs de la gent féminine, nous savons reconnaître un cadeau des dieux. Nous l'admirons, simplement. Vois-nous tels des passionnés d'art qui contemplent une œuvre.

— Ferme-la ou c'est le fond des chiottes que tu contempleras !

Justin grimace de dégoût et enfin, nous prenons place à table entre ces torses nus et musclés.

— Tu as dit adieu à ton homme ? me charrie Set.

Je me fige au souvenir de la mission qui attend les garçons. Tucker est d'ailleurs en train d'enfiler le même genre de vêtements tachés de peinture que son compagnon de crime.

— Sois reconnaissante envers l'univers. Vous aurez au moins eu droit à la lune de miel, renchérit-il.

— Boucle-la ! m'exclamé-je. Tu vas donner des idées à des Nornes malveillantes, abruti !

Les garçons se marrent tandis que Clarke m'offre un clin d'œil chargé de promesses, comme celle de revenir en un seul morceau.

— Avec moi à ses côtés, ton mec ne risque rien ! me lance le Devil's à l'ego surdimensionné.

Il apparaît au-dessus de moi et dépose un baiser sur ma tempe. S'il voulait me rassurer, c'est raté. Mais ce n'est que ma mauvaise foi qui parle. Même si Tucker est le roi des conneries, il sait se montrer sérieux quand la situation l'exige.

Nous déjeunons tous ensemble et la discussion dévie sur Élisa. Elle est au plus mal. Ce n'est qu'une question de jours pour elle. Mes parents et Carter lui ont rendu visite à plusieurs reprises. D'après Ty, sa maman était rayonnante lorsqu'elle les a vus pour la première fois. C'était comme s'ils ne s'étaient jamais quittés.

J'annonce mon intention de passer à l'hôpital dans l'après-midi et abandonne mon toast sur le bord de l'assiette. Prendre conscience qu'Élisa ne sera bientôt plus parmi nous m'a coupé l'appétit. Je pense aux jumeaux et à ce qu'ils devront affronter. Ils auront besoin de nous tous pour surmonter leur deuil.

— Reste ici, c'est dangereux, affirme Clarke. On ne sait pas encore si Henzo a quitté la ville.

Il se racle la gorge et adjoint un petit « s'il te plaît ».

— Je vais l'accompagner, ne t'en fais pas, le rassure Set.

Je souris à mon ami, reconnaissante. Ça m'a évité un long débat inutile qui se serait soldé par une dispute. J'apprécie tout de même la marque de politesse qu'il a ajoutée, traduisant une demande, et non pas un ordre.

Vient l'heure du départ des garçons. J'en ai le ventre noué. Mon *copain* dépose un baiser sur mon front, quand son téléphone vibre. Il répond sans prendre connaissance du nom inscrit sur l'écran.

— Allô ?

Après quelques secondes de silence total où je jurerais entendre les dieux festoyer à Asgard, toute gaieté disparaît de son visage. Une fureur sourde, mais insidieuse s'attaque à chacun de ses organes. Elle prend l'ascendant sur son humanité et l'étouffe, jusqu'à ce que son regard se vide de toute âme.

À chaque fois que je pense le côtoyer sous son pire état, je me fourvoie. Je suis terrifiée par la nouvelle, qui doit être grave. Terrifiée par ce que va récolter celui qui est à l'origine du problème, et par ce que Clarke pourrait encourir s'il laisse carte blanche à cette haine destructrice.

— À Ann Arbor ? demande-t-il.

Nous le dévisageons avec appréhension. L'inquiétude des Devil's face à la réaction de leur ami ne me rassure pas. D'habitude, ils prennent ses crises de colère avec légèreté et amusement. Cette fois-ci, c'est différent. On le ressent tous.

Clarke raccroche, dans un état second.

— Tout va bien ? l'interrogé-je d'une voix posée mais néanmoins méfiante.

Il ne m'accorde pas son attention. Il ne l'accorde à personne. Il ouvre la porte d'entrée et ordonne à Tucker de le suivre.

Les deux hommes quittent les lieux, laissant derrière eux un froid plus glaçant que celui de Niflheim.

Les garçons et moi nous lançons des œillades lourdes de sens, un certain malaise grandit en chacun de nous.

Set, les bras croisés sur son torse, fixe la porte derrière laquelle son meilleur ami a disparu.

— Tu sais qui était à l'autre bout du fil ? l'interrogé-je.

— Non. Mais une chose est sûre, ça ne sent pas bon. Pas bon du tout.

Je suis perdue dans mes réflexions, au point que je sens à peine les Devil's m'embrasser et me rassurer avant de quitter l'appartement pour rejoindre le leur. Set et moi regagnons le salon et nous affalons sur le canapé. Mes mains sont moites, une boule s'est formée au creux de mon ventre.

— La vente va tourner au drame, soufflé-je, paniquée.

— Ne t'en fais pas. Clarke sait faire la part des choses.

— Set, est-ce qu'on a vu le même Clarke ? Il avait l'air d'être le réceptacle d'une bombe nucléaire ! À la première parole déplacée, il va exploser !

— Avalone, inquiète-toi plutôt de ce qui l'a mis dans cet état. Il est là, le danger.

Je me lève et traverse la pièce de long en large. Mes pensées fusent, elles s'entrechoquent. Je sens le regard de Set sur moi, et plus je foule le sol, plus sa nervosité s'intensifie.

— Assieds-toi, tu me stresses !

Je m'immobilise, et malgré ce qu'il vient d'exiger de ma part, il entreprend les cent pas juste sous mon nez.

— Et si c'était Henzo, le problème ? Et s'il n'avait pas quitté la ville et comptait s'en prendre à toi ?

— Impossible, Clarke nous aurait prévenus, réponds-je. Il aurait abandonné la mission pour le traquer et m'aurait interdit de mettre un pied dehors.

Je recommence à tourner comme un lion en cage. Nous évoquons toutes les possibilités, même les plus invraisemblables.

— Seuls ses parents ont le pouvoir de l'affecter à ce point.

— Ava, ses parents sont décédés. Ce n'est pas comme s'ils pouvaient mourir une seconde fois.

— Je ne sais pas, il s'est peut-être souvenu qu'aujourd'hui était l'anniversaire de leur mort.

— Ça ne peut pas être ça, je ne l'ai jamais vu dans cet état. Et s'il pensait que tu te moquais de lui ? Ou que l'un de nous est un traître ? Ou encore que Carter n'est pas ton oncle et que ton entrée dans le gang est un subterfuge pour se venger d'un ennemi auquel tu es apparentée ?

Je m'arrête net et le dévisage, les sourcils haussés. Je crois que le cheminement de ses réflexions m'effraie un peu.

— Non, mais tu t'entends ?! OK, nous sommes tombés bien bas. Pour le moment, nous allons rendre visite à Élisa. Nous aurons des réponses à son retour.

Je tourne les talons et me dirige vers la chambre.

— Eh ! C'est ta faute, Beauté divine, c'est toi qui m'as fait paniquer ! s'écrie-t-il à travers les murs.

Malgré tout, je parviens à rire.

Set et moi atteignons l'hôpital, bien décidés à ne plus nous laisser submerger par nos craintes. Nous les conservons dans un coin de notre tête pour plus tard.

Je frappe à la porte d'Élisa, que j'ouvre lorsqu'elle m'en donne l'autorisation. Ses yeux pétillent à mon apparition.

Timide, mais souriante, je pénètre dans la pièce.

— Tu dois être Set Collins ? demande-t-elle à mon ami.

— Oui, Madame.

Nous prenons place sur les fauteuils blancs de part et d'autre de son lit.

— Ça me fait plaisir de te revoir, Avalone. Et Set, je suis très heureuse de te rencontrer ! Si j'avais su que je recevrais de la visite, je me serais arrangée, plaisante-t-elle en se recoiffant.

— Vous êtes magnifique, la rassure le Devil's. Si vous n'étiez pas allongée, je vous aurais mis la main au panier.

Nous éclatons tous les trois de rire, seulement celui d'Élisa manque d'énergie. Il est trop faible pour la sincérité qu'il dégage. Mon sourire s'étiole et s'évanouit.

— Ne t'inquiète pas pour moi, Avalone. Je suis prête à mourir.

C'est faux. Personne n'est *prêt à mourir*. Nous nous faisons à l'idée, et peut-être même que nous acceptons notre sort, mais au fond de nous, nous prions les dieux de nous accorder le miracle. La vie, c'est l'espoir. Si nous le perdons, il ne nous reste plus rien. Alors, nous nous y accrochons de toutes nos forces.

— Carter pourrait contacter de grands médecins et...

Élisa pose sa main sur la mienne en me souriant tendrement.

Je comprends à son regard que mon parrain a déjà pris contact avec les meilleurs médecins. Ils ne peuvent plus rien pour elle. Les larmes me montent aux yeux. Je mords l'intérieur de mes joues et les ravale.

— Je partirai le cœur léger, ma chérie. Mes fils vont bien, ils sont en bonne santé. Ils ont rencontré la fille de mes plus proches amis, et tu es auprès de ta famille… Nous sommes tous réunis. Je ne pouvais pas rêver mieux. Mon ultime regret, c'est cette nourriture infecte, ricane-t-elle.

Ma poitrine se comprime et la seule chose que je puisse faire pour elle, c'est lui serrer la main. Les secondes se succèdent et je refuse de ne pas donner davantage de ma personne.

Une idée me traverse l'esprit, je me lève subitement du fauteuil.

— Y a-t-il des aliments qu'il vous est interdit de consommer ?

Elle fronce les sourcils, sans savoir où je veux en venir.

— Je dirais que non puisque je suis condamnée.

— Set, suis-moi ! Élisa, on revient dans dix minutes. Ne faites pas de folies en notre absence ! plaisanté-je.

Elle éclate de rire et je traîne le Devil's hors du bâtiment. Nous manquons de peu une collision avec une voiture en traversant la route, puis pénétrons indemnes dans une supérette.

— Tu veux bien me dire ce qu'on fait là ?

Je me retourne vers lui, on ne peut plus sérieuse.

— Son seul regret, ce sont les repas infâmes de l'hôpital ! On va donc lui acheter de la malbouffe grasse et délicieuse.

— Ava, on n'a pas le droit de lui ramener de la nourriture, le règlement de l'établissement est strict.

Une moue malicieuse se peint sur mon visage et Set se révèle méfiant.

— Nous allons nous montrer discrets.

— Et comment ? Les couloirs grouillent de docteurs et d'infirmiers !

— Nous ferons diversion ! lance une voix derrière nous.

Nous pivotons sur nos jambes et découvrons Alec, tout sourire.

— Je suis revenu apporter du linge propre à ma mère quand j'ai bien cru que deux abrutis – c'est-à-dire, vous... – allaient passer sous les roues de ma caisse. Très bonne idée, Double A. Alors, on les commence, ces courses ?

J'acquiesce, excitée, et nous déambulons entre les rayons. Nos bras se chargent de chips, de saucisson, de biscuits, de chocolat et de bonbons. Au moindre faux mouvement, ces montagnes de nourriture pourraient s'effondrer.

— Ma mère va être aux anges !

Nous quittons la supérette, cinq sacs plastiques répartis dans nos mains, et gagnons l'ascenseur de l'hôpital sans être repérés.

— Comment on fait diversion ? demande le beau parleur, lorsque les portes s'ouvrent sur l'étage d'Élisa.

L'accueil de cette aile a une vue directe sur la chambre que nous devons atteindre, et les allées et venues sont nombreuses.

Aux grands maux, les grands remèdes.

Je confie nos emplettes à Set et ordonne à l'ancien Devil's Son de me suivre. Je remonte le couloir et m'immobilise dans un angle stratégique, à quelques pas des réceptionnistes. Ma main part gifler la joue d'Alec avec fureur, je feins une grosse colère.

— NE ME DIS PAS QUE TU L'AS REVUE ! hurlé-je, attirant ainsi tous les regards sur moi.

Il fronce les sourcils, puis masse sa peau endolorie.

— Bébé, je t'ai expliqué qu'il ne s'était rien passé, arrête de psychoter...

— *Psychoter* ? rigolé-je amèrement. Surprendre ton pénis au fond de son orifice anal ne me donne aucune raison de psychoter ?

— Et toi, avec mon frère, tu peux parler ! s'énerve-t-il à son tour.

Scandalisée, je rétorque :

— Vous êtes jumeaux ! Je pensais que c'était toi !

— Cinq ans que nous sommes ensemble et tu n'es toujours pas capable de nous différencier ?

— La seule caractéristique qui vous différencie est le grain de beauté qu'il possède sur le gland !

Alec se décompose.

— Comment tu le sais ?

Médecins, infirmiers, visiteurs, ils ont tous interrompu leurs activités et nous observent, certains outrés, d'autres hilares. Set en profite pour s'engouffrer dans la chambre d'Élisa, chargé des sacs de nourriture.

— Si tu dois t'en prendre à quelqu'un, c'est à ton frère. Lui avait conscience de qui j'étais. Et ça ne l'a pas empêché de se faire tailler une pipe !

— Je peux savoir ce qu'il se passe ?

Alec et moi tournons simultanément la tête vers le nouvel arrivant. Ty.

Et merde...

Largué, il nous dévisage comme si nous étions devenus fous, tandis que les spectateurs retiennent leur souffle.

— Je croyais que son grain de beauté te permettait de nous différencier, me dit Alec. Et tu l'as malgré tout sucé ?

Il recule d'un pas et rit tristement. Le sentiment de trahison qu'il dégage m'attire les foudres de nos auditeurs. Il semblerait même que je me sente coupable d'un acte que je n'ai jamais commis. Il tourne les talons et disparaît auprès de sa mère.

Ty me rejoint, suspicieux, et alors que je lui fais signe de me suivre, une infirmière nous arrête.

— Vous devriez avoir honte. Repentez-vous auprès du bon Dieu, vous en aurez besoin...

— Nos dieux sont polygames, ne vous inquiétez pas pour

nous, répliqué-je.

J'attrape le bras de mon compagnon de route et l'entraîne jusqu'à la chambre.

Je ferme la porte derrière nous et m'y adosse, victorieuse.

— Mais qu'est-ce qu'il vient de se… commence Ty.

Puis son regard tombe sur la nourriture que Set déverse sur les genoux de sa mère et il éclate de rire. Élisa, qui a suivi notre fausse altercation, le rejoint. Et bientôt, nous rigolons tous.

— Rappelle-moi de ne jamais croire tout ce qui sort de ta bouche. Tu es une actrice hors pair, me complimente Alec.

Je mime une révérence et sa maman découvre son festin. Ses yeux s'écarquillent et brillent de mille feux.

— Par le banquet d'Odin, vous n'imaginez pas le bonheur que vous me procurez. Des chips au poulet rôti !

Elle ouvre le paquet et avale un pétale salé. Elle pousse un grognement de plaisir, à notre plus grand contentement. Les jumeaux rayonnent de joie, ils couvent leur mère d'un regard chargé d'amour. Ty m'attire contre lui et me chuchote des remerciements à l'oreille.

Élisa s'est rempli le ventre. Ses fils se sont même lancés dans une bataille de nourriture lorsqu'Alec a demandé à son frère de lui envoyer un cupcake qu'il s'est pris en pleine tête. Les dégâts sont superficiels et nous nous sommes bien marrés. L'ambiance est légère, saturée de bonnes énergies. Soudain, la porte s'ouvre sur une infirmière qui découvre les multiples sachets de cochonneries et se décompose.

— Oh, mon Dieu !

Elle se précipite sur le lit et tente de tout nous arracher, mais Set se met en travers de son chemin.

— Votre Dieu ne peut être accueilli entre ces murs. Les nôtres sont présents. Cette nourriture est une offrande que nous leur consacrons et vous souillez ce lieu sanctifié !

Pour appuyer ses propos, je récite le passage de la Völuspá[31] qui, je l'espère, l'effraiera.

— « *Les frères s'affronteront et se mettront à mort. Les cousins violeront les lois sacrées du sang. L'horreur règnera parmi les hommes. La débauche dominera.* »

Alec, Ty et Élisa ferment les paupières et se joignent à moi :

— « *Viendra l'époque des haches et l'époque des épées, brisés seront les boucliers. Viendra l'époque des tempêtes et l'époque des loups, avant que le monde ne s'effondre.* »

— Vous voyez ? lui murmure Set.

J'entrouvre les yeux et aperçois la pauvre femme qui nous observe avec horreur. Puis je saute plusieurs strophes du poème et déclame celui qui m'intéresse :

— « *Le soleil s'obscurcira, la terre sombrera dans la mer, les étoiles resplendissantes disparaîtront du ciel. La fumée tourbillonnera, le feu rugira, les hautes flammes danseront jusqu'au ciel.* »

La porte claque. L'infirmière a pris la fuite, terrorisée par la prophétie de la voyante au sujet du Ragnarök.

Hilares, nous nous esclaffons. Nous aurions pu la laisser intervenir. Nous comptions déjà partir puisque Élisa est fatiguée, mais ça n'aurait pas été aussi amusant.

Nous recouvrons notre souffle, et après de longues embrassades, nous quittons tous les quatre l'hôpital sous les remerciements des jumeaux. J'en profite pour m'excuser auprès d'Alec de l'avoir giflé. Il pouffe de rire et masse sa joue.

— C'était pour la bonne cause, je ne t'en veux pas.

Alors que nous n'avions aucun projet en ce début d'après-midi, nous recevons un appel de Jesse. Il nous propose de déjeuner dans un restaurant, au bord de la rivière Huron. J'accepte sans hésitation. Ça m'évitera d'attendre désespérément

---

[31] Cet extrait du poème de la Völuspá figure dans *L'Edda* de Snorri Sturluson.

le retour de Clarke.

Ces quelques heures passées en compagnie des garçons ont été merveilleuses. Suivre leur rythme n'est pas de tout repos, cela dit, ça en vaut la peine. Alec et sa chaise ont perdu l'équilibre, ce qui lui a coûté une chute dans le cours d'eau glacé. Bien entendu, il s'est rattrapé à la nappe, entraînant avec lui tout ce que la table contenait. Adieu ma délicieuse mousse au chocolat et bonjour les fous rires incontrôlables ! Si sa mésaventure est passée pour un accident aux yeux de tous, j'ai pu observer Ty et son sourire malicieux pousser la chaise de son jumeau du bout de son pied. Dans le chaos, les serveurs se sont précipités au secours d'Alec qui, mécontent, s'est redressé et a tiré sur la manche de son frère. À son tour, Ty est tombé à la renverse au fond de la rivière. Il a éclaté de rire... jusqu'à se prendre un coup de poing. À partir de là, les Liner se sont battus et ont éclaboussé la clientèle. Le propriétaire des lieux a exigé que nous payions et déguerpissions. Lorsque j'ai voulu régler l'addition, heureuse d'inviter ma famille, Sean m'a jetée sur son épaule et m'a conduite à l'extérieur, laissant les garçons se charger de la note.

Nous avons ensuite atterri à l'hippodrome et j'ai assisté à des courses de chevaux pour la première fois de ma vie.

Tandis que les Devil's jouaient des centaines de dollars et perdaient, j'ai observé le déroulement des festivités, lu le programme et me suis familiarisée avec les cotes. Puis, je me suis mise à parier vingt billets et j'ai gagné de petites sommes, encore et encore. Je sautais de joie à chaque victoire sous les regards dépités des garçons.

— Je me fais plumer ! s'est exclamé Jesse. V, choisis un cheval et je mise cinq mille dollars dessus. Tu es mon dernier espoir.

Je me suis étouffée avant de secouer frénétiquement la tête.

— Hors de question que j'endosse la responsabilité de cinq mille dollars !

— Tu ne l'endosseras pas.

— Bien sûr que si ! Si par ma faute, tu perds une telle somme d'argent, je me sentirai coupable au point de fondre en larmes !

À la suite de supplications, promesses et échanges affectifs, j'ai annoncé :

— Le numéro 5. Il finira premier.

Et avant que je comprenne l'étendue des conséquences de mon choix, les garçons avaient misé pour un total de quarante et un mille dollars sur le même cheval. Je crois n'avoir jamais manqué autant d'air de ma vie. Le signal de départ a vibré dans tout mon être et j'ai suivi la course des yeux avec horreur. J'ai observé les numéros 2 et 4 devancer le 5, puis ce dernier a accéléré et a franchi la ligne d'arrivée. On m'a sauté dessus. On m'a secouée. Je me suis retrouvée dans les airs, portée par des bras musclés. Enfin, j'ai compris que le numéro 5 avait remporté la course et par extension, que mes amis allaient ressortir d'ici avec les poches pleines. J'ai rigolé de soulagement, j'en avais les larmes aux yeux, et les Devil's m'ont remerciée comme si j'avais sauvé l'Yggdrasil du Ragnarök.

22.

Il est vingt-et-une heures passées, nous avons tous dîné à l'appartement des garçons, lorsque Clarke et Tucker sont de retour. En un seul morceau. Un soupir de soulagement reste bloqué dans ma gorge, je suis paralysée en découvrant le visage de celui que j'aime. Plus fermé qu'à notre rencontre, il est marqué par une colère latente. Il ne nous a pas adressé un regard que son téléphone sonne déjà et lui annonce un message. Il en prend connaissance et là, un fossé aussi grand que Ginnungagap[32] s'étend entre nous. Sa haine sature l'air. Il franchit la porte à reculons, puis tourne les talons et disparaît.

Je bondis de ma chaise haute et cours après lui. Mon cœur tambourine violemment dans ma poitrine, je dévale les escaliers et le suis de près.

— Retourne à l'appartement ! m'ordonne-t-il d'une voix qui ne lui appartient pas.

— Dis-moi ce qu'il se passe !

---

[32] Dans la mythologie nordique, le Ginnungagap est un vaste gouffre qui s'étendait entre Niflheim et Muspelheim, lors de la création des mondes.

Il quitte l'immeuble. J'accélère le pas, saute les dernières marches et le rattrape à l'extérieur. Enfin, il s'immobilise.

— RENTRE !

La force brutale de son ton me cause un sursaut. Je devrais être effrayée par l'abîme dans son regard. Il est, à cet instant précis, terrifiant. Pourtant, je refuse de l'écouter et de l'abandonner.

— Je ne rentrerai pas tant que tu ne m'auras pas fourni d'explications ! Et pourquoi tu as ton flingue à la main ?

— Carter te laisse peut-être gérer les affaires des Devil's Sons, en revanche, il est hors de question que tu te mêles des miennes. Tu n'es qu'une petite fille ennuyée par la monotonie de son existence qui cherche un peu d'action dans un gang, mais tu ne connais rien de la véritable violence. Dégage avant que je ne veuille plus de toi !

Je recule, sous le choc. Ses mots sont cruels, aiguisés telles des lames de rasoir qui lacèrent mon cœur.

Sans un regard en arrière, Clarke s'éloigne et traverse la route. Je l'observe sillonner le parking en direction d'un bar. Un homme quitte l'établissement et aussitôt, le Devil's frappe. L'ivrogne s'échoue à ses pieds, je détourne les yeux. Je ne sais pas qui est ce type et s'il a un jour causé du tort à Clarke, mais je rebrousse chemin. Je le laisse commettre ses erreurs. S'il va trop loin, il en paiera les conséquences et ne pourra s'en prendre qu'à lui-même. J'ai assez donné.

C'était sans compter sur mes stupides jambes. Elles opèrent un demi-tour et mettent le cap sur l'agression. Non, je ne peux me résoudre à l'abandonner, je suis comme ça. Je désire aider et être là pour ceux que j'aime. Je ne délaisse pas les gens à la première complication.

— Putain, tu veux quoi ? s'exclame l'homme, à terre.

Il effleure sa lèvre ensanglantée du bout de ses doigts et ne semble pas comprendre ce qu'il a fait pour mériter ça.

Le second de Carter est-il capable de s'en prendre à un innocent qui ne lui a même pas adressé la parole ?

Oui, bien sûr que oui.

J'enfonce mes talons dans le sol, freinant en urgence quand Clarke sort son flingue et le braque sur le cinquantenaire. Ce dernier se fige de terreur, il lève une main tremblante devant lui, comme si elle pouvait le protéger d'une balle.

— Tu n'as pas une petite idée ? lui demande le Devil's. On s'est croisés, il y a une dizaine d'années.

Par l'Yggdrasil... Je me pétrifie sur place, incapable de faire ou dire quoi que ce soit. Si c'est bien ce que je crois, l'homme est déjà mort.

— Je suis entré en taule à cette époque !

Clarke hausse les sourcils, un sourire sinistre aux lèvres. Il n'en faut pas davantage au type pour comprendre qui se tient en face de lui. Ses tremblements redoublent, il se pisse littéralement dessus. Il essaie de reculer, mais son agresseur retire le cran de sûreté de son arme et l'en dissuade.

— Écoute, garçon, j'ai appris de mes erreurs, j'ai changé !

Le Devil's Son rit nerveusement. Il n'est plus lui-même, il est dans un état second. Un état d'animosité où son bon loup se meurt, trop faible pour éveiller son humanité.

— Tu as signé ton arrêt de mort le jour où tu leur as ôté la vie.

Son visage est déformé par une haine puissante et profonde, qu'il cultive depuis de longues années dans l'attente de cette confrontation fatidique.

— Pas une nuit ne passe sans que je rêve de toi et du sort que je te réserve. Quel plaisir j'ai pris à imaginer toutes sortes de tortures. Elles m'ont bercé pendant une putain de décennie.

Clarke me glace le sang. J'ai sous les yeux son aspect le plus sombre, la part de son âme tourmentée, dénaturée.

Enfin, je retrouve l'usage de mon corps. J'avance d'un pas.

Un seul et unique pas, et je tremble tout autant que l'ancien prisonnier assis dans son urine. Des larmes de terreur roulent sur ses joues.

— Clarke, ne fais pas ça...

Les deux hommes remarquent ma présence. Seulement, si le bad boy est plus que furieux de me voir, l'autre semble espérer de moi la miséricorde.

— JE T'AI DIT DE RENTRER !

Je ne sursaute pas. Je ne cille pas. Mais j'ai peur. Je suis épouvantée par ce qu'il risque de sacrifier au nom de la vengeance.

— Tu ne peux pas le tuer...

Son rire sinistre résonne dans la nuit.

— Tu n'es pas un tueur.

— J'AI *DÉJÀ* TUÉ !

Ces mots hurlés dégagent un tel désespoir que j'en ferme les paupières et cesse de respirer.

— Pour te protéger ou pour protéger ceux que tu aimes. Pas de sang-froid. Tu ne te le pardonneras jamais.

Il pose son regard torturé sur moi, puis se reconcentre sur l'homme coupable de tous ses maux.

— Il a flingué mes parents, crache-t-il, haineux.

— Ça ne les ramènera pas...

Les larmes me brouillent la vue, l'air se raréfie dans mes poumons. Je parcours les derniers mètres qui nous séparent, aussi lentement que lorsqu'on tente d'approcher un animal blessé, et parviens à glisser ma main dans la sienne.

— On ne peut pas changer le passé, mais ton avenir est prometteur. Tes parents ne voudraient pas que tu le gâches.

— LES MORTS NE SOUHAITENT PLUS RIEN !

— Est-ce qu'ils se sont battus ?

À travers ses iris transparaît toute sa souffrance, tout ce qu'il a essayé de refouler depuis de nombreuses années. À présent, son pire cauchemar est face à lui, en chair et en os.

— Est-ce que tes parents se sont battus ? répété-je.

— Ils ont lutté. Ils se sont défendus, jusqu'à leur dernier souffle.

Sa voix se brise à l'instar de mon cœur.

Par tous les dieux…

— Alors, tu sais où ils résident. Au Valhalla, aux côtés d'Odin. Ou à Fólkvangr[33] auprès de Freyja. Tu pourrais les revoir.

Il rigole d'un tel mépris qu'il est difficile de ne pas s'en offusquer. Toutefois, il ne se détache pas de ma main. Une part de lui, inconsciente, désire rentrer avec moi.

— On ne peut savoir qui est choisi pour le Valhalla ou la demeure de Freyja !

Il serre un peu plus les doigts autour de la crosse de son arme et tient en joue son pire ennemi. Il n'a aucune échappatoire.

— C'est vrai, concédé-je. Cette religion est remplie d'incertitudes. Certains disent que ceux destinés à rejoindre Odin sont les guerriers qui vouent leur existence à la guerre et aux batailles. Ils disent que ceux qui vont retrouver Freyja mènent des combats pour préserver leur famille, leur clan et leurs biens. Si on suit cette logique, tes parents sont auprès de la déesse, et si tu meurs en protégeant les tiens, tu finiras auprès de Freyja, toi aussi. *Avec eux*. En revanche, si les meurtriers de sang-froid terminent dans les grottes de Niflheim, c'est là-bas que tu croupiras, comme cet assassin. Et tu n'auras jamais l'occasion de retrouver ta famille biologique ni de t'épanouir après la mort. Ne te sacrifie pas, Clarke…

Une larme roule sur ma joue et attire son regard, signe d'une

---

[33] Fólkvangr est une prairie où Freyja reçoit la moitié des guerriers morts au combat. C'est dans ce champ que Sessrúmnir, le manoir de la déesse, est situé.

fissure dans son armure.

Notre religion comporte tellement de zones d'ombre que je suis terrorisée par les conséquences qui découleront de cette vengeance. Ce n'est pas seulement sa vie sur terre qu'il met en péril. C'est son existence tout entière, son grand voyage vers quelque chose de plus important que nous.

— Je n'ai plus foi en tout ça !

Je contrôle ma respiration afin de contrôler ma voix. Je ne souhaite pas qu'il fasse le bon choix pour moi. Je veux qu'il prenne la bonne décision dans *son* intérêt.

— Au fond de toi, tu as toujours eu foi en l'Yggdrasil, Clarke. Tu as seulement oublié comment se reposer sur une puissance supérieure.

— Tu tentes de me convaincre dans le seul but de pouvoir me regarder en face ! crache-t-il avec l'espoir de garder sa haine à la surface.

Je secoue la tête et porte une main à ma poitrine.

— Je serai là, que tu tires ou non. Mon regard ne changera jamais. Et si je pensais que ton bonheur n'entrait pas en jeu, j'aurais approuvé la mort de cet enfoiré. Parce que c'est ce qu'il mérite. Mais toi et ton âme avez bien plus de valeur que ces représailles.

Je recule d'un pas et lâche sa main qui retombe le long de son corps. J'inspire profondément pour lui partager mes dernières paroles, après quoi, je le laisserai face à lui-même. Et mes sentiments à son égard demeureront, quoi qu'il arrive, parce que si on assassinait mes parents, ce dilemme se présenterait à moi aussi. Alors, je lui récite deux couplets du *Hávamál*[34] :

— « *Meurent les biens, meurent les parents. Et toi, tu mourras de même ; mais la réputation ne meurt jamais, celle que bonne l'on s'est acquise. Meurent les biens, meurent les*

---

34 Le *Hávamál* peut se traduire par « les Dits du Très-Haut ». C'est un recueil sur la sagesse scandinave qui aurait été composé par Odin.

parents. Et toi, tu mourras de même ; mais je sais une chose qui jamais ne meurt : le jugement porté sur chaque mort. »

Son visage se décompose, comme s'il réécoutait pour la première fois depuis des années une mélodie oubliée qui fait battre son cœur.

— Tu sais ce que veulent dire ces mots, Clarke. La réputation d'une personne est ce qui subsiste longtemps après sa mort si quelqu'un est là pour se remémorer et évoquer son passage sur terre. C'est l'immortalité. Alors, peu importe que nos dieux et le Valhalla existent, parce que ces paroles demeurent vraies. Et tu es le seul à être en mesure d'offrir la vie éternelle à tes parents. Il ne leur reste plus que toi sur Midgard, alors souviens-toi d'eux, raconte qui ils ont été, consacre-leur des autels et des offrandes ! Tu as le pouvoir de les faire vivre à travers toi. Mais si tu achèves cet homme, tu finiras en prison et il n'y aura plus personne pour t'écouter. Tu condamneras ton père et ta mère, parce qu'un ancêtre oublié est un ancêtre mort pour toujours. Ce type a tué tes parents, en revanche, tu peux les tuer *une seconde fois*, Clarke. À toi de voir si ça en vaut réellement la peine...

Sur ces dernières paroles et sous son regard anéanti, je marche à reculons. Puis je tourne les talons, traverse la route et m'engouffre dans l'immeuble. Je suffoque, les battements de mon cœur se précipitent. Chamboulée, je gravis les escaliers à toute vitesse et frappe contre le bois, encore et encore.

La porte s'ouvre brusquement, je bascule en avant. Tucker me rattrape, les Devil's se lèvent et semblent plus inquiets pour moi que pour leur frère. *S'ils savaient...*

Face à mon état de détresse, mon ami me porte et me murmure des paroles réconfortantes sur le chemin du canapé. Il me dépose dans les bras de Ty. C'est tout bas que j'annonce :

— Le meurtrier de ses parents a été libéré. Il est en bas de l'immeuble. Clarke a son arme pointée sur lui.

Le choc est tel que personne ne sait comment réagir pendant un temps qui me paraît infini. Je n'ose croiser leurs regards, de peur de ce que je pourrais y lire.

— PUTAIN DE MERDE ! hurle Set.

Son verre vole à travers la pièce et explose en mille morceaux contre le mur.

Je sursaute et lève les yeux sur le Devil's. Il partage la douleur de son meilleur ami. Savoir Clarke confronté à son passé, être conscient qu'il souffre, lui cause une réelle peine.

— Le retenir et garantir son avenir, ou laisser ce fils de pute mourir ? souffle Alec.

— Le retenir ! s'exclame Justin, paniqué. Si ce type vient de sortir de prison, un agent de probation lui colle au cul. Il va avoir droit à des contrôles judiciaires dans les prochains jours, et s'il manque à l'appel, ça va être la merde ! Faire disparaître son corps, justifier son absence tout en tenant son homme éloigné de tout soupçon, même pour Carter, ça me paraît difficile !

Tandis que Sean se lève, prêt à rejoindre Clarke dans l'espoir de le raisonner, je m'exclame :

— Ce n'est pas à nous de prendre cette décision ! Je lui ai dit tout ce qu'il avait besoin d'entendre.

— Ava...

— S'il se prive de sa vengeance pour nous satisfaire, il éprouvera du ressentiment et conservera sa haine éternellement. Alors, assieds-toi.

L'atmosphère se charge de tension, nous sommes tous au bord de l'implosion.

— Tu me donnes un ordre ? s'agace le Devil's, irritable.

Je me lève, les membres tremblants. Mes émotions se bousculent dans mon esprit. Je suis à la fois terrifiée et déchirée par les propres tourments de Clarke.

— Si c'est comme ça que tu le prends.... Pose ton cul sur le canapé, Sean.

Je suis à fleur de peau et son rire méprisant n'arrange rien.

— La seule personne dans le coin qui puisse exiger de moi un certain comportement, c'est Clarke.

— Tu es sûr ? intervient Ty. Avalone est la nièce de Carter, elle possède la troisième place la plus importante dans la hiérarchie du gang, après le boss et le second. Elle peut te donner un ordre en l'absence des deux premiers, sauf si Carter conteste son autorité. Chose qu'il n'a jamais faite.

Un silence de plomb s'installe durant lequel je suis embarrassée. Je ne désire aucun statut supérieur, et encore moins me confronter à ma famille. Mais si, pendant les secondes qui suivent, je dois monter sur un piédestal, je le ferai. Pour Clarke.

Sean dévisage les garçons un à un. Il écarquille les yeux lorsqu'il assiste à leur prise de position : ils se rangent de mon côté.

— Vous êtes sérieux, là ?

— Ty a raison, affirme Set. Et Avalone aussi. Clarke doit affronter ses démons sans notre intervention.

Le Devil's, connu pour être buté, tourne les talons et ouvre la porte d'entrée. Aussitôt, ses compagnons de crime dégainent leurs armes et le braquent.

— Mets un pied en dehors de cet appartement et tu dis adieu à ton orteil, le menace Jesse.

Il nous tend son majeur, l'air mauvais, et s'apprête à passer à travers l'encadrement lorsqu'une détonation m'assourdit.

— NON ! hurlé-je.

Je me précipite sur Sean, les yeux remplis de larmes, et aperçois la balle tirée par Tucker figée dans le bois derrière lui, à moins de trois centimètres de sa jambe. Je soupire de soulagement, puis la colère me saisit.

— Ça ne va pas ?! m'écrié-je. Nous sommes tous à cran, j'en

ai conscience, mais il est très probable qu'un homme gît dans le caniveau à l'heure qu'il est… Nous n'avons pas besoin d'ajouter un blessé à notre palmarès !

Je ne suis pas en colère contre Tucker, il a volontairement tiré à côté. Je suis folle de rage contre Sean qui a agi en parfaite connaissance de cause. Il savait que ses frères allaient appuyer sur la détente, seulement cet abruti est trop buté pour faire machine arrière.

— Ferme cette porte et assieds-toi, lui ordonné-je d'une voix glaciale.

Après quelques secondes d'hésitation, Sean soupire et obtempère.

Un sourire d'excuse étire ses lèvres, il dépose un baiser sur mon front et s'assied enfin.

— Ça fait dix ans que Clarke attend la libération du meurtrier de ses parents pour le tuer. Dix ans que sa haine est affûtée dans ce seul but. Nous ne pouvons pas lui arracher ça, vous comprenez ? Il perdrait les pédales. S'il y renonce, ce sera dans son intérêt et pas dans le nôtre.

Tous acquiescent, l'air grave.

— Est-ce que l'un de vous peut me ramener sur le campus ? Je suis épuisée.

Encore une fois, ils acquiescent. Justin attrape les clés de sa Harley pendant que je rassemble mes affaires.

— Reste avec nous…

La requête de Set a un arrière-goût de désespoir.

— Je crois que Clarke aura davantage besoin de ses meilleurs amis que de sa nouvelle copine.

Je songe aux paroles qu'il m'a crachées à la figure sous la colère et me demande si une part de lui ne les pense pas réellement.

Set, en proie à l'inquiétude, me prend dans ses bras.

— C'est de *toi* dont il aura besoin.

— J'en doute. Mais si c'est le cas, il saura où me trouver.

Après de rapides embrassades, Justin et moi quittons l'appartement sans un mot. J'appréhende d'atteindre l'extérieur et si je parviens à ignorer la potentielle scène de crime jusqu'à enjamber la moto, je finis par jeter un coup d'œil craintif en direction du parking. Il n'y a plus aucune trace de Clarke ni du meurtrier de ses parents. L'angoisse me noue les tripes, je ferme les paupières et repousse tous les scénarios invraisemblables.

Il était en position de force, il est sain et sauf.

Si la police l'avait embarqué, ils n'auraient pas pu quitter les lieux aussi vite.

Je me répète ces deux phrases jusqu'à retrouver un semblant d'espoir.

Dans ma chambre universitaire, je lis le petit mot que Lola m'a laissé sur mon bureau. Elle dort avec Daniel à la fraternité. Elle m'embrasse.

— Ça va aller ? me demande Justin.

— Oui, ne t'en fais pas pour moi.

Un léger sourire se peint sur ses lèvres, il prend mes mains dans les siennes.

— Je te connais, Ava. Je vois bien que ça ne va pas.

Je soupire.

— Disons qu'après ce que nous avons traversé ces derniers mois, j'ai cru avec naïveté que tout rentrerait dans l'ordre… mais il semblerait qu'il y aura toujours un nouveau protagoniste pour nous gâcher la vie. Nous sommes constamment mis à l'épreuve, ça en devient étouffant.

— Lors de mon intégration chez les Devil's Sons, je me sentais submergé. À présent, quand tout est calme, je m'ennuie. Et puis, on a de la chance. Nous sommes une famille. Nous veillons les uns sur les autres et nous nous soutenons lorsque ce quotidien se révèle être trop éprouvant. Et, quelque part, c'est grâce à tous ces événements que nous sommes liés. Crois-tu qu'on serait aussi proches si les seuls moments que nous partagions étaient des après-midis autour d'un café ou une soirée à la fraternité ?

Je souris faiblement.

— Non. Bien sûr que non. Nous sommes une véritable famille, parce que nous traversons ensemble les tempêtes sans que personne ne se défile. Nous nous mettons constamment en danger pour la sécurité de ceux que nous aimons.

— Exact. Et je plains ceux qui ne connaissent pas cet amour irrationnel. Il est notre force. Rien ne pourra nous arracher ça.

Il m'attire contre lui et m'offre à travers cette accolade l'assurance qui me fait défaut. Nous partageons cet instant de faiblesse qu'aucun autre mot ne peut soulager.

Nous nous séparons ; il me décoiffe ; je peste. Tout sourire, il se dirige vers la sortie et me promet de prendre soin de Clarke. À son départ, le silence m'oppresse. Je me résous à prendre une bonne douche qui, je l'espère, aura le pouvoir de m'apaiser. Je quitte la pièce, encombrée de mes affaires, et traverse le couloir.

L'eau chaude, presque brûlante, s'abat sur mon dos. Elle noie mes peurs, purge mon esprit de toute pensée. Ça doit faire cinq minutes que des filles s'impatientent derrière le battant. Je décide de ne pas jouer avec leurs nerfs et coupe le dispositif.

— Ce n'est pas trop tôt, râle une étudiante.

J'enroule une serviette autour de mon corps et ouvre la porte sur trois nanas aux sourcils froncés, prêtes à m'incendier.

— Je suis désolée, les devancé-je.

Je les contourne et pénètre dans les vestiaires, de nouveau submergée par l'angoisse qui m'attendait au tournant. Elle s'agrippe à ma peau, me refuse tout répit. Je m'assieds sur le banc quand l'une des trois étudiantes s'approche.

— Ava ? Je peux t'appeler comme ça ?

Je hoche la tête et tente de paraître chaleureuse malgré mes préoccupations.

— Est-ce que tout va bien ? me demande-t-elle.

Mon regard se perd dans le vide. Une image de Clarke armé s'impose à moi. Je songe à ce qu'il a révélé au meurtrier de ses parents. Dix années de nuits ténébreuses, bercées par sa souffrance. Il s'est laissé engloutir par une violence sans égale, elle lui tient compagnie depuis son plus jeune âge, comme une vieille amie.

— Est-ce que tu as déjà eu la sensation que le contrôle que tu détenais sur ta vie t'échappait ? murmuré-je.

— C'est effrayant, n'est-ce pas ? Mais j'imagine que c'est le jeu.

Je porte mon attention sur elle et acquiesce. Ses prunelles sont bienveillantes, elle dégage de la fraîcheur. C'est agréable.

— Si tu as besoin d'un peu de normalité après une journée dans la peau d'une redoutable mafieuse, appelle-moi, plaisante-t-elle. Moi, c'est Charlie.

Elle s'empare de mon téléphone et enregistre son numéro. Après un dernier sourire qui se veut réconfortant, elle disparaît dans les douches.

Je n'ai pas eu le cœur à lui dire que je ne la contacterai probablement jamais. Si les Devil's Sons ne sympathisent pas avec les autres étudiants, c'est pour une raison bien précise. Il ne faudrait pas que des personnes extérieures au gang puissent se pencher sur nos activités. Je délaisse déjà mon groupe d'amis, trouver des parades à chaque question dérangeante se révèle compliqué.

J'enfile mon pyjama et traîne des pieds sur le chemin de ma chambre. Je tourne en rond, allume sans cesse l'écran de mon portable désespérément dépourvu de notifications.

Clarke devrait être rentré, à l'heure qu'il est. Pourquoi je n'ai aucune nouvelle ?

Et comment se fait-il que l'assassin de ses parents ait été libéré au bout de dix années de prison seulement ?

C'est la perpétuité qu'il mérite pour ce double meurtre effroyable ! À ce nouveau mystère s'ajoute celui de sa présence en bas de l'immeuble des garçons. Quelque chose ne tourne pas rond, c'est certain.

Je me laisse tomber sur mon lit et cache mon visage sous mon oreiller quand on frappe violemment à ma porte.

Je bondis sur mes pieds et me remémore qu'il n'y a pas si longtemps, un homme a tenté d'abuser de moi. Carter l'a dénoncé à la police et depuis, il le garde à l'œil. Les Devil's Sons sont des criminels, mais ils prennent au sérieux la sécurité de leur ville.

— Ouvre cette porte ou je te jure que je la défonce !

La voix de Clarke me détend instantanément, pour m'angoisser dans la seconde qui suit. Il frappe si fort contre le bois que je m'en tiens éloignée. Je n'ai pas peur de lui, en revanche, mon cerveau m'envoie des signaux d'alerte que je suis incapable d'étouffer.

— Essaie de te calmer.

— OUVRE !

— Je ne peux pas ! Mon instinct de survie me l'interdit formellement !

On n'entend plus un bruit, c'est si soudain que j'en deviens méfiante. À pas de loup, je rejoins la porte et y colle mon oreille. Seul le souffle du Devil's me parvient. Je prends une longue inspiration et déverrouille la serrure.

Clarke s'engouffre dans ma chambre, agité. Il ne tient pas en place, sa nervosité est à son paroxysme. Incapable de fixer son regard sur un point précis, il tourne en rond et tire sur ses cheveux.

— Pourquoi tu es partie ?

Désemparée par les événements, je reste muette. Il fait

volte-face et me hurle :

— RÉPONDS-MOI ! TU AS CHANGÉ D'AVIS, C'EST ÇA ?

Je sursaute et il fronce les sourcils, mécontent à l'idée de m'effrayer.

— Je pensais que tu voudrais être seul...

Il ouvre la bouche, prêt à crier de nouveau, mais se ravise sans toutefois parvenir à se détendre. Son état de détresse m'afflige, mon cœur est douloureux.

— Je te l'ai dit. Peu importe la décision que tu as prise, je resterai, Clarke. Je ne compte aller nulle part.

Il laisse échapper le soupir qu'il devait retenir depuis son retour, puis m'attire contre lui. Ses bras musclés m'enlacent avec possessivité, il niche son nez au creux de mon cou et s'imprègne de mon odeur.

— Il est en vie, me murmure-t-il à l'oreille. Je n'ai pas tiré, je ne l'ai pas tué. Mes parents... ils connaîtront l'immortalité.

Le poids qui s'envole de ma poitrine est si libérateur que des larmes se forment aux coins de mes yeux. Mes poumons s'ouvrent, je respire enfin. Les conséquences de ce meurtre auraient été désastreuses, il se serait condamné – ainsi que ses parents – pour l'éternité.

Et par Odin, ce que je suis fière de lui ! Renoncer à cette vengeance qu'il attend depuis dix longues années est probablement la chose la plus dure qu'il ait eue à faire. Peu de personnes en auraient été capables. Sa force mentale est sans limites. J'ai envie de lui sauter au cou, de le féliciter, néanmoins je m'abstiens. Il a besoin de calme.

Je me détache de lui et plonge dans ses iris tourmentés.

— Qu'est-ce que tu éprouves ?

— Du soulagement. Je crois.

Un sourire étire mes lèvres, bien que je ne le sente qu'à moitié sincère.

— Tu veux en parler ?

Il me répond par la négative et tente de se dérober, alors j'anticipe et pose mes paumes sur son torse avant de lui souffler :

— J'attendrai le temps qu'il faudra, mais tu devras te confier un jour ou l'autre, Clarke.

Il acquiesce. Par conséquent, j'autorise la colère à surgir en moi. Elle est plus intense que je ne l'aurais cru. Ma main gifle sa joue, son visage se tourne sous le choc. Il contracte la mâchoire et serre les poings.

— Je peux savoir ce qui te prend ? siffle-t-il entre ses dents.

— Une petite fille ennuyée par la monotonie de son existence ? Dégage avant que je ne veuille plus de toi ?

Un éclat de regret perce la noirceur de son regard.

— Je ne le pensais pas, tu le sais...

— C'est la dernière fois, le préviens-je, mauvaise.

Ses traits se durcissent, il n'apprécie pas le ton que j'emploie.

— Tu me menaces ?

— Non, je t'avertis. J'ai déjà du mal à croire en nous, compte tenu de tes incertitudes passées. Il est hors de question que je craigne à chaque colère que tu puisses me quitter et que ce doute me ronge. Alors, profère de nouveau de telles paroles et c'est moi qui ne voudrai plus de toi ! Maintenant, sors de ma chambre.

Clarke esquisse un pas déterminé dans ma direction. Je recule, mes bras retombent le long de mon corps.

— Non.

— Non ? demandé-je, excédée.

— Non. Je ne partirai pas.

Il avale les mètres entre nous, je suis acculée contre le mur. Clarke y pose les mains, de part et d'autre de ma tête, et cette proximité me déclenche un frisson d'une intensité dont lui seul a le secret.

— J'ai besoin de cette nuit pour me faire pardonner. Et si ce n'est pas suffisant, je m'acharnerai demain, et encore après-demain. Je te prouverai que tu peux avoir confiance *en nous* et tu n'auras plus jamais ce doute. Je vais commettre des erreurs, Avalone, parce que je ne sais pas être en couple. Je ne te demande pas d'excuser l'impardonnable, je te demande de m'apprendre.

23.

Ce matin, émerger du sommeil se révèle être compliqué. Après ce week-end chargé en rebondissements, j'aurais volontiers pris un troisième jour de repos. Si passer des heures au lit en compagnie du beau brun ténébreux est tentant, ma conscience me rappelle à l'ordre. Je *dois* avoir mon année, et c'est mal parti. J'essaie de me redresser tant bien que mal malgré les bras de Clarke qui m'enlacent, et j'éteins le réveil. Le Devil's Son grogne. Il fuit la lumière, sa tête disparaît sous l'oreiller. Il n'est pas du matin et ne le sera jamais, c'est une certitude.

Suite à ses mots de la veille, j'ai craint que mon cœur ne fonde. Jusqu'à l'aube, il s'est évertué à me prouver que notre relation était tout ce qu'il y a de plus concrète, réelle. *Sincère.* Sa détermination a eu raison de mes doutes. J'entrevois un avenir avec lui, et c'est une sensation extatique.

— Je ne me plains pas, mais la prochaine fois, nous dormirons chez moi. Dans un vrai lit.

Je rigole et m'étire de tout mon long, courbaturée. Un matelas de quatre-vingt-dix centimètres, pour sa carrure imposante et moi, ce n'est pas adéquat. J'ai passé la nuit allongée sur lui. Cela dit, il est sacrément confortable.

Je m'extirpe des draps, mes pieds entrent en contact avec le sol glacé. C'était sans compter sur le bad boy qui me tire en arrière. Je retombe sur son corps et voilà qu'il m'embrasse à en perdre la tête.

Cette journée commence particulièrement bien.

Couverte de vêtements chauds, mes livres de cours au fond de mon sac, je suis prête à affronter le monde extérieur. Du moins, je fais semblant de l'être. Rester au lit avec Clarke est une option que j'envisage toujours, même s'il passe son bras autour de mes épaules et que nous quittons ma chambre.

Nous nous arrêtons sur la pelouse, en face de mon amphithéâtre. Le Devil's se détache de moi, puis enfonce ses mains dans ses poches. Je me demande s'il va m'embrasser à la vue de tous ou...

— On se voit plus tard, me lance-t-il.

Il me décoche un clin d'œil et s'éloigne.

... ou fuir.

Un sourire étire mes lèvres, je me retrouve à rire. Son abstinence ne me chiffonne pas. Ce n'est qu'un manque d'habitude de sa part.

— Je te l'avais dit, cette rumeur est fausse, entends-je marmonner derrière moi. Et même si elle ne l'était pas, à la prochaine soirée, il finira dans mon lit.

Je me fige, puis mes sourcils se haussent. Entre filles, nous ne sommes pas censées nous serrer les coudes ? L'entraide féminine ne serait-elle qu'une utopie ?

— Arrête de dire des conneries, chuchote son amie. Tu es bien trop respectueuse pour adopter ce genre de comportement.

— Je sais, râle la première. Adieu, beau mâle sexy...

Agréablement surprise, mes épaules se détendent. Je pivote sur mes jambes et m'oriente vers mon amphithéâtre. J'en profite pour jeter un coup d'œil en direction des deux étudiantes et leur adresse un sourire timide. Une fois l'étonnement passé, elles me renvoient ma sympathie et, enfin, j'atteins ma salle. Je suis en retard par la faute de Clarke et de ses baisers. Je repère Emily et Jackson qui m'ont gardé une place, et les rejoins le plus discrètement possible afin de ne pas interrompre le cours. Je sors mes fiches lorsque mon téléphone m'annonce un message de Clarke.

[Tu te souviens des « erreurs » dont je t'ai parlé hier ?]

[Vaguement. Besoin d'une leçon ?]

[Seulement si je peux payer en nature.]

[Amphithéâtre 205.]

Clarke ne manque pas de courage. Le regard des autres est la dernière de ses préoccupations. Il fait ce qu'il veut, quand il le veut. Sans compter l'ego des Devil's Sons. Mettez-les au défi, jamais ils ne se défileront. À la réponse qu'il m'envoie, je perds tout sourire.

[Et si c'était toi qui venais ? Amphithéâtre 103.]

Interrompre un cours et réclamer le baiser qu'il me doit... Ouais, le mien de courage est aux abonnés absents. Plus j'y pense, plus mon cœur se met à battre de façon désordonnée. Mes mains deviennent moites, je m'insulte mentalement.

Je ne suis pas une froussarde, merde !

Je range mes livres sous les questionnements de mes amis que j'ignore, et voilà que je dévale les marches pour quitter les lieux.

L'air frais a le mérite de calmer mon hyperventilation. Les cours de sixième année se déroulent à l'autre bout du campus, près du bureau du président. Cette balade me fera le plus grand bien ou alors, j'aurai tout le loisir de me torturer les méninges. Je contourne le bâtiment des chambres universitaires et poursuis mon chemin, la boule au ventre.

— Ava ?

Je me tourne à temps pour réceptionner Lola qui bondit dans mes bras. Ma nuque craque, elle s'excuse en réajustant ma veste en cuir. Elle vient probablement de rentrer de la fraternité, et puisqu'elle n'a pas cours ce matin, je la réquisitionne. Je lui explique en vitesse la situation, et attends d'elle qu'elle me rassure.

Son sourire semblable à celui du chat du Cheshire, dans *Alice au pays des merveilles*, n'annonce rien de bon. Elle entrelace nos doigts et me traîne jusqu'à mon lieu de rendez-vous.

Arrivées à destination, sous le numéro 103 gravé dans la pierre, je crois que je deviens pâle.

— OK, Beauté divine, tout va bien. Tu es Avalone Arinson, bordel ! Les dieux ont logé au cœur de tes iris les flammes du Ragnarök. Alors, inspire et...

Elle donne un grand coup de pied dans la porte de l'amphithéâtre et me pousse à l'intérieur. Je perds l'équilibre, bats des bras et me rattrape de justesse à une rampe.

— La garce ! juré-je.

Puis je prends conscience de mon environnement. Je relève le visage et découvre des centaines de têtes tournées dans ma direction. On pourrait entendre les mouches voler.

Et merde...

— Mademoiselle ? m'interroge le professeur.

Derrière son bureau, posté tout en bas des escaliers, il réajuste ses lunettes sur son nez. Si je voulais remplir ma mission de manière discrète, c'est raté.

— Excusez-moi d'interrompre votre cours, je suis désolée. Je dois...

Je remarque Clarke, debout sur une marche en contrebas, adossé au mur. Il m'attend. Les battements de mon cœur réagissent à sa présence et s'apaisent. Plus rien n'a d'importance, j'oublie où nous sommes.

— C'est vraiment ce que tu désires ? le questionné-je.

— C'est ça un couple, non ? Être ensemble dans l'intimité *et* aux yeux de tous.

Des souffles se coupent, des injures sont chuchotées. Je descends une marche, sans le quitter des yeux.

— Nos vies sont loin d'être banales. Et notre relation ne le sera jamais non plus.

— Peut-être, admet-il. Mais ça ne nous empêche pas de partager quelques moments de normalité. Je pense même que c'est nécessaire.

— C'est une invitation au restaurant, Taylor ?

Un éclat incandescent illumine ses prunelles tandis qu'il réduit le nombre de marches entre nous.

— Tu veux ?

— Je te veux *toi*, soufflé-je.

Il me plaque contre son torse et ici, maintenant, devant un public, il m'embrasse comme lui seul sait le faire.

« Jamais personne ne t'embrassera comme je t'embrasse, Avalone. »

Il avait raison, et aussi surprenant que ça puisse être, des applaudissements résonnent entre les murs de l'amphithéâtre.

— ÇA, C'EST MA COPINE ! hurle Lola.

Des rires retentissent, Clarke et moi nous séparons, hors d'haleine.

La plupart des étudiants nous acclament, le professeur siffle même entre ses doigts, indifférent au chaos qu'est devenu son cours. Set, installé nonchalamment quelques rangs plus bas, me décoche un clin d'œil et me regarde avec tant de bienveillance que ça me fait chaud au cœur.

— Oh, fermez-la ! s'irrite Clarke, fidèle à lui-même.

Il porte son attention sur Lola et s'adresse à elle, menaçant :

— Et toi... Pousse Avalone encore une fois, peu importe le contexte, et je t'arrache la tête, c'est compris ?

— Eh oh, laisse ma frangine tranquille ! s'exclame Set.

Avant que le bad boy ne réplique, ma colocataire sent la testostérone saturer l'air et décide de se replier.

— Bon. Eh bien, maintenant que nous avons foutu le bordel dans ce cours, il est temps de lever l'ancre.

Elle saisit mon bras et me tire, toutefois le Devil's me maintient contre lui avec une telle vigueur que je ne bouge pas d'un cil. Pour une sortie réussie, on repassera.

— Tu. Vas. Libérer. Ma. Copine ! gronde Lola.

Elle y met toute son énergie, presque prête à me désarticuler.

— Ça suffit ! intervient le prof.

Clarke me lâche. Mon amie exerçait une pression si forte sur mon membre que nous basculons toutes les deux, mais alors que le second de Carter me rattrape, Lola percute le mur de plein fouet et pousse un cri.

Il l'a fait exprès, l'enflure !

— Tu m'as rendue tétraplégique, gémit ma colocataire.

Elle grimace, parcourue de douleurs dans le dos, cependant elle est en vie et loin d'être paralysée.

— Enfoiré ! s'énerve son frère, protecteur.

Il bondit de son banc et bouscule un étudiant qui tombe à la renverse. Un brouhaha s'élève, l'enseignant appelle au calme. Set remonte les marches, prêt à se confronter à Clarke pour l'honneur de sa sœur. Cette dernière, qui n'a subitement plus mal – ou devrais-je dire, qui n'a jamais eu mal –, me chuchote :

— Déguerpissons avant de finir chez le président !

Elle m'entraîne vers l'issue la plus proche. Je jette un regard en arrière et aperçois les deux Devil's Sons entamer une bagarre. Ils se bousculent tandis que le professeur leur hurle de quitter son cours. Puis, un bruit sourd retentit. Ma copine, pour la deuxième fois de la matinée, rencontre un mur. Ou plutôt...

Carter.

Elle ricane de nervosité et lisse la cravate de mon parrain. Ce dernier l'attrape par les épaules et la pousse à reculer afin de retrouver un minimum d'espace vital. Le chaos à l'intérieur de la salle attire son attention sur ses deux hommes qui prennent un malin plaisir à se provoquer.

— Dehors, avant que ce soit moi qui vous cogne, bande d'abrutis !

Sans protester, les garçons nous rejoignent. Ils chahutent et se marrent sur le chemin de la sortie.

— Qu'est-ce que tu fais là ? demandé-je à Carter.

— J'ai rendez-vous avec McLaguen.

Je ressens une pointe de méfiance au souvenir d'un campus envahi par les agents d'une entreprise de sécurité canadienne.

— Notre cher président est l'un des receleurs du gang, m'informe Set à voix basse. Celui qui dirige cette prestigieuse université publique revend les parures de diamants qu'il a volées à ses ex-femmes.

— Oh, bordel de merde ! m'exclamé-je.

Voilà pourquoi le boss le mène à la baguette. Voilà comment mon père a pu faire pression sur lui et obtenir une surveillance des lieux.

— Et j'en profite pour t'inviter à dîner à la maison ce soir, reprend Carter. Avec tes parents. Ils ont une nouvelle à t'annoncer.

Mon appréhension est légitime quand on comptabilise le nombre d'erreurs qu'ils ont commises. Elle est d'autant plus justifiée lorsqu'une profonde tristesse irradie des iris de mon parrain. J'avale ma salive non sans difficulté et acquiesce.

Cet homme qui se tient habituellement droit et fier comme s'il avait le monde à ses pieds tourne les talons, les épaules voûtées. Cette image me frappe en plein cœur, mon être se révolte contre sa douleur. Je cours jusqu'à lui et le retiens.

— Qu'est-ce qui ne va pas ?

— Tout va bien, Avalone.

Ses lèvres s'étirent en un sourire de façade.

— Plus de mensonges...

— J'ai promis à tes parents de ne rien te dire.

— Mais tu m'as promis bien avant qu'il n'y aurait plus de cachoteries entre nous.

Il sourit sincèrement, cette fois-ci, puis lève le menton et retrouve sa légendaire posture d'homme invincible.

— Petite maligne... Soit. Tes parents ont décidé de retourner vivre au Canada. Ensemble. Ils souhaitent que tu emménages avec eux.

Dans un premier temps, le soulagement m'envahit. Nous n'aurons pas à subir une de leurs frasques rocambolesques. Vient ensuite l'émotivité. Les dieux leur offrent une seconde chance, ils pourront enfin se dévouer à leur amour. J'exprime ma joie, ce qui effraie Carter et me permet d'assimiler ses derniers mots. *Ils veulent que je les accompagne... au Canada.* Ce qui revient à quitter le Michigan, mes amis et les Devil's Sons. Quitter mon parrain et... Clarke. Rien qu'à imaginer un quotidien dans lequel ces personnes-là seraient absentes, ça me noue l'estomac. Je perds peu à peu toute gaieté.

Je ne renoncerai jamais à ma famille au profit d'une autre qui m'est inconnue.

— Je ne partirai pas avec eux, affirmé-je. Ma place est ici, dans cette ville, aux côtés des Devil's Sons. Je ne ferai pas une croix sur mon bonheur dans l'intérêt du leur.

La confiance renaît dans les prunelles de Carter, néanmoins il met tout en œuvre pour rester sur la réserve, craignant que je ne change d'avis. Il étouffe son espoir par pur instinct de conservation, afin de ne pas endurer une désillusion si je venais à disparaître de nouveau. Je me promets alors que ça ne se reproduira pas. L'amour qu'il ressent à mon égard fait écho à celui que j'éprouve pour lui. J'ai besoin de sa présence dans ma vie.

— Ne prends pas de décision hâtive, Avalone. Ce sont tes parents. Ils peuvent t'offrir une belle existence, celle que tu as toujours méritée. Vous devrez vous montrer prudents, très prudents, si vous désirez survivre ensemble, mais je ferai le nécessaire pour vous garder en vie.

Je prends alors conscience de la dangerosité de leur projet. En fin de compte, nous subirons peut-être une de leurs frasques rocambolesques.

— Cesse d'être aussi altruiste. Il serait temps de dire ce que tu penses, sans songer à eux et à leur bonheur !

Il ouvre la bouche, puis la referme aussitôt, incapable de montrer un tant soit peu d'égoïsme. Il souhaite plus que tout que je reste à Ann Arbor, auprès de lui, mais ne désire pas influencer mon choix. Il est même prêt à me pousser dans les bras de mes parents si ça peut leur faire plaisir.

— Peut-être que ce soir, lorsque mon refus solennel sera entendu, tu m'avoueras enfin ce que tu as sur le cœur ?

Je recule et, après un dernier sourire, laisse un Carter incertain derrière moi.

Je rejoins mes amis et leur discussion animée.

— Elle ne s'est pas fait mal ! Tu n'es même pas capable de déceler sa comédie ? s'agace Clarke.

Tandis que Lola mime une révérence, les yeux remplis de malice, son frère maintient qu'il est allé trop loin et qu'il aurait pu la blesser. C'est un dialogue de sourds, aucun des deux criminels n'est prêt à donner raison à l'autre. J'interviens et coupe court à leur joute oratoire. Nous convenons que nous déjeunerons ensemble ce midi, puis nous regagnons nos salles respectives.

Je retrouve ma place aux côtés d'Emily et de Jackson. Ce dernier me glisse à l'oreille que, malgré son passif avec Clarke, si je suis heureuse, il l'est aussi. Reste à savoir comment il a appris que le Devil's et moi avions officialisé notre relation.

Après deux heures de cours, le joueur de football nous salue et fonce à son entraînement, tandis que ma camarade quitte le campus pour son rendez-vous avec son kinésithérapeute.

Je souris en observant Sean avancer dans ma direction.

— Ma blonde préférée !

— Hum, je pensais que c'était Samantha.

— Tu sais ce qu'on dit : la famille avant une paire de seins !

Je m'esclaffe et le prends contre moi dans une accolade chaleureuse. Notre altercation de la veille semble loin derrière nous.

— Ce ne serait pas ce baiser matinal qui te rend si pétillante ?

Je regarde droit devant moi, comme si je pouvais encore apercevoir l'amphithéâtre de Clarke. Puis j'incline la tête, plisse les paupières et le dévisage, méfiante.

— Comment tu es au courant ?

Il me tend son téléphone ouvert sur Twitter où une courte vidéo du Devil's et moi est postée. Nous nous embrassons à pleine bouche.

Notre baiser a été immortalisé.

— Un gif ?! m'exclamé-je, horrifiée. Ils ont fait de nous un gif !

— Et déjà retwitté neuf mille quatre cent quatorze fois.

Les yeux écarquillés, j'en perds le souffle.

— Ce sont des psychopathes !

Sean se marre, seulement je n'ai pas la moindre idée du comportement à adopter. Le gif n'est pas si mal, nous sommes carrément beaux, mais la vitesse de propagation est effrayante. *Les gens* sont effrayants.

Des bras m'enlacent, je reconnaîtrais le parfum de Ty entre

mille. Il dépose ses lèvres sur ma tempe et me murmure :

— Comment va ma star du Web ?

Je pousse un gémissement dépité, ce qui redouble les rires des garçons.

— Si ça te déplaît tant que ça, demande de l'aide à Carter. En un coup de fil, il fera supprimer toute trace de toi sur les réseaux sociaux, me réconforte mon compagnon de route.

Pour l'heure, ce n'est pas ma priorité. J'ai des choses plus importantes en tête.

J'aperçois Charlie, la belle étudiante des douches. Elle sort de la cafétéria et se dirige droit sur moi, un grand sourire aux lèvres. Elle m'avoue avoir été préoccupée par mon état. Elle est heureuse de me trouver rayonnante aujourd'hui. Nous échangeons quelques banalités et sommes rejointes par le reste de la troupe.

Clarke m'attire à lui et m'embrasse dans le cou. S'il est au courant du gif, il n'en laisse rien paraître.

— Pourquoi tout le monde te dévisage ? s'étonne Justin.

Ses poings serrés et les coups d'œil mauvais qu'il jette à la ronde m'attendrissent.

— Parce qu'elle est amie avec moi ! Ça fait des jaloux, lui explique Tucker, on ne peut plus sérieux.

Je lève les yeux au ciel avant de lui enfoncer un coude dans les côtes. Le Devil's proteste, et tente d'argumenter en sa faveur. Je n'écoute que d'une oreille et croise le regard de Charlie qui, jusque-là ignorée, se sent de trop.

— Les gars, je vous présente Charlie. J'ai fait sa connaissance hier, aux douches communes.

Les garçons la remarquent enfin et Lola, sortie de nulle part, s'extasie de retrouver son ancienne camarade de classe. Elles seraient dans la même promo.

— Aaah ! Les douches des filles, murmure Tucker, rêveur. Si on pouvait y avoir accès, on ferait de superbes rencontres.

— Clarke, tu n'y es pas déjà entré ? le questionne Jesse.

Je porte mon attention sur lui et la réponse qui suit ne m'étonne guère :

— Sept ou huit fois, oui.

— Les rencontres à bord d'un bus sont les meilleures ! s'exclame Ty.

Il m'arrache des bras du second de Carter et me serre contre lui avec complicité.

— Tu as rencontré Ty dans un bus ? m'interroge Charlie.

— Pour l'Alabama ! ricané-je.

— Des vacances inoubliables, conclut mon compagnon de route.

Je lui souris, nostalgique. Cette période était dure pour nous deux, mais dans notre malheur, nous nous sommes trouvés. Nous avons grandi, et je peux affirmer que nous avons guéri de certaines blessures, ensemble.

— Fais pas ton jaloux, mec ! lance Justin à Clarke.

Ce dernier me fixe, impénétrable.

— Je ne suis pas jaloux. Ty peut bien l'emmener danser, c'est mon nom qu'elle crie la nuit.

Je m'empourpre sous l'amusement général. Les taquineries vont bon train, je n'y échappe pas.

Il a osé, le con !

J'affiche une moue boudeuse et m'approche de lui, prête à le défier.

— Qui te dit que je ne simule pas pour préserver ton ego ?

Ma question ne suscite en lui aucun doute sur ses compétences sexuelles. Il saisit mon menton et le tourne de sorte à avoir accès à ma gorge. Il pose ses lèvres sur ma peau érogène, puis la lèche et la mordille. La chaleur irradie dans mes membres jusqu'à faire trembler mes jambes.

— *Ça*, chuchote-t-il à mon oreille. Chaque parcelle de ton épiderme est réactive à mon toucher. Je n'ai jamais connu une femme aussi sensible que toi.

Le souffle coupé, je serre les dents à me les briser. Je lutte contre les sensations qu'il me procure, mais lui et moi savons que je suis vaincue. Clarke m'attire à lui avec un sourire narquois et m'enlace.

Nous décidons d'aller déjeuner *Chez Stan*, un petit restaurant à l'angle du campus. Les garçons et Lola se mettent en route, tandis que je me tourne vers Charlie.

— Tu te joins à nous ? lui proposé-je.

— Non, s'oppose Clarke.

Je fronce les sourcils, étonnée par la dureté de son ton.

— Je vais retrouver ma coloc', balbutie-t-elle.

Je n'ai pas le temps de la retenir qu'elle s'éloigne précipitamment. Je reste clouée sur place, dans l'incompréhension.

Est-ce que Clarke a couché avec elle par le passé ? Est-ce la raison pour laquelle il la rejette ?

Je décide de ne pas tirer de conclusion hâtive. Je questionnerai le Devil's lorsque nous serons seuls. Je rattrape mes amis et saute sur le dos de Sean qui manque de trébucher sous mon poids.

— Plus je te porte, plus je te trouve lourde, me taquine-t-il.

Je lui donne une claque sur l'épaule et le talonne comme un destrier. Nous atteignons le restaurant et jetons notre dévolu sur une table. Nous sommes rejoints par Stan, le propriétaire des lieux. Son regard oscille entre Lola et moi, il n'ose prendre la parole devant nous.

— Tu peux parler, l'encourage Set.

Le gérant réclame l'approbation du second des Devil's Sons, et lorsqu'il la reçoit, il demande :

— Carter a donné son accord pour le renouvellement du contrat ?

— Oui, affirme Clarke. Les mêmes mensualités. Si tu as

besoin de nos services, tu subiras une augmentation de dix pour cent durant cette période. Nous sommes pas mal occupés, ces temps-ci.

— Dis au boss que c'est OK.

Après avoir pris notre commande, le restaurateur retourne à son devoir.

— De quel contrat parle-t-il ? demande Lola.

— Il y a quelques années, Stan a été victime de vandalisme à plusieurs reprises. Il a perdu beaucoup d'argent, puis il a conclu un accord avec le gang. Il nous paie tous les mois pour faire usage de notre nom en guise de protection contre la concurrence déloyale. Si on s'en prend malgré tout à lui ou à son restaurant, c'est nous qui interviendrons.

Jesse passe sous silence la violence dont ils feraient preuve pour forcer le coupable à indemniser sa victime, sans compter les menaces et l'aperçu de ce qu'ils lui réserveraient s'il poursuivait sur cette voie-là.

Alors que Lola questionne les garçons, mon téléphone vibre. J'ouvre le message envoyé par ma mère.

[Dispo pour dîner chez Carter ? Ton père et moi avons une nouvelle à t'annoncer.]

Je lui confirme ma présence, sans formalité.

Les yeux de mon parrain ternis par la tristesse s'impriment dans mon esprit. Je n'ai qu'une hâte : refuser l'invitation de mes parents et ainsi l'apaiser.

Justin nous fait part de l'arrivée de son paternel et de sa frangine dans les semaines à venir. Il est si heureux que c'en est touchant. Cela dit, il a peur qu'ils ne découvrent le pot aux roses sur son activité extrascolaire : les Devil's Sons.

— Mec, ça fait quatre ans que tu es l'un des nôtres et ils ne se sont jamais aperçus de rien. Nous nous montrerons prudents, comme les fois précédentes, le rassure Jesse.

— Il y a intérêt, sinon je suis foutu.

Sean ricane à mon oreille et m'informe que tous les six mois, c'est la même histoire : Justin panique au point de ne plus savoir respirer. Je me moque gentiment de mon ami, toutefois je le comprends. Si son père venait à découvrir son appartenance à un gang, les conséquences seraient lourdes. Je crains alors que leurs rapports déjà précaires ne se rompent pour de bon.

L'après-midi s'est déroulée sans encombre, je vais enfin pouvoir mettre les choses au clair avec les Arinson. Je crois que, malgré le bonheur que j'ai ressenti à l'annonce de leur déménagement, une part de moi leur en veut. Je ne peux affirmer leur avoir pardonné ces années de mensonges et mon géniteur demeure un inconnu. Pourtant, ils prennent le large. Ils doivent se douter que je ne les suivrai pas, si on prend en considération le discours que je leur ai tenu quant à l'importance des Devil's Sons dans ma vie.

L'absence de liens avec leur fille ne leur cause donc aucun trouble ? À moins que ce soit une nouvelle tentative pour m'éloigner du gang ?

Quelles que soient leurs raisons, un retour au Canada est imprudent, voire suicidaire. Nous trois réunis, ce serait comme crier sur tous les toits que nous nous sommes joués des BloodBro. De plus, je me sens de trop dans l'équation. Après tout, mes parents n'ont pas cherché à construire une relation avec moi.

L'arrivée de Clarke interrompt mes ruminations. Il a insisté pour me déposer à la propriété. Son comportement face à la présence de Charlie me revient en mémoire, je décide de l'interroger :

— Pourquoi tu t'es montré aussi dur avec Charlie ?

Il s'allonge sur mon lit et croise les bras derrière la tête.

— Parce qu'elle ne veut pas se rapprocher de toi pour ce que tu es, mais pour qui tu fréquentes : les Devil's Sons.

Je hausse les sourcils, quelque peu blessée dans mon ego.

— Sur quels fondements tu te bases ?

— Je l'ai embrassée lors d'une soirée. Au moment où on allait passer à l'acte, je me suis rendu compte qu'elle était trop bourrée pour être consentante, alors je l'ai plantée là. Elle m'a tourné autour des semaines durant, sans jamais parvenir à ses fins.

Je tombe des nues et m'insulte mentalement pour avoir été aussi naïve. Ça ne devrait pas m'atteindre. J'avais conscience que je ne pouvais pas fraterniser avec elle, rien que pour la sécurité du gang. Pourtant, le fait est que son manque de sincérité m'affecte. Je n'arrive pas à contrôler la montée de colère en moi, à laquelle s'ajoute la jalousie.

J'attrape des affaires que j'enfonce rageusement dans mon sac. Clarke s'approche de moi, il m'enlace par-derrière.

— Avoir les Devil's Sons, ce n'est pas suffisant ?

J'interromps mes gestes brusques et expire un profond soupir.

— Si. Vous êtes tout ce dont j'ai besoin. Mais me priver de nouvelles rencontres pour assurer la protection du gang ou éviter qu'on se serve de moi, c'est fatigant. La majorité des étudiants me toisent avec dédain, alors si je repousse le peu de personnes qui m'approche avec une démarche authentique, ça fera quoi de moi ? Ce n'est pas facile d'être détestée.

— Nous sommes tous détestés...

— Vous êtes *adorés*, rétorqué-je.

Il me tourne face à lui et prend mon visage en coupe dans ses mains.

— Nous sommes *craints*, Avalone. Respectés, mais craints. Nous imposons notre volonté, nous opprimons chaque jour des innocents. Rien de sincère ne découle de la peur, crois-moi.

Clarke a raison, mais ça ne me réconforte pas pour autant.

La vigilance n'est pas innée chez moi, je dois produire un effort important afin de rester sur mes gardes en toutes circonstances.

— Écoute... J'ai tendance à voir ce qu'il y a de plus mauvais chez les gens. Toi, tu éveilles leur humanité. Alors, peut-être que Charlie n'a pas d'intentions malveillantes. Rapproche-toi d'elle si c'est ce que tu désires, mais sois prudente. Il y a certaines choses que tu ne peux révéler.

Il évoque mon identité, je le sais. Les BloodBro, qui avaient déserté mon esprit jusque-là, ne doivent jamais apprendre que je suis en vie. Je dois me faire à l'idée que dans ma situation, nouer de véritables amitiés est irresponsable.

Clarke passe un doigt sous mon menton, il m'oblige à relever la tête.

— Tu es intelligente, Avalone. Tu sais en qui tu peux placer ta confiance, ton instinct ne te trompe jamais. Et si un jour quelqu'un te trahit, nous serons là.

Son sourire vengeur m'arrache un éclat de rire.

Je suis heureuse qu'il n'exige pas de moi la perfection. J'ai le droit à l'erreur, il me soutiendra.

Je noue mes mains derrière sa nuque et réclame un tendre baiser qu'il ne tarde pas à m'offrir.

Clarke immobilise sa Harley aux pieds de la statue grandeur nature de Odin et Sleipnir. Je me laisse glisser sur l'engin et retrouve terre.

— Appelle-moi quand vous aurez fini, je viendrai te chercher. Tu dors à l'appartement, ce soir ?

— Tu ne peux déjà plus te passer de moi ? le taquiné-je.

— La ferme !

Je ris de sa difficulté à assumer ses sentiments et je lui tourne le dos, prête à m'éloigner.

— Je prends ça pour un non.

— Dors avec moi, ce soir, OK ?

Bon sang, ce que je l'aime...

J'acquiesce, un sourire ému aux lèvres.

— À tout à l'heure, beau gosse.

Je sens sur moi son regard brûlant lorsque je monte les marches du perron, puis le rugissement de sa moto disparaît en contrebas.

Je suis accueillie par Marie et une délicieuse odeur de nourriture. Je hume l'air.

— Dinde et haricots verts, m'informe-t-elle.

— Ça promet d'être savoureux.

Elle me débarrasse de ma veste et me conduit au salon dans lequel se prélassent les Arinson, ainsi que Kate.

Ils approchent à mon arrivée. Ma mère me prend dans ses bras.

— Ma chérie, comment tu vas ?

— Bien, merci.

Je salue chaque membre du petit comité et, sans cérémonie, nous prenons place autour de la table comme une vraie famille modèle.

L'absence des Devil's Sons à mes côtés se fait ressentir, je ne suis pas aussi détendue que je le voudrais. Il faut que je m'y habitue, c'est une étape à passer. Je relâche les épaules et affiche un magnifique sourire.

— Le but de ce repas, commence ma mère, est de clore le chapitre « secrets et mensonges ». Tu dois encore avoir plein de questions à nous poser et nous allons y répondre avec la plus grande sincérité. Nous te le devons bien.

Un à un, les muscles de mon corps se tendent. Je pensais qu'ils m'annonceraient leur départ pour le Canada, qu'avec respect, je déclinerais leur proposition et que nous échangerions quelques banalités. J'ai toujours désiré la vérité, toutefois elle m'effraie. Je suis morte de trouille.

— Tu as entendu les grandes lignes de notre histoire. Il est temps d'en connaître l'intégralité.

Aux airs crispés de tous, j'en déduis que ce n'est une partie de plaisir pour personne. Ma mère cherche les regards des frères Arinson afin d'y trouver du soutien. Mon père lui presse la main en guise d'encouragement.

— Ma seconde année à l'université du Michigan a été digne d'un film à l'eau de rose, annonce Claire, nostalgique. J'ai percuté Mike et tous mes livres sont tombés à terre. Je pleurais pour je ne sais quelle raison, et mes larmes ont inquiété cet étudiant de dernier cycle. Il m'a proposé de boire un chocolat chaud en sa compagnie et les jours qui ont suivi, il s'est assuré de mon état. Nous nous sommes entendus à merveille, il y avait ce lien indescriptible entre nous. Puis il m'a présentée à ses acolytes : Carter et Élisa. Je n'avais jamais observé une amitié aussi forte et puissante, de celles dont tout le monde rêve. Je suis devenue la quatrième roue du carrosse, bien que je sois plus jeune qu'eux. Ton père et moi sommes sortis ensemble quelques mois après notre rencontre et à la fin de mes études, j'ai emménagé avec lui au Canada. Nous avions un splendide appartement dans le centre-ville. Puis, en 1998, nous nous sommes mariés et je suis tombée enceinte dans la foulée. Ta naissance a été le plus beau jour de nos vies.

Elle tamponne le coin de ses yeux humides à l'aide de sa serviette en tissu et reprend d'une voix rendue tremblante par l'émotion :

— Élisa, qui était maman de jumeaux, nous a beaucoup aidés les premières semaines de ton existence. Mike et Carter étaient chefs d'entreprise depuis déjà sept ans. Une affaire qu'ils avaient montée en parallèle de leurs études, pour te dire à quel point ce sont de vrais génies ! Puis ton père... Il a vendu des armes défectueuses aux BloodBro. Et ces barbares ont promis en représailles la mort de notre bébé. *Toi.* La protection judiciaire n'était pas suffisante, c'est alors que Mike a pris la décision de nous faire passer pour mortes dans un accident de voiture. Elle était tellement brûlée et les corps calcinés qu'on ne pouvait les identifier.

Les larmes dévalent ses joues. Se remémorer cette période de sa vie lui est douloureux, semblable à de la torture.

— Qui étaient ces personnes ? demandé-je, le ventre noué, effrayée à l'idée que mon géniteur ait sacrifié des innocents.

— Une mère et son bébé morts dans un accident de la route quelques jours auparavant, me répond mon père. J'ai récupéré les cadavres à la morgue avec l'aide d'Élisa, qui était infirmière à l'hôpital.

— Après ça, Carter nous a fourni de nouvelles identités et Mike nous a expédiées à Madison. Mon vrai nom est Claire Torrens Arinson. Le tien est Avana Arinson.

Mes poumons se vident de tout air, ma mère sanglote et poursuit, non sans difficulté :

— Nous avons dû couper tout contact. La seule chose que je pouvais me permettre était d'envoyer une fois par an une photo de toi à Carter. Elle passait par différentes fausses adresses avant de l'atteindre. Ensuite, il la transmettait à ton père. Je n'ai jamais obtenu de réponse, c'était trop risqué. Nos premiers mois dans l'Indiana ont été durs. Je n'avais aucune espérance pour l'avenir, je ne savais pas si je parviendrais à sortir la tête de l'eau. Puis les années se sont succédé et je me suis familiarisée avec ce vide dans ma poitrine. Te laisser étudier à Ann Arbor était imprudent, mais je crois que dans le fond, je désirais que tu nous réunisses. Lors de ta rentrée universitaire, j'ai fichu le camp aussi vite que possible afin de ne pas commettre une bêtise. J'étais prête à sonner à la porte de ton parrain. Grâce aux dieux, et au prix d'un effort surhumain, j'ai résisté. Et nous voilà, à présent. Tous ensemble...

Le regard perdu dans le vide, j'ai du mal à assimiler toutes ces informations. Je suis incapable d'identifier mes émotions, je crois que c'est trop pour moi. Seulement, j'ai besoin de réponse à *une* question. Je porte mon attention sur ma mère et demande :

— Quelle est la cause de ma maladie cardiaque ?

Les larmes ruissellent de plus belle sur ses joues. Elle tremble comme une feuille et transpire la culpabilité. Mon père, ému, serre davantage sa main.

— Mes parents désiraient pour moi un bon chrétien. Lorsque je leur ai présenté un païen, nos rapports se sont dégradés. Ils n'ont pas accepté ma relation avec Mike, ce qui m'a poussée à couper les ponts. Quelques années plus tard, un accident domestique leur a coûté la vie. Une fuite de gaz. J'ai très mal vécu leur perte, j'ai regretté toutes ces années de rancœur. Je m'isolais de tous et... un soir, en compagnie d'une ancienne amie, une très mauvaise fréquentation, j'ai consommé de la drogue. Le temps d'une soirée, ce poids sur ma poitrine s'est envolé. Le retour à la réalité a été brutal, je ne parvenais pas à affronter ma douleur. Alors, à l'abri des regards indiscrets, j'ai ingéré cette merde, trois ou quatre fois de plus. Si j'avais su que tu étais là...

Elle éclate en sanglots, son corps est parcouru de spasmes. En réponse à son désespoir, mes yeux se remplissent de larmes. Sa culpabilité ne la quittera jamais, mais si je pouvais, je l'en libérerais.

— Quelques semaines plus tard, lorsque j'ai appris que j'étais enceinte de trois mois, mon bonheur a été tel que ces écarts ne m'ont même pas effleuré l'esprit. Ma grossesse s'est déroulée à merveille, les échographies révélaient que tu étais en parfaite santé. Ta naissance a été le plus beau jour de ma vie, cependant tu as rapidement développé des symptômes peu communs, et notre séjour à la maternité s'est transformé en cauchemar. Les médecins t'ont diagnostiqué une malformation cardiaque qui nécessitait une opération à cœur ouvert en urgence.

Avec ce besoin viscéral, je passe un doigt le long de ma cicatrice qui divise ma poitrine en deux.

— L'évidence m'a frappée, j'étais l'unique responsable de ton état. J'ai avoué mes erreurs à ton père et ensemble, nous avons supplié les dieux de nous rendre notre bébé. Les heures qui se sont écoulées ont été les plus longues de notre existence. Enfin, le chirurgien est venu à notre rencontre. L'opération avait été un succès, ton pronostic vital n'était plus engagé. J'ai pleuré de soulagement des jours durant. Puis un suivi de cardiologie pédiatrique a été mis en place. Le médecin affirmait que tu récupérais vite, que ton cœur était sain, qu'il n'avait subi aucune lésion irréversible. La présence d'une cicatrice cardiaque nécessitait une surveillance *ad vitam æternam*, mais tu avais toute la vie devant toi ! Enfin, c'est ce que nous croyions tous... Bien des années plus tard, à Madison, le cardiologue a décelé chez toi une insuffisance cardiaque.

À travers ses pleurs, ma mère évacue la culpabilité qu'elle a accumulée ces dernières années. Je ne peux assister à sa détresse les bras croisés. Je contourne la table et la serre contre moi, puis je verse quelques larmes qui se mêlent aux siennes.

— Je ne t'en veux pas, tu m'entends ? Ne pleure pas, je vais bien, je suis en vie !

— Jusqu'à *quand* ? s'écrie-t-elle.

Mon souffle se coupe, et ma mère s'excuse encore et encore pour ces mots qui lui ont échappé.

— Je suis en vie, répété-je.

Je sèche ses larmes du dos de ma main et dépose un baiser chargé d'émotion sur son front.

— Tu es la femme la plus courageuse que je connaisse. Mais même les femmes courageuses ont des failles. Je suis ravie de t'annoncer que tu es humaine.

Elle pouffe de rire et essuie de nouvelles larmes. Je la berce dans mes bras et lui transmets tout l'amour que je ressens pour elle. Lorsqu'elle s'apaise, je demande à Carter :

— Comment tu as su que j'étais à Ann Arbor pour mes études ?

— Sur la photo de toi que j'ai reçue pour tes dix-neuf ans était inscrit : « Université du Michigan, me voilà ! ». Il fallait que je vérifie cette information, j'avais besoin d'une certitude. J'ai donc réclamé la liste des inscriptions, et ton nom écrit noir sur blanc m'a transpercé le cœur. J'ai prévenu mes hommes de l'arrivée imminente d'une étudiante à protéger coûte que coûte. Ils m'ont posé beaucoup de questions que j'éludais, jusqu'à ce que le désir de t'avoir près de moi devienne insoutenable. Quand j'ai pris la décision de t'intégrer à mon gang, j'ai dû leur partager une partie de la vérité. Je savais qu'elle serait bien gardée, qu'aucun d'eux ne me trahirait. Les cours ont commencé, les Devil's Sons t'ont rencontrée, et comme tu l'as deviné, j'ai envoyé Bill sur une fausse piste lors de cette soirée à la fraternité, afin qu'il te voie rentrer en compagnie de Clarke. Lorsque le président de l'université et ce con de flic t'ont convoquée, j'ai sauté sur l'occasion. Je me suis présenté à toi. Contenir mes émotions et me comporter comme si tu n'étais à mes yeux qu'une simple étudiante a été la deuxième chose la plus dure à faire de ma vie. Je n'ai pas parlé de mes projets à Mike, du moins pas dans l'immédiat. Je savais qu'il me demanderait, à moi et à mon gang, de rester loin de toi. C'est quand tu as traversé la frontière canadienne que je l'ai prévenu de ta venue.

— J'étais furieux, rigole mon père. Et je pleurais à la fois. J'allais enfin revoir mon bébé après tant d'années. Puis les armes de mes hommes se sont braquées sur toi... Ça m'a mis dans une rage folle que je devais cependant contrôler au risque de paraître suspect. C'est alors que j'ai repris contact avec ta mère. Un jour, on s'apprêtait à t'avouer la vérité et, le lendemain, on revenait sur notre décision. Nous sommes désolés, Avana...

Je ne peux retenir une grimace quand j'entends ce prénom.

— Avalone, se reprend-il. Je t'ai dit que j'aurais dû me battre pour ma famille et c'est ce que je compte faire. J'ai prêté serment sur Draupnir. C'est pourquoi, Claire et moi allons réemménager ensemble, au Canada.

Je lâche volontairement le verre que je viens de saisir en feignant l'ignorance.

— Au Canada ? demandé-je, surprise.

Je pose le regard sur mon père, puis sur ma mère, et enfin sur mon parrain. Les deux premiers sont marqués par un grand sérieux tandis que le dernier retient un sourire amusé.

— Oui, j'ai mon entreprise, je ne peux pas abandonner le navire. Et bien sûr, tu auras ta propre chambre.

Carter se raidit, je hausse les sourcils.

— Nous comprendrons si tu souhaites rester à Ann Arbor, me rassure Claire, ne serait-ce que pour tes amis et tes études... Mais sache que tu peux aussi venir avec nous. Nous avons droit à ce nouveau départ. Promets-moi d'y réfléchir.

Je déglutis, craintive à l'idée de leur faire de la peine. Malgré ce que je peux leur reprocher, ils méritent le bonheur.

— J'aime ma vie ici et ceux qui la partagent. Ce que j'ai construit dans cette ville est réel et puissant. Je ne peux pas vous suivre...

— Réfléchis-y, répète ma mère.

Je hoche la tête, attristée par l'espoir qui vit au fond de ses prunelles.

— Quand partez-vous ?

— Dans deux semaines. Peut-être trois. Ça dépendra des affaires que nous avons à régler.

24.

À la fin du repas, Carter quitte le salon, l'air contrarié. Interloquée par son état, je traverse le couloir et frappe à la porte de son bureau. Il m'autorise à entrer. Je le découvre debout, près de la fenêtre, les mains au fond de ses poches. Un sourire sincère se peint sur son visage, il m'invite à approcher.

— Je voulais te remercier.

Mes quatre petits mots semblent lui faire l'effet d'un coup de couteau en plein cœur. Il pense que ce sont des adieux, il ne croit toujours pas en mon refus.

— Même si nous sommes en désaccord la plupart du temps, tu m'as beaucoup offert. J'ai mis du temps à le comprendre, parce que je ne connaissais pas la vérité, ou alors, j'étais tout simplement trop bornée. À présent, je saisis la valeur de chacun de tes actes.

— C'est mon rôle de parrain. Et je reconnais avoir manqué de... *tact*, si je puis dire.

L'amusement pétille dans mes iris, je retiens une remarque sarcastique.

— Merci aussi pour l'argent que tu as transféré sur mon

compte bancaire suite à mon… *chantage*, si je puis dire, mais je vais devoir te le rendre.

Il fronce les sourcils.

— Pourquoi ? Il est à toi…

— Bien sûr que non, c'est le tien, affirmé-je.

— Tu as travaillé dur, tu l'as mérité. Fais-en ce que tu désires. Brûle-le, dépense-le ou reverse-le à des associations. Il t'appartient. Tu seras payée tous les mois, comme chacun de mes hommes. D'ailleurs, chacun d'eux a un moyen de locomotion et un appartement à sa disposition. Que dirais-tu d'une BMW i8 et d'un duplex dans le quartier de Clarke, Set et Tucker ?

Je manque de m'étouffer et lève les mains en signe de reddition.

— OK, OK ! J'ai compris. Je garde l'argent qu'il y a sur mon compte en banque et j'accepte le salaire. En échange, tu oublies la voiture et le logement, c'est d'accord ?

— Marché conclu.

Il sourit, victorieux, tandis que je secoue la tête, amusée par cette conversation invraisemblable. Puis le silence nous enveloppe, nous nous regardons dans le blanc des yeux.

— J'aimerais connaître ton avis sur le projet de mes parents.

Carter entrouvre les lèvres et articule une syllabe, cependant son frère fait irruption dans le bureau en demandant à s'entretenir avec lui.

Agacée, je quitte la pièce et ferme la porte derrière moi. Je ne m'éloigne pas, bien au contraire. Je colle l'oreille au bois. Marie apparaît au bout du couloir et pointe un doigt accusateur sur moi. Je balaie l'air de ma main, avec l'espoir qu'elle en comprenne le sens : *déguerpis et laisse-moi espionner en paix !* Elle lève les yeux au ciel et disparaît dans la cuisine.

— Tu m'en veux de les emmener au Canada ? demande Mike.

Je retiens ma respiration. J'écoute attentivement.

— Avalone n'a pas l'intention de quitter la ville.

— C'est *moi* son père, Carter. Pas toi. Et Claire est ma femme.

Le rire mauvais de mon parrain me paraît justifié.

— Tu as perdu ces deux statuts à l'instant même où tu les as fait passer pour mortes. Claire n'est plus ta femme et Avalone n'a que ton sang.

— Par Loki, tu es à ce point jaloux ?

— Je ne suis pas jaloux ! Je n'ai jamais, au grand jamais, envié ta place, Mike. La mienne me sied parfaitement. Ce qui ne me convient pas, en revanche, c'est ton attitude.

— Je t'en prie, dis-moi ce que tu as sur le cœur !

Je ne devrais pas rester là, à écouter cette conversation intime. Mais c'est plus fort que moi. J'ai besoin de connaître l'opinion de mon parrain. Si, en prime, je peux découvrir le vrai visage de mon père… Les masques ne tombent que lorsqu'on se pense seul.

— Je ne suis que le frère de celui qui a perdu sa femme et sa fille ! Je n'ai pas le droit de pleurer, mon chagrin n'égalera jamais le tien, c'est ça ? Et pourtant, je crois tenir à cette famille bien plus que toi, Mike.

— C'est n'importe quoi !

Sa stratégie de défense est à revoir, il manque de conviction.

— Es-tu seulement capable de concevoir l'existence d'un lien plus puissant que celui du sang, ou celui conjugal ? C'est ce lien qui m'unissait à Claire. Tu étais son copain, puis son mari, et enfin le père de sa progéniture. Mais moi, j'étais prêt à donner ma vie pour la sienne tant elle comptait à mes yeux. Je l'ai aimée de la même manière que je t'aime toi, de la même manière que j'aime Élisa ! Vous n'êtes pas mes amis, vous êtes *ma famille* ! Puis Avalone est née et, à cet instant, elle a fait partie intégrante de mon existence. Mon cœur lui appartient, je la considère comme ma propre fille. Je donnerais tout pour elle, absolument tout !

Je ne pensais pas qu'il était possible d'être à ce point attendrie par des paroles. J'en suis chamboulée. D'une voix forte, chargée de ressentiment, Carter poursuit :

— Quand tu as arnaqué les BloodBro dans mon dos et qu'ils ont menacé ton enfant, *j'ai* essayé de ramasser *tes* pots cassés, alors que tu te morfondais comme un bon à rien ! Puis tu as pris la décision de briser notre famille, tu affirmais que c'était la seule solution pour protéger les deux femmes de ta vie. Et qui a élaboré un plan ? Qui l'a exécuté ? *Moi* ! Parce que tu étais trop occupé à pleurer sur ton sort !

Ses talons claquent contre le marbre, il tourne en rond.

— Elles ont disparu de notre quotidien, et j'ai dû museler mon chagrin pour te sauver, toi. Durant quatre putains d'années, tu t'es laissé dépérir pendant que je mettais sur pied un nouveau plan dans l'espoir de réunir notre famille un jour, sans l'ombre d'un danger. Et maintenant que je touche au but, que j'entrevois enfin la possibilité d'écarter les BloodBro une bonne fois pour toutes, tu largues les voiles ?

Les mots de mon parrain résonnent en moi et m'ouvrent les yeux : durant toutes ces années, Carter était dans les coulisses à se démener, tandis que mon père ne remuait pas le petit doigt. Et aujourd'hui, Mike récolte les fruits de son dur labeur.

Je ne le connais pas, mais apprendre que son géniteur n'est pas l'homme respectable que tout le monde croit est douloureux.

— Pourquoi vous n'emménagez pas à Ann Arbor, Mike ? Pour Arinson Arms ? L'entreprise pour laquelle tu as déjà sacrifié notre famille ? Parlons de cette société, tiens ! C'est *mon* œuvre, j'en suis l'unique fondateur. J'avais l'éloquence, j'avais le génie, l'argent et les contacts. Toi, tu avais quoi ? *Rien*. Tu n'as même pas essayé de donner un peu de ta personne, tu as attendu que les billets pleuvent sur ta tête. Puis, quand tu t'es réveillé de tes quatre années d'apitoiement, tu as voulu m'écraser et t'emparer de ma place de P.-D.G. Nous étions en perpétuelle confrontation, tu agissais comme un imbécile qui croyait m'apprendre la vie à *moi*, Carter Brown !

Son ton chargé de dédain trahit toutes ces années de douleur et de rancœur qu'il a gardées sous silence.

— J'ai dû prendre la décision de quitter le navire afin de préserver notre relation personnelle. Je n'ai claqué la porte qu'après m'être assuré de la pérennité de l'entreprise, parce que tu es un incapable qui aurait fait faillite en moins de temps qu'il n'en faut ! Je me suis sacrifié pour toi, encore une fois ! Je savais que je pouvais rebondir, créer de nouveaux business, et c'est ce que j'ai fait. Je suis aujourd'hui la plus grosse fortune du Michigan. Mais toi, sans Arinson Arms, que serais-tu devenu, Mike, hein ? Tout ce que tu possèdes, c'est à moi que tu le dois !

La colère de mon parrain se répercute au-delà de son bureau et m'atteint d'une drôle de façon.

— Et maintenant que tu as retrouvé ta femme et ta fille sans avoir produit le moindre effort, tu vas te tirer comme un voleur et me laisser les miettes ?

Sa voix se brise à l'instar de mon cœur.

Carter...

De longues secondes s'écoulent, mais j'ai encore l'espoir que mon père s'explique, argumente et remonte dans mon estime.

— Tu crois que je ne l'ai jamais su ? répond Mike, défaitiste. Tu crois que je ne sais pas que, sans Carter Brown Arinson, je ne serais même plus de ce monde à l'heure qu'il est ? Tu as ma reconnaissance éternelle, seulement en qui concerne Avana, pour son bien, elle devrait nous suivre au Canada.

Tout espoir s'envole. Nul doute, ce type est un usurpateur opportuniste.

— *Pour son bien* ? s'écrie mon parrain, révolté. C'est une cible dans le dos que tu vas lui coller ! Sans compter que tu seras incapable de la protéger, vu que c'est moi qui l'ai gardée en vie toutes ces années !

— Elle possède la même noirceur que toi, Carter. Les flammes qui brillent dans ses iris étaient logées dans les tiens avant sa naissance, comme si tu lui avais conféré ta particularité ! Vous deux réunis, ça ne peut que mal finir !

— Tu crains ta propre fille ?! Odin Tout-Puissant… Si elle te suivait, tu la briderais et jamais elle ne s'épanouirait ! Tu vois dans son regard la destruction. Moi, j'y vois la détermination et l'amour inconditionnel. Avalone accomplira des merveilles. Et je ferai tout pour qu'elle ne reproduise pas les mêmes erreurs que moi : donner aux profiteurs sans rien attendre en retour, au nom de cet amour.

— N'influence pas ma fille, Carter ! le menace mon père.

Je retiens un rire méprisant. Ma décision était déjà prise avant que je n'entende cette conversation. À présent, je suis sûre de ne pas avoir de regrets.

— Je ne l'influencerai pas. Mais sache que si elle se résigne à vous suivre pour goûter à l'illusion que tu tentes de lui vendre, elle reviendra, et bien plus vite que tu ne le penses. Parce que sa place est auprès des Devil's Sons. Je te l'ai déjà dit, tu n'es qu'un étranger à ses yeux, alors ne la prends pas pour acquise. Comme moi, comme chacun de mes hommes, et comme Odin, elle choisit sa famille.

— *Comme Odin* ? se moque Mike. Regarde où ça l'a mené. Il s'est lié à Loki par un pacte de sang et l'a introduit à Asgard[35]. Loki, qui est responsable de tous les malheurs des dieux. Loki, qui a engendré les trois créatures les plus abominables des neuf mondes !

— TU N'AS JAMAIS SU LIRE ENTRE LES LIGNES ! hurle Carter. Qui te dit que le rôle que tiennent Loki et ses enfants lors

---

35 Loki est originaire de Jötunheim, le monde des géants. Ces derniers sont les ennemis des dieux, pourtant Odin a fait de Loki son frère de sang et l'a conduit à Asgard, où il réside.

du Ragnarök[36] n'est pas la conséquence directe de la crainte qu'éprouvent les dieux à leur égard ? Fenrir gagnait en puissance de jour en jour. Les dieux l'ont enchaîné en conséquence. Ils l'ont considéré comme un ennemi sans même lui laisser choisir son camp ! Il en va de même pour Jörmungand et Hel. Ils les ont exilés alors que leur seul tort était d'être venus au monde. Ils ont fait de ces créatures leurs bourreaux, tout comme tu as fait des BloodBro les bourreaux de ta fille, pauvre con !

Je m'écarte de la porte, perdue dans mes pensées. L'hypothèse de Carter résonne en moi. Nous ne saurons jamais la vérité quant à la nature des enfants de Loki. Peut-être que ce sont les dieux qui ont fait d'eux des monstres. Ou bien que leur destinée s'est scellée à leur naissance. Une chose est sûre : la réalité est un contraste de couleurs, une palette de nuances. Mon père devrait développer sa vision afin de voir au-delà de l'obscurité ou de la lumière.

Malgré les températures négatives, je retrouve Claire et Marie au fond du jardin. Elles grelottent et claquent des dents, transies de froid. La vieille dame pointe du doigt les murs extérieurs tout en débitant des paroles qui n'ont aucun sens. Je comprends alors qu'elle divertissait ma mère pendant que j'écoutais aux portes. Lorsque les deux femmes m'aperçoivent, elles semblent aussi soulagées l'une que l'autre d'en finir avec cette discussion. Nous regagnons le salon et son feu de cheminée. Je leur annonce mon départ imminent, puis leur demande de saluer Mike et Carter de ma part. J'ai besoin d'une bonne nuit de sommeil pour assimiler les informations qu'on

---

[36] Lors du Ragnarök, Fenrir se libérera de ses chaînes et avalera Odin. Jörmungang provoquera des raz-de-marée et affrontera Thor qui succombera, empoisonné par le venin du serpent. Selon certaines sources, Hel enverra son armée de morts, guidée par Loki, affronter les dieux.

m'a données – ou que j'ai volées.

Je rejoins le beau brun ténébreux en bas du perron. Arrivée à sa hauteur, il couvre mes épaules de ma longue écharpe que j'ai oubliée chez lui. Son attention me touche. Je grimpe sur la pointe de mes pieds et lui offre un tendre baiser.

— Comment ça s'est passé ?

— C'était plus ou moins agréable.

Il plisse les paupières, suspicieux.

— Carter a confronté son frère, expliqué-je. Et je crois que je n'apprécie pas beaucoup Mike.

Les iris de Clarke expriment la compréhension, il doit savoir bien des choses.

— C'est au boss que revient tout le mérite, il en a toujours été ainsi, m'avoue-t-il. Je suis désolé.

Moi aussi... Mais c'en est fini des injustices. Je rendrai à Carter l'amour qu'il me donne, il sera pour moi ce que je suis pour lui. Je me montrerai à la hauteur de ce grand homme, je m'en fais la promesse.

— Et si tu veux tout savoir, je m'appelle Avana.

Clarke éclate d'un rire précieux aux multiples vertus. C'est un baume au cœur qui chasse à lui seul mes peines et mes préoccupations.

— Quelle était la nouvelle ? finit-il par me demander.

— Mes parents ont pour projet d'emménager au Canada. Ils aimeraient que je les suive.

Une certaine noirceur grignote sa gaieté, il croise les bras sur son torse comme pour masquer une insécurité.

— Que leur as-tu répondu ?

— Ma mère m'a suppliée d'y réfléchir. Alors, malgré ma...

Clarke ne m'écoute plus, il enjambe sa moto. En l'espace d'un instant, un fossé aussi grand que Ginnungagap s'est creusé entre nous.

— Qu'est-ce qu'il y a ? le questionné-je, quelque peu

désemparée.

— Rien, *Avana.*

L'alliance de ce prénom et de son ton condescendant me hérisse le poil. Je n'ai pas le temps de me préparer à la dispute qui va suivre, Clarke enchaîne :

— Si tu souhaites vivre auprès de *Papa* et *Maman* dans une prison dorée, vas-y ! Mais seule la mort t'attend au bout du chemin. Cessez d'agir inconsciemment avec l'espoir que Carter sera là pour vous sauver le cul. Ce n'est pas un putain de dieu !

Moi qui craignais qu'il réagisse mal à mon refus, étant donné que son désir le plus fou serait de retrouver ses parents...

— Tu ne m'as pas laissé finir, Clarke.

— Je n'arrive pas à croire que tu hésites !

Mais je n'hésite pas ! Et même si c'était le cas, je serais dans mon droit ! Ce sont mes géniteurs, et ils sont à présent aptes à m'offrir la vie de famille dont j'ai été privée. Du moins, ils y croient dur comme fer. Y réfléchir ne me semble pas répréhensible.

— Peut-être que si tu ne me coupais pas la pa...

— Avana ou Avalone, peu m'importe, me coupe-t-il. Je t'en veux ne serait-ce que d'y songer ! Après tout ce que nous avons traversé ensemble, les obstacles que nous avons surmontés, tu es prête à accepter la première offre qui se présente à toi ? Tes beaux discours sur la famille des Devil's Sons et sur l'amour que tu nous portes n'étaient que de la poudre aux yeux ? Peut-être que tu estimes ne pas avoir besoin de nous, mais *nous,* nous avons besoin de toi ! *J'ai* besoin de toi ! Voilà à quel point je suis égoïste. Et ne compte pas sur moi pour me satisfaire de ma copine qui vit dans un autre pays que le mien !

L'air se raréfie dans mes poumons. Prise d'un malaise, je papillonne des yeux. Lui qui m'avait promis de ne plus me donner de raison de douter de nous... Je sais que tout ça n'est qu'un malentendu... pourtant, ça n'apaise pas ma peine. Je suis humaine, chaque mot qu'il me jette à la figure sous le coup de la colère m'atteint.

Clarke démarre au quart de tour et m'abandonne sous la lune, dans le froid de la nuit. Bientôt, le bruit du moteur de sa Harley ne me parvient plus. Il a quitté la propriété.

Le cœur lourd, je me laisse tomber sur les marches du perron. Je cache mon visage entre mes bras croisés et me recroqueville un peu plus sur moi-même, glacée jusqu'aux os. Le gravier crisse sous des semelles, puis Carter s'assied à mes côtés. Il dégage une forte odeur de tabac.

— Tu fumes ? marmonné-je contre mes genoux.

— Ça m'arrive.

— Et tu as tout entendu, j'imagine ?

— Tu écoutes à ma porte sans autorisation. Je me suis permis d'en faire de même.

Malgré la situation, je pouffe de rire. Un rire chargé d'amertume.

— C'est un con.

— Je suis d'accord avec toi, affirmé-je.

— Allez, viens, je te ramène.

Il se lève et me tend la main. Nous contournons la maison, puis nous pénétrons dans son bureau par la fenêtre. Sur le chemin du garage, nous nous montrons discrets. Ni l'un ni l'autre n'a envie d'être repéré par mes parents. Carter s'empare d'un trousseau de clés et monte derrière le volant d'une Audi. Je m'installe à mon tour.

— Comment tu as su que j'écoutais à la porte ? le questionné-je, curieuse.

— Il y a des détecteurs de mouvements au niveau du chambranle. Le voyant rouge sous mon bureau s'est allumé et m'a informé d'une présence.

La prochaine fois que je me laisserai corrompre par la tentation, j'y réfléchirai à plusieurs reprises. La prévoyance de

Carter est sans limites, je me demande quelle autre technologie il a dissimulée aux quatre coins de la villa.

— Je suis désolé, murmure mon parrain.

Il tourne vers moi un visage marqué par une sincérité troublante.

— Je ne voulais pas te donner cette piètre image de ton père. J'avais l'intention de modérer mes propos, mais je me suis emporté.

— Ne t'excuse pas. Il était important de lui exposer les faits, de lui mettre la vérité sous le nez. Et il était encore plus important que *je* prenne conscience de cette réalité.

— Je ne souhaite pas influencer ton choix.

— Je te l'ai dit, Carter. Ma décision est déjà prise. Ma place est à tes côtés en tant que nièce adorée et membre à part entière de ton gang. Tu vas devoir te coltiner ma personne jour après jour. Et comme je n'ai pas vraiment de perspective d'avenir, je compte rester à ta botte un bon bout de temps. On dirait bien que j'ai pris goût à l'argent facile.

Bien que ma petite tirade l'amuse, il recouvre son sérieux et émet une condition.

— Si tes parents s'affichent ensemble, une douzaine de gardes du corps devront être assignés à ta protection.

Je me décompose, je crois même subir une descente d'organes, tandis que le boss rit à gorge déployée. Et ça, c'est un spectacle.

— Je plaisante !

— Tu sais ce que ça veut dire ? rétorqué-je.

Il perd aussitôt son sourire et arbore un air peu commode.

— *Je plaisante*, l'imité-je.

Nous nous marrons tous les deux et enfin, il démarre le moteur. Sans un bruit, la voiture s'enfonce dans la nuit. Nous cheminons entre les arbres dont les branches frétillent au gré du vent.

— Qui sont les BloodBro ?

Carter me jette un regard en biais et après une hésitation, il me révèle :

— Ils sont au nombre de vingt-six. Ce sont d'anciens militaires ou des membres des forces spéciales qui ont mal tourné. *Très* mal tourné. Ils n'ont aucune morale, aucun honneur. Ils sont sanguinaires et ne reculent devant rien. J'organiserai une réunion avec les Devil's Sons afin de mettre au point certaines choses.

Une sueur froide me provoque un frisson, l'angoisse me noue les tripes.

— Ils te pensent morte, Avalone. Tu es en sécurité.

Pour le moment, me souffle ma raison.

— Et s'ils découvraient la vérité ?

— S'ils apprennent que tu es en vie, je ne laisserai pas ton père te priver des gens que tu aimes une seconde fois. Nous affronterons le problème tous ensemble.

— Que devrons-nous faire ?

Comme il ne répond pas, je reprends :

— Tu as dit à Mike que tu touchais au but. Tu dois forcément avoir une esquisse de plan dans ton esprit ingénieux.

Ses doigts se crispent autour du volant, il pousse un soupir.

— Si tu désires savoir ce qu'il en est, je ne vais pas t'épargner, Avalone.

Je hoche la tête, apte à entendre la vérité. Je refuse d'être passive dans cette guerre. Je veux être informée et me tenir prête.

— À l'heure actuelle, les Devil's Sons ne font pas le poids face aux BloodBro. Ni la police, ni Arinson Arms, ni aucun argent ne peut rivaliser. Simuler une fausse mort ne fonctionnera pas de nouveau. Il faudra fuir. *Tu* fuiras, en compagnie de Claire et de quelques-uns de mes gars, ceux qui ne laisseront aucun parent derrière eux.

Soit Clarke, Jesse et les jumeaux.

— Nous resterons en contact par des moyens sécurisés. De mon côté, je mettrai tout en œuvre pour gagner en ressources et en pouvoir. Nous ne combattrons que lorsque je serai convaincu que nous sortirons vainqueurs et sans pertes de cet affrontement.

— Tu veilles tard le soir. C'est déjà ce que tu fais, n'est-ce pas ?

— Je monte un dossier sur les BloodBro depuis le jour où ils ont menacé ton existence. Je réunis des preuves et des témoignages. Je suis en relation avec le FBI, le gouvernement et la CIA... J'ai des contacts dans toute l'Amérique.

Par tous les dieux...

— Qu'est-ce qu'il nous faut de plus ? demandé-je dans un murmure.

— Les BloodBro ne laissent que peu de traces derrière eux. On reconnaît leurs crimes à leur signature, et quelques rares survivants peuvent attester des horreurs qu'ils ont commises. Ce genre d'éléments conduirait à l'examen de n'importe quel suspect, toutefois, les flics craignent les BloodBro. Ils refusent de risquer leur vie pour un simple interrogatoire, qui plus est sans assurance de condamnation... Ce qu'il nous manque, c'est la certitude qu'aucun juge ne les déclarera innocents. Parce que, s'ils sont relâchés, tous ceux qui auront participé à leur arrestation ainsi que leurs familles mourront. Le jour où j'aurai réuni des preuves incontestables, nous les appréhenderons. Et à ce moment-là, peu importe la prison dans laquelle ils seront enfermés, j'ouvrirai ses portes. Les Devil's Sons y pénétreront et les achèveront une bonne fois pour toutes. C'est un travail rigoureux qui requiert une exactitude sans faille. Nous n'aurons pas le droit à l'erreur.

Bon sang, ce que c'est angoissant !

— Je veux t'aider.

— Tu m'aides bien plus que tu ne l'imagines. Pendant près de vingt ans, je me suis évertué à chercher l'inspiration afin d'obtenir ne serait-ce qu'un grain de riz. Puis tu es arrivée en ville, et en l'espace de quelques mois, j'ai réuni bien plus de preuves que ces dernières années. Nous ne sommes pas au bout de nos peines, nous avons encore du travail. Mais avec de la persévérance, nous y parviendrons. C'est une promesse, Avalone.

Je garde le silence, émerveillée et fière d'avoir un parrain tel que Carter. À ses côtés, je n'ai plus peur. Son esprit implacable et sa capacité à conserver son sang-froid en toutes circonstances font de lui un adversaire redoutable. Comment ne pourrais-je pas croire en cet homme ?

— Pourquoi est-ce que tu souris ? me questionne-t-il, inquiet pour ma santé mentale.

— Je reste.

— Quoi ?!

— Je reste à Ann Arbor, Carter. Je ne pars pas au Canada. Rentre-toi ça dans le crâne une bonne fois pour toutes !

Il quitte la route des yeux et me dévisage un peu trop longtemps pour notre sécurité, puis il enfonce la pédale de frein. Je suis secouée, jusqu'à ce que la voiture s'immobilise sur le bas-côté.

— Je t'informe du danger que représentent les BloodBro et toi, tu me parles de ça ? Tu trouves que c'est le bon moment ? Mais qu'est-ce qui ne va pas chez toi ?

Les yeux écarquillés de surprise, je m'esclaffe.

— Je suis sérieux, Avalone !

— Moi aussi !

L'espoir fige ses traits, je crois qu'il retient sa respiration.

— Tu es… tu es sérieuse ? me demande-t-il, hésitant.

— Par l'Yggdrasil tout entier, *oui* ! Je reste auprès de toi, Carter, et auprès des Devil's Sons !

Ses pupilles se dilatent, son regard s'humidifie de larmes, puis un rire joyeux secoue ses épaules, et lorsqu'il m'ouvre ses bras, je m'y réfugie, émue. Nous rigolons l'un contre l'autre, tout aussi heureux. Ce que nous partageons fait notre bonheur, je ne laisserai personne nous en priver.

— Tu restes… murmure-t-il.

— Bien sûr que je reste. Je ne voudrais être nulle part ailleurs.

À travers cette étreinte, j'accueille son amour et lui offre l'étendue du mien. De longues secondes s'écoulent durant lesquelles il me retient contre lui avec affection.

— Tu te ramollis, le vieux…

Comme électrocuté, il me libère et instaure une distance entre nous. Il lisse sa cravate tout en me jaugeant d'un mauvais œil.

— Change de ton avec moi, gamine !

— Et toi, cesse de prendre cet air autoritaire ou à la première heure demain matin, les garçons sauront que tu as versé une larme.

Scandalisé, presque horrifié, il rétorque :

— Je n'ai versé aucune larme !

— Tu es sûr ? J'ai pourtant cru voir…

Il jure dans sa barbe et repousse le doigt que je pointe en direction de sa joue.

— En fin de compte, tu devrais accepter la proposition de tes parents, bougonne-t-il.

— Trop tard.

— Et merde…

Nous nous marrons, complices, et je prends alors conscience de mon environnement. Nous sommes garés au pied de l'immeuble de Clarke et de ses deux compagnons de crimes.

— Qu'est-ce qu'on fait là ? demandé-je.

— On attend.

— On attend quoi ?

Set et Tucker sortent précipitamment du bâtiment, chargés de bouteilles d'alcools. Excités, ils dévalent les dernières marches et poussent des cris de joie qui se répercutent dans la nuit.

— De temps en temps, afin de nous couper des affaires et d'entretenir des relations personnelles, nous passons une soirée arrosée à l'abri des regards, m'explique Carter.

Les garçons ouvrent le coffre et se débarrassent de leurs emplettes, puis ils grimpent sur leurs Harley respectives.

— Tu veux dire que...

— Que j'abandonne tout contrôle au profit de la vodka ? C'est exactement ça.

L'Audi redémarre, le boss s'élance dans les rues d'Ann Arbor. Nous sommes talonnés par les Devil's Sons. Quelques pâtés de maisons plus loin, à un croisement, Sean, Jesse et Justin au volant de leurs bécanes se joignent à nous. À l'intersection suivante, c'est la voiture des jumeaux qui surgit. Nous voilà réunis, filant vers le nord. Seul Clarke manque à l'appel, cependant je décide de fermer mon cœur et de ne pas m'en préoccuper.

Enfin... jusqu'à ce que sa moto se dessine à l'horizon. Il roule sur notre voie, en sens inverse. La distance se réduit, nous nous rapprochons dangereusement. Bien que la collision serait mortelle pour le motard, ni Carter ni son second ne ralentissent. L'un comme l'autre pile à la dernière seconde. Les pneus crissent sur le bitume, une forte odeur de cramé chatouille mes narines.

Ces hommes auront ma peau !

Face à nous, Clarke met pied à terre.

— Je crois qu'il veut te parler, me lance Carter.

Alors que je m'apprête à m'extirper du véhicule, mon parrain se penche sur moi et ouvre la boîte à gants. Avec de grands yeux ronds, je l'observe s'emparer de son arme.

— Quoi ? S'il n'a pas pour projet de s'excuser, une balle dans la cuisse lui remettra les idées en place.

J'attends le moindre signe qui démontrerait que ce n'est qu'une blague, seulement rien de tel ne se présente à moi.

— Tu plaisantes, n'est-ce pas ? demandé-je, horrifiée.

— Je ne sais pas encore. On verra bien.

— Il en est hors de question, tu m'entends ?

Il lève les mains en signe d'innocence, sans pour autant se débarrasser de son flingue. Je crois mon parrain capable de tirer et les intentions de Clarke me sont inconnues. Les deux hommes m'inspirent de la méfiance et m'incitent par la même occasion à la prudence. Je quitte l'habitacle, puis rejoins le Devil's Son sous les regards attentifs de notre famille.

— Quelle partie de mon corps est visée ? me questionne-t-il en fixant le boss par-dessus mon épaule.

— La cuisse.

Je me positionne devant lui, de sorte à réduire le champ d'action de mon parrain. Et voilà que le chef de gang exprime son mécontentement d'un coup de klaxon. Le seul angle de tir dont il dispose est dangereux pour moi. Il ne prendra pas le risque de me blesser.

Nerveux, Clarke passe ses mains dans ses cheveux.

— Avalone, je...

Il fuit mon regard, puis soupire.

— Je peux concevoir l'idée qu'une vraie vie de famille puisse te faire rêver. En revanche, tu n'as pas mon soutien. Je serais incapable de t'entendre me citer les pour et les contre de ton départ. Ça me fout en rogne aussitôt que j'y pense. Je ne peux rien te promettre à notre sujet non plus. Je ne sais pas comment je réagirais si tu venais à partir loin de moi. Sans toi... je vais vriller. Mais pour le moment, laisse-moi te donner des raisons de rester, OK ? En commençant par ta sécurité.

Je mords l'intérieur de mes joues et retiens un sourire naissant. Clarke ne se cache pas derrière des faux-semblants. Il refuse mon bonheur, un bonheur dans lequel il n'aurait pas sa place. C'est égoïste, mais révélateur par ailleurs. C'est sa façon à lui de m'aimer.

— Tu m'as déjà donné toutes les raisons de rester, Clarke. C'est ce que j'essayais de te dire tout à l'heure. J'ai promis à mes parents de réfléchir à leur proposition par acquit de conscience. Je n'ai jamais souhaité les accompagner. Ma place est ici, auprès de vous… Auprès de *toi*.

Il recule d'un pas, hébété, et alors que j'espérais voir un joli sourire se dessiner sur son visage, il s'agace.

— Tu n'aurais pas pu me le dire plus tôt ?

La colère s'empare de moi, j'ai la furieuse envie de lui en coller une.

— Si tu ne m'avais pas coupé la parole pour me balancer à la figure que tu sauterais sur la première nana à mon départ, j'aurais peut-être eu le temps d'achever ma phrase ! Maintenant, embrasse-moi avant que je ne dégage la voie à Carter !

— Tu me fais du chantage ? me demande-t-il, sidéré.

— Exactement !

— Si tu crois que…

Je lève la voix et lance à mon parrain :

— La cuisse ou le genou, c'est comme tu veux !

Le bad boy se décompose, puis jette un coup d'œil méfiant en direction de la voiture.

— Ce gang t'a rendue dingue ! s'exclame-t-il.

Je me décale et laisse le champ libre à Carter. Aussitôt, on entend sauter le cran de sûreté de son arme. À une allure folle, Clarke plaque ses lèvres contre les miennes, puis pivote sur ses jambes afin d'échanger nos places et ainsi me protéger d'un potentiel tir. Et là, plus rien ne compte, notre environnement s'estompe. Nous déchargeons la pression à travers ce baiser, nous nous punissons pour les douleurs que l'autre nous a causées. Un nouveau coup de klaxon retentit, le boss n'apprécie pas de voir son homme dévorer sa nièce. Clarke et moi nous séparons, frustrés et toujours aussi remontés.

— La cuisse ou le genou ? Tu es folle ! me réprimande-t-il.

— Attention à tes mots, mon arme demeure chargée et braquée sur toi ! s'écrie Carter.

Le Devil's lui tend son majeur, puis recule sous la surprise lorsque je le repousse de mes deux mains sur son torse.

— Tu m'avais promis de ne plus jamais me faire douter de nous, pauvre con !

Ses iris se voilent de culpabilité, il se pince l'arête du nez.

— Je suis un imbécile.

— Nous sommes tous d'accord ! approuve le chef de gang.

— Tu vas la boucler, l'ancêtre ?

— Change de ton avec moi, abruti !

— Mêle-toi de tes affaires et ferme cette vitre, c'est une discussion privée !

Les Devil's se marrent tandis que je tourne les talons, irritée. Tout échange est vain pour le moment, Clarke préfère batailler avec mon parrain. Mais, contre toute attente, il me retient.

— Je suis désolé, OK ? Ce que je dis sous le coup de la colère n'a aucune putain de valeur. Ce qui compte, ce sont les interdits que j'ai bravés pour nous, ma place dans le gang que j'ai risquée pour nous. Je crois en notre relation, Avalone. Alors c'est à ton tour, à présent.

Après un dernier regard lourd d'émotion, il remonte sur sa moto. Je me sens stupide. Stupide de me laisser affecter par ses mots, alors que nous savons tous que le domaine de Clarke, c'est l'action. Et il m'a déjà prouvé à maintes reprises qu'il tenait à moi.

— Tu viens avec nous ? demandé-je, hésitante.

— Bien sûr. Je ne veux pas manquer ta réaction lorsque tu

découvriras ton parrain enivré de vodka bon marché.

Un sourire étire mes lèvres, puis nous nous fixons de longues secondes, jusqu'à ce qu'il me fasse signe de rejoindre Carter. Je recule et regagne la voiture.

— Tu ne crois pas en vous ? m'interroge le boss, comme si j'étais la pire des idiotes.

— Eh oh, tu étais le premier à ne pas croire en nous, alors je me passerais bien de tes leçons de morale !

— Oui, mais tu m'as fait changer d'avis ! Et tout ça pour ce fiasco ?!

Je lui lance un regard noir auquel il ne répond pas. Il allume le moteur et nous reprenons la route, tous ensemble.

— Vous vous protégez, au moins ?

Je manque de m'étouffer et cache mon visage entre mes paumes.

— Il est hors de question que j'aie cette conversation avec toi !

— Oui, eh bien, sache que je n'accepte pas les bébés chez les Devil's Sons. Ni les femmes enceintes.

Je garde le silence dans l'espoir de couper court à la discussion.

— Cela dit, si tu es déjà engrossée, il est nécessaire que tu m'en parles. Je ferai ce qu'il faut pour... y mettre un terme ou, selon ton choix, accueillir le nouveau-né comme il se doit.

— Je ne suis pas enceinte ! m'exclamé-je avec horreur. Je suis sous contraception, OK ? Il n'y aura *jamais* de bébé.

— Un accident peut tout de même arriver malgré la contraception, alors...

— Je te préviens, le menacé-je, si tu prononces un mot de plus, je saute de cette voiture !

Une ambiance aussi pesante que gênante nous enveloppe, on pourrait entendre les mouches voler.

— Où est-ce qu'on se rend ?

— À Brighton. Je possède un chalet dans le coin.

25.

Deux semaines se sont écoulées depuis notre soirée à Brighton et nous n'avons pas chômé. J'ai participé pour la première fois à une vente de bijoux malgré les inquiétudes de Clarke. Les Devil's Sons ont malmené un groupe de dealers qui avaient établi leur périmètre sur notre territoire, à la suite de quoi Carter a organisé une réunion avec l'Alliance afin de rappeler aux gangs alliés qu'ils avaient pour devoir de tenir en laisse leurs trafiquants. Ma mère et mon père ont fait l'acquisition d'une villa au Canada et n'ont pas été surpris par mon refus définitif de les accompagner. Lorsque j'ai fait part à Lola de leur départ, elle en a tiré des conclusions hâtives.

— Au nom de l'Yggdrasil, qu'est-ce que je vais devenir sans toi, Avalone ? Qui acceptera de regarder avec moi *N'oublie Jamais* une énième fois et quel genre de super héroïne me sauvera d'un kidnapping ? Aucun autre humain sur terre ne supportera de m'entendre chanter sous la douche, dans la voiture, sur les toilettes, devant une comédie musicale et j'en passe ! Je ne recevrai plus d'oreiller en pleine tête, chaque matin, quand mon réveil sonne depuis vingt minutes. À qui je pourrais bien raconter les ragots du campus ? Non, mais tu te rends compte ? Plus personne ne me rappellera d'aller consulter un ophtalmologue ! Tu ne seras pas là pour me remonter les bretelles lorsque j'aurai séché trois jours de cours par pure flemmardise. Ou pour échanger mon septième café de la matinée contre une bouteille d'eau. Enfin bref, tu es mon rayon de soleil ! Celle qui sourit à longueur de journée, celle qui est à la fois la maman, la meilleure copine et la conseillère de tous ! Ava, tu ne peux pas nous abandonner !

Je l'ai serrée tendrement contre moi et lui ai affirmé que je ne comptais aller nulle part. Elle ne s'est pas sentie bête, au contraire. Elle a supposé qu'elle m'avait convaincue. Et en quelque sorte, ce n'est pas faux. Sa présence dans mon quotidien est essentielle, tout comme celle des Devil's Sons. De plus, Carter m'a assuré que le danger était moindre pour nous tous si je n'étais pas du voyage. Tant que mes parents ne paradent pas fièrement main dans la main… Dieux merci, le boss ne compte pas les laisser partir sans les convoquer une énième fois afin de leur rappeler les règles nécessaires à notre survie.

Quant à Élisa, elle tient encore le coup. Les médecins estiment que les retrouvailles avec ses amis lui ont restitué un peu d'énergie. Les jumeaux gardent la tête haute, ils profitent de leur maman avant qu'il ne soit trop tard.

En ce qui concerne ma relation avec Clarke, j'y crois. J'y crois même dur comme fer depuis que j'ai décidé de lâcher prise. Après tout ce que nous avons traversé, les étapes préliminaires d'un couple sont passées à la trappe. Nous ne cherchons pas à ménager l'autre ni à aller dans son sens par bienséance ou je ne sais quoi. Les disputes sont donc courantes, cela dit nous ne restons jamais bien longtemps fâchés. Les nuits dans ma chambre universitaire deviennent rares, je dors la plupart du temps au creux de ses bras. Je m'inquiète lors de ses différentes missions et inversement. Pour finir, Clarke a enfin brisé ses chaînes. Les démonstrations affectives en public deviennent naturelles, il éprouve plus de facilité à exprimer ses sentiments, non pas par des mots, mais par des regards, des caresses, un certain comportement.

Oui, je suis heureuse. Vraiment heureuse.

[J'ai appris que tu étudiais à Ann Arbor. J'y suis pour quelques jours, que dirais-tu de prendre un café avec moi ?]

Je lorgne le message pendant ce qui me paraît être une éternité, sans parvenir à y répondre.

Nora, mon ancienne meilleure amie, en est l'auteure. Elle a mis un terme à notre amitié ancrée depuis l'enfance sous prétexte que ma maladie était devenue trop difficile à supporter. Elle m'aimait tellement qu'elle ne voulait pas être dans les parages quand j'imploserais, m'a-t-elle dit. Près de trois ans qu'on ne s'était pas parlé.

[Chez Stan. 15 H.]

À la fin de mes cours, je contourne le campus et m'engouffre dans le restaurant, frigorifiée par les températures extérieures. Les Devil's troquent la plupart du temps leur Harley contre des vitres, un chauffage et quatre roues, soit les voitures de luxe de Carter. Ainsi, les trajets deviennent bien plus agréables.

Nora est assise en face de ce qui doit être un chocolat chaud à l'italienne, supplément chantilly et guimauve. Elle n'a pas changé. Ses cheveux de feu sont toujours aussi longs. Des taches de rousseur parsèment sa peau laiteuse et elle n'a égaré ni sa poitrine imposante ni ses formes.

Elle se fige à mon arrivée, puis me sourit avec une certaine timidité. Sans perdre de temps, j'avance jusqu'à elle et prends place. J'aimerais en finir au plus vite.

— Je sais que tu n'apprécies pas d'attendre, alors je me suis dit que, pour une fois, j'allais venir en avance. Je t'ai commandé un…

— *Mocaccino* supplément vanille, chantilly et pépites de chocolat, la coupé-je.

C'était ma boisson préférée à Madison.

— Et moi, j'ai pris un…

— Nora, ça fait trois ans que tu as mis un terme à notre relation. Qu'est-ce que tu veux ?

Elle rigole nerveusement en se triturant les doigts. Mon visage impartial la rend anxieuse, elle ne s'attendait pas à me découvrir aussi peu expressive.

— Assister encore et toujours à tes hospitalisations, sans savoir si tu me reviendrais vivante, ça me détruisait. J'ai été stupide. On a grandi ensemble, toi et moi. Je veux recoller les morceaux.

À l'époque, ses mots m'avaient causé une profonde douleur. Aujourd'hui, je ne ressens plus rien. Après tout ce que j'ai vécu ces derniers mois, elle n'a plus le pouvoir de me blesser.

— Ça n'a pas changé. Mon cœur a de nouveau cessé de battre à la rentrée, je me rends chaque semaine à l'hôpital.

— J'ai conscience que ton état ne peut s'améliorer, mais… je préfère encore t'avoir dans ma vie, malgré toutes ces inquiétudes, que vivre avec des regrets jusqu'à la fin de mes jours.

— Ça fait trois ans, Nora.

— J'en ai conscience ! Et je m'en suis voulu aussitôt que je t'ai rejetée. Je n'osais pas revenir vers toi, je savais que tu me repousserais. Ça aurait été légitime, après tout. Je… je suis désolée.

Elle baisse le regard sur son chocolat chaud tandis que je l'observe, sans parvenir à trouver un sens à ces retrouvailles. Elle n'est plus mon amie, mon cœur s'est refermé à l'instant même où elle m'a balancé ces atrocités. Il n'y a pas de retour en arrière possible.

— Je vais rester en ville quelques jours. Tu sais, chez ma tante Isa. Allez, pardonne-moi, s'il te plaît...

Je n'ai jamais entendu parler d'une quelconque tante, citoyenne d'Ann Arbor.

Nora me fait ses yeux doux, ceux avec lesquels elle parvenait à m'attendrir lorsque nous étions gosses. Je souris en prenant conscience qu'ils n'ont plus aucun pouvoir sur moi, cependant mon ancienne meilleure amie en tire les mauvaises conclusions. Elle bondit de sa chaise et me prend dans ses bras.

— Par Odin, Nora...

— Oh, pardon... C'est trop tôt ? C'est trop tôt !

Elle se rassied et arrête son attention sur un point derrière moi. Je me tourne, à la recherche de ce qui attire sa convoitise et assiste à l'entrée des Devil's Sons, Clarke en première ligne.

Merde, j'avais oublié qu'on s'était donné rendez-vous à cette heure-ci !

Le gang me repère et se dirige droit sur nous. Je ne peux détourner le regard du second de Carter, happée par sa beauté. Mon cœur bat fort dans ma poitrine, je suis heureuse de le retrouver après cette nuit que nous avons passée loin l'un de l'autre. Je me lève, comme aimantée, et parcours les derniers mètres qui nous séparent. Clarke enroule un bras autour de ma taille et m'attire contre lui. Il m'offre un baiser possessif dans lequel je perds mon souffle et mon âme.

— Je t'ai manqué ? ronronné-je à son oreille.

— Dors avec moi ce soir, m'ordonne-t-il.

Un sourire s'épanouit sur mes lèvres. Je lui promets de réfléchir à sa proposition, et voilà qu'il grogne de mécontentement.

— Qui est cette ravissante jeune femme ? m'interroge Set.

Je tourne le visage vers elle et la découvre à baver sur le

physique des Devil's Sons.

— Nora. Mon ancienne meilleure amie de Madison.

Je n'apprécie pas de voir l'intérêt briller dans ses prunelles lorsque les garçons la saluent. Mon estomac se noue d'aversion, je ressens le besoin impérieux de les éloigner d'elle.

— Quand tu auras fini, rejoins-nous, me souffle Clarke.

Il me vole un baiser, puis le gang jette son dévolu sur une table à l'abri des regards.

— Tu... attends ! Tu sors avec ce type ? me questionne Nora.

— À première vue.

Elle s'extasie et trépigne d'émerveillement.

— Il est carrément canon ! Et les autres, ce sont tes amis ?

— Ce sont mes amis.

Ma froideur l'incite à retrouver son calme. Je garde son abandon en travers de la gorge, sans compter que j'ai connaissance de ses travers. Elle n'est pas désintéressée. Elle se servira de moi afin d'atteindre les Devil's, c'est une certitude.

Je me laisse tomber sur ma chaise et prie pour en finir au plus vite.

— Comment tu as su que j'étudiais à Ann Arbor ?

— Ça a toujours été ton rêve. La meilleure université classée dans le public ! J'ai essayé de te joindre, mais l'opérateur m'a informée que ce numéro n'était plus attribué. J'ai donc appelé Claire. Elle m'a donné ton nouveau contact et m'a confirmé par la même occasion que tu étais à Ann Arbor pour tes études.

Je hoche la tête et bois une gorgée de mon *mocaccino*.

J'écoute Nora me parler de ce qu'elle a vécu ces trois dernières années, jusqu'à ce que je prétende avoir des obligations. Nous réglons l'addition, puis je décide de l'accompagner jusqu'à la sortie par politesse. Tucker nous arrête en chemin.

— On organise une soirée à la fraternité. Ton amie devrait venir !

Par « on organise », le Devil's sous-entend qu'ils imposent les festivités à la fraternité et que l'équipe de football se charge de l'organisation.

— On sera là ! affirme Nora, tout excitée.

Pour la seconde fois, mon estomac se noue. Je n'ai pas envie de passer une soirée en sa compagnie. Il y a des gens qu'on doit laisser derrière soi, et même si je garde de bons souvenirs de notre amitié, j'ai la certitude qu'elle n'a plus sa place dans ma vie.

— Tu m'enverras l'adresse, me lance-t-elle. À ce soir !

Elle se dirige vers la sortie et disparaît dans une marée de piétons.

— Elle est... commence Set. Je ne sais pas comment la qualifier.

— C'est un bébé dans le corps d'une femme.

Nora a une voix, une moue et un comportement enfantins. Elle est boudeuse, capricieuse, dissipée. Il ne faut cependant pas se fier aux apparences, car elle joue de son air innocent pour cacher une grande intelligence et un esprit calculateur.

— Tant qu'elle possède les courbes d'une femme... murmure Jesse, songeur.

— Par pitié, non ! le supplié-je. Je ne veux pas qu'elle ait le moindre lien avec mon présent, et encore moins avec vous.

Mon désespoir interloque les garçons.

Ma demande est égoïste, mais lorsqu'une personne vous fait du mal, causant ainsi une profonde douleur, et que vous parvenez à tourner la page, vous n'avez pas envie qu'elle revienne mettre son nez dans vos affaires quelques années plus tard. Le passé doit rester là où il est. Alors, l'imaginer coucher avec l'un des Devil's Sons, ma famille, me plonge dans un certain état de détresse.

— Tu es résiliente. Qu'est-ce qu'elle a bien pu te faire pour perdre ton affection ? me questionne Clarke.

Je soupire et le laisse m'attirer sur ses genoux.

— Du jour au lendemain, après dix années d'amitié, elle a décrété que ma maladie était trop dure à supporter. Elle ne voulait pas endurer la douleur de ma disparition.

— La garce !

— Ouch, elle n'y est pas allée de main morte.

Les garçons l'ont mauvaise, leur côté protecteur se manifeste.

— Ouais... Et en prenant cette décision, elle a créé un effet de groupe. Tous les amis que nous avions en commun se sont éloignés de moi pour la même raison : la peur de la mort. Je ne souhaite aucun mal à Nora, au contraire. Mais je refuse qu'elle réapparaisse dans ma vie et qu'elle s'approprie la chose à laquelle je tiens le plus : vous.

Les Devil's hochent la tête, compréhensifs.

— Nous ne la toucherons pas, me rassure Jesse.

— Parole de scout ! s'exclame Justin.

J'en suis soulagée. Je crois que dans le cas contraire, je ne l'aurais pas bien vécu. L'ambiance devient plus légère, nous profitons de la dernière heure de luminosité dans la joie et la bonne humeur, jusqu'à ce que Tucker se racle la gorge, mal à l'aise.

— Il faut que je vous fasse part de quelque chose.

Son regard dur, voilé de tristesse, ne me dit rien qui vaille. Nous le dévisageons tous avec méfiance, incapables de savoir si une nouvelle connerie va franchir la barrière de ses lèvres ou s'il va nous annoncer que le Ragnarök débute à la fin du mois.

— Je vais retourner à Worcester, dans le Massachusetts. Pour un petit moment.

Un cri aigu s'échappe de ma bouche.

Je prie les dieux pour que ce soit une blague. Il est nécessaire que c'en soit une, il ne peut en être autrement.

— Ma grand-mère se fait vieille, elle n'est plus en capacité de vivre seule. Ma mère a trouvé un job dans le coin, en revanche, les horaires ne sont pas flexibles. Elles ont besoin de moi.

Mes espoirs sont réduits à néant, je ressens un poids qui comprime ma cage thoracique. Je porte la main à ma poitrine et tente de m'en délivrer, en vain.

Mon esprit se révolte, il conteste ces informations. Je n'en reviens pas. Les garçons non plus, d'ailleurs. Personne n'ose prononcer un mot et c'est préférable, au risque de rendre cette annonce réelle, concrète.

— Dites quelque chose, nous supplie Tucker.

— Quand est-ce que tu pars ? lui demande Clarke, l'air grave.

— C'est ma dernière soirée à Ann Arbor. Nous prenons la route demain.

Les sons qu'il émet se répercutent douloureusement dans ma boîte crânienne et enserrent ma gorge. Je ne suis pas sûre d'aller bien, c'est si soudain...

Je ferme les paupières et lutte contre les larmes qui me brûlent la rétine.

— Pourquoi tu ne nous en as pas parlé plus tôt ? s'énerve Justin.

— Parce que j'espérais trouver une solution miraculeuse, mais les jours ont passé et aucune de mes idées ne convenait ! C'est de *moi* qu'a besoin ma grand-mère.

Cette nouvelle nous chamboule tous, sans exception. Nous nous murons dans le silence et nous dévisageons les uns les autres. Les épaules affaissées, la tête basse, je mesure les conséquences de son départ. Nous ne le verrons plus à l'appartement, ni à l'université. Il ne sera pas présent aux soirées, ni à la propriété. Les missions se dérouleront sans lui.

Tucker va disparaître de notre quotidien.

Je n'ai qu'une envie : le convaincre de rester, avec l'aide de Carter. Lui, il trouverait la solution adéquate, seulement qui suis-je pour priver une maman de l'assistance de son enfant ?

Qui suis-je pour arracher à une vieille dame la compagnie de son petit-fils ?

— Reviens-nous. Les Devil's Sons ont besoin de toi, assure Clarke.

Il lui assène une tape affectueuse sur l'épaule, signe indéfectible de son soutien. Tucker semble alors rassuré, comme s'il craignait que le gang ne se passe définitivement de lui. Je crois qu'il n'a pas idée de ce que nous ressentons. J'aimerais lui ouvrir une porte sur mes sentiments afin qu'il comprenne à quel point il compte pour nous tous.

Clarke me soulève délicatement de ses genoux et me pose sur sa chaise tandis qu'il se dirige vers le bar.

— Bon, eh bien, il ne nous reste plus qu'à passer une soirée digne de ce nom ! s'exclame Sean.

Il compose un numéro sur son téléphone et le plaque contre son oreille.

— Wyatt ? Changement de programme. Cette fête doit être mé-mo-rable !

J'assiste à la brusque montée d'adrénaline des garçons, comme s'ils avaient déjà digéré la nouvelle. J'en suis écœurée. Alors que je ressens le besoin de prendre l'air, Tucker m'attire dans ses bras. À son contact, je perds la maîtrise de mes émotions et cache mon visage au creux de son cou.

— Je n'aurais pas quitté la ville si tu avais choisi de suivre tes parents au Canada. Mais te savoir à leurs côtés, aux côtés des Devil's Sons, me fait partir le cœur léger. Tu prendras soin d'eux comme ils prendront soin de toi.

Et toi, Tucker, qui veillera sur toi ?

Une larme roule le long de ma joue et tombe sur sa veste en cuir. Il me sourit, ému, puis dépose un baiser chargé d'affection sur mon front. Ma peau s'imprègne de la chaleur de ses lèvres, je m'en délecte.

— Jamais je n'aurais cru qu'une nana me manquerait autant

que les gars.

Un rire ou un sanglot, je ne sais pas, secoue mes épaules. Je ne veux pas le voir partir. Prendre conscience qu'il ne sera plus là dès demain me fend le cœur. C'est comme si je perdais une partie de mon âme.

— Ne pleure pas ou je risque de pleurer aussi, me prévient-il d'une voix tremblante.

— Ta gueule, mec ! balance Set. Tu n'as pas intérêt à lâcher une larme.

Nous nous esclaffons tous, moi y compris, et le second de Carter réapparaît avec une tournée de bière ainsi qu'une limonade.

En cette fin de journée, le boss nous a invités à la propriété afin de fêter le départ de son homme comme il se doit.

Chaussée de mes hauts talons et vêtue d'une combi-short assortie à mon perfecto, je traverse le parking et rejoins Clarke, adossé contre une BMW. Il m'attrape par les hanches et m'attire à lui.

— Ça va être laborieux de passer toute une soirée sans t'arracher tes vêtements, me chuchote-t-il à l'oreille.

Un frisson me parcourt l'échine, une boule de chaleur grossit au creux de mon ventre.

— Tu devras patienter quelques heures, murmuré-je en baladant mon doigt sur son torse.

Un éclat intense de désir illumine ses prunelles. J'en profite pour jouer avec lui et effleurer la bosse proéminente que forme son membre durci sous son jean. Sa réaction est immédiate : sa respiration se coupe, ses mains se crispent sur ma taille.

Il plonge un regard bestial dans le mien. Le genre de regard à incendier tout un être.

— Rentre dans cette putain de bagnole avant que je nous enferme dans le premier placard, gronde-t-il.

J'affiche le sourire le plus aguicheur qui soit et m'arrache à sa poigne. Avant de pénétrer dans la voiture, je l'entends marmonner entre ses dents serrées :

— Elle va avoir ma peau...

Je suis silencieuse durant le trajet. Je pense à tous les moments que j'ai partagés avec Tucker. Je comprends son choix et je l'accepte, mais ça n'en reste pas moins douloureux. Chaque membre du gang est un pilier qui supporte les fondations de notre famille. La suppression d'un élément pourrait causer un effondrement si nous ne trouvons pas un nouvel équilibre, une nouvelle répartition du poids à soutenir. Demain, les Devil's Sons auront perdu un de leurs frères. Celui qui nous fait rire à toute heure de la journée, que le ciel nous soit tombé sur la tête ou non. Celui qu'on apprécie pour sa sensibilité. Celui qu'on aime instinctivement.

Arrivés à la propriété, nous sommes accueillis par Marie. Elle nous débarrasse de nos vestes et nous conduit au salon.

L'ambiance est festive : champagne et petits fours, argenterie et coupes en cristal. Mon esprit relègue mon environnement au second plan. Seul le roi de la soirée compte.

Je cours alors jusqu'à Tucker. Il me soulève à bout de bras et voilà que je tournoie dans les airs.

Son magnifique sourire est l'une de ses caractéristiques qui me manquera le plus. Un sourire qui illumine son visage et communique sa joie de vivre. Tucker n'est pas un pleurnichard, loin de là. Il voit toujours le verre à moitié plein, même dans les situations où tout espoir semble vain. Il croit dur comme fer en l'avenir, et je pense que si nous nous montrons aussi confiants, c'est en partie grâce à lui.

Mes pieds regagnent terre, il me serre tout contre son cœur. Je ferme les paupières et profite de cette accolade qui est l'une des dernières avant un temps indéterminé.

— Je t'aime, Ava.

— Je t'aime, Tucker. Au-delà des liens du sang.

Carter fait tinter sa coupe à l'aide d'une cuillère et réclame l'attention de ses invités.

Nous nous regroupons autour de la table basse et de manière discrète, du moins je l'espère, je m'empare d'un verre d'alcool pétillant.

— POSE ÇA ! m'ordonnent mon parrain et les Devil's Sons en chœur.

Je sursaute et manque de renverser la boisson sur ma tenue.

Et merde...

Marie me débarrasse de mon champagne et le remplace par de la limonade. La contrariété de ma famille est vite balayée par l'amusement. Carter craque et rigole. Un beau rire classe et franc, à son image. Étonnés de l'entendre émettre un tel son, les garçons se joignent à lui. La soirée débute à merveille, l'ambiance est parfaite.

— Eh bien, commence le boss. C'est toujours difficile de dire au revoir à l'un de ses hommes. Après des années à la tête de ce gang, je trouve que cette équipe que vous formez aujourd'hui est la meilleure que les Devil's Sons aient connue. Et pas seulement parce que ma nièce est à nos côtés.

Il me décoche un clin d'œil, nous nous marrons de nouveau, nos cœurs lourds et légers à la fois.

— Tucker. Depuis le premier jour, tu t'es montré courageux, loyal et fort. Tu as apporté ta pierre à l'édifice. Une pierre sur laquelle repose la cohésion du gang. Les Devil's Sons, c'est un ensemble de composants rares, parmi lesquels figure ton essence. Elle est primordiale à notre bon fonctionnement, et j'aime croire que nous avons tous suffisamment appris de toi pour survivre... jusqu'à ton retour.

Tuck mime une révérence. C'est une parade pour cacher son émotivité, mais ses yeux humides ne trompent personne.

— Merci de t'être battu à nos côtés. Merci pour la confiance que tu as placée en moi. N'oublie jamais que ma porte te sera éternellement ouverte. Tu es et resteras un membre de cette famille. Nous t'attendrons le temps qu'il faudra.

Le Devil's Son dissimule ses mains tremblantes dans son dos et hoche la tête avec reconnaissance. Ses lèvres demeurent closes, comme s'il craignait d'éclater en sanglots au premier mot articulé.

— Une prime de départ est arrivée sur ton compte bancaire, ajoute le boss.

À ce même moment, Tucker reçoit une notification. Ses yeux louchent sur son écran de téléphone, il éclate d'un rire un peu fou et pousse une tonne de jurons.

Le tendre sourire de Carter s'efface lorsque son homme s'approche de lui, les bras grands ouverts.

— Cette fois-ci, c'est la bonne occasion pour t'enlacer !

— Oh non ! refuse mon parrain, catégorique.

— Oh, si, si, si…

Nous observons le boss reculer face à ce qu'il considère être une menace, et c'est une première. Tucker parvient, au moyen d'un subterfuge, à refermer ses bras autour de lui. Nous poussons des cris d'approbation. Certains sifflent entre leurs doigts tandis que d'autres tapent des pieds sur le marbre.

— À Tucker ! m'exclamé-je en levant mon verre.

— À Tucker ! répètent les garçons en chœur.

Nous trinquons et buvons, nous dansons et mangeons. Pas un n'est épargné par l'émotion. Même si les Devil's tentent de le cacher tant bien que mal, ils sont touchés par le départ de leur frère.

Soudain, la sonnerie de la porte d'entrée retentit et Carter revient, accompagné de deux tatoueurs équipés de leurs instruments.

— C'est un cadeau de la part de tes amis, annonce-t-il à Tucker en nous désignant.

— Vous ne leur avez quand même pas demandé de me tatouer une bite, rassurez-moi ?

Je sors de mon sac une photo imprimée et la tends au roi de la soirée. Il s'en empare, les sourcils froncés, et découvre le souvenir que ce cliché renferme. J'appréhende sa réaction, je crains que l'idée ne lui plaise pas. Je l'observe prendre une grande inspiration dans l'espoir de contrôler ses émotions. Il cligne des yeux à plusieurs reprises, puis les lève au ciel afin de chasser ses larmes. Ému, il se débarrasse de son t-shirt, se tourne et désigne une partie de son dos non tatouée.

— On commence ? demande-t-il.

26.

Les quatre heures qui suivent sont éprouvantes pour Tucker. Tandis que nous profitons de ce moment, il est allongé sur le ventre et se fait tatouer sous nos yeux. Ses gémissements de douleur et les menaces qu'il profère à l'intention de ses tortionnaires nous arrachent de nombreux éclats de rire. Lorsqu'enfin le tatouage est achevé, nous nous réunissons devant le miroir de la salle de bains principale et découvrons le résultat en même temps que notre ami.

Sous sa nuque s'étend un chef-d'œuvre qui capture à jamais cette magnifique soirée que nous avons passée au chalet de Carter à Brighton. Je suis émue au point que je pourrais en pleurer.

De la tête aux pieds, nous sommes tous les huit encrés en noir et blanc sur sa peau. Nous nous tenons de dos, les uns à côté des autres, reconnaissables à nos morphologies et nos coupes de cheveux. Le rendu est si fidèle et réaliste qu'il n'y a aucun doute quant à l'identité de chaque personne représentée.

En partant de la gauche, nous retrouvons Jesse et son crâne noirci par ses propres tatouages. Il est en possession d'un joint duquel s'échappe de la fumée. À sa droite est posté Set, un peu plus grand. Vient ensuite Tucker et sa crinière de surfeur. Il pointe son index en direction de l'astre lunaire. Nous discernons sur sa main le dessin indélébile d'une danseuse de cabaret. Carter, aussi classe qu'à l'accoutumée, est vêtu d'un costume sur-mesure. Puis il y a moi. Je parais chétive, entourée de toutes ces masses musculaires. Ma longue chevelure aux multiples nuances est travaillée avec des ombrages, et mes doigts sont entrelacés à ceux de Clarke. C'est le plus grand et le plus imposant de tous. Et pour finir, nous reconnaissons Sean à ses boucles. Son coude est posé sur l'épaule de Justin. Ce dernier se gratte la nuque, le visage levé vers le ciel.

Les vestes des Devil's Sons, exécutées avec minutie, donnent un aspect presque mystique à cette représentation, tout comme la lune, qui semble nous bénir de sa lumière.

Tout à coup, Tucker fond en larmes devant son reflet, le cœur déchiré entre ses deux familles.

— C'est le plus beau cadeau qu'on ne m'ait jamais offert.

— Oh, ferme-la ! jurent les Devil's Sons en chœur, alors qu'eux-mêmes étaient émus quelques secondes auparavant.

Ils battent en retraite et quittent la pièce, la peur au ventre. Oui, ils craignent de craquer à leur tour, j'en suis persuadée.

Je m'approche de mon ami. Il sanglote, le visage enfoui entre ses paumes.

Par tous les dieux, que je l'aime.

Je repousse délicatement ses mains et les remplace par les miennes. Ses yeux rougis et son âme tiraillée me compriment la poitrine.

— Peu importe le nombre de mois ou d'années que tu passeras loin de nous, pas un jour ne s'écoulera sans que nous ne pensions à toi. Nous attendrons ton retour. Et lorsque tu nous reviendras, ce sera comme si tu n'étais jamais parti.

— C'est promis ?

— Tu as ma parole, Tucker, soufflé-je d'une voix tremblante.

J'essuie le coin de mes yeux humides et attire le Devil's Son contre moi. Nous partageons notre douleur et ensemble, nous nous dépêtrons de nos incertitudes.

Nous regagnons le salon pour un délicieux repas à la fin duquel Carter disparaît dans sa suite et réapparaît avec une malle de voyage. Il me lance des clés que je réceptionne, surprise.

— Je ne passe pas la nuit à la propriété, je reviens demain en fin d'après-midi. Je vous autorise à inviter quelques camarades, mais je ne veux pas cinquante abrutis dans cette maison. Marie, prenez votre soirée.

Le boss s'arrête devant Tucker et lui tend la main. Notre ami la fixe un long moment, à fleur de peau. Un rien pourrait de nouveau le conduire aux larmes. Enfin, il l'empoigne avec un respect manifeste.

— Merci pour tout, Carter.

— C'est à moi de te remercier, fils. Prends soin de toi et des tiens, et reviens-nous vite. Si tu as besoin de quoi que ce soit, tu as mon numéro de téléphone.

Tucker hoche la tête, la gorge nouée, et sans que nous nous y attendions, mon parrain referme ses bras autour de lui dans une tendre accolade. Son homme écarquille les yeux, puis savoure ce contact. Sans un mot de plus, le boss quitte la villa, le regard brillant d'émotion. Laisser Tucker derrière lui l'affecte tout autant que nous.

Le sentimentalisme passé, je ressens plus que jamais le poids d'un trousseau de clés au creux de ma paume. Je me tourne vers les garçons, un sourire malicieux aux lèvres et une idée derrière la tête.

— Non, refuse Clarke, la mine sérieuse.

Il est parvenu à lire dans mes pensées et ça ne semble pas lui plaire.

— Si, réponds-je avec un air fourbe.

— Oh non, murmure Jesse, méfiant.

— Oh si, intervient Sean.

— Oh non ! renchérit Justin, angoissé, mais toutefois influençable.

— OOOHHH SI ! crie Tucker.

— Vous voulez qu'on se fasse tuer ? s'exclame Set, les sourcils exagérément froncés.

Je dois être inconsciente du danger, puisque je sautille jusqu'au Devil's à l'ego surdimensionné.

— SOIII... entamé-je.

— RÉÉÉEEE ! achève-t-il.

Nous commençons à nous déhancher, effrénés. Justin et Sean, sur la même longueur d'onde que nous, se joignent à notre duo.

J'agite les clés sous le nez des trouble-fête pendant que mes acolytes dansent autour d'eux comme des Indiens autour d'un feu de camp.

Leurs visages se détendent : des sourires se dessinent et les rires s'élèvent. Il ne leur en faut pas beaucoup pour baisser les armes.

Sean dégaine son téléphone et le plaque contre son oreille.

— Wyatt ? Changement de programme. La soirée migre chez Carter. Oui, tu as bien entendu. Chez Carter Brown.

Je pousse un cri victorieux et lève le poing en l'air.

— Ils arrivent dans quarante minutes ! nous informe le Devil's.

J'interromps tout mouvement lorsque je réalise que quelques obstacles se dressent en travers de notre chemin. J'arrache le portable des mains de Sean et m'adresse au capitaine de l'équipe de football :

— Les téléphones sont proscrits. Préviens tout le monde que

l'idiot qui sera en possession du sien se verra refuser l'accès à la villa après s'être pris un vilain coup de la part de Clarke.

Wyatt acquiesce sans chercher à comprendre, comme s'il s'attendait à certaines mesures. Je raccroche sous les regards intrigués de ma famille.

— L'antenne sur le toit enregistre *toutes* les communications téléphoniques. Un logiciel envoie une alerte à Carter si certains mots indésirables sont prononcés. Il faut aussi barricader le couloir. Il y a des détecteurs de mouvements au niveau de la porte de son bureau.

Six paires de sourcils haussées, ça fait beaucoup. Aucun d'eux n'était donc informé. Pas même le second de Carter.

— Par Hlidskjálf, tu déconnes ? me demande Set.

— Ça ne m'étonne pas, avoue Jesse. Et on fait quoi pour les caméras ?

— Il y a des caméras ? les interrogé-je en grimaçant.

Ma question est idiote, la réponse est évidente.

— Tu es au courant qu'il y a une tour de contrôle à l'entrée de la propriété, n'est-ce pas ?

— On ne peut pas la louper, déclaré-je.

— Eh bien, dans cette tour aux vitres teintées, six agents de sécurité montent la garde 24h/24, m'explique Justin. Ils autorisent ou non un visiteur à entrer en fonction des instructions que Carter leur a données. Ils gèrent également une centaine de caméras de surveillance. Les murs qui entourent le domaine en sont criblés. Il en va de même pour l'intérieur de la propriété : chaque parcelle du bois est quadrillée. Sans compter les caméras dissimulées aux quatre coins de la villa, reliées au téléphone de Carter.

Par tous les dieux, ce lieu est aussi sécurisé que la Maison-Blanche !

Je passe une main sur mon front avec une certaine nervosité, et annonce :

— Il faut prier pour que le boss ne s'intéresse pas aux vidéos de surveillance, ce qui est peu probable. En revanche, nous devons nous assurer que la tour de contrôle autorise l'accès à nos invités, sans prévenir Carter, du moins pas avant demain. Commencez à mettre les objets de valeur en sûreté. Clarke, tu sais comment joindre la tour de contrôle ?

— On peut la contacter à partir du téléphone fixe du chef.

— Où se trouve-t-il ?

— Dans son bureau.

Et merde...

Si nous y pénétrons, mon parrain va recevoir une alerte. Cela dit, le parrain en question nous a permis d'accueillir quelques amis. Il serait donc légitime que nous nous introduisions dans son repaire afin de prévenir les agents de sécurité.

Je décide de jouer la nièce modèle et de lui envoyer un message dans lequel je cherche à m'assurer que ses détecteurs de mouvements ne sont pas équipés de rayons laser brûleurs de chair.

Dans l'attente de sa réponse, j'observe les Devil's déplacer les multiples trésors dont regorge cette villa. Mon téléphone ne tarde pas à me notifier d'un SMS :

[J'ai déjà prévenu la tour de contrôle de la venue de vos amis. Mais tu peux entrer sans danger dans mon bureau et t'emparer d'une bouteille de whisky. Savourez-la (pas toi, les gars), elle a davantage de valeur que vous tous réunis.]

Par-dessus mon épaule, Clarke lit les mots qui s'affichent sur mon écran. Son sourire diabolique fait écho au mien. Nous partageons un regard complice.

Carter, Carter, Carter. Tu nous facilites drôlement la tâche.

Je lui transmets nos remerciements, puis son second et moi

prenons le chemin de son antre. Sur le boîtier du téléphone fixe, le Devil's enfonce un bouton puis enclenche le haut-parleur.

— Tour de contrôle ?

— C'est Clarke. Le boss vous a bien informés de l'arrivée de nos amis ?

— Oui. Ils sont au nombre de combien ?

Le Devil's me jette un coup d'œil auquel je réponds par un sourire machiavélique. Il annonce :

— Trois cents. Et pas un de plus.

L'agent de sécurité s'étrangle à l'autre bout du fil.

— Écoutez attentivement les instructions que je vais vous donner. Aucun véhicule quel qu'il soit ne devra pénétrer dans l'enceinte de la propriété, hormis celui des jumeaux Liner. Nos invités se déplaceront à pied et devront présenter leur badge étudiant en cours de validité, sans quoi l'accès leur sera refusé. Ils devront ensuite passer au détecteur de métaux. Tout objet électronique sera interdit, y compris les téléphones portables. Il en va de même pour les armes à feu et les armes blanches. Lorsque les trois cents fêtards seront entrés, le portail ne se rouvrira que pour les laisser sortir, c'est bien compris ? Aucun aller-retour ne sera toléré.

— Monsieur Taylor, c'est une charge considérable de travail. Nous risquons de perdre le contrôle de la situation.

— Demandez aux quatre autres équipes de rappliquer pour la nuit.

— Pouvons-nous avoir la confirmation d'un second membre ?

Je me penche sur le combiné et interviens :

— Avalone Lopez. Je confirme les instructions de Clarke.

— Bien reçu, mademoiselle.

Le Devil's Son met fin à l'appel sous mon air victorieux. Il croise les bras sur son torse et s'appuie contre le bureau de Carter.

— La princesse Arinson désobéit à son parrain chéri ?

— Je ne franchis les limites que lorsque je suis certaine de ne pas me faire attraper.

— Tu as conscience que cette fois-ci, tu vas te faire attraper, n'est-ce pas ?

— Oui. Et je découvre que c'est encore plus excitant !

Clarke se marre en levant les yeux au ciel. Nous convenons que dans le genre mauvaise fille, j'ai des progrès à faire.

J'enroule mes bras autour de son cou et attire sa bouche vers la mienne. Mais, alors que ce baiser devait être chaste, nous sommes incapables de nous détacher l'un de l'autre. Comme si, à chaque fois qu'on s'embrassait, l'addiction prenait le dessus. Elle nous pousse à tout approfondir, à aller au bout des choses, à assouvir ce désir charnel. Et lorsqu'on parvient à y résister, ce n'est pas seulement un sentiment de frustration qui nous envahit. C'est un sentiment de manque. Le manque d'un besoin primaire, vital.

— S'il n'y avait pas de caméras, seuls les dieux savent ce que je t'aurais fait sur ce bureau, me souffle-t-il.

La respiration courte et les joues rougies, je souris contre ses lèvres. Quand nous nous autoriserons enfin à exprimer notre affection à travers l'art de deux corps qui s'entrechoquent, ce sera une explosion de passion.

— Allons aider les garçons, murmuré-je.

J'ouvre une armoire et m'empare de la bouteille de whisky pour laquelle nous sommes censés être venus, puis je glisse ma main dans celle de Clarke et le conduis vers la sortie. Nous rejoignons les Devil's au salon et nous nous activons. Nous commençons par décrocher les tableaux des murs que les plus costauds stockent à l'abri, dans la chambre du boss, aux côtés des vases, statues, cristaux et autres bibelots de grande valeur. Ensuite, nous enfermons les écrans plats derrière leur alcôve, puis nous roulons et retirons les tapis. Après, nous recouvrons les sofas, fauteuils, tables et commodes de toiles imperméables.

— Odin Tout-Puissant, mais que faites-vous ? s'étrangle Marie depuis l'entrée du salon. Oh non, je pars d'ici, je n'ai rien vu, ce ne sont pas mes affaires !

Nous nous marrons tandis qu'elle prend ses jambes à son cou et s'enfuit de la villa.

Enfin, nous barricadons les deux couloirs à l'aide des canapés. Seules les toilettes et la cuisine sont à présent accessibles.

Les garçons déposent leurs armes au fond du coffre-fort, sauf Clarke. En cas d'urgence, l'un d'eux doit être réactif. Tout semble prêt et nos invités ne se font pas attendre.

Tucker ouvre la porte d'entrée sur une marée humaine. Je déglutis non sans difficulté et me demande ce qu'il m'a pris.

Wyatt, en première ligne, est munie d'une énorme enceinte de laquelle se dégage de la musique à pleine puissance. À son côté, une Lola excitée jubile. Puis la villa est envahie. Les étudiants observent les lieux et découvrent pour la première fois le repaire des Devil's Sons. Je suis séparée des garçons par un mouvement de foule et dois jouer des coudes pour parvenir à circuler tant la pièce est bondée. Les fêtards entrent encore par vagues. Ils s'éparpillent dans le salon, dans la cuisine et dans le jardin. Dieux merci, ils ne s'aventurent pas au-delà des canapés. L'alcool coule déjà à flots, des gobelets sont mis à disposition un peu partout. Des étudiants qui me sont inconnus me saluent et tentent d'engager une conversation avec moi. Je fais la connaissance d'un grand nombre de personnes, c'est agréable.

— Ava !

Ma colocataire me saute dessus et assène un coup involontaire à mon voisin.

— C'est à la fois la meilleure et la pire idée que tu n'aies jamais eue !

Je rigole nerveusement, tout à fait d'accord avec elle. Cette soirée sera mémorable, cela dit, espérons qu'elle le soit pour les bonnes raisons. Tant de choses peuvent virer à la catastrophe, cette nuit...

— C'est vrai que Tucker quitte la ville ? me demande-t-elle, affectée par cette nouvelle.

— Oui...

— Tucker part ?! s'insurge une inconnue.

— Quoi ? Tucker quitte la ville ?!

En un instant, tout le monde ne parle plus que de ça. Les rumeurs vont bon train, toutes sortes d'absurdités circulent quant au motif du départ de notre Devil's à l'ego surdimensionné. J'essaie d'en faire abstraction, mais c'est douloureux.

Lola m'informe que nos amis ne se présenteront pas à la propriété. Jackson et Aurora refusent de festoyer chez Carter pour des raisons évidentes. Emily n'est pas à l'aise à l'idée de pénétrer dans la villa d'un criminel. Quant à Daniel, il leur tient compagnie.

La soirée débute à peine que j'aperçois déjà Jesse se faufiler jusqu'à une chambre dont nous seuls avons les clés, accompagné d'une belle inconnue. Son regard rencontre le mien. Je rigole, il m'offre un sourire charmeur, puis disparaît derrière une porte.

Lola subtilise la bouteille d'un joueur de football et m'entraîne à l'autre bout de la pièce. Nous croisons la route de Justin et de Tucker. Ce dernier lui vole son rhum et avale une dizaine de gorgées au goulot. Je grimace rien qu'à imaginer le liquide lui brûler la trachée.

— CE SOIR, ON SE DÉCHIRE LA GUEULE ! hurle-t-il.

Les étudiants lèvent leurs verres et poussent des exclamations de joie, avant de danser de plus belle sur la musique électro. Le roi de la fête fend la foule et se penche sur la table des boissons. Nous l'observons s'emparer d'une nouvelle bouteille d'alcool qu'il descend avec aisance.

— Je parie qu'il va vomir d'ici la fin de la soirée, annoncé-je.

— Cinquante dollars qu'il vomira demain matin, contre Justin.

Nous nous serrons la main et notre ami revient vers nous au bras d'une étudiante qui ne m'est pas inconnue. Nous sommes dans la même licence, elle et moi.

— Les gars, je vous présente Rachel.

Elle ne s'appelle absolument pas Rachel !

Je lui fais les gros yeux, quand Samantha attrape mon poignet et m'attire à elle sans ménagement.

— Je répondrai au nom de Rachel s'il souhaite que je réponde au nom de Rachel, alors tu la fermes, me chuchote-t-elle à l'oreille. Si tu veux bien nous donner les clés de ta chambre, nous avons des projets intéressants qui ne consistent pas à t'écouter piailler.

J'imagine. En revanche, il y a des façons de s'adresser aux gens. Et la méchanceté gratuite, je n'accepte pas.

— Par Frigga, si tu penses pouvoir forniquer dans mon lit, tu te trompes. Allez donc demander à Clarke les clés d'une autre chambre, en espérant que tu apprennes la politesse en chemin.

Voilà que Tucker, bourré, plein d'énergie et dans l'incapacité de rester en place, interpelle une connaissance. Il plante sa conquête derrière lui au profit d'une ancienne camarade de sexe. Samantha se décompose, puis dirige sa colère contre moi.

— Tu es fière de toi, salope de Devil's ?

— Non. Je suis désolée que tu aies une aussi faible estime de toi-même. Me déprécier est le seul moyen que tu as trouvé pour te valoriser et ainsi rééquilibrer le regard que tu te portes ? Vivre avec un complexe d'infériorité, ça ne doit pas être facile tous les jours.

Chaque centimètre carré de son visage vire au rouge. Hors d'elle, elle disparaît dans la foule, aussitôt remplacée par Justin qui s'est absenté un court laps de temps. Il me tend un verre de limonade et propose de la vodka à ma colocataire.

— Carter...

La voix de Clarke nous parvient à travers la baie vitrée ouverte. Il fixe un point derrière nous, immobile et quelque peu livide.

Par tous les dieux, pas ça...

Sous la crainte, Justin laisse échapper la bouteille d'alcool, qui lui tombe sur le pied. Cela dit, il est si nerveux qu'il ne ressent pas la douleur.

Mes amis et moi tournons avec lenteur nos têtes en direction de l'entrée, prêts à découvrir le propriétaire des lieux dans un état de rage intense.

Aucune trace de Carter.

Nous balayons la foule du regard, à sa recherche, jusqu'à ce que nous comprenions que ce n'était qu'une blague. Nous poussons tous les trois un soupir de soulagement, puis je porte mon attention sur le Devil's Son, hilare.

— Par Loki, Clarke ! J'ai eu la peur de ma vie !

— Mes orteils ! gémit enfin Justin.

Nous nous marrons aux dépens du boiteux. Il faut dire que la bouteille était remplie de deux litres d'alcool.

Lorsque le bad boy arrive à notre hauteur, je lui enfonce mon coude dans les côtes, le cœur encore fébrile. Je mentirais si j'affirmais ne pas être préoccupée par une apparition surprise de mon parrain. Si Carter découvrait ce qu'il se passe chez lui, je n'ai aucune idée de la punition qu'il nous infligerait, en revanche je sais qu'il a de l'imagination.

En une heure, les jumeaux ont fait une entrée remarquable, Jesse est revenu de sa partie de jambes en l'air et Tucker s'est trouvé une énième conquête avec qui il s'est enfermé dans une chambre. Il est réapparu encore plus soûl et a tenté de m'expliquer ce qu'était la beuverie sexuelle. Je me suis bouché les oreilles, puis j'ai accueilli Ange. J'ai tenu à l'inviter ce soir afin de le remercier pour tout ce qu'il a fait pour moi. Sa présence n'a pas plu aux Devil's Sons, c'est le moins qu'on puisse dire. Je suis parvenue à les calmer en leur rappelant que s'il ne m'avait pas conduite à l'hôpital il y a des mois, je serais morte. Ils ont exigé qu'il garde ses distances et Clarke s'est de nouveau assuré que le bureau du boss était bien fermé à clé.

Et nous voilà tous réunis entre les fêtards couverts d'une fine pellicule de sueur. L'ambiance est électrique. Tucker, tel le roi de l'univers, est allongé au-dessus de toutes les têtes et passe de bras en bras. La foule l'ovationne et lui ne rate pas une si bonne occasion de laisser parler son ego : il débite un tas de conneries sur son âme d'origine divine. Ty est le prochain à dominer la pièce. Assis sur les épaules de deux étudiants, il lève le poing au ciel et clame haut et fort sa joie de vivre, fidèle à lui-même. Suit Justin, aussi enthousiaste, puis Set et Sean qui finissent même par se prêter au jeu. Enfin, j'observe les fêtards se focaliser sur les introvertis du gang, soit Clarke, Jesse et Alec. Les regards noirs que leur lancent ces derniers les dissuadent d'approcher.

— Ces abrutis sont les seuls à aimer parader comme des putains de princesses à Disney World ! Le premier qui tente quoi que ce soit avec nous se prend mon flingue au fond de la gorge, c'est bien compris ? les menace le second de Carter.

Des mains se lèvent en signe de paix et tous reculent, effrayés.

J'imagine alors les trois Devil's Sons flotter à bout de bras et chauffer la foule. Ce phénomène improbable me cause un éclat de rire. Je me promets de garder à jamais cette image dans un coin de ma tête.

Tandis que les garçons retrouvent terre, Tucker atterrit sur la table à manger. Il titube dangereusement, alors à la manière d'une mère poule, j'enlace ses jambes afin de lui offrir un peu de stabilité. Le son de la musique baisse, chaque personne présente se tourne vers lui comme s'il était le messager des dieux.

— Je mets fin au suspense !

Il s'empare d'une bouteille d'alcool, puis reprend la parole :

— Je quitte la ville demain !

— BOOOOOOUUUH ! huent les étudiants en chœur.

— Je sais, je sais, je vais vous manquer. Mais je reviendrai ! Pour eux !

Il pointe un doigt dans notre direction et nous couve, les Devil's Sons et moi, du regard.

— Parce qu'ils sont le genre d'amis qu'il faut garder à ses côtés à jamais. Ils sont le genre d'amis qui, quoi qu'il arrive, vous acceptent tel que vous êtes et vous aimeront *pour toujours*.

La foule hurle en notre honneur, alors que mon cœur, lui, hurle en l'honneur de Tucker.

— C'est pourquoi je vous demande de faire une ovation à Clarke Taylor ! C'est grâce à ses tendances suicidaires que je suis encore en vie aujourd'hui. Il s'est sacrifié pour moi un nombre incalculable de fois, et ça mon pote, je ne l'oublierai jamais !

Aussitôt, les étudiants chantent les louages du second de Carter. Celui-ci, ennuyé, lève les yeux au ciel.

— À Justin Coldwell, mon meilleur ami, qui n'a jamais hésité à me suivre dans mes conneries malgré sa peur des conséquences !

Le public se déchaîne, le Devil's crie avec ferveur son amour à Tucker.

— À Sean Olson, qui m'a appris que croire en soi n'était pas toujours une qualité.

Aucun de nous ne s'y attendait, c'est si soudain et spontané que les garçons et moi éclatons d'un rire franc à en avoir les larmes aux yeux.

— Fils de pute ! hurle sa victime par-dessus le vacarme causé par trois cents étudiants.

— Moi aussi je t'aime, mon frère ! lui lance Tucker.

Il avale quelques gorgées de sa boisson et reprend, avec un sérieux inédit :

— À Jesse Mason, l'homme qui ne m'a jamais jugé et qui a su me remonter le moral à chaque instant de faiblesse.

Le Devil's au crâne rasé porte la main à sa poitrine et hoche la tête, reconnaissant envers l'univers pour tous les moments qu'ils ont partagés.

— À Set Collins, qui m'a enseigné l'usage des beaux discours, mesdames.

Cette fois-ci, seuls des cris féminins s'élèvent dans la pièce. Set, charmeur, baise les joues des étudiantes qui l'entourent et récolte par la même occasion plusieurs numéros de téléphone.

— Aux putains de jumeaux Liner, qui n'ont pas hésité à nous venir en aide, alors même qu'ils avaient pris leur retraite quelques années auparavant.

Si Ty enflamme la foule, ce n'est pas le cas de son frère. Alec reste dans son coin, les lèvres closes.

— Et à Avalone Lopez, sans qui je ne croirais pas que tout est possible.

Mon cœur se comprime sous le tendre regard de mon ami.

— C'est grâce à elle si vous êtes présents, ici, ce soir !

Les hurlements redoublent. Je suis soulevée du sol par Tucker, qui soit dit en passant possède une force phénoménale, et me retrouve sur la table à ses côtés, mortifiée par tous ces regards posés sur moi. Je suis incapable de me donner en spectacle, encore moins devant une foule qui ne m'apprécie guère.

Alors que je me questionne sur ce que je dois faire de mon propre corps, mon ami m'attire à lui.

— Prenez bien soin d'elle, s'il vous plaît, demande-t-il aux étudiants d'une voix chargée d'émotion. C'est une personne en or, qui se bat pour ses convictions, quitte à se mettre en danger. Elle n'hésite pas à nous rentrer dans le lard si nous nous montrons violents, irrespectueux ou injustes. Elle nous rend meilleurs. Alors, si vous avez l'occasion de discuter avec elle, ne la gâchez pas pour de mauvaises raisons.

Ses mots ne touchent pas que moi. Pendant un instant, les faux-semblants s'évanouissent. Pendant une seconde, la jalousie malsaine s'estompe et les gens se questionnent sur moi et sur eux-mêmes.

— N'EST-ELLE PAS MAGNIFIQUE ?! hurle Tucker.

Les acclamations reprennent de plus belle et je crois n'avoir jamais rencontré de sourires aussi sincères dans cette université. Puis je croise le regard de Clarke. Il lit au fond de mes prunelles mon malaise grandissant et vole à ma rescousse. Il enroule un bras autour de ma taille et me laisse glisser contre lui.

Brusquement, il me coupe le souffle avec un baiser autoritaire, comme si mes quelques secondes au centre de l'attention avaient été éprouvantes pour lui. Et c'est ça que j'aime chez cet homme. Il est jaloux, possessif et protecteur, mais il lutte contre ses instincts afin de ne pas devenir malsain. Il contrôle ses émotions et ne m'enchaîne pas. *Jamais*

Nous nous séparons tant bien que mal, et après avoir retrouvé la maîtrise de ses ardeurs, Clarke force Tucker à descendre de la table avant qu'il ne se casse une jambe.

— Ce whisky est trop mauvais, râle le Devil's à l'ego surdimensionné. Je vais m'en chercher un autre.

Il disparaît de notre champ de vision, puis les jumeaux réclament notre présence.

— Je vérifie que personne ne fait de connerie et je te rejoins, me souffle Clarke.

Je dépose un baiser sur sa joue, puis me fraie un chemin

jusqu'à Alec. Il attrape la main que je lui tends et me conduit aux canapés extérieurs.

Les frères Liner étaient morts de rire en découvrant l'état de la villa et m'ont félicitée de concert pour mon « erreur monumentale, mais fantastique ». Depuis, ils tentent de me préparer psychologiquement à la punition du boss.

Je m'assieds entre eux avant de saluer Wyatt et quelques joueurs de football affalés en face de nous.

— Le départ de Tucker, c'est la promesse d'une nouvelle tête chez les Devil's Sons, annonce Alec.

Je me renfrogne et croise les bras sur ma poitrine. L'idée de voir entrer un inconnu dans le gang ne m'enchante pas, et c'est peu dire. J'en veux même à l'ancien membre d'aborder le sujet alors que notre frère n'a toujours pas quitté la ville.

— Personne ne peut remplacer Tucker. Nous lui garderons sa place.

Attendri, Ty m'offre une caresse réconfortante.

— Tucker est unique, il n'y en a pas deux comme lui. Cela dit, l'absence d'un équipier n'est pas sans conséquences, il faut rééquilibrer la dynamique. Si les gars rencontrent un type avec de bonnes capacités physiques, ils devront en parler à Carter.

Alec chuchote à mon oreille :

— Et c'est pour cette raison qu'une baston va éclater sous nos yeux dans trois, deux, un...

Ses propos sont absurdes, mais véridiques. Un étudiant sorti de nulle part attrape un innocent par le col de son blouson et l'insulte avec virulence. La victime est larguée, elle ne comprend pas la situation. Elle essaie de calmer son agresseur par le biais de la discussion, cependant ce dernier la secoue violemment.

Dieux Tout-Puissants, la bêtise humaine n'a donc aucune limite ?

De plus, si un incident se produit ici, dans la propriété de Carter, les Devil's Sons pourraient avoir de gros ennuis.

— Eh, toi ! interviens-je.

L'abruti se tourne vers moi, le torse bombé, et me lorgne avec une certaine fierté.

Pauvre con !

— Tu dégages. Si je te croise à l'intérieur de la villa, un flingue sur la tempe achèvera de te convaincre de quitter les lieux.

Il relâche aussitôt l'innocent et marmonne des choses incompréhensibles dans sa barbe. Enfin, il disparaît. Je remarque alors la présence de Tucker à l'entrée du jardin. Il m'observe de ses grands yeux brillants.

— Ça, c'est ma fille, souffle-t-il avec fierté.

Nous sommes rejoints par un Jesse éméché. Il titube jusqu'à moi et tire sur mon bras, de sorte que mes fesses se décollent du canapé. Dès lors, il s'installe à ma place, m'attire entre ses jambes et m'enlace afin de me protéger du froid.

Au cœur du salon, la fête bat son plein. Lola et moi nous trémoussons en compagnie de deux étudiantes aussi extraverties que gentilles. Des confettis éclatent sous les hurlements festifs et des fumigènes de toutes les couleurs sont allumés. Le temps se fige, les visages des membres de ma famille convergent dans ma direction. C'est le regard contrarié et inquiet de Clarke qui me permet de prendre conscience de ce que je risque si j'inhale cette fumée. Elle se diffuse dans la pièce ; un dégradé de bleu, de jaune et de rouge rend l'air opaque, au point que je distingue à peine les corps danser au gré de la musique. Tout à coup, le temps paraît s'accélérer. Le bad boy se glisse derrière moi, il plaque un tissu contre ma bouche et m'empêche de respirer. Il nous fraie un chemin dans la foule, hurlant aux étudiants de s'écarter. Quant aux Devil's, ils atteignent les fumigènes et les jettent dans la piscine à travers la baie vitrée.

La fumée produite par ces dispositifs est nocive pour quiconque. Elle dégage des nanoparticules qui peuvent pénétrer jusqu'aux alvéoles pulmonaires et causer une inflammation. Si certains sont en état d'encourir ce risque, ce n'est pas mon cas. Suite à mon insuffisance cardiaque, quelques-uns de mes organes, dont mes poumons, ont été détériorés.

Je ne tiendrai plus longtemps sans reprendre mon souffle, et Clarke s'en aperçoit. Il abandonne le tissu et me porte contre son torse, expulsant tout le monde sur notre passage, comme un bulldozer. Mon instinct de survie me pousse à inspirer. Les yeux écarquillés de détresse, je suffoque et m'agite dans les bras du Devil's Son. Il escalade le canapé et remonte le couloir. D'un violent coup de pied, il défonce la serrure. Nous nous engouffrons dans ma chambre, il claque la porte derrière nous et enfin, j'autorise l'oxygène à atteindre mes poumons. L'inspiration que je prends dans l'urgence me cause une quinte de toux douloureuse, mais brève.

Dieux Tout-Puissants...

Clarke me dépose sur mon lit avec délicatesse. Il traverse la pièce et ouvre la fenêtre, une source d'air pur et frais.

Il revient à moi et s'agenouille à mes pieds. De la pulpe de son pouce, il essuie les larmes qui ont perlé aux coins de mes yeux.

— Tu as inhalé de la fumée ? me questionne-t-il, inquiet.

— Très peu. Grâce à toi. Comment avez-vous su ? Comment avez-vous pu être aussi réactifs alors que je n'avais pas pris conscience du danger ?

— Comme toi, nous sommes plus doués pour prendre soin des autres que de nous-mêmes.

Le Devil's m'attire contre lui, soulagé, lorsqu'une sonnerie retentit. Ce qui est étrange, c'est qu'elle ne provient ni du téléphone de Clarke ni du mien. Je me détache de lui et rencontre son visage de marbre.

— À qui appartient ce portable ?

— C'est celui de Tucker. Il le laissait traîner partout.

J'aurais pu acquiescer, passer à autre chose et l'embrasser. Au lieu de quoi, la poigne invisible du mensonge enserre ma gorge.

— Le téléphone de Tucker est tombé dans la piscine. Il repose dans du riz à l'heure où nous parlons.

Clarke contracte la mâchoire et détourne son regard, assombri par ses tourments.

— À qui est ce téléphone ? Pourquoi tu me mens ?

Le silence dans lequel il se mure me pousse à glisser la main dans la poche arrière de son jean.

— Non, Avalone !

Je bondis hors de sa portée, en possession du smartphone inconnu. Il essaie de me le subtiliser, sans toutefois me blesser, en vain. L'écran du vieux Samsung s'illumine sous mes yeux et révèle l'image d'une fillette dans les bras de son père. Le sang dans chacune de mes veines se glace. Ce froid venu d'un autre monde atteint mon organe cardiaque et gèle ses parois.

Horrifiée, je relève le visage vers Clarke.

— Pourquoi tu as son téléphone ? demandé-je, la voix tremblante.

Il garde les lèvres closes tandis que toutes sortes de scénarios me traversent l'esprit.

— POURQUOI TU AS LE TÉLÉPHONE DU MEURTRIER DE TES PARENTS ? hurlé-je.

Son absence de réponse confirme mes doutes. Elle me fait l'effet d'un coup de massue, violent et sans pitié. Je titube en arrière, les poumons vidés de tout oxygène.

— Tu l'as tué ? murmuré-je.

À suivre...

The Bucket List

ALICE DESMERVEILLES

Romance contemporaine

Lily a tout pour être heureuse : de bonnes notes à la fac, un environnement familial sain et une carrière de médecin en perspective. Seulement, elle est trop sage, trop sérieuse, à l'inverse de son frère, Kyllian, qui part en vrille depuis la mort de leur père. Alors, sa meilleure amie décide de lui concocter une bucket list...

Adulé, méprisé, Maël est la star montante du foot, quarterback de l'une des plus grandes équipes de l'histoire, les New York Giants. Mais les apparences sont parfois trompeuses, et s'il sait bien une chose, c'est que succès ne rime pas toujours avec bonheur.

Quand la petite sœur de son coéquipier débarque dans sa vie, il comprend vite qu'elle le déteste. Et ça l'amuse... beaucoup. Jusqu'à ce qu'il doive jouer les babysitters. Et qu'il ait besoin de son aide.

Accepter son chantage ? Pas le choix.

Accepter qu'elle emménage au sein de la colocation de footballeurs ? C'est tout de suite moins drôle.

Mais Maël n'est pas du genre à se laisser faire, et il compte bien montrer à cette petite peste qu'il ne cédera pas à ses caprices...

OCÉANE GHANEM

SANGLANTE ÉTERNITÉ

Romantic Thriller

Jusqu'à la folie, au-delà de la mort…

Cette année, Gabriella Cruz se l'est juré : elle arrête les bêtises et se concentre sur les études, parce que si elle loupe encore une fois ses examens, son père lui coupera les vivres et elle devra rentrer au bercail. Plutôt mourir pour elle qui a toujours rêvé d'être criminologue !

Et ce n'est pas Gabriel Del Vecchio – son meilleur ami et accessoirement l'homme idéal – qui mettra à mal ses bonnes résolutions. Beau, intelligent, parfait… à un détail près : c'est un véritable bourreau des cœurs. Gabriella sait très bien qu'elle doit arrêter de fantasmer sur lui car il s'est montré très clair : ils sont amis, amants… mais c'est tout !

Pourtant, tout bascule lorsqu'une série de meurtres atroces et pervers frappe le campus.

L'enquête la fascine, les secrets l'engloutissent. En qui peut-elle avoir confiance ?

Au jeu du chat et de la souris, Gabriella prend des risques, quitte à y laisser son cœur… et sa vie !

JENN GUERRIERI

ATTIRANCE CRIMINELLE

Dark Romance (3 tomes)

Après la mort de son frère, Maya se réfugie dans la photographie, sa grande passion, celle qui l'aide à ne pas perdre le fil.

Lorsqu'elle emménage à Phoenix pour sa rentrée universitaire, elle est déterminée à prendre un nouveau départ.

Mais un soir, alors qu'elle décide de visiter les alentours, la jeune fille se perd dans les ruelles sombres d'un quartier malfamé. Témoin d'un meurtre, elle tombe sous la menace d'un tueur en cavale, Evann Black. Froid et violent, il fait de Maya sa nouvelle victime.

Une attirance troublante et ambiguë s'installe alors entre l'innocente étudiante et le dangereux criminel...

ILSA MADDEN-MILLS

Dear Ava

Romantic Suspense

Les riches et populaires Sharks règnent sur la prestigieuse école de Camden Prep.

Il fut un temps où je voulais faire partie de leur monde… jusqu'à cette fameuse nuit, jusqu'à cette fête où tout a basculé. Celle où je me suis réveillée dans les bois, sans aucun souvenir. Seule et démunie.

Mais désormais, je suis de retour. Et je ne les laisserai plus m'atteindre. Ils ne parviendront pas à me détruire.

Pourtant, la dernière chose à laquelle je m'attendais, c'était de recevoir une lettre d'amour anonyme de l'un de ces types. Pitié ! Je déteste chacun de ces enfoirés pour ce qu'ils m'ont fait.

La question est, quel Shark est mon admirateur secret ? Knox, le quarterback balafré ? Dane, son frère jumeau ? Liam, le connard de service ? Ou Chance, l'ex qui m'a larguée… ?

Mais surtout, lequel d'entre eux est responsable de ce qu'il s'est passé cette nuit-là ?

Imprimé en France par
CPI Bussière
en septembre 2023
N° d'impression : 2073509
Dépôt légal : mai 2023